Wolfgang Vater
Der Papst hinter Gittern

W0395148

Wellhöfer Verlag
Ulrich Wellhöfer
Weinbergstraße 26
68259 Mannheim
Tel. 0621/7188167

info@wellhoefer-verlag.de
www.wellhoefer-verlag.de

Titelgestaltung: Uwe Schnieders, Fa. Pixelhall, Mühlhausen
Satz: FFW Verlagsdienstleistungen, Mannheim
www.ffw-verlagsdienstleistungen.de

Das vorliegende Buch einschließlich aller seiner Teile ist urheberrechtlich geschützt. Jede Verwertung ist ohne schriftliche Zustimmung des Verlages unzulässig.

© 2015 Wellhöfer Verlag, Mannheim

ISBN 978-3-95428-183-1

Wolfgang Vater

Der Papst hinter Gittern

wellhöfer VERLAG

Wir werden eine historische Gestalt
immer auch auf unsere Zeit beziehen.
Sonst wäre sie allenfalls ein schönes Bildnis;
das uns fesseln kann, aber fremd bleibt.

Nein, die historische Gestalt wird
unter unseren Händen, ob wir es wollen oder nicht,
zum angewendeten Beispiel unserer Erlebnisse werden,
sie wird nicht nur bedeuten, sondern sein,
was die weilende Epoche hervorbringt oder leider versäumt.
Wir werden sie den Mitlebenden schmerzlich vorhalten:
seht das Beispiel.

Da aber das Beispiel einst gegeben worden ist,
die historische Gestalt leben und handeln konnte,
so sind wir berechtigt,
Mut zu fassen und ihn anderen mitzuteilen.

Heinrich Mann

Ein Hinweis vorweg!

In der in diesem Roman beschriebenen Zeit laufen mehrere geschichtliche Ereignisse parallel nebeneinander: Herrscherhäuser ringen nach dem Niedergang der Staufer um die Vormacht im Reich, die rheinische Pfalzgrafschaft etabliert sich zur Kurpfalz, die römische Kirche verlegt ihren Amtssitz nach Avignon, es kommt zur Kirchenspaltung (Schisma), Konzile sollen den Übelstand beseitigen, drei Päpste werden gewählt – und mittendrin die rheinischen Pfalzgrafen, mal als König, mal als Landesherr oder als Protektor des Konstanzer Konzils.

Weil diese Fülle verwirrt, haben wir für historisch Interessierte im Anhang eine Zeittafel beigefügt.

Historische Personen:

Ruprecht I. der Rote, Kurfürst, 1309–1390, Gründer der Universität Heidelberg

Ruprecht II. der Harte, Kurfürst, 1325–1398

Ruprecht III., Kurfürst, 1352–1410, von 1400 bis 1410 römisch-deutscher König als König Ruprecht I.

Ludwig III., Kurfürst, 1378–1436

Blanche oder Blanca, 1392–1409, englische Prinzessin, durch Heirat Pfalzgräfin

Ruprecht der Engländer, 1406–1426, Sohn Blancas und Ludwigs III.

Mechthild (Matilde) von Savoyen, 1390–1438, Kurfürstin, zweite Gemahlin Ludwigs III.

Johann von Nassau-Wiesbaden-Idstein, 1360–1419, war als Johann II. von 1397 bis 1419 Kurfürst und Erzbischof von Mainz.

Johannes XXIII., 1370–1419, mit bürgerlichem Namen Baldassare Cossa, 1410–1415 Papst (Gegenpapst)

Wenzel von Luxemburg, 1361–1419, von 1363 bis 1419 böhmischer König, von 1376 bis 1400 römisch-deutscher König, von 1373 bis 1378 zudem Kurfürst von Brandenburg (das Haus Luxemburg vereinte somit für den Fall einer Königswahl zwei Kurstimmen, die böhmische und die brandenburgische, auf sich)

Sigismund von Luxemburg, 1368–1437, König von Ungarn, 1411 römisch-deutscher König, 1434 römisch-deutscher Kaiser

Jan oder Johannes Hus, 1369–1415, Theologe, Prediger und Reformator, zeitweise Rektor der Karls-Universität Prag

John Wiclif, 1330–1384, englischer Philosoph, Theologe und Kirchenreformer

Heinrich IV.,1367–1413, König von England, Vater Blancas

Romanfiguren:

Almut Thalheim, Tochter des Hunold von Husen und Magdalena Thalheim

Magdalena Thalheim, Tochter des Wormser Bankiers Diethmar Thalheim und der Bürgerstochter Theresia Männich

Hunold Edler von Husen, kurfürstlicher Vogt und Domänenverwalter von Rheinhausen

Egolf von Husen, Sohn des Edlen von Husen aus der Ehe mit der verstorbenen Adelgunde von Strahlheim

Raban von der Sodern, Domherr in Mainz, Sohn des aus dem Schwäbischen stammenden Kanzleischreibers Ernst Sodern

Linhart Dörzbach, kurfürstlicher Oberhofkämmerer

Bürklin Wolgast, Aumann, kurfürstlicher Fischereiaufseher

Hennes Wolgast, Sohn des Aumanns

Konrad Wolgast, Sohn des Aumanns

Abraham Levi, Jude, Skriptor

Bruder Arnulf, Anhänger der wiclifschen Lehren

Bruder John, Anhänger der wiclifschen Lehren

Giovanni Lamm, Pisaner Straßenjunge

Wessel, Bediensteter im Herrenhaus des Edlen von Husen

Adam Endres, Pfarrer im Dorf Mannheim

Luitgart Wernz, Schultheiß im Dorf Mannheim

Jöst Kretzer, Ortsbüttel im Dorf Mannheim

Ernst Knoblich, Fährmann

Else Wannemacher, elsässische Hebamme

1.

Heidelberg im Frühjahr 1402.
Die Kurpfalz stand in Blüte. Ein Summen und Zwitschern erfüllte die Luft. Obwohl am Himmel kein Wölkchen zu sehen war, glich das Innere des Edlen von Husen einem finsteren, kalten Grab. In so ein Loch gehörte er auch. Versteckt hinter dem Gerüst der im Bau befindlichen Heiliggeistkirche machte er seinen Freund, den Domherrn von Mainz, auf das Jammerbild auf der anderen Seite des Marktplatzes aufmerksam.

König Ruprecht I. kehrte aus Italien zurück. Keine Fanfaren, Posaunen oder Lobgesänge waren zu hören. Abgemagert und in Lumpen saß er auf seinem Rappen. Die Leute am Straßenrand hoben nicht einmal die Hand zum Gruß, nur einige Jungen machten sich einen Spaß daraus, den König mit einem Spottvers in seiner Residenz willkommen zu heißen.

Der König wollte ziehen mit Gewalt gen Rom, um Kaiser dort zu werden,
doch das nit g'schah wie er gewollt.
Sobald sie kamen winters ins Gebirg,
mochten sie erhalten weder Speis noch finden Herberg.
Die mächt'gen Herrn von Mailand versperrten Weg und Steg,
gar viel erschlugen sie, die andern starben elend hungers oder liefen weg.
In allertiefster Armut kehrt nun heim der König Ruperecht
und wird empfangen mit viel Schand und Schmach und Spott.

Der Hofmarschall, der neben dem König ritt, hob drohend die Hand und deutete den Rangen Schläge an. Müde winkte Ruprecht I. ab. »Lass Er sie nur. Sie haben ja so recht!«

Der Domherr hatte genug gesehen. »Hast du mich hierhergebeten, um dieses Trauerspiel mit anzusehen? Und warum versteckst du dich?«

»Weil ich mit schuld bin, dass wir die Schlacht bei Brescia verloren haben und Hals über Kopf flüchten mussten.«

»Ha, du missratener Spross aus dem edlen Pfälzer Geschlecht derer von Husen, was hast du diesmal angestellt?«

»Ich habe die Soldgelder nicht weitergegeben, sondern sie verzockt, und daraufhin sind die Söldner scharenweise zum Mailänder übergelaufen. Die paar Pfälzer, die ausgeharrt haben, konnten dem Mailänder Visconti kein Paroli bieten.«

»Ist das alles oder kommt noch mehr?«

»Ich habe versucht, das Geld zurückzugewinnen. Dafür musste ich bei den Florentiner Geldwechslern Kredite aufnehmen, habe wiederum alles verspielt und die sitzen mir nun im Nacken.«

Ritter von Husens Stimme nahm einen bittenden, fast flehenden Ton an. »Raban, du bist mein Freund, du musst mir Geld leihen. Die Geldsäcke haben mir gedroht, zum König zu gehen und ihm reinen Wein einzuschenken, wenn ich nicht binnen dreier Tage die Kredite zurückzahle.«

Über so viel Unvernunft konnte der Domherr nur den Kopf schütteln. »Egolf, ich erspare mir, dir den Kopf zurechtzurücken, denn fürwahr, die Zeit drängt. Weiß noch jemand von der Veruntreuung? Oder anders gefragt: Von wem hast du die Soldgelder erhalten? Doch nicht von Dörzbach, dem Oberhofkämmerer, der jeden Pfennig dreimal umdreht? Soviel ich weiß, ist er auch der Vormund deiner Halbschwester.«

»Das ist es ja, was mich so umtreibt. Er kennt meine Spielleidenschaft und hat sehr wohl bemerkt, dass auch ich wie manche anderen Truppenführer den Sold nicht weitergegeben habe. Aber er hat mich nicht verraten.«

»Genauer!«

»Dörzbach wurde zum König beordert, und dieser hat ihm einen Brief unter die Nase gehalten. Darin stand, dass sich die angeworbenen Söldnertruppen beschwert haben, weil sie in den letzten vier Monaten keinen Sold erhalten hätten.«

»Und?«

»König Ruprecht I. hat wie ein Wahnsinniger getobt und gedroht, jeden, der damit etwas zu tun habe, zur Verantwortung zu ziehen.«

»Was hat Dörzbach ihm gesagt?«

»Allerhand Ausreden: Die verbündeten Reichsfürsten wären ihren Zahlungsverpflichtungen nicht nachgekommen, die Preise wären gestiegen und derlei mehr. Jedenfalls wurde er sofort seines Amtes enthoben, zudem hat der König zur Nachprüfung der veruntreuten Gelder eine Kommission eingesetzt. Wenn Dörzbach ein Wort sagt, bin ich geliefert.«

»Schlimm, schlimm! Warum tat der nun abgesetzte Kämmerer das?«

»Weil er den Namen meines verstorbenen Vaters, seines besten Freundes, nicht mit den Taten des Sohnes beschmutzen will.«

»Nobel, muss ich sagen. Aber du weißt, dass du ein Esel, ein gottverfluchter Esel bist. Soldgelder zu unterschlagen kommt Landesverrat gleich.«

Er zeigte auf den traurigen Tross, der durch die Straßen Heidelbergs zog. »Das ist das Werk von Leuten, wie du einer bist. In deiner Haut möchte ich nicht stecken. Kann sein, dass dein schönes Lockenköpfchen nicht mehr lange auf deinem Hals thront.«

Egolf lief ein Schauer über den Rücken; er sank vor seinem Freund fast auf die Knie. »Ich bitte dich, ich flehe dich an, hilf mir, gib mir das Geld, bevor es zu spät ist!«

»Weißt du, was du da von mir verlangst? Die Anwartschaft auf die Speyerer Bischofsmütze ist vakant. Der Traum meines Lebens liegt zum Greifen nahe. Allein dafür habe ich jeden Kreuzer zusammengehalten. Und auf einmal soll alles vorbei sein, nur weil mein Freund der Spielsucht verfallen ist? Niemals!«

Zum Gotterbarmen war es, händeringend bettelte der Edle von Husen. »Raban, du kannst mich doch nicht dem Schwert ausliefern. Bedenke, was mein Vater für euch getan hat. Deinen Vater, Eberhard Sodern aus dem Schwäbischen, ein kleiner Kanzleischreiber, hat mein Vater adeln lassen. Es war nicht leicht, den König zu überzeugen, aber das Wort Hunolds von Husen, Domänenverwalter von Rheinhausen und zugleich Vogt der Zollfeste am Rhein, galt etwas bei Hofe. Ohne meinen Vater wärst du nicht das, was du heute bist. Ein wenig Dankbarkeit könntest du schon zeigen.«

Der Domherr zögerte. Rührte ihn die Not seines Freundes oder hatte er ganz andere Gedanken? »Warum leihst du dir das Geld nicht bei den Wormser Juden? Dein Vater war doch bei ihnen gut angesehen. Die Hand haben sie ihm geküsst, wenn sie ihm begegnet sind.«

»Eben deswegen. Ich schäme mich, wenn ich sie anbetteln muss. Du bist mein Freund. Raban, bitte, ich tue auch alles, was du von mir verlangst. Mein Ehrenwort!«

Als ob der Domherr auf den letzten Satz gewartet hätte. »Gut.« Er legte seine Arme um Egolfs Schultern. »Ich leihe dir das Geld, schenken kann ich es dir nicht. Sobald du die Schuldscheine unterschrieben hast, haben deine Ängste ein Ende.«

Egolf hätte Raban um den Hals fallen können. Doch die Freude dauerte nicht allzu lange. Beim Nachdenken wurde ihm bewusst, dass er die Schuldscheine irgendwann würde einlösen müssen. Das Vermögen, das ihm sein Vater hinterlassen hatte, war längst von den Würfeln aufgezehrt, und die noch vorhandenen Ländereien gehörten seiner Halbschwester. Also, wie die Schuldscheine einlösen? Je mehr er darüber nachdachte, desto mehr Schweißperlen bildeten sich auf seiner Stirn.

»Ich kann mir denken, was in deinem Kopf vorgeht«, bemerkte Raban. »Egal, wie du es drehst und wendest, du musst auf irgendeinem Weg zu Geld kommen. Wie wär's mit dem Erbe deiner Halbschwester? Wenn sie edel ist, teilt sie aus purer Geschwisterliebe mit dir. Kannst du mit ihr darüber sprechen?«

»Mit ihr schon, aber Dörzbach, ihr Vormund, würde niemals zulassen, dass ihr Erbe für meine Spielschulden verwendet wird.« Energisch schüttelte Egolf den Kopf. »Es wäre auch nicht richtig. Es ist das Erbe, das ihre Mutter ihr hinterlassen hat.«

»Da schau an, der Edelfreie von Husen hat es mit der Moral. Soll denn die Mutter deiner Halbschwester, eine hergelaufene Bürgerliche, die sich scheinheilig an das verwundete Herz deines Vaters nach dem Tod deiner Mutter herangemacht hat, als Siegerin hervorgehen? Sicher, sie war die einzige Tochter des Wormser Bankiers Thalheim, und dein Vater hat deren Brautgeld in Ländereien angelegt, aber die Ehe kam nicht zustande. Einen Tag vor der Trauung ist dein Vater einem Herzschlag erlegen. Deine Halbschwester ist also keine von Husen. Sie ist die Tochter einer von deinem Vater Geschwängerten. Familiäre Gefühle passen jetzt nicht hierher.«

Egolf wurde immer kleinlauter.

»Wenn du klug bist, hör auf mich.« Raban stieß ihn in die Seite. »Ich kenne einen Weg, wie du an ihr Erbe gelangen kannst. Deine Almut wird dabei allerdings Federn lassen müssen.«

»Willst du ihr ans Leben? Da mach ich nicht mit.«

»Gott bewahre, sie soll nur aus dem Gesichtsfeld entfernt werden, das ist alles.«

Ungläubig schaute Egolf ihn an. »Hm! Und wie soll das geschehen?«

»Die Güter deiner Halbschwester liegen doch rund um das Mündungsgebiet des Neckars in den Rhein. Wo befindet sie sich denn zurzeit?«

»Im Herrenhaus derer von Husen. In der Nähe der Zollfeste.«

»Dann müssen wir dort anfangen. Ihr ein wenig Angst einjagen, sie gefügig machen. Das musst nicht du tun. Wir suchen uns einen, der das für dich erledigt. Lass mich nur machen. Mir fällt schon etwas ein.«

2.

Südlich der Stelle, wo sich vor fünfzig Jahren der Neckar ein neues Bett gegraben hatte, um in den Rhein zu münden, lagen die reichen Salmgründe des Pfälzer Herrscherhauses. Dort musste Bürklin Wolgast, der Aumann, nach dem Rechten sehen.

Gleich daneben verbarg sich tief in dem sumpfigen Niederwald mit den knorrigen Erlen und Eschen das Moorloch. Die Frauen und Kinder des nahen Dorfes Mannheim mieden den von Spukgestalten heimgesuchten Ort. Das Moor war ihnen nicht geheuer, denn dort trieb der Teufel in mondhellen Nächten mit den Moorjungfrauen seinen Schabernack, und wer ihnen zusah, wurde in die Tiefe gezogen.

Genau dieser Aberglaube reizte Almut. Sie glaubte nicht an Gespenster und schon gar nicht an einen leibhaftigen Teufel. Ihre Mutter, die leider allzu früh verstorben war und sie in den Sommermonaten im Herrenhaus die Heilkraft der Kräuter gelehrt hatte, war der Meinung gewesen, dass mit dem Teufel das Böse bezeichnet wird, das in jedem Menschen steckt. Das Böse locke zu Untaten und verführe die Tugendhaften. Jeder müsse also seinen inneren Teufel bekämpfen. Weil das aber viele nicht könnten oder wollten, hätten sie einen leibhaftigen Teufel mit Hörnern, Bockfuß und Schwanz erfunden. Diesem Gebilde könnten sie nun die Schuld an allem geben und seien fein heraus. Zu jener Zeit nicht ganz ungefährlich, so zu denken. Die Männer der Kirche sahen das nämlich anders – ganz anders. Die Scheiterhaufen brannten an so manchen Stellen im Reich und anderswo.

Auf der rechten Seite des Moorlochs stand eine windschiefe Hütte, der gelegentliche Unterstellplatz für die Holzsammlerinnen bei aufkommendem Unwetter. Diesen Platz hatte Almut für sich in Beschlag genommen. Hier trocknete sie die Heilpflanzen, kochte sie auf einem Feuerchen zu einem Sud oder vermengte sie mit Schweineschmalz zu schmerzlindernden Salben. Sogar ein Mittel gegen Blasensteine hatte sie von ihrer Mutter gelernt.

Heute war einer der besonders schwülen Tage in der Rheinebene. Kein Lüftchen regte sich. Die Hitze hatte sich über dem Wasser gestaut. Almut bat Konrad, den jüngeren

Sohn des Aumanns, weitere Äste ins Feuer zu werfen, damit die Weinrautenblätter im siedenden Wasser ihre Heilstoffe freigeben konnten. Weinraute war gut gegen alles Giftige, das den Körper befallen hatte, obwohl sie einen unangenehmen, penetranten Geruch hatte.

Schweiß stand ihr auf der Stirn, das Hemd klebte am Leib, am liebsten hätte sie alle Kleidungsstücke von sich gerissen. Früher, als Kinder, waren sie in die kühlenden Fluten gesprungen, wie Gott sie erschaffen hatte, und hatten sich gegenseitig das Wasser um die Ohren gespritzt. So unbekümmert waren sie damals gewesen.

Ein Kind war Almut nicht mehr, aber ein kindliches Gemüt hatte sie sich bewahrt. Das Äußere an ihr ließ schon erkennen, dass sie bald eine begehrenswerte Frau sein würde, so sagte zumindest ihr Vormund. Als ihr Vater noch lebte, war er dessen bester Freund gewesen, und nach seinem Tod war er ihr ein zweiter Vater geworden. Es gab nichts, das sie nicht miteinander bereden konnten, jeder vertraute dem anderen blind. Deswegen war sie auch so heiter, so leichtlebig gestimmt. Um die Zukunft brauchte sie sich keine Sorgen zu machen. Linhart Dörzbach war ja da.

Die Schwüle wurde unerträglich. Wenn doch nur ein kleines Lüftchen ginge! »Konrad, es dauert noch, bis das Wasser siedet, derweil vertreiben wir uns die Zeit damit, den Wind zu fangen.«

»Was willst du? Den Wind fangen? Das ist wieder eines deiner Traumspiele. Du musst immer irgendetwas tun, das nicht existiert. Heute gibt es keinen Wind, also ist es Unsinn, ihn zu fangen.«

»Da, da!« Almut hüpfte in die Höhe und griff nach etwas, das gar nicht vorhanden war. »Ich hab ihn!« Sie öffnete ihre Hand. »Hui, jetzt ist er mir entwischt. Vielleicht muss ich einen Zauberspruch sagen, um ihn zu bannen.«

Eine dunkle, geheimnisvolle Stimme erklang: »Dreimal Wolkendunst und Regenschauer, bring den Wind und kühl den Bauer.« Sie hielt inne, fühlte mit beiden Händen – kein Wind.

Nun tauchte sie Blätter ins Moor und warf sie ins Feuer. Es dampfte und zischte. Qualm und Rauch stiegen empor und versperrten ihnen die Sicht. Darum konnten sie auch nicht erkennen, dass zwei Frauen aus dem Dorf mit je einem Bündel Holz auf dem Rücken sich bei Almuts Spinnereien angstvolle Blicke zuwarfen, die Hände über den Köpfen zusammenschlugen, sich dreimal bekreuzigten und schnell ins nahe Dorf Mannheim rannten. Man hätte meinen können, der Teufel sei hinter ihnen her. Immer wieder deuteten sie zum Himmel. Fürchteten sie, dass das Mädchen ein Unwetter heraufbeschworen hatte?

Almut war ausgelassen, wagemutig und manchmal kaum zu bändigen. Ihr Vater hätte Spaß an ihr gehabt. Ein Junge in Röcken. Heute war sie ganz in ihrem Element. Kreuz und quer sprang sie über das lichte Feuer und quietschte vor Vergnügen. »Konrad, komm, gib mir die Hand, wir springen zu zweit darüber. Wer sich versengt, hat verloren. Komm!«

Der eher zurückhaltende, vernünftige Konrad wand sich und trat sogar zwei Schritte zurück. Es war nicht so, dass er sich nicht traute, er hatte nur keine Freude an solchem närrischen Zeug. Viel lieber nahm er ein Buch in die Hand und schaute sich die Abbildungen der Blumen und Insekten an. Trotzdem hing er sehr an Almut. Liebe? Nein, so weit zu denken wagte er nicht, schon wegen des Standesunterschieds. Seine Jugendgespielin war so voller Leben, riss ihn einfach mit. Das tat ihm gut. Nur heute wollte er nicht.

Just in diesem Moment tauchte wie aus dem Nichts Hennes auf, Konrads Bruder und der Älteste von den dreien. Er hatte eine Narbe quer über die Stirn. Unbemerkt musste er eine Weile zugeschaut haben. »Almut, du mit deinen kindischen Spielen. Wind fangen, so etwas Dummes.« Er lachte auf. »Typisch Mädchen!«

Sich seiner Wirkung auf die weibliche Jugend im Dorf bewusst, wölbte er seine Brust und hob das Kinn. »Da, schau mich an: Ich kann, wenn ich will, über das Moor laufen, ohne einzusinken. Das ist etwas für harte Burschen, die sich vor nichts fürchten. Dazu gehört allerdings Mut, aber den haben Waschweiber natürlich nicht.«

»Beweise es erst einmal, du Großmaul, dann sehen wir weiter.« Almut pflanzte sich nun ihrerseits vor ihm auf und fixierte ihn mit herausfordernden Blicken.

Ohne die beiden noch eines Blickes zu würdigen, sprang Hennes behände auf einen aus der grünbraunen moorigen Oberfläche herausragenden Stein, dann auf einen Wurzelstumpf, warf einen Prügel ins Wasser, balancierte vorsichtig darüber, um gleich wieder auf eine feste Unterlage zu hüpfen, und erreichte mit einem mächtigen Sprung das andere Ufer. Das war ohne Zweifel gekonnt.

Beide Hände in die Hüften gestemmt, stand er in Siegerpose auf der anderen Seite des Moorlochs und rief: »Wer macht es mir nach? Wer traut sich? Meinen Bruder, Vaters Liebling, den Bücherwurm und Schmetterlingsjäger, brauch ich erst gar nicht zu fragen, er hat ja immer die Hosen voll. Aber du, Almut, was ist mit dir?«

Es war nicht zu übersehen, dass es Almut in den Knochen juckte. Sie wollte schon, aber ein Quäntchen Angst war auch da.

»Ha«, kam es von der anderen Seite. »Von Engeln und Teufeln reden und der Dämonen spotten, aber über eine Wasserlache zu hüpfen, dazu fehlt ihr halt der Mumm. Ich habe immer gewusst, dass Mädchen Angsthasen sind.«

Das konnte Almut nicht auf sich sitzen lassen und setzte zum Sprung an. Entsetzt packte Konrad sie am Arm. »Almut, bleib! Hennes will dich nur zu etwas Unvernünftigem verführen. Wenn du hineinfällst und einsinkst, reibt er sich die Hände und hüpft vor Schadenfreude.«

Bittend wandte er sich an seinen Bruder: »Wir wissen, dass du der Tapferste und Mutigste bist, aber mit deinen Lockungen bringst du Almut in Gefahr. Sie kennt das Moor nicht so gut wie du. Bist ja fast jeden Tag hier draußen.«

Enttäuscht winkte Hennes ab. Konrad appellierte an seine Ehre. »Vor drei Tagen haben wir uns geschworen, dass wir wie Geschwister in guten und in bösen Tagen zusammenstehen wollen. Wir haben uns sogar mit dem Messer ein Kreuz in den Unterarm geritzt und unser Blut ausgetauscht. Die Wunden sind noch nicht verheilt und du benimmst dich nicht wie jemand, der um seine Schwester besorgt ist.«

Hennes schleuderte einen Stock nach ihm. »Das sagst du doch nur, um dich bei Almut einzuschmeicheln. Glaubst du, ich merke nicht, wie du ihr schöne Augen machst? Aber Almut gehört mir.«

Drohend hob er die Faust. »Wer hat denn Almut wieder zum Leben erweckt, als sie vom Baum gefallen war? Du vielleicht? Du bist ein Vatersöhnchen, das immer schön gehorcht, das alles tut, was der liebe Vater möchte. Du bist doch kein Mann. Also halt dein Maul und lass sie selbst entscheiden!«

Almut hielt sich die Ohren zu. Sie wollte nicht diejenige sein, um die sich die Brüder stritten. Jeden der beiden mochte sie auf eigene Art. Schon mit fünf Jahren waren sie auf alle Bäume geklettert, hatten sich von Ast zu Ast gehangelt, da konnte es nicht ausbleiben, dass man zu Boden fiel und sich den Arm aufschürfte. Ja, zuerst bewunderte sie den Mut, die Kraft des Älteren, aber mit der Zeit fühlte sie sich mehr zu Konrad hingezogen, obwohl sie sich das weder anmerken ließ noch ein Wort darüber verlor. Sie kannte den Hitzkopf Hennes. Er wäre in seiner Unbeherrschtheit fähig, seinen eigenen Bruder ins Messer laufen zu lassen.

Die Eifersüchteleien passten jetzt nicht hierher. Heiraten würde sie sowieso keinen von beiden. Nicht weil sie ihr zu gering waren, sondern weil sie sich niemals in einer Ehe binden lassen wollte. Schon oft hatte sie gehört, dass die Ehe einem Gefängnis gleichkomme. Frei wie ein Vogel wollte sie sein. Basta!

Kurz entschlossen nahm sie Anlauf und sprang. Sie erreichte wohlbehalten und sicher den ersten Stein, dann setzte sie zum zweiten Sprung an. Oh Gott, das ging schief. Auf der glitschigen Wurzel rutschte sie aus und klatschte in die grünbraune Brühe. Im ersten Moment war sie so erschrocken, dass sie wie wild um sich schlug und mit den Beinen strampelte, aber je mehr sie das tat, desto tiefer sank sie ein. So tief, dass ihre Beine im klebrigen Schlamm immer schwerer wurden. Sie spürte, wie sie in dem haltlosen Morast Stück um Stück nach unten gezogen wurde. Panische Angst überkam sie.

Hennes lachte höhnisch. »Hab ich doch gleich gewusst. Weiber sind für nichts zu gebrauchen.«

Er schien die Gefahr, in der sich Almut befand, nicht zu erkennen oder erkennen zu wollen. Anders Konrad. Er schrie seinen Bruder an. »Sie sinkt ein! Siehst du das nicht? Such eine lange Gerte, damit sie sich daran festhalten kann! Schnall deinen Gürtel ab, zieh dein Hemd aus, mach ein Seil daraus und wirf es Almut zu! Schnell!«

Hennes dachte nicht daran. »Spiel dich nicht so auf. Almut kann sich allein befreien. Sie braucht nur mit den Armen Schwimmbewegungen zu machen, dabei ein Bein nach dem anderen langsam nach oben ziehen und versuchen, den Körper flach auf die Oberfläche zu legen. Ein Kinderspiel. Hab ich schon oft gemacht.«

»Wenn Almut etwas passiert, schlag ich dich tot, du Schwestermörder.«

*

Wie besessen wuchtete Konrad einen verrotteten Stamm hoch, warf ihn ins Moor und suchte fieberhaft nach armdicken Ästen. Eine Brücke wollte er bauen. Er zog seine Schuhe aus, legte sich bäuchlings auf das schwankende Gebilde und robbte vorsichtig auf Almut zu. Unter ihm schwabbelte und brabbelte es. Blasen stiegen hoch. Es roch nach Schwefel und verfaulten Pflanzen. Langsam näherte er sich der schon bis zu den Hüften Eingesunkenen. Das blanke Entsetzen sprach aus ihren Augen. Er streckte seine Hand aus. Ihre Fingerspitzen berührten sich. In diesem Moment gab seine Brücke nach und auch er fiel in den Morast.

Was er zuerst hörte, war Hennes' hämisches Lachen, dann das Blubbern. Konrad, sagte er sich, verlier jetzt nicht die Nerven – leg deinen Oberkörper flach auf die schwabbelige Masse, streck die Beine wie ein Frosch aus und versuch, dich mit den Händen zu Almut zu schieben. Mühsam konnte er sich über Wasser halten und mit höchster Konzentration gelang es ihm, sich der Jugendfreundin zu nähern. Wie eine Ewigkeit erschien es ihm, doch dann berührten sich ihre Hände. Almut klammerte sich fest und ließ ihn nicht mehr los. Konrad konnte sich kaum noch bewegen, wurde unter Wasser gedrückt. Er sank, tiefer und tiefer. Ihr Gurgeln, ihre Angstschreie hörte er nicht mehr. Endlich spürte er unter seinen Füßen einen harten Gegenstand. Mit Wucht stieß er sich nach oben, fasste nach dem Baumstamm, umklammerte ihn, griff erneut nach Almuts Händen und zog sie zu dem haltgebenden Stamm. Seine Finger krallten sich in die Rinde. Festhalten! Nicht loslassen!

Seine letzten Kräfte verbrauchend, kämpfte sich Konrad paddelnd zurück ans Ufer, seine Last hinter sich herziehend. Es schien wie ein Wunder, als er endlich festen Boden unter seinen Füßen spürte. Gemeinsam robbten sie aus dem Verderben bringenden Schlamm und blieben halb tot im Gras liegen. Konrad regte sich nicht mehr. Mit glitschigen, verdreckten Händen strich Almut Konrad über die Wangen und hauchte ihm etwas ins Ohr. Es war nicht ganz zu verstehen, aber es klang nach einer unaussprechbaren Dankbarkeit, ein Leben lang.

*

Keinen einzigen Blick warf Almut ans jenseitige Ufer. Konrad hatte sein Leben für ihr Leben eingesetzt, und sein Bruder, der sich immer als ihr Beschützer aufspielte, was hatte der getan?

Sie warf sich über Konrad und heulte auf wie ein Schlosshund. Das befreite sie von der durchgestandenen Angst und ihre Tränen weckten Konrads Lebensgeister. Wange an Wange blieben sie liegen, und keine Macht der Welt hätte sie trennen können.

Da ertönte eine Glocke vom Herrenhaus her. Zeit zum Nachhausegehen. Das Abendessen würde fertig sein. Zum

Herrenhaus gehörte auch das Gesindehaus. In ihm wohnte der Aumann mit seinen zwei Söhnen. Seit den Zeiten Hunolds von Husen war das Gehöft eine Gemeinschaft, man lebte zusammen, arbeitete zusammen und aß zusammen. Heute würde es Hirsebrei mit Apfelschnitz geben und der alte Wessel, die gute Seele des Hauses, würde darauf achten, dass die Räuberbande mit sauberen Händen am Tisch Platz nahm.

*

Hennes schlug einen anderen Weg ein. Seine Gedanken waren finster, es gärte und kochte in ihm. Almut hatte Konrad ihm vorgezogen, dafür würde sie büßen müssen, und seinen Bruder würde er auch noch kleinkriegen, dass er sich nicht mehr muckste. »Das werde ich tun, so wahr ich Hennes Wolgast heiße.«

3.

Wie ein Besessener hieb Hennes mit einer Gerte auf den Baumstumpf ein und schrie sich die Wut aus dem Leib. Beim gestrigen Abendtisch im Herrenhaus war es zum Streit gekommen. Almuts Vormund hatte sich eingefunden und von dem Fiasko des Italienfeldzugs berichtet. Hennes hatte seinen vorlauten Mund nicht halten können und den König als Feigling und Schwachkopf bezeichnet.

Daraufhin hatte ihm sein Vater eine schallende Ohrfeige gegeben und des Raumes verwiesen. Genau das war der Tropfen, der den Krug zum Überlaufen gebracht hatte. »Mein Vater stellt mich vor allen bloß. Ich sei zu unbeherrscht, jähzornig, würde sofort meine Fäuste gebrauchen. Oh, wie habe ich diese ständige Meckerei satt. Dazu kommt die blöde, langweilige Arbeit. Jeden Tag Reusen aus dem Wasser ziehen, die Fische einzeln herausklauben und sie im

Bottich auf dem Rücken zur Zollburg tragen. Davon bekomme ich einen krummen Rücken und mein Vater die Anerkennung der Herrschaften. Ist das gerecht? Ich bin zu etwas Höherem berufen. Das spüre ich.«

Höhnisch lachte er auf, setzte wie bei einem höfischen Tanz einen Fuß vor den anderen und wiegte sich in den Hüften. »Möchte auch einer sein, der an der Tafel sitzt und Fische verspeist, der sich Wein nachschenken lässt, dem die Hofdamen Blicke zuwerfen und mit denen er sich im Tanze wiegt. In diesem armseligen Loch hier versauere ich noch. Ich muss hinaus in die Welt.«

Noch ein letzter Schlag, dann lenkte er seine Schritte ins Dorf zur Fischerklause, unweit des Sankt-Sebastians-Kirchleins und nur ein paar Meter vom Wohnhaus des Schultheißen Wernz entfernt. Diese beiden Gebäude waren im Dorf Mannheim die einzigen, die solide aus Stein gebaut waren, alle anderen bestanden aus Fachwerk, hatten lehmverputzte Wände und Strohdächer.

In der verrußten Kneipe spielten sie mit den neumodischen Karten – Pik und Ass und Trumpf. Nicht vorn, im Hinterzimmer. Glücksspiel war in der frommen Kurpfalz verboten. Das welsche Kartenspiel sei des Teufels, wurde von der Kanzel gepredigt und jedem das Fegefeuer angedroht, der auch nur eine dieser Karten anrühre. Doch alles Verbotene besaß eine magische Anziehungskraft.

Warum trafen sich die Kartenbrüder, wie sie sich nannten, gerade hier in der Fischerklause? Weil an solch einem unverfänglichen Ort nie ein Amtmann oder sonstiger Regierungsbeamter vorbeikam. Ungestört konnten die Süchtigen in der Abgeschiedenheit ihrer Leidenschaft frönen.

Vorsichtig drückte Hennes die angelehnte Tür auf und streckte erst einmal seinen Kopf in den Wirtsraum. Dunkel war er, die Wände verdreckt und die Luft zum Schneiden dick. Im gleichen Raum wurde gekocht, bewirtet und gegessen. Der Wirt, der blaue Dieter, gab ihm mit einer Kopfbewegung zu verstehen, dass die Kartenbrüder sich im Hinterzimmer befanden. Dass Ritter Egolf dabei sein würde, war ihm bekannt, doch dass auch Schultheiß Wernz und ein Wormser Geldverleiher dem Spiele frönten, war ihm neu. Von dem vierten Mann wusste er nur, dass er beim Zentgericht tätig war und zum Freundeskreis des Ritters zählte. Im Grunde waren alles noble Herren, die etwas zu sagen hatten und nicht auf den Pfennig achten mussten. Eine eingeschworene Männerrunde. Das zog Hennes mächtig an.

Die Herren hatten gerade eine Pause eingelegt, so brauchte er Ritter Egolf, der früher viel Zeit im Herrenhaus verbracht hatte, nicht während des Spiels zu unterbrechen. Schrittweise und in devoter Haltung, wie es ihm als Pfälzer Untertan gebührte, näherte er sich ihm und fragte, ob es erlaubt sei, sich neben ihn zu setzen.

*

Ritter Egolf war bass erstaunt, den ältesten Sohn des Aumanns hier zu sehen, denn um diese Zeit mussten die Fischer, Bauern und all die anderen ihrer Arbeit nachgehen und konnten nicht um die Wirtshäuser schleichen. Hennes war für ihn kein Unbekannter, doch konnte er sich nicht vorstellen, was der Bursche von ihm wollte. Als er ihm ins Gesicht sah, bemerkte er, dass den Jungen etwas bedrücken musste. An einem anderen Tag hätte er sich wahrscheinlich nicht mit Taglöhnern abgegeben, doch heute war ein guter Tag für ihn. Er hatte passable Karten erhalten und in seinen Taschen klimperten die gewonnen Silbermünzen. »Er zieht ein Gesicht, als ob ein Unwetter bevorstünde. Raus mit der Sprache! Er streicht ja nicht umsonst hier herum.«

»Der Edle von Husen hat ein gutes Gespür für Menschliches. Ja, wie sich am Himmel etwas zusammenzubrauen scheint, so auch in mir. Ich sage es ohne Umschweife. Ich halte es zu Hause nicht mehr aus. Alles ist zu klein, zu eng. Ich will die Welt sehen, möchte meinen Mann stehen, aber nicht bei den Fischen, Schnecken und Kröten. Daher möchte ich Euch fragen, ob Ihr mir bei der Suche nach einer Stelle behilflich sein könntet.«

Der Ritter hörte sich erst einmal alles ruhig an, denn den Wunsch des Burschen konnte er gut nachvollziehen. Er hatte ja auch sein Elternhaus verlassen. Doch hier schien es einen gewaltigen Unterschied zu ihm zu geben. »Weiß Sein Vater von Seinen Plänen und stimmt er denen auch zu?«

Aus dem Gedruckse und der kleinlauten Antwort konnte Egolf seine Schlüsse ziehen. »Hat Er sich mit seinem Vater überworfen? Das wäre nicht gut, denn jeder Dienstherr wird Ihn danach fragen. Aber ...«

Wieder musste er an seine eigene Jugend denken. Er hatte mit Willen seines Vaters das Elternhaus verlassen und bei dem Hirschhorner als Page das ritterliche Handwerk erlernt. Vielversprechend klopfte er Hennes auf die Schulter. »Ich werde mit meinem Freund sprechen, einem Mainzer Domherrn, ob er Ihn beim Erzbischof unterbringen kann. Der sucht immer mutige Männer, die nicht lange fragen, sondern handeln. So schätze ich Ihn zumindest ein.«

Ein selbstkritisches Lächeln glitt über seine Lippen. »Ich war lange in fremden Diensten und habe erlebt, dass man manchmal Dinge tun muss, die einem widerstreben. Hätte Karriere machen können, doch mein Fell war damals nicht dick genug. Wie es mit Seinem Fell aussieht, weiß ich nicht.«

Egolf war sich nicht sicher, ob Hennes begriffen hatte, was er ihm damit sagen wollte. Doch er war nicht der Erzieher des jungen Mannes und auch kein Moralapostel.

Ein Grollen unterbrach die Unterredung. Vom Westen her zogen bedrohliche Wolken auf. Im Linksrheinischen musste es schon regnen.

Bevor die Wassergüsse über sie hereinbrechen würden, musste der Ritter noch etwas klarstellen. »Er weiß, dass Er Untertan des pfälzischen Königs ist. Dieser lässt niemand außer Landes, es sei denn, man kann ihm eine Handvoll Dukaten auf den Tisch legen.«

Wieder dachte er angestrengt nach. »Im Augenblick fällt mir keine Lösung ein. Aber dem Domherrn stehen andere Mittel zur Verfügung, nicht immer die edelsten. Das muss Er wissen und das muss Er bei allem bedenken, was von Ihm verlangt wird.«

Es schien, als hätte Hennes gar nicht zugehört. Er war in einen Freudenrausch verfallen. »Ritter Egolf, das alles wollt Ihr für mich tun? Ich werde Euch ein Leben lang dafür dankbar sein.«

Wieder ein gewaltiger Donnerschlag. Diesmal näher. Lange würde es nicht mehr trocken bleiben.

*

Heute hatte Hennes mehr erreicht, als er erhofft hatte. Frohgelaunt und in Feierlaune bog er um die Ecke der Fischerkneipe, als er wie von einer Riesenhand zurückgedrängt wurde. Ein Windstoß traf ihn, so stark, dass er hätte Bäume umlegen können. Der Himmel war pechschwarz. Jeden Augenblick konnten sich die Schleusen öffnen und sich der Regen kübelweise auf die Erde ergießen – alles unter sich zermalmen, plattdrücken, wegschwemmen – einer Sintflut gleich.

Jetzt nichts wie weg, war Hennes' einziger Gedanke. Hastig zog er sein Wams enger an den Leib und rannte in Richtung Herrenhaus. Trocken würde er dort nicht ankommen und gefährlich war es zudem. Der Wind riss nicht nur Äste herunter, sondern entwurzelte ganze Bäume. Ach was, er war doch keine Memme.

*

Nass bis auf die Haut hatten Bürklin, Konrad, der alte Wessel und Almut eine Reihe gebildet, um Sandsäcke zwischen dem Herrenhaus und dem Kanal, der über die Ufer getreten war, aufzutürmen. Im Innenhof stand das Wasser bis zu den Knöcheln. Noch eine Elle mehr, und sie würden in der Stube mit dem Nachen fahren können. Wo war Hennes? Der Vater hatte schon dreimal nach ihm gerufen. Jede Hand wurde gebraucht. Die Sorge um den ansteigenden Pegel hatte für eine Weile Bürklins Ärger über seinen ältesten Sohn verdrängt. Den ganzen Tag war er nicht zu sehen gewesen.

Jetzt wurde im Dorf das Sturmglöckchen geläutet. Das bedeutete, dass jeder Mann und jede Frau zu Hause alles stehen und liegen lassen musste und sich am Sammelplatz einzufinden hatte. Wenn die Kanäle verstopften, wenn Dämme brachen oder Brücken einstürzten, war jeder gefordert, und die Aufgabe des Aumanns war, die notwendigen Arbeiten und Einsätze abzustimmen. Sofort gab Bürklin Anweisung, als Erstes die Haustür abzudichten und dann alles Verderbliche vom Erdgeschoss in die oberen Kammern zu schaffen. Dann fasste er Konrad am Ärmel und zerrte ihn hinter sich her.

Vor der Kirche hatten sich alle verfügbaren Männer und Frauen eingefunden. Der Aumann ließ sich berichten, wie hoch der Rhein stand, was der Neckar machte und welche Kanalbrücken noch passierbar waren. Dann teilte er Beile, Haken, lange Stangen und Sägen aus und schärfte den Fischern und Bauern ein, dass das Wasser fließen müsse, sich nie stauen dürfe, falls doch, müsse unter allen Umständen die Ursache beseitigt werden – das betonte er dreimal. Was nicht zu retten sei, sollten sie dem Schicksal überlassen. Keine zu großen Risiken eingehen, ein Menschenleben sei wichtiger als ein nasser Mehlsack oder eine in den Fluten treibende Katze. Den Frauen trug er auf, Sandsäcke zu füllen, auf Karren zu laden und zu den Einsatzstellen zu bringen. Es war eine Schinderei, kein Weg war mehr passierbar. Die Räder blieben stecken oder die Achsen brachen. Bürklin Wolgast war überall, als ob er Flügel hätte. Er gab gute Worte oder trieb seine Leute an.

Immer wieder schaute er sich suchend um. Hennes war nirgends zu sehen. Auch fragen half nichts. Wie vom Erdboden war der Sohn verschwunden. Schon machte er sich ernsthafte Sorgen um ihn. Ein Blitzschlag hätte ihn treffen oder ein umstürzender Stamm ihn unter sich begraben können. Einen Suchtrupp zusammenstellen? Nein, hier wurde jetzt jede Hand gebraucht, um das Wasser zum Abfließen zu bringen. Haus, Hof und die Ernte standen auf dem Spiel.

Endlich, endlich tauchte der Verlorengeglaubte auf. Am liebsten hätte Bürklin seinem Sohn eine Backpfeife verpasst, doch ohne viele Worte drückte er ihm eine Stange in die Hand und schickte ihn zu den Leuten am Damm im niederen Grund. Alles andere würde er später regeln.

*

Während den Männern und Frauen der Schweiß von der Stirn lief, hatten sich die Alten und Kinder im Kirchlein versammelt, um auf den Knien liegend alle Heiligen anzuflehen, das Unwetter weiterziehen zu lassen. Inbrünstige Gebete waren zu hören, aber auch die Frage, warum ausgerechnet sie von so einem Unglück getroffen wurden. »Was haben wir getan, dass Du, oh HERR, uns so zürnst? Wir gehen jeden Sonntag in die Kirche, ehren und preisen Dich und vergessen auch die Armen und Kranken nicht. Unsere Steuern entrichten wir auf Heller und Pfennig und noch nie kam eine Klage über unsere Lippen. Warum, oh HERR, müssen wir das erleiden?«

Ein Gezischel, ein Gewisper, zuerst ganz leise, kaum hörbar, dann aber doch so, dass alle es hören konnten. »Es gibt schon einen Grund. Der HERR sieht alles und der HERR ist erbost, weil eine gewisse Jungfer Zauberei ausübt. Sie tut Dinge, die das Licht des Tages scheuen und sie hat das Unwetter bestimmt herbeigezaubert.«

»Pscht, seid still, ihr Lästerzungen!«

»Pah, mit eigenen Augen und Ohren haben wir gesehen und gehört, wie sie mit Tänzen und Worten und fürchterlichen Verwünschungen das Wetter heraufbeschworen hat.«

»Was, wer, wo?«

»Die Uneheliche war's. Sie glaubt, nur weil ihr Erzeuger ein Adeliger war, kann sie tun und lassen, was ihr beliebt. In der Kirche beim Gottesdienst sieht man sie nicht allzu oft, sie hüpft lieber um das Moorloch herum und verführt die braven Buben des Aumanns. Sie war es, der Bastard. Man hätte sie schon längst von hier vertreiben müssen, dann wäre Ruhe.«

»Mein Gott, was ihr da sagt, ist ja schlimm.«

»Euch werden noch die Tränen in die Augen steigen, wenn ihr seht, dass die ganze Ernte vernichtet ist. Bei den Wassermassen, die da herunterkommen, wird kein Halm mehr aufrecht stehen. Alles wird verfault und vermodert sein.«

»Oh Gott, was sollen wir tun?«

»Die Schuldige muss bestraft werden.«

»Wo ist sie? Ins Loch mit ihr!«

Pfarrer Endres hatte schon die ganze Zeit ein wachsames Auge auf die Frauengruppe in der linken Ecke der Kirche geworfen. Er kannte sie. Allesamt verarmte Witwen, die ihren Lebensunterhalt durch Holzsammeln verdienen mussten. Sicher waren sie von Sorgen geplagt, aber das gab ihnen nicht das Recht, über andere herzuziehen oder gar Dinge zu behaupten, die gotteslästerlich waren. Es war seine Christenpflicht, schon im Vorfeld solchen abstrusen Verdächtigungen und gottlosen Reden Einhalt zu gebieten. Er musste ihnen ins Gewissen reden. »Der HERR, unser Gott, liebt alle Rechtschaffenen und Gottgläubigen und verdammt diejenigen, die falsches Zeugnis geben. Unwetter kommen und gehen. Jeder hat schon welche erlebt. Es ist, als ob die Natur sich in bestimmten Zeitabständen entladen muss. Nach einer großen Hitze folgt in der Regel ein großer Regen. Das ist so seit Urzeiten und wird auch in Zukunft nicht anders sein. Es hat nichts, aber auch gar nichts mit Zauberei zu tun. Und«, drohend hob er den Zeigefinger, »das sei euch allen gesagt, niemand kann durch Worte oder Taten Naturerscheinungen hervorrufen. Nur Gott ist allmächtig. Betet lieber, dass die Männer und Frauen wieder heil zurückkommen und dass der Schaden nicht gar so groß ausfalle.«

Schon drei Stunden wütete der Orkan, derweil war es Nacht geworden. Zum Umfallen müde kehrten die Männer zurück. Ein Menschenleben hatte es Gott sei Dank nicht gekostet, aber die Ernte würde an manchen Stellen vernichtet sein, zumal noch Hagel dazugekommen war.

Die Glocke läutete ein zweites Mal. Pfarrer Endres stimmte ein Loblied an und dankte Bürklin Wolgast für seinen besonnenen Einsatz und den unerschrockenen Männern und Frauen dafür, dass sie das Dorf vor noch mehr Schaden bewahrt hatten. Zudem ermahnte er diejenigen, deren Ernte weitgehend verschont geblieben war, ihre betroffenen Nachbarn nicht zu vergessen. Alle gelobten und versprachen es. Die Eintracht war wiederhergestellt. Doch es schien nur so. Nach dem Gottesdienst fing das Getuschel von Neuem an. Den mittlerweile eingetroffenen Schultheiß zog Pfarrer Endres zur Seite und bat ihn, den Lästerzungen das Maul zu stopfen. »Schultheiß, wir alle kennen diese Betschwestern. Jeder tote Vogel, den sie am Wegrand liegen sehen, ist bei ihnen ein Zeichen für den Weltuntergang. Es ist wohl ihr täglicher Kampf ums Überleben, der ihnen ständig Ängste bereitet. Gebt ihnen aus der Almosenkasse der Gemeinde drei Kreuzer mehr und sie werden zufrieden sein.«

Mit solchen Mitleidsgedanken war der Pfarrer bei Wernz an den Falschen geraten. Der Schultheiß war einer, der bei der Gemeindekasse nur an die Einnahmen, aber nicht an die Ausgaben dachte. Nur für Gotteslohn und schöne Worte gab es nichts. Daher auch seine Antwort: »Pfarrer Endres, unsere Wege bestehen aus Schlamm und Dreck, kein einziger ist gepflastert, unsere Kanäle versanden, müssen ständig ausgehoben werden, unsere ...« Er hielt inne. »Ach, was soll ich mich aufregen. Was versteht denn ein Kirchenmann vom täglichen Leben. Ich bin in der Gemeinde für Ruhe und Ordnung zuständig und werde dafür sorgen, dass die Jungfer in Zukunft solche Faxen, und das ist milde ausgedrückt, unterlässt.«

4.

Nach einer Schlacht hätte es nicht schlimmer aussehen können. Wälder, Wiesen, Felder, alles stand unter Wasser und die Gersten- und Roggenhalme lagen flach auf dem Boden. Am anderen Tag gegen Mittag ließ sich zum ersten Mal die Sonne blicken. Neben der Eingangstür zum Herrenhaus saß Almut auf der eichenen Bank. Sie brauchte sich bloß umzuschauen: der Hof ein einziger See, die Bäche und Kanäle angeschwollen. Auf den Wiesen lagen haufenweise Salme, Zander und Aale. Sie zappelten nicht mehr, sondern begannen schon zu riechen.

Vielleicht war das noch das kleinste Übel, denn die Salmgründe gehörten dem Landesherrn und der würde den Ausfall verkraften können. Anders bei den Bauern und Weingärtnern. Der Hagelschauer hatte nichts übrig gelassen. Von ihrem Vormund wusste Almut, was einem Bauern blühte, dessen Ernte vernichtet war. Er würde, um überleben zu können, ein Stück Land verkaufen müssen.

Ihr Blick schweifte nach Osten. Dort lag die Residenz. Lange würde sie im Herrenhaus nicht mehr sein. Der Sommer war vorüber und sie musste ins Stadthaus zurück, ihr Vormund bestand darauf. Den gesellschaftlichen Pflichten nachkommen, wie er sagte. Oh, wie sie das hasste, die Plauderstunden der Damen, die Debatten mit den gelehrten Herren, die seichten Unterhaltungen zwischen den Tänzen und das Getüddel und Getue ihrer liebreizenden Altersgenossinnen. Saß das Mieder richtig, war der Rock nicht zu kurz, der Haarkranz korrekt geflochten? Viel lieber trieb sie sich mit den Jungen am Neckarufer herum, baute Flöße, fing Frösche oder watete wie ein Storch im seichten Wasser. Von solchen Gedanken musste sie Abschied nehmen. Linhart Dörzbach hatte ihrem Vater vor dessen Tod versprochen, auf seine beiden Kinder zu achten. Aus Egolf sollte ein ehrenhafter Oberst werden und aus der Tochter eine begehrte Braut. Schon bei diesem Wort musste sie lachen. Sie und heiraten! Sie war vermögend, sie brauchte sich niemandem anzubieten.

Schritte, Männerschritte, kräftige, derbe, waren zu hören. Sie kamen näher, bogen auf den Hof ein – Jöst, der versoffene, krummbeinige Aushilfsdorfbüttel und ein ihr unbekannter Bootsknecht der Zollburg. Ausgerüstet waren sie, als ob sie in den Krieg ziehen wollten. Hier gab es nur Fische und Eichhörnchen. Bären und Wölfe verirrten sich nur alle hundert Jahre einmal in das Sumpfland. Ja, drüben an der Bergstraße und vor allem im Odenwald, da waren die wilden Tiere zu Hause. Erlegen durfte sie allerdings nur der Kurfürst, den Bauern war Jagen und Fischen bei Leibesstrafe verboten. Sie war gespannt, was die beiden vorhatten. Es musste etwas Wichtiges sein, denn nur um ein Almosen oder eine Gabe für das Kirchweihfest einzusammeln, war der Weg vom Dorf hierher durch die Wassermassen und den Matsch viel zu beschwerlich.

»Sagt bloß, ihr wollt zu mir?«, foppte sie sie. Der Bootsknecht schien keinen Spaß zu verstehen, denn er machte eine bitterernste Miene. Aber sich geschwollen ausdrücken, das konnte er. »Wenn Sie die Jungfer mit Namen Almut Thalheim ist, möge Sie sich bitte«, er sagte wirklich bitte, »bereitmachen, um mit uns zu kommen. Es liegt etwas gegen Sie vor.«

»So, was denn?«

»Das wissen wir nicht. Uns schickt Dorfschultheiß Wernz. Er hat das kleine Rüggericht zusammengerufen.«

»Wegen mir? Ihr müsst euch irren. Ich habe mit dem Schultheiß nichts zu schaffen, und überhaupt, ich bin auf dem Weg in die Residenz. Wendet euch an meinen Vormund. Wenn irgendein Schaden entstanden sein sollte, wird er ihn begleichen.«

Der Bootsknecht, ein kurfürstliches Wappen am Wams, appellierte an Almuts Einsicht. »Jetzt mache Sie es uns nicht noch schwerer, als es ohnehin schon ist. In unserem Dienst haben wir nichts zu lachen, sind immer für alle nur der Fußabtreter. Wenn Sie nicht mitkommt, kriegen wir unser Fett ab. Wenn wirklich nichts vorliegt, kann Sie ja sofort wieder gehen, und wenn Sie will, treiben wir einen Karren auf und fahren Sie trockenen Fußes zurück.«

Almut wollte nicht, dass die beiden wegen ihr Scherereien bekamen. »Gut, aber zuerst schreibe ich noch eine Nachricht an den Aumann, er ist mit Konrad im Niedergrund, um nach den Reusen zu sehen. Ich möchte nicht, dass er sich meinetwegen Sorgen macht. Wo Hennes sich herumtreibt, weiß ich nicht.«

»Oh, wenn Sie den älteren Sohn des Aumanns meint, den hab ich zusammen mit Ritter Egolf und einem großen, hageren Herrn mit einem prächtigen roten Umhang, auf dem das Mainzer Rad zu sehen war, im Wirtshaus hinter der Kirche gesehen«, klärte sie der Bootsknecht auf. »Sie hatten wichtige Dinge zu besprechen, so schien es zumindest.«

»So!«, war die einzige Antwort, die Almut gab.

Ein richtiges Rathaus hatte das Dörfchen Mannheim im Zwickel zwischen den Flüssen nicht, eher so eine Art Gemeindehaus, in dessen einziger Stube das Dorfgericht tagte. Im angebauten viereckigen Turm, so wurde das erhöhte Etwas bezeichnet, gab es eine Arrestzelle, bei extremem Hochwasser die letzte Zufluchtsstätte. Ansonsten wurden im ebenerdigen, feuchten Loch diejenigen bis zum Zusammentreten des Rüggerichts eingesperrt, die zu sehr dem Wein zugesprochen, sich an einer fremden Gans vergriffen oder – was eines der schlimmsten Verbrechen war – heimlich den Grenzstein zu ihren Gunsten versetzt hatten. Das Haus des Dorfgewaltigen, des Schultheißen, schloss sich unmittelbar an, sodass der Amtsträger es nicht allzu weit zu seinen Geschäften hatte.

Als Almut, umrahmt von ihren beiden Bewachern, die Stube betrat, saßen dort bereits der Ortsvorsteher und drei Mitglieder des Dorfgerichts am zirbelhölzernen Tisch und vertrieben sich die Zeit bei einem Schoppen. Laut ging es zu. Natürlich wurden das Unwetter und dessen Schäden ausführlich behandelt. Einige hatte es besonders hart getroffen. Wer jetzt ein wenig Geld auf der Kante hatte, konnte billig eine Hufe erwerben, denn so mancher würde gezwungen sein, sein Land unter Wert zu verkaufen.

»Ah, da kommt Sie ja. Wir haben schon auf Sie gewartet.« Der Schultheiß gab den Bütteln ein Zeichen, Almut auf den Verhörstuhl zu setzen und sich rechts und links zu platzieren. Hatten die vier Männer Angst, dass die Jungfer einen Aufstand anzettelte oder gar um sich schlagen würde?

Almut fühlte sich mehr und mehr unwohl in dieser Situation. Sie spürte die kalten Blicke. Das eingetretene Schweigen bereitete ihr Unbehagen. So eine Situation war sie nicht gewohnt. In barschem Ton fragte sie: »Jetzt sagt endlich, Ihr Herren, was Ihr von mir wollt. Dumm herumzusitzen ist nicht meine Sache.«

Das kam beim Schultheiß nicht gut an. »Sie redet, wenn Sie gefragt wird, und schlägt einen anderen Ton an. Hier sitzen die Honoratioren der Gemeinde!« Wernz, der vor einem Jahr vom Kurfürsten zum Schultheiß ernannt worden war und aus dem Linksrheinischen stammte, erhob sich und zupfte die Falten seines Rockes gerade. Er war im Dorf der Einzige, der ein so kostbares Kleidungsstück besaß. »Um es kurz zu machen. Sie wird beschuldigt, einen Wetterzauber ausgeübt und damit das Unwetter herbeigelockt zu haben. Viele ehrsame Bürger kamen dadurch ...«

Almut glaubte, nicht richtig gehört zu haben, aber als sie in die ernsten Mienen der Schöffen sah, wusste sie, dass es genau so gemeint war, wie es Wernz gesagt hatte.

»So ein Blödsinn, hirnrissig ist das«, fiel sie dem Schultheiß erregt ins Wort. »Es gibt keinen Wetterzauber!« Dann lachte sie hell auf. »Ich habe nicht gewusst, dass ausgewachsene Männer so abergläubisch sein können. Geister zu sehen, Stimmen zu hören ist doch den alten Weibern und Betschwestern vorbehalten – die Herren der Schöpfung müssten über solch ein Geschwätz erhaben sein. Wenn das die Hofleute in der Residenz hören, halten sie sich vor Lachen die Bäuche. Die Mannheimer, ein Volk, das noch hinter dem Mond lebt. Ha, ha, ha!«

Der Ronellenfitsch Heiner, Eigentümer einer Hufe, sonst ein vernünftiger Mann, der sich redlich mit seiner sechsköpfigen Familie durchschlug, verbat sich solch eine Unterstellung. Er fühlte sich von der Jungfer verhöhnt. »Ich habe den Schaden und nicht Ihr. Ich werde wohl nun als Knecht irgendwo unterkommen müssen, um meine Familie ernähren zu können, derweil Ihr auf dem Trockenen sitzt und gescheite Reden führt. Hört Ihr meine Kinder schreien? Hunger haben sie! Wenn das halbreife Korn auf dem Boden liegt und verfault, kann nichts in die Scheune eingefahren werden, aber die Abgaben bleiben die gleichen. Ihr solltet von Eurem hohen Ross heruntersteigen!«

»Genauso ist es«, warf der Holler Heinz mit donnernder Stimme ein. »Wir sitzen hier, weil wir um das Wohl der Gemeinde besorgt sind, und brauchen uns nicht von Ihr verspotten zu lassen. Wenn eine Klage vorliegt, gehen wir ihr ohne Ansehen der Person nach. Glaubt Sie denn, wir haben uns die Anschuldigung aus den Fingern gesogen? Es gibt Zeugen, die Sie bei derlei Tun beobachtet haben.«

Almut fühlte sich missverstanden, noch nie hatte sie auf Leute von oben herabgeschaut, hatte sich nie etwas auf ihre Herkunft eingebildet. Im Gegenteil, sie empfand sich als eine, die gegen niemanden Vorurteile wegen des Standes, Vermögens oder Titels hatte. Es ärgerte sie, dass die beiden Schöffen sie in diese Ecke drängten. Immer hatte sie gedacht, dass die Mannheimer über eine größere Weitsicht verfügten. Als Flößer, Schiffer, Fährmänner kamen sie doch mit den unterschiedlichsten Leuten zusammen, manche waren sogar schon in Amsterdam, Basel, Speyer, Worms gewesen. Mainz kannten sie eh. Sie wussten also, was in der Welt vorging – und nun dieses abergläubische Getue.

Sie ging zur ihrer Verteidigung über. Dabei klang ihre Stimme zwar selbstsicher, aber nicht anmaßend. »Was haben denn die Zeugen gesehen und wer sind sie? Sie sollen es mir selbst sagen und mir dabei in die Augen schauen.«

Dem Schultheißen schien dieser Hinweis sehr recht zu sein. Möglicherweise verkürzte dies das Vorgehen. »So machen wir es. Wir rufen gleich morgen das große Rüggericht zusammen, denn wir wollen uns nicht nachsagen lassen, wir hätten irgendein Recht gebeugt.« Er zitierte sogar den Teil der Landesverordnung, der sich mit Rügen befasste, und beschloss, dass die Angeklagte bis zur Gegenüberstellung in die Arrestkammer gesperrt werden sollte. Der Schultheiß sagte dies mit einer Zufriedenheit, der eine gewisse Schadenfreude unterstellt werden durfte.

Zuerst war Almut die Luft weggeblieben, doch dann protestierte sie lautstark. »Was, in dieses Dreckloch wollt Ihr mich stecken! Das dürft Ihr nicht. Ich werde Euch vor dem Zentgericht verklagen.« Dass hinter der Klage wegen Zauberei etwas ganz anderes stecken könnte, dieser Gedanke kam ihr nicht.

Wütend sprang sie auf und wollte so schnell wie möglich dem unheilvollen Ort den Rücken kehren. So eine Behandlung brauchte sie sich nicht gefallen zu lassen. Sie einsperren, in den Turm! Sie, eine Tochter des Edlen von Husen! Nichts wie raus aus dieser schwülen, verleumderischen Luft, die einem das Atmen erschwerte. Doch die zwei amtlich bestellten Wächter hinderten sie am Verlassen der Gerichtsstube, packten sie und zerrten sie in Richtung des steinernen Turms.

In diesem Moment stürmten der Aumann und sein Sohn Konrad ins Gemeindehaus. Sie hatten sofort verstanden, um was es ging. Mit starken Armen wollten sie Almut aus dem Griff der Büttels befreien. Bürklin und Konrad teilten kräftig aus; es hätte nicht viel gefehlt, und sie hätten die Amtsträger niedergerungen, doch zuvor griffen die Schöffen und sogar der Schultheiß ein. Zwei gegen fünf, das konnte nicht gut ausgehen. Der Aumann und sein Sohn wurden an die Wand gedrängt und mit den Fäusten traktiert. Bevor Almut hinter der Tür verschwand, rief sie Konrad zu, er solle sich ein Pferd borgen und sofort in die Residenz reiten, um ihren Vormund zu verständigen. »Ich werde grundlos verleumdet. Linhart soll sich sofort auf den Weg machen. Wenn möglich, soll er Verstärkung mitbringen.«

Mutterseelenallein lag sie nun in dem finsteren Loch auf einem feuchten, stinkenden Strohsack. Es raschelte und Schatten huschten von einer Ecke zur anderen. Würgen musste Almut beim Anblick der Biester. Noch nie war sie so erniedrigt, mit Füßen getreten und wie eine Verbrecherin behandelt worden. Wer könnte dahinter stecken? Sie hatte doch nichts Böses getan – oder doch? Sie verfiel ins Grübeln.

Da war der Dorfschultheiß. Zweimal hatte er bei der Vernehmung höhnisch in sich hineingegrinst, als hätte es ihm Spaß bereitet, sie an den Pranger zu stellen. War er neidisch auf ihren verstorbenen Vater, den Edlen von Husen? Sollte dem so sein, dann wäre er ein kleinlicher, quakender Grasfrosch. Und Egolf? Unmöglich! Sie hatte nur schöne Erinnerungen an ihre Kindheit und wusste, dass er sie ins Herz geschlossen hatte. Im Grund musste alles ein dummes, ganz dummes Missverständnis sein. Der nächste Tag würde die Aufklärung bringen. Von dem vielen Denken war sie müde geworden. Die Augen fielen ihr zu.

Gut geschlafen hatte sie nicht; schon beim ersten Hahnenschrei sprang sie auf und lief in ihrem Gefängnis von einer Wand zur anderen. Was würde der Tag bringen? Die Zeit verging so langsam.

Schlurfen, Tapsen und Rülpsen. Das konnte nur der versoffene Jöst sein. Umständlich sperrte er die Zellentür auf und streckte seinen Kopf rein. »Auf geht's. Es ist so weit. Gehn wir!«

Sie musste zwei Schritte hinter ihm gehen. Vor der Gerichtsstube hielt er an, öffnete die Tür und schubste sie hinein. Fast wäre sie gestolpert. Der Raum war brechend voll, die Luft dick und schwül. Dazu kamen die Ausdünstungen der feuchten Kleider. Nach Schweiß, faulem Atem und dreckigen Füßen stank es. Für die Mannheimer war das Zusammentreten des Rüggerichts immer ein Ereignis. Außer ihren Feldern, Ställen, Ziegen und Ochsen gab es ja nichts. Das Wirtshaus? Da musste man schon viel Geld übrig haben. Deshalb war der Andrang riesengroß.

Almut musste sich wieder auf den Verhörstuhl setzen. Heute waren alle Schöffen anwesend, zwölf an der Zahl. Einige kannte sie, den Schreiber der Zollfeste, den Sohn des Fährmanns Knoblich und den Stallmeister von Rheinhausen. Almut war beruhigter, denn diese Männer schätzte sie als vernünftig, nicht parteiisch oder gar fanatisch ein. Gewiss würden sie keine Ungerechtigkeiten zulassen. Sie suchte die Reihen ab. Ihr Vormund und ihr Halbbruder waren nicht zu sehen. Eigentlich hatte sie sich darauf verlassen, dass sie anwesend sein würden. Ein merkwürdiges, flaues Gefühl überkam sie. Alleingelassen fühlte sie sich, der Meute ausgeliefert. Halt! Sie hatte sich getäuscht. In der letzten Reihe entdeckte sie den Aumann, Konrad und den alten Wessel.

Schultheiß Wernz läutete die Glocke, zählte mit dem Finger: Zwölf Schöffen, das Rüggericht war vollständig und die Zeugenbefragung konnte beginnen.

Zwei herausgeputzte Frauen mit krummen Rücken, abgeschafften Händen und tiefen Runzeln im Gesicht stolzierten herein. Der Ausdruck war nicht falsch gewählt. Sonst schlurften oder hinkten sie, heute streckten und reckten sie sich und bewegten sogar ihre Hintern wiegend.

Almut war ihnen schon oft in den Wäldern begegnet. Es waren Holzsammlerinnen in alten abgewetzten Röcken und verschlissenen Miedern. Heute hingegen waren sie nicht wiederzuerkennen. Donnerwetter, dachte sie, dass man durch Holzsammeln so viel verdienen konnte. Vor der Schöffenbank blieben die beiden stehen und ließen sich bestaunen. Ein »Ah« und »Oh« ging durch die Reihen. Aller Augen waren auf sie gerichtet. Es schien ihnen zu gefallen, einmal im Mittelpunkt zu stehen.

Der Vorsteher des Ortsgerichts forderte die Zeuginnen auf, näher an den Tisch zu treten. »Hannemeiers Bertha und Krugs Hilde, persönlich bekannt. Ihr habt uns etwas zu sagen. Schildert den Schöffen, was ihr beobachtet habt, bevor das Unwetter losging. Bleibt aber bei der Wahrheit, sonst steht ihr auch als Beschuldigte hier.«

Mit sichtlichem Behagen und ihrer Wichtigkeit wohl bewusst, begann die Mutigere der beiden. »Noch heute drückt es mir das Herz ab, wenn ich daran denke, so schauerlich war es. Doch wenn die Herren es halt wissen möchten, schildern wir, was wir gesehen haben. Also, es war so: Wir hatten genug Holz gesammelt, waren auf dem Heimweg und der führt bekanntlich am Moorloch vorbei. An nichts Schlechtes denkend und uns schon auf den Haferbrei mit gedörrten Zwetschgen freuend, den wir uns vom vorherigen Tag her warm machen wollten, schreckten wir auf, bekreuzigten uns sofort und riefen alle Heiligen an. Es war so unheimlich, so fürchterlich, was wir sahen. Wir ließen unsere Bündel fallen und hielten uns gegenseitig fest. Das Atmen fiel uns schwer, denn der Wind trieb uns einen bestialischen Gestank in die Nase. Es roch nach verfaulten Fischen, vermischt mit Schwefel, Knoblauch und Katzenpisse. Fast mussten wir uns übergeben. Aus Furcht, dass wir gleich die Krallen des Unaussprechlichen in unserem Gesicht spüren würden, schlossen wir die Augen und beteten laut drei Vaterunser. Aber dann ging der Höllentanz erst richtig los.«

Beide zogen ein seidenes Schnupftuch aus ihren Ärmeln und wischten sich die Schweißperlen von der Stirn. Heiß musste es ihnen bei den Bildern, die wieder vor ihnen auftauchten, geworden sein. Zumindest taten sie so. Dazu passte auch ihr ständiges lautes Luftholen. Schließlich wurden ihre Knie so schwach, dass sie sich setzen mussten.

Während der Schilderung war der Schultheiß unruhig auf seinem Platz hin und her gerutscht. Es dauerte ihm wohl zu lange. »Wenn ich die Damen bitten dürfte, nun zum Eigentlichen zu kommen. Wer hat was auf der anderen Seite des besagten Moorlochs gemacht?«

Ein wenig eingeschnappt waren die beiden nun schon. Sie hatten sich wohl vorgenommen, alle Details genauestens zu beschreiben und dabei nicht zu vergessen, ihre fromme Gesinnung zu erwähnen – und nun diese Drängelei.

»Nun gut, wenn es der Herr so will! Unter den drei Birken, die neben der Hütte mit dem schiefen Dach stehen, loderte ein Feuer mit grünlichen und gelblichen Flammen, darüber sprangen die beiden«, sie deuteten auf Almut und Konrad, der in der hintersten Reihe saß. »Sie hatten sich an den Händen gefasst, sprangen wie Geißböcke in die Höhe, drehten sich in der Luft und stießen Laute aus, die in den Ohren wehtaten. Nur Wortfetzen konnten wir verstehen: Herr der Hölle und der Finsternis schicke Regen kübelweise ..., spare nicht mit reichlich Blitz und Donner ..., vergiss den Hagel nicht, Körner so groß wie Hühnereier ...«

Die Damen schüttelten sich, und bevor sie weiter berichten konnten, bekreuzigten sie sich dreimal, aber so, dass es ja jedermann sehen konnte. »Dann goss sie«, sie deuteten auf Almut, »Wasser ins Feuer, dass es dampfte und zischte und uns fast die Sicht nahm. Schließlich schleuderte sie«, wieder zeigten sie auf die Jungfer, »die gleichen Zaubersprüche mehrmals hintereinander himmelwärts. Uns grauste so sehr, dass wir das Weite suchten. Am gleichen Abend war das Unwetter da, herbeigelockt, herbeigezaubert. Von der da.«

Weiter kamen sie nicht, denn Konrad sprang erregt auf, drängte sich nach vorn und schrie den beiden alten Weibern mitten ins Gesicht. »Lügen! Alles Lügen! Nichts stimmt, was ihr da von euch gebt. Ihr kommt euch nur wichtig vor, wollt euch groß machen vor den Leuten, weil ihr sonst nichts habt. Ihr ...«

Da fing der Tumult an. Jeder im Dorf hatte seine Freunde und Bekannten. Jeder wollte jedem beistehen. Laute Schimpfworte, drohende Gebärden, Flüche und sogar Fußtritte waren die Folge. Der Gerichtssaal glich einem Tollhaus.

»Ruhe! Beruhigt euch, sonst lasse ich den Saal räumen. Setzt euch wieder hin. Seid vernünftig!«

Viel nützte es nicht. Woher kam diese feindselige Haltung? Almut erkannte die braven Fischer, Schiffer und Bauern nicht wieder. Konnte es sein, dass sie aufgehetzt worden waren?

Der Schultheiß gab seinen beiden Ordnungshütern ein Zeichen. Sie stießen sogleich ihre Hellebarden mit Wucht auf den Boden und schauten drohend in die Runde. Das half.

Ob die Zeugenvernehmung fortgesetzt werden sollte, oder ob das Gesagte schon für eine offizielle Anklage ausreichte, war unklar. Eine kurze Besprechung wurde anberaumt. Einige der Schöffen meinten, dass hier nicht von Zauberei gesprochen werden könne, andere hingegen bejahten entschieden diese Frage. Ein abschließendes Urteil kam nicht zustande, was der Schultheiß sehr bedauerte. Er tendierte zu Wetterzauber und sprach das auch aus.

Das wollte der alte Wessel so nicht hinnehmen. Ein Leben lang hatte er den Edlen von Husen treu gedient. Das hier war eine Verleumdung gegen die Tochter seines gewesenen Herrn. Sofort meldete er sich zu Wort. Mit gebrechlicher

Stimme, aber blitzenden Augen begann er: »Was seid ihr zwei alte Hexen doch für ein undankbares Volk. Ich erinnere euch an anno 1398. Da hat ein später, klirrender Frost euch die ganze Aussaat vernichtet. Nicht ein Hälmchen wäre aufgegangen und kein Körnchen hättet ihr geerntet, elendiglich wärt ihr verhungert, wenn nicht Hunold von Husen, damals kurpfälzischer Domänenverwalter von Rheinhausen, euch den Zehnt erlassen hätte. Euren Männern hat er zudem einen Sack Saatgetreide in die Hand gedrückt. Diesen hatte er, wohlgemerkt, aus seinem privaten Speicher genommen. Was wäre aus euch geworden? Auf der Straße wärt ihr gelandet. Und heute, was macht ihr heute? Verleumdet die Tochter dessen, der euch vor dem Elend bewahrt hat. Schämt euch!«

Seine Augen verengten sich zu Schlitzen wie bei einem Fuchs, wenn er Beute wittert. »Wenn ich euch so anschaue, dann frage ich mich schon, von was ihr eure neuen pelzbesetzten Hauben bezahlt habt, und wenn ich an euch hinunterschaue, fällt mir auf, dass ihr sonst Holzpantinen getragen habt. Nun auf einmal feine Schuhe aus Leder? Das alles kostet viel Geld. Hattet ihr einen noblen Spender?«

Grummeln in der Stube. Nicht allen schien dieser Hinweis zu gefallen. Der Schultheiß griff ein. »Das sind Privatangelegenheiten der beiden, die gehören nicht hierher Er möge sachlich bleiben oder den Mund halten.« Wessel fühlte sich nicht ernst genommen und wollte sich rechtfertigen, doch ein einsetzender Hustenanfall hinderte ihn und zwang ihn, draußen frische Luft zu schöpfen. Während Wessel so aus vollem Herzen für sie eingetreten war, liefen Almut Tränen über die Wangen. Es tat so gut. Nicht alle waren gegen sie.

Das Verhör ging weiter. Wernz fragte die Anwesenden: »Hat noch jemand etwas zur Entlastung der Beschuldigten vorzubringen? Dann trete er vor!«

Sich seiner Würde und seines Ansehens im Dorf wohl bewusst, erhob sich Pfarrer Endres und ging mit wehendem Talar nach vorn. »Der HERR sei mit Euch, Brüder und Schwestern. Versündigt Euch nicht, denn was hier von einigen als Wetterzauber bezeichnet wird, ist mit dem christlichen Glauben ganz und gar nicht vereinbar. Es gibt keinen Wetterzauber.«

»Warum?«, kam es im Chor.

»Weil übernatürliche Dinge wie das Wetter, der Lauf der Gestirne, das Schicksal des Einzelnen nur Gott allein bestimmen kann. Kein Mensch ist in der Lage, Einfluss auf das Wetter zu nehmen. Wer das dennoch behauptet, glaubt nicht an die Allmacht unseres HERRN und kommt in Gefahr, als Ketzer verdammt zu werden. Wollt Ihr das?«

Unverständliches Gemurmel, Scharren mit den Füßen und befangenes Hüsteln. »Was wir da von den beiden Zeuginnen gehört haben, sind nichts anderes als dumme, kindische Spielereien eines fantasiebegabten Mädchens.«

Schon wollte Pfarrer Endres sich wieder setzen, als sich sein junger Amtsbruder, Kaplan Andreas Hollmut, räusperte. In der Zollfeste unterrichtete er die Kinder der Adeligen und reichen Bauern aus der Umgebung. »Ähm, wenn ich, mit Verlaub, ähm, darauf hinweisen dürfte, dass der Wetterzauber in der Antike eine bekannte und beliebte Praktik war, um den Wettergott gnädig zu stimmen. Besonders verbreitet war der Regenzauber, ähm, im alten Rom aquaelicium genannt, das so viel wie Wasserlocken bedeutet. Ähm, man vergoss rituell Wasser, damit es regnen sollte.« Triumphierend reckte der Herr Kaplan seinen Hals und sah sich Beifall heischend nach allen Seiten um.

Potzblitz, war das eine Lehrstunde? Der aufgeblasene Kaplan war Pfarrer Endres schon lange ein Dorn im Auge. »Wenn der allwissende Herr Kollege uns noch sagen könnte, was seine Ausführungen mit dem hiesigen Unwetter zu tun haben? Ist es nicht vielmehr so, dass sich in den heißen Ländern in den Sommermonaten ein jeder nach Regen sehnt? Das hat mit den zerstörerischen Unwettern nichts zu tun. Aber wahrscheinlich wollte sich der Herr Kollege hier nur ins rechte Licht setzen, seine Belesenheit demonstrieren. Oder täusche ich mich da?«

Dann wandte er sich an seine Kirchengemeinde. Die Stimme drohender, die Hände zur Faust geballt. »Euch vorab zur

Mahnung! Der kurpfälzische Oberrat hat den Untertanen unter Strafe verboten, Abergläubisches zu verbreiten. Schon mancher hat deswegen seine Zunge eingebüßt. Also, hütet euch!«

Einige der Schöffen nickten zustimmend, vornehmlich die von der Domäne Rheinhausen. Sie standen dort in Landesdiensten und waren zum Amt des Schöffen mehr oder weniger gebeten worden. Allerdings hatten sie bis jetzt kein Wort gesagt. Wollten sich wohl erst alles anhören, um niemand vorschnell zu verurteilen. Dagegen war nichts einzuwenden.

Im Grunde wäre dieses Kapitel abgeschlossen gewesen, doch der junge Kaplan gab sich mit den Ermahnungen seines älteren Amtsbruders nicht zufrieden. Er löckte gegen den Stachel. Warum, wusste keiner. »Wenn der Herr Pfarrer der Mannheimer Kirchgemeinde erlaubt, möchte ich darauf hinweisen dürfen, dass in der Bibel steht, dass selbst Jesus vom Teufel in der Wüste versucht worden ist. Siehe Matthäus 4, 10: *Da sprach Jesus zu ihm: Weiche, Satan! Denn es steht geschrieben: Den Herrn, deinen Gott, sollst du anbeten und ihm allein dienen. Darauf ließ der Teufel von ihm ab.«* Das war Wasser auf die Mühlen für manche der Anwesenden. Auch die Augen der beiden Zeuginnen leuchteten auf einmal wie glühende Sterne auf und ihre Busen schwollen aufs Doppelte an.

Plötzlich entstand in der Gerichtsstube eine Unruhe ganz anderer Art. Der Vormund der Angeklagten war erschienen. Endlich! Almut fiel ein Stein vom Herzen. Endlich würde das Martyrium ein Ende haben. Dörzbach setzte sich neben den Aumann und ließ sich in aller Kürze den Sachstand erklären. Die Ankunft des ehemaligen Oberhofkämmerers schien dem Schultheiß nicht zu passen. Befürchtete er, dass die Klage nun eine andere Richtung nehmen könnte? Linhart meldete sich auch sofort zu Wort. Lobte im Namen seines Mündels den Mut derjenigen, die zu dessen Entlastung beigetragen hatten, und kündigte einen weiteren Entlastungszeugen an, einen, der das ganze Verfahren *ad absurdum* führen würde. Raunen, Vermutungen, Getuschel im Raum. Die Ankündigung klang so geheimnisvoll.

»Mit Verlaub, werte Herren Schöffen und Vorsteher des hiesigen Dorfgerichts, ich bitte darum, Ritter Egolf von Husen als Zeugen zu vernehmen. Er kennt wie sonst keiner seine Halbschwester und kann daher ihre Fähigkeiten am besten beurteilen.«

»Aber Ritter Egolf ist nicht anwesend.«

»Doch, ich habe ihn, als ich ankam, im Wirtshaus mit seinem Bekannten, dem Mainzer Domherrn, gesehen. Lasst ihn holen.«

Egolf ließ sich nicht lange bitten. Er bestätigte, dass Almut zusammen mit den beiden Söhnen des Aumanns aufgewachsen sei, wild sei es hergegangen, keinen Streich hätten die drei ausgelassen, andererseits sei Almut in der Schule der Zollfeste stets eine gute und fleißige Schülerin gewesen, habe Lesen und Schreiben und sogar ein wenig Latein gelernt. »Allerdings«, das fügte er augenzwinkernd hinzu, »hat man ihr allzu oft ihren Willen gelassen.« Ein wenig mehr Zucht wäre nicht das Schlechteste gewesen, daher wohl die überschüssige Fantasie, das Aufbrausende, Unüberlegte, all das müsse man aber ihrer Jugend zuschreiben. Zaubern könne sie gewiss nicht, sonst hätte er sich von ihr schon längst ein prächtiges Schloss mit tausend Bediensteten zaubern lassen. Er lachte auf. »Genügt das?«

Bevor er sich in die hinteren Reihen zurückzog, warf er seiner Halbschwester einen freundlichen, aufmunternden Blick zu.

Linhart war sich nicht sicher, ob alle in der Stube die Ironie, die hinter dieser Aussage steckte, auch verstanden hatten. Er war jedenfalls mehr als zufrieden und wandte sich an die Schöffen. »Werte Herren, Sie sehen also, dass die Anschuldigung in sich zusammenfällt. Mehrere hochrangige Personen bestätigen den guten Leumund meines Mündels. Ich bitte Sie daher, sofern Sie es für notwendig erachten, für Almuts Spielereien, die Anstoß erregt haben, eine Ermahnung und einen Hinweis für künftiges Unterlassen solchen Unfugs auszusprechen und sie dann auf freien Fuß zu setzen. Konkrete Beweise liegen ja keine vor.«

Man hatte den Eindruck, dass die Schöffen sich dieser Meinung gern anschließen würden, doch um die Form zu wahren, baten sie, sich beraten zu dürfen.

Almut atmete auf – von einem Alptraum befreit. Der Aumann und Konrad drängten sich durch die Menge und schüttelten ihr erleichtert die Hände. Linhart streichelte ihr väterlich übers Haar. »Mach solche Dinge nie mehr, du hast gesehen, wohin es führen kann. Die Leute sind abergläubisch.« Sie nickte zustimmend und schaute sich nach ihrem Halbbruder um. Er hatte so schön gesprochen, deshalb wollte sie sich bei ihm bedanken. Linhart hielt sie zurück. Erst wollten sie den offiziellen Beschluss der Schöffen abwarten. Es gehörte sich so.

Trotz des lauten Stimmengewirrs und des Gedränges und Geschubses in der Gerichtsstube war es Almut nicht entgangen, dass sich Egolf unauffällig nach hinten geschoben hatte. Aufmerksam folgte sie ihm mit den Augen. Das konnte doch nicht wahr sein. In der Ecke neben der Tür, von einem Balken halb verdeckt, stand Hennes und der, den der Bootsknecht als Mainzer beschrieben hatte. Der Unbekannte winkte Egolf zu sich. Es sah aus, als ob sie Streit miteinander hätten. Der Mainzer drückte Hennes Münzen in die Hand. Dieser wollte sie nicht annehmen, wich zurück, schließlich steckte er sie doch ein. Die Leute wurden auf die drei aufmerksam. Schnell zog der Mainzer Egolf und Hennes nach draußen.

5.

Hennes musste Wache stehen, damit Ritter Egolf und der Domherr unbelauscht hinter der Kirche neben dem Abwassergraben miteinander reden konnten. Der Mainzer tat alles, um nicht ins Blickfeld zu geraten.

Immer diese Geheimnistuerei. Das ärgerte Hennes und er rückte näher an die beiden heran, um besser hören zu können.

»Egolf, jetzt stell dich nicht so an. Was ist schon dabei, wenn wir deiner eigenwilligen und hochnäsigen Halbschwester einen Dämpfer verpassen. Sie soll dadurch gefügiger gemacht werden, um dir zumindest einen Teil ihres Erbes abzutreten.«

Als Egolf den Mund verzog, legte der Domherr nach. »Wenn du schon bei solchen Lappalien in die Hosen machst, dann musst du schauen, wie du allein zurechtkommst. Übrigens habe ich gehört, dass ein dritter Truppenführer, Ritter Werner von Alzey, wegen Unterschlagung von Soldgeldern einen Kopf kürzer gemacht worden ist. Vielleicht steht auch dein Name auf der Liste.«

Kein Wort hatte Hennes verstanden. Um was ging es da? Soldgelder? Ritter Egolf war bleich im Gesicht geworden. »Sie tut mir halt leid. Almut wird da in eine Sache hineingezogen, für die sie nichts kann. Gibt es keinen anderen Weg?«

»Himmelherrgott, noch ein Wort, und ich gehe!« Egolf murrte zwar noch, fügte sich aber dem Willen seines Freundes. Hennes kam es vor, als ob der Domherr den Ritter mit irgendetwas in der Hand hätte.

Sein Lauschen musste vom Mainzer bemerkt worden sein. Zuerst traf ihn ein strafender Blick, dann winkte er ihn zu sich. »Komme Er her, damit wir Ihm sagen, was Er zu tun hat. Die Zeit läuft uns davon.«

Mit irgendeinem Auftrag hatte er gerechnet, denn nur wegen seiner schönen Augen würde der Domherr ihm keine Stelle beim Erzbischof verschaffen.

»Er kennt die Leute hier am besten. Mache Er Stimmung gegen die Verursacherin des Unwetters. Es ist immer gut, wenn man die Bevölkerung auf seiner Seite hat.«

»Aber Almut hat doch nichts ...«, barsch wurde er unterbrochen. »Will Er die Stelle oder nicht? Wenn ja, dann muss Er zeigen, was in Ihm steckt. Dass Er auch Aufträge ausführen kann, die Ihm nicht passen. Wer etwas werden will, der muss eben auch hin und wieder seine Ellbogen ausfahren.«

Besänftigend fuhr er fort: »Wer in Diensten eines Erzbischofs, eines Geistlichen, steht, vertritt immer eine gerechte Sache, und der Segen des HERRN liegt von vornherein auf seinem Tun. Nun gehe Er!«

Hennes biss die Zähne zusammen. Gewiss hatte der erfahrene Domherr recht. Er musste sich eben ein noch dickeres Fell zulegen. Als ein Weichei, wie sein Bruder Konrad eines war, wollte er nicht gelten. Außerdem hatte Almut ihn links liegen gelassen. Ihn, der eine Zukunft vor sich hatte, der dereinst auf einem Rappen sitzen und Silberlinge unters Volk verteilen würde. So einer würde er sein.

In der kurzen Zeit hatte er gelernt, dass von der Sodern einer war, der wusste, wie es in der Welt zuging und wie man sie manipulieren konnte. Doch auch er, Hennes Wolgast, hatte eine Taktik. Er tat so, als ob er sich entfernen würde, blieb aber hinter der Hausecke stehen.

In seinem Beisein hatte der Domherr sich noch beherrscht. Nun ließ er seinem Ärger freien Lauf, packte Egolf am Revers und schüttelte ihn. »Wie kannst du nur so hirnrissig sein und deiner Halbschwester einen so guten Leumund ausstellen. So wirst du nie an ihr Vermögen gelangen.«

»Ich sehe es ja ein«, seufzte dieser, »es war dumm von mir, aber als ich sie so dasitzen sah, konnte ich nicht anders. Wir haben doch den gleichen Vater und als Kind saß sie auf meinen Knien.«

Schuldbeladen senkte sich sein Blick. »Hast du das Geld? Ich befürchte, dass die Gläubiger bald bei mir anklopfen werden. Wenn ich nicht zahle, werden sie beim derzeitigen Hofkämmerer Rudolf von Zeiskam vorstellig und auf Dinge hinweisen, die lieber im Dunkeln bleiben sollten.«

»Ich habe es dabei.«

Er griff in die Tasche und zog zwei Schuldscheine heraus. »Du unterschreibst und morgen bist du deine Gläubiger los.«

Leise pfiff Hennes durch die Zähne. Darum ging es also. Aber warum hatte der Ritter Angst, dass der Nachfolger Dörzbachs auf unliebsame Sachen stoßen könnte? Es war unbestreitbar, der Domherr hatte Ritter Egolf in der Hand.

Noch wich dieser einen Schritt zurück, zögerte, wand sich, suchte nach einem Ausweg und – unterschrieb. Oh weh, ob das ein ehrliches Spiel war? Raban von der Sodern zeigte auch gleich, wer von nun an den Ton angab. »So, mein Freund, nun höre gut zu. Ich habe mir einen neuen Plan zurechtgelegt und wehe, du lässt dich wieder von Gewissensqualen oder sonstigem gefühlsmäßigen Humbug leiten, dann ...«

»Bevor du weiterredest ...«, unterbrach der Ritter ihn, » ... muss ich dir noch sagen, dass ein Testament meines Vaters existiert. Ich weiß, wo es aufbewahrt wird.«

Diese Neuigkeit schien den Domherrn nicht sonderlich zu beeindrucken. »Ist im Moment nicht so wichtig. Wenn es ernst wird, lassen wir es eben verschwinden. Nur eines zählt: Deine Halbschwester darf ihr Erbe nicht antreten. Das muss verhindert werden. Alles andere ist zweitrangig.«

»Aber keine Gewalt gegen sie gebrauchen! Mit juristischen Mitteln ja, aber keine Gewalt, das bedinge ich mir aus.«

Der Mainzer schaute den Freund mit einem Blick an, dass einem Angst und Bang werden konnte. Sofort war Egolf still geworden und blickte verlegen zur Seite.

Von der Sodern sagte nun, wie es weitergehen sollte. »Hennes muss im Dorf Leute finden, die deiner Halbschwester aus irgendeinem Grund nicht zugetan und unter dem Unwetter zu Schaden gekommen sind. Wie er es anstellt, ist mir egal, jedenfalls müssen die in jener Nacht Sachen gesehen oder selbst erfahren haben, die nicht mit rechten Dingen zugegangen sind und ihnen geschadet haben. Wenn auch das nichts bringt, dann wird sie halt der Teufelsbuhlschaft beschuldigt. Jedenfalls muss sie wegen ihrer Verbrechen des Landes verwiesen werden. Dann ist sie eine Rechtlose und du als nächster Verwandter kannst über das Vermögen verfügen. Du gibst mir mein Geld mit Zins und Zinseszins zurück und der Kittel ist geflickt.«

Dreimal musste Egolf schlucken. Ausgemacht war, dass Almut einen kleinen Dämpfer erhalten sollte, aber nun war ihr Leben in Gefahr. Der Domherr musste wohl die Abneigung gegen seinen Plan gespürt haben. Er klopfte seinem

Freund auf die Schulter. »Also, was ist? Willst du wegen der Unterschlagung von Soldgeldern den Rest deines Lebens im Turm bei den Ratten verbringen?«

»Ist schon gut!«

»Wenn es gut ist, dann kannst du wählen, für was deine Halbschwester gebrandmarkt werden soll. Hexe oder Hure?«

Bei diesen Worten brauste Egolf auf und war drauf und dran, davonzurennen. Hennes erging es nicht anders. Das war ein teuflischer Plan. Schlagartig wurde ihm bewusst, auf was er sich da eingelassen hatte. Wenn er mitmachte, würde er seine Seele an den Satan verkaufen. Wollte er so weit gehen?

Kameradschaftlich klopfte der Mainzer dem Ritter auf den Rücken. »Verstehe, du kannst dich nicht entscheiden. Dann machen wir es wie in unserer Jugend.« Er griff in die Tasche und holte eine Münze heraus. »Ich werfe sie in die Luft. Liegt der Kopf obenauf, ist sie eine Hexe, liegt die Zahl obenauf, ist sie eine Hure.«

Er warf. Die Münze fiel in den Abwassergraben. »Auch gut, dann eben beides.«

Der Ritter schien wie betäubt zu sein. Gewiss hatte hier sein Verstand ausgesetzt wie auch der des Hennes. Ansonsten gab es keine Erklärung, dass der Sohn des Edlen von Husen und der des untadeligen Aumanns sich auf so ein teuflisches Spiel eingelassen hatten. Eines hingegen freute Hennes. Der Ritter bat seinen Freund, den Sohn Bürklins nicht zu tief in die Sache mit hineinzuziehen. Im Grunde sei er ein anständiger Bursche und dürfe nicht für unehrliche Zwecke missbraucht werden. »Ich werde es beherzigen. Aber ohne Fleiß kein Preis!«

Der Domherr drängte zur Eile. Noch bevor die Schöffen das Urteil verkündeten, müsse gehandelt werden.

*

Die Beratung der Schöffen hatte sich lange hingezogen. Dafür gab es für Linhart keinen ausreichenden Grund. Endlich war es so weit. Der Zollschreiber überreichte dem Schultheißen das einstimmig gefasste Urteil. Das Aussprechen einer Ermahnung sei der Sachlage angemessen. Schultheiß Wernz zog bei diesem Beschluss die Stirn in Falten. Passte ihm das nicht? Alles hatte doch seine Richtigkeit, Formfehler lagen keine vor. Zähneknirschend setzte er zum Schlusswort an, als ihm Dorfbüttel Jöst etwas ins Ohr flüsterte. Augenblicklich veränderte sich sein Gesichtsausdruck, als ob just die Sonne für ihn aufgegangen wäre. Mit einer Stimme, die einen gewissen Triumph nicht verhehlte, hub er an: »Leider kann ich in meiner Eigenschaft als Vorsteher des Ortsgerichts das Urteil der Herren Geschworenen nicht akzeptieren und somit auch nicht bekanntgeben.«

Großes Erstaunen. Böse Blicke von der Schöffenbank. So etwas hatte es noch nie gegeben. Das Urteil der Schöffen war rechtskräftig. Wie konnte der Schultheiß eigenmächtig in ein amtliches Verfahren eingreifen? War er größenwahnsinnig geworden?

Wernz hatte alle Mühe, die Ordnung wieder herzustellen. »Beruhigen Sie sich und lassen Sie mich aussprechen. Es haben sich neue, bisher unbekannte Verdachtsmomente ergeben, die so schwerwiegend sind, dass die Rüge in eine Klage umgewandelt werden muss. Das bedeutet, dass die Beklagte laut Malefizordnung ab sofort zur sicheren Verwahrung in die Zollfeste gebracht werden muss. Die weitere Verhandlung wird dort geführt.«

Er gab Order, Almut nach draußen zu schaffen. Dort stand schon ein geschlossener Kastenwagen bereit.

Verdattert stand Linhart da, unfähig, etwas zu sagen. So ungeheuerlich war die eingetretene Wendung des Gerichtsverfahrens. Alles war so schnell, so unerwartet geschehen. Er musste seine Gedanken sortieren. Als er den Mund öffnete, war es zu spät. Almut musste es ähnlich ergangen sein. Wie in Trance hatte sie sich abführen lassen. Nur noch das Rollen der Räder war zu hören.

Benommen setzte sich Dörzbach vor der Gerichtsstube auf den Brunnenrand und schlug sich verärgert auf die Schenkel.

Zu dumm, dass er beim König in Ungnade gefallen war. Als Oberhofkämmerer hätte er dem Schultheißen Einhalt gebieten können. Was nun? Den König auf Knien um Vergebung bitten? Für was? Hätte er dem König reinen Wein über Ritter von Husen einschenken sollen? Das wäre Verrat an seinem verstorbenen Freund Hunold gewesen.

Seine früheren Amtsbrüder, die bisher treu zu ihm gehalten hatten, mussten ihm nunmehr helfen. Ein guter Reiter war er nie gewesen. Die Gänsefeder war sein Handwerkszeug. Doch diesmal gab er dem Pferd die Sporen. Bis morgen früh musste er aus Heidelberg zurück sein.

*

Almut war am Boden zerstört. Wie eine Schwerverbrecherin wurde sie in den fensterlosen Kastenwagen gezerrt, in der Zollfeste die Stufen hochgetrieben und in eine Kammer gestoßen. Anders als die Rattenfalle im Dorf war die Zollstelle eine feste Burg mit dicken Mauern.

Es war noch keine hundert Jahre her, da wurden die Zölle von Rhein und Neckar an der Zollstelle Rheinhausen eingezogen. Mittlerweile mündete der damalige Hauptarm des Neckars nicht mehr bei Neckarau in den Rhein, sondern hatte die Sanddünen bei Seckenheim durchbrochen und sich ein neues Bett weiter nördlich gegraben. Nunmehr lag das Dorf Mannheim genau im Zwickel zwischen den beiden Strömen.

Da die Zölle die ergiebigste Einnahmequelle der Pfalzgrafen waren und auch weiterhin sein würden, musste eine neue Zollstelle errichtet werden, die sogenannte Veste am Rhein (später wurde die Feste zum Schloss Eichelsheim ausgebaut). Sie lag unmittelbar am Rheinufer und war von allen Seiten von Wassergräben umgeben. Auf der erhöhten Sanddüne befand sich ein festes dreistöckiges Steinhaus mit einem Wachturm und einer hohen steinernen Umfriedung. Sie war so solide, so uneinnehmbar, dass keiner ungebeten hineinkam und gewiss auch nicht herauskommen konnte.

Ein zaghaftes Lächeln huschte über Almuts Gesicht. In der Feste war sogar eine Münze eingerichtet worden. Der sogenannte Mannheimer Pfennig wurde hier geprägt. Die Rheinschiffer mussten ihre Waren mit rheinischen Gulden verzollen. Die waren Goldstücke und äußerst begehrt. Um noch beim Herausgeben des Wechselgelds einen Reibach zu machen, prägten die Mannheimer ihre eigenen Pfennige. Ob ihr Gewicht genau dem eines Hellers, Kreuzers oder Schillings entsprach, wer konnte das von den Händlern schon richtig einschätzen? Die Pfälzer waren von jeher ein findiges Völkchen.

Als Almut mit ihrer Mutter ganz in der Nähe im Herrenhaus gelebt hatte, hatte sie mit den Söhnen des Aumanns, den Kindern des Zollschreibers, des Besehers und des Münzmeisters die hier eingerichtete Schule besucht. Doch das war lange her. Immer wieder stand sie von ihrem Lager auf und schaute sehnsüchtig aus der vergitterten Luke auf die andere Rheinseite. Glänzend, gleißend wälzte sich im fahlen Mondlicht das silberne Band dahin, unaufhörlich. Dem Strom war es egal, was an seinen Ufern geschah, ob da Menschen sich in Not befanden, eingesperrt waren oder ob sie Feste feierten und sich liebkosten. Er hatte nur ein Ziel: sich ins große, unendliche Meer zu ergießen, um sich mit den Wassern der Welt zu vereinigen. Sie grübelte und grübelte. Es wollte ihr nicht in den Kopf gehen, was die neuen Zeugen gesehen haben wollten.

Mit der aufgehenden Sonne pochte ein Knecht an die Tür, schob den Riegel beiseite und trat unaufgefordert in die Kammer. Almut konnte noch schnell ein Tuch vor sich halten. »Tölpel, von Anstand hat Er wohl noch nie etwas gehört. Drehe Er sich wenigstens um, bis ich mich fertig angezogen habe.«

»Ziere Sie sich nicht so. Ein Weib sieht wie das andere aus. Hier ein Eimer mit Wasser und eine Schüssel mit Hirsebrei. In einer Stunde kommt mein Kollege, dann beginnt die Verhandlung.«

Die Zeit schleppte sich dahin. Almut wollte den schmachvollen Aufenthalt in der Zollburg so schnell wie möglich hinter sich bringen. Endlich war es so weit. Diesmal holte sie Jöst, der Dorfbüttel, ab. Wie nicht anders zu erwarten, roch er nach billigem Fusel und seine Schritte glichen denen einer Watschelente. Andauernd lallte er etwas vor sich hin, unzusammenhängende Wortfetzen. »Es wäre besser für Sie, wenn Sie gleich über den Rhein macht, dann behält Sie wenigstens ihr Leben ...«

»Was redest du da für dummes Zeug vor dich hin? Keiner will mir das Leben nehmen, keiner!«

Doch er gab keine Ruhe. »Oh, sei Sie sich da nicht so sicher.« In einem fort jammerte er und führte ein Theater auf, dass man meinen konnte, er selbst trüge Schuld, wenn ihr etwas passieren würde.

»Nehme Sie sich in Acht, drei der Geschworenen sind Verwandte des Schultheißen. Die Bagage hält wie Pech und Schwefel zusammen.«

Am liebsten hätte Almut dem Kerl einen Tritt in den Hintern gegeben. Doch von so einem Saufkopf wollte sie sich keine Angst einjagen lassen.

Als sie in die große Amtsstube trat, waren alle Augen auf sie gerichtet. Unangenehm. Almut fühlte, wie die Blicke sie förmlich auszogen. Schnell band sie den wollenen Umhang enger um ihre Schultern. Zum Glück erblickte sie sogleich Linhart, der ihr aufmunternd zunickte. Ein Herr mit pelzbesetztem Rock aus gutem Tuch, Augengläsern auf der Nase und Schreibbrett auf den Knien saß neben ihm. Bevor sie sich noch weiter umschauen konnte, griff Gerichtsvorsteher Wernz nach der Glocke und eröffnete das Verfahren. Warum diese Eile?

Ohne lange Vorrede bat er den Bowedls Karl vorzutreten, einen der Zeugen, die sich im Nachhinein gemeldet und somit zur Erweiterung der Anklage geführte hatten. Zügig und ohne viele Ähs, als ob er seine Rede einstudiert hätte, schilderte er, was sich in der Nacht des Unwetters zugetragen habe. Seine beste Kuh, die Amelie, habe bei dem Blitzen und Donnern laut gebrüllt und seitdem sei kein Tropfen Milch mehr aus dem Euter geflossen.

Getuschel in der Amtsstube und viele Blicke, die sich bei Almut vereinten. Anschließend wurde die Hochlehnerts Trude zum Verhör gerufen. Aufgeregt war sie, stammelte, heulte, sodass kein verständliches Wort über ihre Lippen kam. Andauernd zeigte sie mit spitzem Zeigefinger auf Almut. »Die ist schuld, die hat uns das angetan. Warum ausgerechnet unserem Kind? Eine vermaledeite Hexe ist sie.«

Oh, da war es, das gefürchtete Wort. Für einen Augenblick war in der Stube alles Leben erstarrt. Aus Furcht, Angst oder Triumph?

Der Schultheiß nutze die Stille und bat laut seinen Tischnachbarn, den Vorsitz zu übernehmen. Die Hochlehnerts Trude sei die Frau seines Cousins. Ihre Aussage wäre nicht rechtskräftig, wenn er als Verwandter die Befragung vornehme. Der Nachbar nickte und wandte sich an den Ehemann der immerfort Heulenden. »Kann Er uns sagen, was seine Frau so aus der Fassung bringt? Da müssen ja schlimme Dinge passiert sein.«

»So ist es, hoher Herr, genau so! Ihr müsst wissen, hoher Herr, dass in der Nacht, als das Unwetter am heftigsten getobt hat, meine Trude niedergekommen ist. Wir haben schon drei gesunde Kinder. Innerhalb einer Viertelstunde war die Sach immer abgetan, doch diesmal dauerte es eine Ewigkeit. Als die Brunners Lies, die Hebamme, den Kopf des Kindes sah, schlug sie die Hände über dem Kopf zusammen und fing zu jammern an: ›Oh Gott, oh Gott, ein Kind mit einem Wasserkopf hat die Trude zur Welt gebracht. Dieser vermaledeite Regen.‹ Zuerst haben wir nicht recht verstanden, was die Lies meinte, doch dann erklärte sie uns, dass der Wasserkopf mit dem vielen Wasser zusammenhänge, das vom Himmel gefallen ist. Das Wasser müsse ja irgendwo hin und da sei es halt in den Kopf des Neugeborenen geflossen. Aber, und das hat sie dreimal wiederholt, jemand müsse das Wasser angelockt haben.«

Ein scheeler Blick fiel auf Almut.

Ungläubige Gesichter bei den Schöffen, dann folgte bei einigen ein Abwägen. Nach kurzer Beratung gab der Zollschreiber die Meinung der Mehrzahl der Schöffen kund. »Es stimmt zwar, dass nunmehr über offensichtliche und nachweisbare Schäden gesprochen wird, doch ist die Zuordnung eines Schadzaubers zu der Beklagten nicht unmittelbar herzustellen. Bis jetzt sind es Vermutungen, Verdächtigungen. Wenn nichts Eindeutigeres gesagt oder bezeugt werden kann, muss auch die erweiterte Klage abgewiesen werden.«

Eine lange Schnute ziehend, suchte Wernz mit den Augen die Reihen ab. Beim Domherrn blieb sein Blick hängen. Ein beiderseitiges, kaum wahrnehmbares Nicken. Dann übernahm er wieder den Vorsitz. »Meine Herren, wir sind noch nicht mit der Zeugenvernehmung fertig. Möglicherweise wird bei der nächsten Aussage die Beweislücke geschlossen, die mein Vorredner bemängelt hat.«

Er hob den Arm. »Büttel Jöst Krezer soll vortreten!«

Als Jöst seinen Namen hörte, versteckte er sich hinter dem Stützbalken und tat, als ob er taub sei. Seine Nachbarn machten sich einen Spaß daraus und zerrten ihn nach vorn. Mit gesenktem Haupt, eingezogenem Genick und weichen Knien stand der Büttel vor dem Tisch, hinter dem die hohen Herren saßen. Immer kleiner wurde er. Es hätte nicht viel gefehlt und er wäre zwischen den Steinfugen versunken.

»Jöst«, schnauzte ihn Schultheiß Wernz mit schrillem Ton an. »Berichte Er den Herren, was Er in der besagten Nacht gesehen hat!«

Bei jedem gesprochenen Wort des Schultheißen zuckte der Büttel zusammen und es dauerte, bis er auch nur eine Silbe herausbrachte. Er zeigte auf Almut. »Die da hat den Teufel angerufen, dass er Schaden über die Leute bringe.«

Von der Schöffenbank: »Kann Er nicht lauter sprechen? Wir verstehen Ihn kaum.«

Jöst wiederholte, verständlicher. Ein Raunen ging durch die Reihen. Die Schöffen wollten es nun genau wissen. »Hat Er das wirklich selbst gehört, oder nur von jemandem erzählt bekommen?«

»Bei meiner Ehre, ich habe mit eigenen Augen gesehen und mit eigenen Ohren gehört, wie die Jungfer vor dem Haus der Bowedls stand, ein Kreuz zerbrach und den Teufel angerufen hat.«

»Wann soll das gewesen sein?«

»In der Nacht, in der es gehagelt und wie aus Kübeln geschüttet hat.«

»Also, als die Kanäle den höchsten Wasserstand erreicht und die Wassermassen über die Ufer traten. Das war die Nacht von Mittwoch auf Donnerstag. Stimmt das, Jöst?«

Dieser nickte stumm.

»Jöst lügt!« Konrad sprang auf. »Das kann nicht sein. In jener Nacht mussten alle verfügbaren Männer die Brücke, die zum Niederwerth führt, abstützen. Jöst war dabei, wir zwei mussten Keile unterlegen. Er kann nicht gleichzeitig an zwei Orten gewesen sein, zumal der Hof der Bowedls in der anderen Richtung liegt. Diese Angaben kann mein Bruder bestätigen.«

Konrad schaute sich in der Stube um. Hennes war zwar anwesend, hatte sich aber in die hinterste Ecke verdrückt.

»Hennes, komm nach vorn und bestätige, was ich gesagt habe. Es geht um Almut. Mach schon!«

»Halt, halt!«, wehrte der Vorsitzende. »Es kann nicht jeder dazwischenreden. Wer, wann, wie und wo gerufen wird, bestimme immer noch ich.«

Er hob den Arm und winkte. »Also, Hennes Wolgast, trete Er vor den Schöffentisch und sage, ob Er die Angaben seines Bruders bestätigen kann.«

Genauso widerwillig wie zuvor der Büttel ging Hennes nach vorn. Von dem selbstbewussten, mutigsten aller Krieger war nicht mehr viel übrig geblieben. Er stotterte, gackste herum und getraute sich nicht, den Schöffen ins Gesicht zu schauen. »Also, was ist?«

»Kann mich nicht mehr so genau erinnern. Es kann sein, kann auch nicht sein. Es waren so viele da. Ich hatte keinen Überblick.«

Bürklin Wolgast, kurpfälzischer Aumann, stets korrekt und jemand, dem man blind vertrauen konnte, war außer sich. So in Rage hatte ihn noch niemand gesehen. Er raufte sich die Haare, stampfte mit den Füßen auf die Dielen, dass es knackte, und ballte die Fäuste. Auf keinen der Honoratioren nahm er Rücksicht. Ihm war egal, ob der Schultheiß ihm das Wort gab oder nicht, ob er die Glocke demonstrativ läutete. Sein ältester Sohn war gerade dabei, sich ins Unglück zu stürzen. »Hennes, besinn dich! Natürlich war der Jöst bei euch. Ich habe ihn doch zu der Kolonne eingeteilt. Ihr habt alle den Wassergraben von den heruntergefallenen Ästen gesäubert. Viele können das bezeugen.« Er schaute sich um, doch die meisten der Dörfler richteten ihren Blick zu Boden.

»Feiges Gesindel, wenn es drauf ankommt, kuscht ihr. Hat euch der Schultheiß dafür was versprochen?«

Dann wandte er sich wieder Hennes zu. Jeder sollte hören und sehen, dass er mit dem Verhalten seines ältesten Sohnes nicht zufrieden war. »Wo du allerdings davor und danach gewesen bist, weiß ich nicht, hast dich in letzter Zeit zu Hause rar gemacht. Gerade dann, als wir jede Hand gebrauchen konnten. Aber der Herr Sohn glaubt, sich mit dem feinen Herrn herumtreiben zu müssen. Dieser Einfluss scheint dir nicht zu bekommen. Ich habe sogar die Befürchtung, dass du gezwungen wurdest, falsches Zeugnis abzulegen. Hennes, versündige dich nicht! Im Grunde bist du ein anständiger Kerl.«

Der Schultheiß winkte nur ab, wollte die Kuh so schnell als möglich vom Eis haben. »Wolgast, wir haben genug Beweise für das Faktum der Schadzauberei. Wir sind auf deine Aussagen nicht angewiesen.«

Schnell versuchte er wieder Augenkontakt mit dem Domherrn herzustellen. Als, wie es schien, eine stille Übereinkunft geschlossen worden war, gab der Gerichtsvorsteher bekannt, dass die Anklage nun so schwerwiegend sei, dass das Dorfgericht mit der Weiterführung der Klage überfordert sei. Die Angeklagte müsse dem Zentgericht überstellt werden. Die Schöffen schlossen sich nur zu gern diesem Vorschlag an.

*

Bisher hatte Linhart Dörzbach nur zugehört, er wollte sich erst einmal ein Bild machen, um dann dementsprechend die Verteidigung aufzubauen. Doch eines hatte er schon herausgefunden: dass das gesamte Verfahren eine raffiniert eingefädelte Intrige war. Die Hauptakteure standen für ihn fest, nur das Motiv war ihm noch unklar.

Der Beschluss, Almut ans Zentgericht zu überweisen, änderte alles. Plötzlich saß er wie auf glühenden Kohlen. Sein Mündel durfte auf keinen Fall vor das Zentgericht gebracht werden. Es war hinlänglich bekannt, dass dort seine Widersacher saßen. Die Herren Zentschöffen warfen ihm immer noch vor, König Ruprecht I. bei der Finanzierung des Italienfeldzugs nicht den notwendigen Rückhalt gegeben zu haben. Zu viele Gelder seien in dunkle Kanäle geflossen. Mit Freuden würden sie Almut des Landes verweisen, nur um ihm zu schaden. Dieses Risiko durfte er nicht eingehen.

Allmählich verstand er die Zusammenhänge dieser absurden und an den Haaren herbeigezogenen Anklage. Der Sohn seines Freundes Hunold war in großen Geldnöten und das durfte nicht ruchbar werden, er wäre sonst die längste Zeit Hauptmann der Reiterei gewesen. Und womit wollte der Ritter seine Schulden begleichen? Mit dem Erbe der Halbschwester! Dieser Gedanke war so übel, so gemein – nie hätte er Egolf, den er von Kind auf kannte, so etwas Schmutziges zugetraut.

Linharts Hände tropften vor Nässe. Abgründe taten sich vor ihm auf. Am liebsten hätte er dem Ritter seinen Verdacht vor aller Augen ins Gesicht geschrien, doch er hatte Egolfs Vater auf dessen Totenbett versprochen, auf seine beiden Kinder zu achten. Er rang nach Luft und er rang mit sich selbst. Da sein Mündel Almut! Dort Egolf! Er musste sich für einen entscheiden.

Nein! Mit einer Handbewegung wischte er solche Gedanken weg, weit weg. Er war für beide da. In beider Adern floss das Blut Hunolds. Zudem – niemals würde Egolf seine Halbschwester auf so schändliche Weise ins Verderben schicken.

Die Zeit drängte. Erklärungen hin oder her – er musste ins kalte Wasser springen, sofort. Vernehmlich räusperte er sich, nickte Almut aufmunternd zu und bat ums Wort. »Mit Verlaub, ehrenwerte Herren, die Sie der Gerechtigkeit verpflichtet sind, ich bin der Vormund der Beklagten und möchte zu den Anschuldigungen gegen mein Mündel Stellung nehmen.«

Er zeigte auf den nobel aussehenden Herrn neben ihm, der ein Schreibbrett auf seinen Knien und die bisherige Verhandlung peinlichst protokolliert hatte. »Das ist Wiprecht von Helmstadt, seines Zeichens Vorsteher der Königlichen Kanzlei. Ich habe ihn gebeten, als neutraler Beobachter der Verhandlung beizuwohnen. Dies sei vorweg gesagt, damit keine falschen Gerüchte aufkommen.«

Dann wandte er sich, in der dritten Person sprechend, an Egolf. »Ritter von Husen, ich habe nur eine Frage an Ihn. Steht Er noch zu seiner gestrigen Aussage, dass mit Seiner Halbschwester mitunter die Fantasie durchgehe, aber sie in moralischer Hinsicht eine untadelige Jungfer sei?«

Als sein Name fiel, erschrak der Ritter. Er drehte sich suchend um, doch es gab nur einen dieses Namens. Dann tat er so, als ob er sich nicht angesprochen fühlte. Er wollte hier nicht in Erscheinung treten, und nun wurde er in aller Öffentlichkeit zu einem Bekenntnis gezwungen. An seinem Gesicht konnte man ablesen, dass Ärger und Verdruss in ihm hochstiegen, trotzdem schwieg er beharrlich. Hinter ihm stand der Domherr.

»Hm«, bemerkte Linhart, »da ich keine Antwort erhalte, darf die Frage erlaubt sein, wie ehrlich Er es mit seiner Halbschwester wirklich hält?«

Wernz brauste auf. »Diese Frage wird nicht zugelassen. Sie gehört in den privaten Bereich. Darüber haben wir nicht zu befinden. Basta!«

»So sehe ich das nicht, werter Schultheiß«, warf der Zollschreiber ein und die übrigen Schöffen stimmten ihm zu. »Keiner steht der Beklagten so nahe wie ihr Halbbruder. Laut der Malefizordnung, die wir von den Juristen der Heidelberger Universität eingebläut bekamen, sind wir verpflichtet, jeder entlastenden Aussage nachzugehen. Lasst die Frage also zu.«

Dabei ruhten alle Blicke auf dem Vorsteher der königlichen Kanzlei.

Eine andere Reaktion der Schöffen hatte Linhart nicht erwartet. »Ich möchte zu Bedenken geben«, fuhr er fort, »dass mein Mündel sehr vermögend ist und aufgrund ihres Alters bald in den Genuss ihres Erbes kommen wird.«

Wer genau hinschaute, konnte sehen, dass bei dem Hinweis auf das Erbe die Augen des Domherrn sich eng zusammenzogen. Zugleich stieß er mit dem Ellenbogen Egolf in die Seite, so dass dieser aus seiner Erstarrung hochschreckte. Dann folgte eine angedeutete Kopfbewegung des Domherrn in Richtung des Tisches der Schöffen.

Wie bestellt sprang Ritter Egolf auf, ging nach vorn, stemmte die Hände in die Hüften und nahm eine anmaßende Pose ein. »Woher will denn der Vormund meiner Halbschwester das wissen? Ich meine das mit dem Alleinerben?«

Mit diesem Einwurf hatte Linhart gerechnet. Seine Antwort bestand aus zwei Worten. »Vom Testament.«

»Haha«, lachte der Ritter auf. »Ich weiß von keinem Testament. Wo soll das denn sein?«

»Auf dem Speicher des Herrenhauses, in der Truhe mit den Eisenbeschlägen. Zumindest war es da immer.«

»Da ist ganz sicher keines.«

»Ei, da schau an, der Ritter von Husen hat danach gesucht!« Linhart brauchte Zeit, um seine Strategie der neuen Lage anzupassen, denn gewiss hatte Egolf, weil er hier so auftrumpfen konnte, das Testament gefunden und verschwinden lassen. Ohne Testament kein Erbe. Mit so viel Raffinesse hatte er nicht gerechnet. Nun war er gezwungen, zu einer Lüge zu greifen, was er sonst verabscheute.

»So, so, es ist kein Testament vorhanden. Schade! Aber das macht nichts. Ich habe nämlich vom Abt des Klosters Schönau eine beglaubigte Abschrift anfertigen lassen. Ich kann sie den Herren Schöffen vorlegen, wenn es gewünscht wird.«

Egolf und der Domherr wurden kreidebleich und sackten ein Stück weit in sich zusammen. Da wusste Linhart, dass er auf der richtigen Fährte war. Sollte er nun auch – er rang mit sich – das von ihm Vermutete sagen? Ja, es musste sein.

»Almuts Halbbruder steckt, wie ich erfahren habe, in Geldschwierigkeiten. Auf die Gründe, die dazu geführt haben, möchte ich hier nicht eingehen, aber wenn ich dazu gezwungen werden sollte, rollen gewiss Köpfe.«

Dabei schaute er Egolf in die Augen und machte eine Geste, die dieser nicht missverstehen konnte: Er hielt sich die gespreizten Finger vor das Gesicht – hinter Gittern.

Schweißperlen standen auf der Stirn des Ritters. Er hatte begriffen, dass es hier nicht nur um Geld, sondern auch um sein Leben ging. Unsicher geworden und nach einem Schlupfloch suchend, wandte er sich zu seinem Freund um. Doch der Domherr hatte aus unerklärlichen Gründen schnell den Gerichtssaal verlassen.

Da stand er nun, der Ritter. Ganz allein? Nicht ganz. Diesmal kam ihm sein Kartenbruder, der Dorfschultheiß, zu Hilfe. Dieser schaute nach dem Sonnenstand und meinte, dass in Anbetracht der Zeit und der unbeweisbaren Spekulationen des Herrn Dörzbach die Verhandlung geschlossen werde, zumal ja schon der Beschluss des Überweisens der Angeklagten an das Zentgericht vorliege. Um Formfehler zu vermeiden, fragte Wernz den Vormund: »Und Er, Herr Dörzbach, kann auch Er diesen Beschluss mittragen?«

Linhart war klar, dass seine Taktik nicht aufgegangen war. Er musste auf Zeit spielen und die Gegner in Sicherheit wiegen. Sie sollten glauben, sie hätten gewonnen und er habe klein beigegeben. Doch sein Ziel blieb nach wie vor dasselbe: Almut durfte nicht vor dem Zentgericht stehen.

Fast brachte er das Ja nicht über seine Lippen. Er fühlte, dass sein Mündel dies als Verrat verstehen musste. Krampfhaft unterdrückte Linhart das Verlangen, seine Zustimmung zu widerrufen. »Ich stimme dem Vorschlag zu. Allerdings unter der Bedingung, dass bis zum Ende des Prozesses ein unabhängiger Treuhandverwalter eingesetzt und das Vermögen Almuts nicht angegriffen wird. Das heißt, es dürfen bis dahin keine Grundstücke verkauft noch beliehen werden.« Er deutete auf den Königlichen Kanzleivorsteher. Es kam keine Widerrede.

Wernz rieb sich die Hände, alles war in seinem Sinne gelaufen. »Dann wird die Beklagte morgen unter Bewachung nach Kirchheim an das Zentgericht überwiesen.«

*

Almut drohten die Beine einzuknicken. Sie sah rings um sich nur Dunkelheit. In ihrem Kopf dröhnten Hammerschläge. Es war dieses Ja. Es erschlug sie, stieß sie in ein Loch, aus dem sie nie mehr herauskommen würde. Sah so ihr Ende aus?

Der Büttel zerrte sie hoch und schob sie in Richtung der Treppe. Wie in Trance ging sie an Linhart vorbei. Mehr als Verachtung hatte sie nicht für ihn übrig. Verräter. Wenn das ihr Vater wüsste. Die so oft beschworene Treue – alles Lüge.

6.

Almuts verzweifelter und zugleich anklagender Blick war Linhart nicht entgangen, als sie in ihre Zelle zurückgeführt wurde. Für sie musste eine Welt zusammengebrochen sein, ihr Vormund, ihr Halbbruder, Hennes, alle hatten sich von ihr abgewandt.

Schon zum zehnten Male hatte der ehemalige Hofkämmerer den Innenhof der Feste umrundet. Das Zentgericht war berechtigt, Folter anzuwenden. Jeder wusste, dass unter Schmerzen alles gestanden wurde. Allein bei dem Gedanken, dass Almut auf der Streckbank mit glühenden Zangen gezwickt werden könnte, wurde ihm übel. Gab es denn keinen Ausweg?

Doch – Almut muss fliehen, musste die Kurpfalz verlassen. Zumindest so lange, bis er genügend Beweise für das verwerfliche Tun ihres nächsten Verwandten und dessen Helfershelfer zusammengetragen hatte. Diese Halunken müssten der Falschaussage überführt werden, doch dazu bräuchte er die Hilfe seiner Amtsbrüder. Sie würden ihn nicht im Stich lassen, da war er sich sicher. Aber wie sollte er Almut zur Flucht verhelfen?

Er, ein Gänsekielakrobat, war nicht mehr der Jüngste, die Augen ließen nach, die Beine wollten nicht mehr, Reiten strengte ihn an, zudem plagte ihn das Rheuma. Er konnte eins und eins zusammenzählen. Er hatte Egolf eindeutig wissen lassen, dass er über dessen schändliches Tun beim Italienfeldzug Bescheid wusste und dass er von dem Wissen Gebrauch machen würde. Daher stellte nun auch er für Egolf und seine Helfer eine Gefahr dar und es würde ihn nicht wundern, wenn er beiseite geschafft oder zumindest mundtot gemacht werden sollte.

Alles das stimmte, aber noch war er klar im Kopf, noch besaß er genug Verstand, um mit seinen Widersachern mithalten zu können. Er rief nach Konrad. Dieser war jung und kräftig. Zu zweit würden sie es schaffen.

*

Als Ritter Egolf sich aufs Pferd schwang, um schnell den Ort der Schmach zu verlassen, sah er Dörzbach und Konrad beieinander stehen. Sie schienen etwas Wichtiges zu besprechen, denn sie gestikulierten wild mit ihren Händen in der Luft herum. Sie beachteten ihn nicht. Nicht, weil sie ihn nicht sahen, sondern weil sie so ihre Abscheu vor ihm ausdrücken wollten. Der beste Freund seines Vaters wandte sich von ihm ab. Oh, wie blutete sein Herz und wie tobte sein Gewissen. Tot umfallen – nichts hätte er dagegen gehabt, gar nichts!

In dieser aufgewühlten Stimmung ritt er gen Worms. Dort hielt sich der Domherr auf. Egolf ließ es keine Ruhe, es musste doch noch einen anderen Weg geben, um an Geld zu kommen. Seine Almut, seine Halbschwester, durfte nicht geopfert werden. Wie würde er einst vor seinem Vater dastehen?

Raban von der Sodern, im bischöflichen Palais untergebracht, saß an einem reich gedeckten Tisch. Ein nicht zu kleines Stück von der Brust eines fetten Kapauns hatte er sich gerade abgeschnitten, als sein in pfälzischen Diensten stehender Freund gemeldet wurde. »Schön, dass du mich hier aufsuchst. Komm, setz dich und lang zu. Probier zuerst den knusprig gebratenen Schlegel. Der wird dir munden. Was gibt's denn?«

Dem Ritter war der Appetit vergangen. Was er wollte, war Frieden. Er schilderte ihm in kurzen Sätzen seine innere Zerrissenheit, die noch beim Anblick des Vormunds verstärkt worden war, und wollte wissen, wie es nun weitergehen sollte.

»So, so, den Dörzbach hast du gesehen.« Er klatschte amüsiert in die Hände. »Er wird mit dem jüngeren Sohn des Aumanns einen Fluchtplan ausgeheckt haben.« Der Domherr lachte. »Das ist das Natürlichste der Welt – und dir schlägt deshalb das Gewissen? Wie naiv bist du eigentlich?«

Mochte doch sein Freund ihn beleidigen und beschimpfen, seine Gedanken konnte er Gott sei Dank nicht lesen: Nichts wäre Egolf lieber, als wenn Dörzbach und Konrad Almut befreiten, sie entführten, versteckten oder sie sonst wie in Sicherheit brächten. Seine Halbschwester durfte nicht gefoltert werden. Er hätte sonst keine ruhige Minute mehr in seinem Leben. Nach dieser inneren Entscheidung wurde der Ritter ruhiger. Dass Raban seine geheimen Wünsche nicht mittragen könnte und wollte, war ihm klar, also müsste er sich ihm gegenüber verstellen und den Empörten spielen.

Aufbrausend stampfte er auf den Boden, gebärdete sich wild und zog drohend seinen Säbel aus der Scheide. »Wenn ihr die Flucht gelänge, wäre alles umsonst gewesen. Wir müssen die Flucht vereiteln – komme, was wolle!«

Seine Vorstellung hatte gewirkt. Raban schmunzelte. »Ein großer Denker warst du noch nie. Sei froh, dass du mich zum Freund hast. Wir dürfen die Flucht eben nicht vereiteln, sondern müssen sie fördern. Almut soll ruhig weglaufen, denn auf der Flucht kann gar viel geschehen.«

Langsam dämmerte es Egolf, dass sein Freund auch die Flucht wollte, aber aus ganz anderen Gründen. Noch einmal musste er den Naiven spielen.

»Was soll denn auf der Flucht geschehen?«

»Die Helfershelfer werden erschossen und die Jungfer wird eingefangen. Sie kann dann auf der Stelle dem Scharfrichter übergeben werden. Flucht ist ein Eingeständnis der Schuld. Sie wird hingerichtet oder des Landes verwiesen. Du als nächster Verwandter bist der Haupterbe, kannst über die Ländereien verfügen und gibst mir das geliehene Geld zurück. So einfach ist das.«

Egolf war ein Kriegsmann. Kämpfen, dem Tod ins Auge schauen, war sein Metier, aber das hier war heimtückisch, hinterhältig, eines Ehrenmannes nicht würdig.

»Warum sollen auch ihre Helfershelfer ausgeschaltet werden?«

»Du dreimal dummer Junge. Hat dir der Dörzbach nicht zu verstehen gegeben, dass er gegebenenfalls von seinem Wissen Gebrauch machen wird? Der Vormund deiner Halbschwester ist eine Gefahr für dich geworden und du mit deinem Mäusehirn hast es nicht begriffen.«

Er bohrte den Zeigefinger in Egolfs Brust. »Du reitest auf der Stelle zurück und tust alles, damit niemand deine Halbschwester an der Flucht hindert. Hennes, den du mir so warm empfohlen hast, wird bei der Aktion mit einer Schar verkleideter Mainzer Reiter mein Gewährsmann sein. Ich habe meine Leute instruiert, von der Schusswaffe Gebrauch zu machen, falls etwas schief gehen sollte.«

»Bist du von Sinnen?«

Da war es wieder, dieses teuflische Grinsen. Manchmal fürchtete sich Egolf vor seinem Freund.

*

Konrad, ein fröhliches Lied auf den Lippen, zwei Krüge in der Hand, klopfte an das Wachhaus der Zollfeste. Bis zu seinem dreizehnten Lebensjahr war er hier mit Almut und seinem Bruder in die Schule gegangen, daher kannte er alle Dienstleute. Zudem fielen von den Fischen, die sein Vater hier abliefern musste, der eine oder andere für die unteren Chargen ab.

»He, ihr Langschläfer, wacht auf, ich habe euch einen Morgentrunk mitgebracht – Feudenheimer Sommerhalde.«

Langsam öffnete sich die Tür des Wachhäuschens und der Hollers Franz rieb sich die Augen. »Ach, du bist es, Konrad. Wir haben oft von dir gesprochen. Schade, dass du nicht mehr für Almut tun konntest. Wir hätten es gern gesehen, wenn unter das abergläubische Getue endlich ein Schlussstrich gezogen worden wäre.«

Ein abgrundtiefer Seufzer war zu hören. »Leider können auch wir für sie nichts machen, müssen es nehmen, wie es kommt. Dienstleute haben keinen eigenen Willen.«

Der Hollers Franz schaute nach rechts und links. Niemand war unterwegs. »Gib die Krüge her.«

Konrad pfiff seine Melodie weiter. So nebenbei zeigte er auf den Kastenwagen mit den Gittern vor den Fenstern, der mitten im Hof stand. »Soll in dem Wackelgestell Almut nach Kirchheim gebracht werden?«

Höhnisch lachte er auf. »Ich vermute mal, dass in dem Kasten sonst Schweine und Kühe transportiert werden. Darf ich ihn mal anschauen?«

»In Ordnung, aber rühr nichts an.«

»Welcher Weg ist vorgesehen?«

»Wie immer: über Neckarau, Schwetzingen nach Kirchheim.«

»Aha, und wer begleitet den Kasten?«

»Der Kutscher und ein Knecht vom Zentgericht.«

»Was, nur zwei? Und wann geht's los?«

»Morgen am späten Nachmittag.«

»So, so. Dann lasst euch den Wein schmecken.«

Kaum war die Tür geschlossen, schlenderte Konrad zum Kastenwagen, umrundete ihn und kam der hinteren Radaufhängung immer näher. Das Rad war durch einen Splint an der Achse gesichert. Diesmal war es Konrad, der seine Blicke rundum schweifen ließ. Niemand war zu sehen, sonst herrschte hier ein Durcheinander. Ihm konnte es nur recht sein. Blitzschnell zog er den metallenen Splint an der linken Hinterachse heraus und steckte dafür ein mit Wagenschmiere bestrichenes Holzstöckchen hinein. Ein zweiter Rundumblick. Der Innenhof war wie leergefegt, auch an den Fenstern war niemand zu sehen. Zufrieden mit seiner Arbeit klopfte er vor dem Überqueren der Zugbrücke nochmals ans Wachhaus. »Und, wie schmeckt die Feudenheimer Sommerhalde?« Ein fröhliches Gejohle war die Antwort. Konrad war erleichtert. Alles ging glatt, fast zu glatt.

An der Wegkreuzung bei Neckarau ging ein Fußweg zum Rhein, der schnellste und kürzeste Weg zur Fähre. Hier versah der Knoblichs Ernst mit zwei Kähnen den Fährdienst nach Altrip. An dieser Stelle legten Konrad und Linhart sich auf die Lauer. Es dauerte nicht lange, da hörten sie von Weitem das Rattern des Kastenwagens. Dem Geräusch nach fuhr er nicht allzu schnell – gewiss der vielen Schlaglöcher wegen. Doch je näher er kam, desto schneller fuhr er auf der stückweise ausgebesserten Straße. Jetzt konnte man schon die Peitsche knallen hören.

Linhart und Konrad hielten den Atem an. Wenn der Kasten über die präparierten Fallen in dem Tempo führe, würde er unweigerlich stecken bleiben und ein Achsenbruch wäre mehr als wahrscheinlich. Wie ausgemacht, versteckte sich Linhart hinter einem Busch in Höhe der abgedeckten Schlaglöcher und Konrad weiter vorn.

Zwei Männer saßen auf dem Bock, der Kutscher und ein Büttel des Zentgerichts, bewaffnet mit einer der seit Kurzem in Mode gekommenen Feuerbüchsen. Eine begleitende Reitereskorte war nicht zu sehen.

Da! Ein Krachen, Rumpeln und Splittern. Den Kutscher wirbelte es in die Höhe, dann fiel er unsanft auf die Landstraße und blieb liegen. Der Büttel konnte sich gerade noch festhalten. Mittendrin in einem Loch steckte der schwere Kastenwagen. Er war zur Seite gekippt, das linke Hinterrad hatte sich gelöst und die Achse war in zwei Teile zerbrochen.

Als ob es so sein müsste, kam von dem Lärm angelockt Linhart mit einem löcherigen Umhang um die Schultern und einem tief ins Gesicht gedrückten Schlapphut angehumpelt und besah sich das Malheur. »Männer, ihr wisst doch, dass die Straßen aus lauter Löchern bestehen, warum rast ihr so?«

Er beugte sich zum Kutscher hinab, der auf der Erde lag und sich vor Schmerzen krümmte. Gebrochen war nichts, er hatte aber allerhand Prellungen und Abschürfungen. Dann begutachtete der alte Mann den Schaden und wog bedenklich den Kopf. »Da muss ein Wagner mit einem Hebebock her. Wir allein können ihn unmöglich aus dem Loch herausheben. Außerdem ist eine neue Achse fällig.«

Mühlselig kletterte der Büttel vom Kutschbock und rieb sich den Hintern. »Donnerwetter, war das ein Schlag! Nur gut, dass ich nichts abbekommen habe.« Dann zum Alten gewandt: »Steh nicht so herum, sondern treib einen Wagner auf. Wo ist der nächste?«

»In Feudenheim.«

»Also, mach dich auf die Beine.«

»Tut mit leid, werter Herr, meine Base kommt nieder, ich muss eine Hebamme holen. Ich habe keine Zeit.«

Er zeigte in Richtung Südosten und gab noch einen guten Rat. »Spannt ein Pferd aus und reitet immer in diese Richtung. In einer Stunde seid ihr dort. Euer Kutscher kann ja derweil euren Gefangenen, oder wer sonst in dem Kasten steckt, bewachen.« Der Alte lud sein Bündel auf den Rücken und trollte sich. Allerdings nicht allzu weit. Hinter dem nächsten Strauch verdrückte er sich und gab Konrad ein Zeichen, dass alles nach Plan laufe.

Kaum hatte sich der Büttel auf den Ackergaul gewuchtet und war losgeritten, griff Konrad nach seinem Wanderstock, rückte die Muschel am Hut, das Zeichen der Pilger, gut sichtbar zurecht und schlurfte, Gebete murmelnd, auf die Unglücksstelle zu. »Oh je, Kutscher, was für ein Pech! Kann ich euch helfen?«

»Scher dich weg, du verlauster Bettler. Sich als Pilger ausgeben, das haben wir gern. Fass mich bloß nicht an, sonst krieg ich auch noch die Krätze. Wer weiß, wo du dich überall herumgetrieben hast.«

Doch Konrad hörte nicht hin, humpelte einfach weiter auf den sich wieder aufgerichteten Kutscher zu und streckte seine Hand aus. »Habt Erbarmen mit mir.«

»Ich habe dich gewarnt.« Der Kutscher holte mit der Peitsche aus und wollte dem Unverschämten eine Lektion erteilen. In diesem Moment verwandelte sich die Lumpengestalt in einen Kämpfer. Er riss seinen Arm hoch, der Lederriemen wickelte sich darum und Konrad zog blitzschnell und kräftig an. Der Kutscher landete ein zweites Mal in voller Länge auf der Straße. Wie ein Maikäfer zappelte er mit den Armen und Beinen. Zum Lachen war jetzt keine Zeit. Schnell band Konrad ihm die Hände auf den Rücken, zog ihm ein Tuch über den Kopf und zerrte ihn in den Straßengraben. Dann griff er nach einem Stein und klopfte das Schloss des Kastenwagens auf. Mit einem Ruck öffnete er die Tür und schaute in die erstaunten Augen Almuts. Viele Worte waren nicht notwendig. »Almut, du hältst dich immer dicht hinter mir. Wir laufen zum Rhein und lassen uns übersetzen. Auf der anderen Seite schlagen wir uns nach Straßburg durch. Spring aus dem Kasten. Los, mach schon, viel Zeit haben wir nicht!«

Eine Frage hatte Almut schon noch. »Bist du allein?«

»Nein, dein Vormund hat sich weiter hinten versteckt. Ich habe kein gutes Gefühl, weil alles so reibungslos ging. Auf jetzt!«

Er packte Almuts Arm und zog sie auf dem kleinen Fußweg hinter sich her. Auf den ersten hundert Metern passierte nichts. Rechts und links das mannshohe Ried, vor ihnen ein Kiefernwäldchen, dahinter müsste schon der Rhein zu sehen sein.

Plötzlich ein Schrei. Es war Linhart. »Lauft, lauft! Mainzer Reiter sind hinter euch her! Rettet euch!«

Jetzt hörte auch Konrad das Dröhnen der Pferdehufe. Es würde nicht lange dauern und sie wären umzingelt. Immer näher kamen sie. Schon vernahm er das Schnauben der Pferde in seinem Rücken. Eine barsche Stimme rief: »Bleibt stehen, oder wir schießen.«

Jetzt oder nie! Konrad gab Almut einen Schubs, dass sie über den Graben flog, und schrie ihr nach: »Lauf ins Unterholz, dort können dir die Reiter nicht folgen. Immer geradeaus, dann bist du am Rhein!«

Todesmutig drehte sich Konrad um und wartete, bis die ersten Reiter ihn erreicht hatten, dann machte er einen Satz und rannte in die entgegengesetzte Richtung. Irritiert zügelten die Verfolger ihre Pferde. Wen sollten sie nun verfolgen? Ohne lange nachzudenken, legten sie an und schossen. Daneben! Die Feuerwaffen waren Vorderlader, zwar tödlich, aber nicht zielgenau. Inzwischen war Almut außer Reichweite. Doch Konrad pfiffen die Kugeln um die Ohren. Links an ihm vorbei, rechts an ihm vorbei. Doch dann ... Er spürte einen stechenden Schmerz im Rücken und fiel vornüber. An mehr konnte er sich nicht erinnern.

Als er wieder zu sich kam, sah er das über ihn gebeugte Gesicht Pfarrer Endres'. »Gott sei gepriesen, Konrad, du lebst! Ich kam gerade von Neckarau und hörte die Schüsse. So gerannt bin ich noch nie. Du lagst bewusstlos am Boden und zwei vermummte Reiter traten mit den Stiefeln auf dich ein. Auf einen Verwundeten! Da hat mich die Wut gepackt und ich habe die Unmenschen angebrüllt, einen am Kragen erwischt und weggezogen. Dabei rutschte sein grauer Umhang zur Seite. Du wirst es nicht glauben, darunter trug er Mainzer Uniform. Es waren Männer des Erzbischofs, die euch auf Kurpfälzer Boden verfolgt haben.

Wäre nicht dein Bruder Hennes, der Anführer dieser Horde, dazugekommen und hätte seine Kumpane zur Raison gebracht, sie hätten auch mich ins Reich Gottes geschickt. Hennes hat dich notdürftig verbunden, dir Branntwein eingeflößt, dann musste er schnell verschwinden, denn Ritter Egolf und eine Kurpfälzer Reitereskorte waren im Anmarsch. Leider zu spät.«

Er deutete nach hinten. »Dörzbach haben die Mainzer nicht entdeckt, aber Egolf hat ihn aufgestöbert. Stell dich darauf ein, dass ihr von ihm in Haft genommen werdet. Ich muss weg von hier! Gott sei mit dir!«

Bevor Pfarrer Endres sich erhob, zog Konrad ihn noch einmal zu sich herunter. »Wo ist Almut?«

»Ich weiß nicht, ob sie es über den Rhein geschafft hat. Aber eines solltest du noch wissen: Jöst hat in der Beichte gestanden, dass er Schuld, große Schuld auf sich geladen habe. Es war wie ein Geständnis.«

Ritter Egolf bat ihn, den Verwundeten nun ihm zu überlassen, bei seinen Reitern sei ein Wundarzt.

7.

Fährmann Knoblich fluchte leise vor sich hin. Heute war ein schlechter Tag, keiner wollte übergesetzt werden, bald würde es dunkel werden und er hatte noch keinen Kreuzer verdient. Damit ihm das Warten nicht zu lange wurde, rollte er die Netze auf. Die Salme hatten sich bisher noch nicht blicken lassen, obwohl es an der Zeit gewesen wäre.

Die begehrten Fische kamen regelmäßig zu bestimmten Zeiten den Fluss hoch, um ihre Laichplätze im Rhein und seinen Nebenflüssen aufzusuchen. Ohne die Erlaubnis des Landesherrn durfte sich niemand an den Königsfischen vergreifen. Das Recht zum Salmfang stand allein dem Kurfürsten zu. Dass keiner nur so zufällig seine Netze ins Wasser warf, dafür war der Aumann da. Bürklin Wolgast nahm sein Amt ernst, aber er übertrieb es nicht. Das wusste auch Knoblich. Letztes Jahr, als seine Frau das siebte Kind zur Welt gebracht hatte und er sein Erspartes für die Hebamme hinlegen musste, zappelten schon hin und wieder einige kurfürstliche Salme und Aale in seinem Netz. Bürklin hatte sich einfach zur Seite gedreht und getan, als ob er auf einem Auge blind sei. Das hatte er ihm nicht vergessen.

»Heute wird's nichts mehr«, seufzte er und fing an, seinen Kahn zu vertäuen und die Ruder kreuzweise in die Mitte zu legen, als er hinter sich ein Keuchen hörte. Ein Überfall? Räuber? Blitzschnell griff er nach seinem Dolch und drehte sich kampfbereit um.

Damit hatte er nicht gerechnet. Eine Jungfer rutschte den kleinen Abhang herunter und kam vor ihm wieder auf die Füße.

»Almut, um Gottes willen, was tust du hier und wie siehst du aus?«

Als er ihre angstvollen Augen und das kleine Bündel auf ihrem Rücken sah, brauchte er nicht zu fragen. Sein Sohn war Schöffe beim Ortsgericht und er wusste von dem abgefeimten Trauerspiel.

»Du bist auf der Flucht und ich soll dich über den Rhein bringen?«

Sie nickte nur.

Schnell schob Knoblich sein Boot ins Wasser, drängte Almut, sich in der Mitte flach auf den Boden zu legen und sich nicht zu bewegen. Schließlich warf er einige alte Säcke über sie und stieß ab. Gegen Abend fingen auf der Wasseroberfläche die weißen Nebelschwaden an zu tanzen und bildeten einen dichten Schleier. Je weiter sich das Boot vom Ufer entfernte, desto unsichtbarer wurde es.

*

Obwohl Almut im Brackwasser lag, rührte sie sich nicht. Ganz dicht schien das Boot nicht zu sein. Aufmerksam lauschte sie auf jedes Geräusch. Nur das leise Eintauchen der Riemen und das rhythmische Anschlagen der Wellen am Bug waren zu hören. Wilde Gedanken schossen ihr durch den Kopf. Warum hatte Egolf ihr das angetan? Sie hatten sich doch immer gut verstanden. Ging es ihm nur um das Erbe? Wenn er mit ihr gesprochen hätte, hätte sie mit ihm geteilt. Es war so viel da, dass es für beide reichte.

Das Boot schob sich auf den sandigen Strand des linksrheinischen Ufers. Erleichtert atmete sie auf. Die Verfolger war sie los. Aber jetzt? Jetzt stand das große Aber wie eine dunkle Wand vor ihr.

Mit nassen Kleidern und am ganzen Leib zitternd kletterte sie aus dem Boot und schaute die Uferböschung hoch. Ein dichter Kiefernwald türmte sich vor ihr auf. Sie wagte nicht, einen Schritt nach vorn zu tun. Wohin auch?

Gewiss tat dem Fährmann die Jungfer in der Seele leid, aber das Händchen konnte er ihr nicht halten. Ohne zu zögern, holte er aus der windschiefen Hütte, die ihm bei Regen als Unterschlupf diente, ein paar trockene Sachen und ermahnte sie, heute im Wald zu übernachten. »Merk dir, lauf niemals nachts allein auf der Straße. Dort treibt sich allerhand Gesindel herum. Und schau dir die Leute genau an, bevor du dich jemandem anschließt.«

Er kratzte sich am Hinterkopf. »Wohin willst du eigentlich?«

»Konrad wollte mit mir nach Straßburg.«

Knoblich überlegte. »Eine halbe Meile hinter dem Ufer verläuft die Handelsstraße zwischen Speyer und Worms. Viel begangen, mit vielen Wirtschaften, Herbergen und Unterstellplätzen. An deiner Stelle würde ich Speyer meiden, denn dort hat der Kurfürst großen Einfluss, und gewiss wird er Späher aussenden. Nach Norden, nach Worms solltest du dich wenden.«

»Geht nicht! Dort haben meine Großeltern mütterlicherseits gewohnt und dort werden sie mich suchen.«

Verzweifelt schüttelte der Fährmann den Kopf. »Kind, ich fürchte, dass du dich dann nach Westen, nach Frankreich durchschlagen musst. Allerdings herrscht zwischen England und Frankreich seit vielen, vielen Jahren Krieg. Die Engländer glauben, dass ihnen die französische Königskrone zusteht. Es sei, wie es sei. Die Pfälzer halten zu den Engländern, daher wird dort niemand nach dir suchen.« Liebevoll strich er ihr übers nasse Haar. »Der HERR möge seine Hand schützend über dich halten. Jetzt geh, bevor es stockdunkel wird.«

Almut bedankte sich sehr, doch machte sie keine Anstalten, den Damm hochzuklettern. Etwas lag ihr noch auf der

Seele. Knoblich konnte sich denken, um was sie sich Sorgen machte. »Natürlich werden deine Verfolger nach dir fragen. Gib mir deinen nassen Rock. Ich werde ihnen eine glaubhafte Geschichte erzählen. Verlass dich drauf. Aber geh jetzt.«

Der Fährmann ließ das Boot ein Stück flussabwärts treiben. Dort, wo die Pappeln bis ans Wasser reichten, hängte er Almuts nassen Rock an einen Zweig und legte dann an seinem alten Platz wieder an. Das war gut so, denn kaum hatte sich sein Kahn in den weichen Sand gebohrt, hörte er Pferdegetrappel. Sechs Reiter galoppierten wie von einem Bienenschwarm verfolgt auf ihn zu, sprangen vom Pferd und packten ihn am Kragen. »He, sag die Wahrheit oder wir prügeln sie aus dir heraus. Hast du eine Jungfer über den Rhein gebracht?«

Der Knoblichs Ernst war ungehalten über die rüde Behandlung der Waffenknechte und machte seinem Herzen Luft. »Was fällt euch Raufbolden ein, mich wie einen räudigen Hund zu behandeln? Lasst los, sonst schlag ich euch meinen Riemen über den Schädel.«

Erst jetzt nahm er wahr, dass der Anführer der Reiter der älteste Sohn des Aumanns war. Misstrauisch geworden machte er einen Schritt auf ihn zu. »Du bist doch der Hennes?«

Lange betrachtete er ihn und fragte schließlich mit verächtlichem Unterton. »Warum trägst du am Ärmel ein Kurmainzer Wappen? Die Mainzer sind nicht gerade die Freunde der Pfälzer, besonders ihr Erzbischof, der Nassauer.«

Der Führer der Reiter wich zwar einen Schritt zurück, und schaute betreten zu Boden, doch beharrte er auf einer Antwort.

Knoblich ließ sich Zeit. »Ich habe immer gedacht, du trittst in die Fußstapfen deines Vaters, des Aumanns. Vor ihm ziehe ich dreimal den Hut, aber vor dir ...?«

Unerschrocken schaute sich der Fährmann die Reiter nacheinander genau an. »Hennes, du passt nicht zu diesen Habichtsgesichtern. Ihre Nasen sind scharf und gebogen und in ihren Augen spiegelt sich Gewalt. Lass die Finger von solchen Burschen.«

Das war starker Tobak. Er hätte sich denken können, dass diese Muskelprotze keinem Streit aus dem Weg gehen würden. Schon zogen sie ihre Säbel und stürmten auf den Fährmann zu.

Mutig stellte sich Hennes vor Knoblich. »Kameraden, der Alte weiß nicht, was er sagt. Wollt ihr euch nachsagen lassen, einen gebrechlichen Greis zusammengeschlagen zu haben? Steckt eure Säbel wieder ein!«

Dann wandte er sich an den Fährmann. »Also, hast du nun eine Jungfer gesehen oder nicht?«

»Wohl, wohl, gesehen habe ich eine, aber die hat sich aufgelöst.«

»Was soll das heißen?«

Knoblich hatte sich beim Zurückrudern seine Gedanken über die Anklage gegen Almut und deren Auswirkungen gemacht. Wenn sie tot wäre, rückte ihr Halbbruder automatisch als Erbe nach. Lebte sie, wäre sie zwar die Gejagte, aber immer noch im Besitz ihres Erbes. Oh Gott, in Almuts Haut wollte er nicht stecken. Allein, ganz auf sich gestellt, in dieser nicht immer freundlichen Welt, und wie lange würde die Suche nach ihr dauern? Und wenn sie sie gefunden hätten?

»Tja, wie soll ich euch das sagen. Vor etwa einer halben Stunde ist dort an der Biegung«, er deutete auf die Stelle, wo die Pappeln nahe am Wasser standen, »jemand ins Wasser gestiegen. Es war schon dämmrig und die Nebelschwaden waren besonders dicht, sodass ich die Gestalt nicht erkennen konnte. Es schien mir aber eine Weibsperson gewesen zu sein.«

Er schüttelte sich, als ob ihn fröstelte. »Im Dunkeln und auch noch in dieser Jahreszeit über den Rhein zu schwimmen ist keine gute Idee. Ich kenne nur Wenige, die das geschafft haben. Sofort habe ich mein Boot flott gemacht und bin hingerudert. Leider kam ich zu spät. Sie war nicht mehr da – einfach weg!«

Erneut deutete er auf die Pappeln. »Zuvor muss sie sich ihrer Kleider entledigt haben, denn dort hängt etwas. Schaut nach und überzeugt euch selbst.«

»Ist sie nun ertrunken oder nicht?«

Vielsagend zuckte der Fährmann mit den Schultern und meinte, dass sie es schon geschafft haben könnte.

Hennes gab Order: »Aufsitzen! Wir schauen uns den Fetzen genauer an. Ich kenne Almuts Kleider.«

8.

Das Gefährt mit dem Kurmainzer Wappen am Türschlag mühte sich den steilen Burgberg hinauf. »Treib die Rösser an, wir sind spät dran!«, rief der Domherr dem Kutscher zu.

»Hochwohlgeborener und werter Herr von der Sodern, für diese Himmelsleiter hätten wir noch zwei Pferde vorspannen sollen.«

Er drehte sich nach hinten. »Domherr, Ihr habt mir noch nicht gesagt, zu welcher Burg ich fahren soll. Zur oberen oder unteren? – Von einem Schloss kann man bei beiden nicht sprechen, eher einer Ansammlung von Steinen.«

Der Domherr wollte ihm nicht widersprechen. Wenn er die Residenz König Ruprechts I. mit dem Palais des Erzbischofs in Mainz verglich, konnte man nur den Kopf schütteln. Das Oberhaupt des Reiches regierte auf einem vorgelagerten, bebauten Hügel über dem Neckartal. Zu dessen Füßen erstreckte sich ein größerer Flecken. Zweitausend, dreitausend Leute mochten hier hausen, in niedrigen Fachwerkhäusern, mit Stroh bedeckt, einem stinkenden Abtritt im Hof und ohne fließendes Wasser. Der Marktplatz war eine Baustelle. Der römisch-deutsche König aus der Pfalz hatte das alte Holzkirchlein abreißen lassen, um ein mächtiges Gotteshaus, die Heiliggeistkirche, zu errichten – die Grablege der Pfälzer Wittelsbacher. Bis jetzt stand nur der Chor.

So eingestimmt pochte er an das Wachhaus vor der Brücke, die über einen Graben auf das Burgareal führte. Sofort wuchteten die Torwächter die schwere Schranke hoch, denn der Gesandte des Erzbischofs von Mainz wurde von den Räten seiner Majestät schon erwartet. Im Ruprechtsbau residierte der König, sofern er anwesend war. Das kam höchst selten vor, denn überall im Reich gab es Händel und Streit und Ruprecht I. musste als Schlichter vor Ort sein. Er war eine Art Reisekönig – ständig unterwegs.

Bevor der Domherr eintrat, schaute er sich um. An drei Seiten fiel der Burgberg, die Pfälzer sagten Jettenbühl, zur Stadt hin steil ab. Meterdicke Mauern grenzten das Areal ein. Ab und zu klebte an den Wänden ein Haus, eine Hütte oder eine Scheune. Von Glanz und Gloria konnte keine Rede sein. Hier wohnte ein armer König.

Hocherhobenen Hauptes und seines Standes bewusst, betrat der Domherr den Ratssaal und verbeugte sich leicht vor den Mitgliedern des Oberrats, jedoch nur, weil das Protokoll es so vorsah. Sein Dienstherr, der Erzbischof, war, das musste man wissen, zugleich auch der Erzkanzler des Reichs. Kein anderer konnte mehr Macht auf eine Person vereinen. Das ließ er die Herren spüren.

Job Vener, Doktor beider Rechte, Kanzler der Kurpfalz und ein im Reich ob seiner Gelehrsamkeit hochgeachteter Vertrauter des Königs, deutete ebenfalls eine Verbeugung an und entschuldigte seine Majestät König Ruprecht I. Sodann begrüßte er mit dünnen Worten den Mainzer. »Nun, was verschafft uns die Ehre, dass der Erzbischof seine rechte Hand schickt? Im Reich ist kein Krieg ausgebrochen – oder doch?«

»Der Herr Doktor beliebt zu scherzen. Mein Anliegen ist ein ernstes.« Er wand sich, drehte sich, wiegte sich in den Hüften und tat, als ob er die richtigen Worte nicht finden könnte. »Hm, wie soll ich es den Herren erklären, um nicht sogleich ihren Unmut zu erregen.« Mit umständlichen Worten und viel Getue ließ der Domherr durchblicken, dass sein Dienstherr verstimmt sei.

»Hoho, das ist doch nichts Neues. Der Mainzer Erzbischof ist bekannt für seine ...« Der Kurpfälzer Kanzler hielt inne, beleidigen durfte er die sogenannten Freunde seines Königs nicht. Das könnte zu Komplikationen führen, obwohl er nichts lieber in der Welt täte, als diesem Erzränkeschmied des Reichs ans Bein zu pinkeln. »Was ist es denn, das nicht das Wohlgefallen seines Dienstherrn findet?«

»Um es mit meinen Worten zu sagen: Vor der Krönung des Pfalzgrafen Ruprecht zum König hat genau derselbe den rheinischen Erzbischöfen hoch und heilig versprochen, die noch vom Vorgänger Wenzel gewährten Zölle und sonstige Privilegien der Fürsten nicht anzutasten. Und jetzt – schränkt der König aus der Pfalz eben diese Zusagen ein. So verwehrt er meinem Dienstherrn, zusätzliche Zölle in Höchst zu erheben. Das ist Wortbruch und dagegen ...«

»Er braucht sich nicht zu wiederholen. Wir wissen, was König Ruprecht I. angeordnet hat.« Vener war schon die ganze Zeit auf seinem Stuhl nervös hin und her gerutscht. Ihn ärgerte, dass der Mainzer den Hals nicht voll genug bekam.

»Mit Verlaub, Domherr, ich erteile Ihm nicht gern eine Nachhilfestunde, aber Er weiß so gut wie jeder hier in der Ratsstube, dass Ruprecht I. der König für das ganze Reich und nicht nur für den Erzbischof ist. Die Spatzen pfeifen es von den Dächern, dass der Mainzer keine Fehde auslässt, um seine Einflusssphäre zu erweitern, keine Skrupel hat, seine Truhen mit dem Gold anderer zu füllen. Im Reich gibt es auch noch die Städte und wenn diese wegen zu hoher Zölle keinen Handel mehr treiben können, bricht unser ganzes Steuersystem zusammen. Aber das interessiert den Herrn Erzbischof nicht. Er möchte in Dukaten und Gulden baden.« Die Stimme Verners nahm einen gebietenden Ton an. »Es ist die Aufgabe und vornehmste Pflicht des Reichsoberhauptes, aller Interessen zu wahren.«

»Hehre und große Worte, werter Kanzler der Kurpfalz. Wenn Euer König so edel ist, warum schanzte er dann seinem Sohn Ludwig die Landvogtei im Elsass zu? Das Elsass ist

Reichslehen. Es gehört allen im Reich. Euer löblicher König verfügt eigenmächtig über Reichsgebiet. Ist das wohlgetan?«

Höhnischer, viel höhnischer. »Bevor Ihr, werter Vener, etwas zu mir sagt, solltet Ihr lieber erst vor Eurer eigenen Tür kehren. Genau das ist es, was meinem Dienstherrn missfällt. Reichslehen für private Zwecke zu missbrauchen!«

»Gut gesprochen, Domherr, aber hat Er auch bedacht, dass der König bei der Verwaltung des Reichs Ausgaben hat? Wenn Räuber die Straßen unsicher machen, wird nach dem König gerufen, wenn Geleitrechte missachtet werden, wird nach dem König gerufen. Soll er das alles aus seiner Privatschatulle zahlen? Die Steuereinnahmen aus dem Reich kann Er mit der Lupe suchen. Jeder der Fürsten hat eine andere Ausrede, um ja nichts an die Reichsregierung abführen zu müssen. Daher ist es nur recht und billig, wenn der König sich nach Einnahmemöglichkeiten umsieht.«

Schon wollte sich der Kanzler wieder anderen Geschäften zuwenden, doch der Mainzer Gesandte bestand darauf, noch eine andere Beschwerde vortragen zu dürfen.

»Mache Er es kurz!«

»Wie es dem Herrn Doktor beliebt! Da gibt es doch diesen ehemaligen Hofkämmerer, wie war noch gleich sein Name? Ah ja, Linhart Dörzbach.«

»Ja, fürwahr, den gibt es, und er genießt bei uns immer noch Achtung. Um es vorweg zu sagen.«

»Aber dieser Dörzbach hat doch gegen Recht und Gesetz verstoßen. Er hat einer Angeklagten zur Flucht verholfen, sodass sie für ihre Vergehen nicht zur Rechenschaft gezogen werden konnte. Die Herren des Oberrats können doch nicht die Augen vor einer so durchsichtigen Rechtsbeugung verschließen.«

»Das ist nicht unsere Absicht, werter Herr aus Mainz. Der Fall liegt uns vor und wir haben entschieden, den ehemaligen Hofkämmerer bis zur vollständigen Klärung in Hausarrest zu nehmen, und das kann Jahre dauern, denn die Rechtslage ist nicht eindeutig. Linhart Dörzbach steht dafür im Wort.«

»Meine Herren, wie könnt Ihr nur so milde eine Straftat aburteilen? Der Fall ist doch klar.«

»Mitnichten, Domherr. Zauberei und Hexerei werden in der Kurpfalz als Aberglauben gewertet. Es muss erst noch von höchster Stelle entschieden werden, wie zu verfahren ist.«

»Pah, Ihr Pfälzer, Ihr mit Eurem moralischen Getue. In Mainz werden Hexen verbrannt oder des Landes verwiesen, ihr Besitz wird eingezogen und sie verlieren sämtliche bürgerlichen Rechte.«

»Wenn Kurmainz so denkt und handelt, ist das eine Sache, eine andere, wenn Kurpfalz aus humanitären Gründen das ablehnt. Hat der Herr noch Wünsche?«

»Ich glaube, dass die Herren Oberräte sich schützend vor den ehemaligen Kollegen stellen, sodass er nicht zur Rechenschaft gezogen werden kann. Das werde ich meinem Dienstherrn berichten und der wird wohl ein ernstes Wort mit seinem Freund, dem König, reden müssen.«

»Tue Er, was Er nicht lassen kann, aber lasse Er uns jetzt in Ruhe.«

*

Am Tor des zweistöckigen Fachwerkhauses in der Haspelgasse klopfte es. Linhart Dörzbach öffnete und ein Bote des Oberrats überreichte ihm ein Dokument. Schnell überflog er die Zeilen, lächelte und murmelte in seinen Bart »Der Domherr lässt doch nichts unversucht. Mainz hat ein Auslieferungsbegehren gestellt, weil ich in Oppenheim geboren bin, daher Mainzer Bürger sei.«

Was ein richtiger Bote ist, der liest zuvor, was zu überreichen ist. »Mit Verlaub, Hofkämmerer a. D., wie will Er denn dem Mainzer Antrag entgehen? Mir scheint die Rechtslage klar. Er muss ausgeliefert werden!«

Freundschaftlich klopfte Linhart ihm auf die Schulter. »Jetzt setze Er sich erst einmal auf den Hocker und schenke Er sich einen Becher ein. Ein Bote hat doch immer Durst – oder nicht?«

»Schon wahr, aber ein Bote trinkt nicht alles. Was soll denn in den Becher eingeschenkt werden?«

»Ein gar köstlicher Tropfen, die Beeren von der Sonne verwöhnt, geerntet im letzten Jahr, gereift in den Kellern der Winzer, ungeschönt, ungezuckert und voll der Süße und des Geschmacks des Bodens unserer so geliebten Heimat.«

»Hm, wenn das so ist. Aber Er ist mir noch eine Antwort schuldig.«

»Das habe ich nicht vergessen.«

Gewiss, Dörzbach hatte einen redlichen Charakter, war ein frommer Christ, und Treue und Gerechtigkeit waren seine obersten Prinzipien, aber für dumm verkauft zu werden, das widersprach ihm gewaltig. Daher wies seine Antwort neben einem Quäntchen List auch ein gewisses Maß an innerer Befriedigung auf. »Oppenheim ist zwar mainzisch, aber Kurpfalz ist dort ebenfalls Grundherr. Mein Elternhaus stand genau auf der Grenze. Wenn es hart auf hart kommt, bin ich halt in der Stube geboren worden, die auf Kurpfälzer Grund und Boden steht. Wenn Mainz das nicht akzeptiert, wird ein jahrelanger Rechtsstreit die Folge sein.«

Sich auf die Schenkel schlagend, brach der Bote in schallendes Gelächter aus. Fast hätte er sich verschluckt und den köstlichen Tropfen über sein Wams gegossen. Als er jedoch die ernste Miene des ehemaligen Hofkämmerers sah, war er augenblicklich still.

»Ich mache mir um Konrad Sorgen.« Bangigkeit lag in Linharts Stimme. Er deutete nach oben, dort stand ein Fenster offen. »Seine Wunde nässt und ich befürchte, dass Wundbrand entstehen könnte.«

»Holla, das klingt nicht gut! Ein Bekannter von mir ist daran gestorben. Hohes Fieber, wahnsinnige Schmerzen, innerliches Verbrennen.«

»Höre Er auf. Er malt ja den Teufel an die Wand!«

Der Bote kratzte sich hinter dem Ohr. »War nicht bös gemeint. Aber sage Er mir noch eins. Ich habe von dem Schlamassel bei der Flucht gehört. Weiß Ritter Egolf von der Verwundung des Sohnes des Aumanns? Sie kennen sich doch von früher her. Soll ich bei ihm einmal vorfühlen? So ganz unverbindlich? Er könnte doch etwas für den Verwundeten tun.«

»Ich bitte Ihn, davon Abstand zu nehmen. Die Wunden auf beiden Seiten sind noch zu frisch. Trotzdem bedanke ich mich für Seine Fürsorge. Was Er tun könnte, ist, seine Augen und Ohren offen zu halten, denn niemand weiß, was mit meinem Mündel geschehen ist. Bisher habe ich nicht das geringste Lebenszeichen von ihr. Das treibt mich um. Ich sitze hier fest und mir sind die Hände gebunden. Weiß Gott, wie lange der Hausarrest noch dauert. Vielleicht hätte ich mehr für sie tun sollen. Nicht nur ich mache mir Vorwürfe, auch Konrad. Er glaubt, er hätte sie besser beschützen müssen. Derweil hat er ja fast sein Leben für sie gegeben.«

»Oh, ich sehe schon. In diesem Haus herrscht große Seelenqual. Ich habe Verwandte im Linksrheinischen. Ich werde dort einmal nachforschen. Irgendwo muss die Geflüchtete doch untergekommen sein.«

Schon war der Bote halb zum Hoftor hinaus, als er sich noch einmal umdrehte. »Wegen des Wundfiebers werde ich beim Hofmedicus vorstellig werden. Er ist mir noch einen Gefallen schuldig. Also, Herr Hofkämmerer außer Diensten, bis bald.«

9.

Obwohl es noch nicht Winter war, wurden die Nächte schon empfindlich kalt. Der Himmel war sternenklar, eine Eule schaute interessiert dem Treiben zu. So gut es in der Dunkelheit ging, hatte Almut Zweige zusammengetragen und sich eine Schlafstätte zurechtgemacht. Wenn sie vom Fährmann nicht die trockenen Kleider bekommen hätte, wäre ihr Körper jetzt unterkühlt gewesen.

Ans Einschlafen war nicht zu denken. Zu viel lag hinter ihr und noch viel mehr würde gewiss vor ihr liegen. Die überhandnehmende Ungewissheit malte die Zukunft in den schwärzesten Farben. Mit viel Glück könnte sie möglicherweise irgendwo als Magd auf einem Bauernhof unterkommen. Doch was konnte sie eigentlich? Was hatte sie gelernt? Um sie herum wurde es noch schwärzer. Bisher hatte sie wohlbehütet gelebt, hatte immer einen vollen Teller, im Winter warme Räume und im Sommer ein freies, ungezwungenes Leben genossen. Zu Hausarbeiten war sie selten herangezogen worden. Nicht einmal einen Hirsebrei konnte sie kochen, geschweige denn einem Feldhasen das Fell abziehen. Die Schweineställe ausmisten, Holz für den Herd spalten, Wasser von einem kilometerweit entfernten Bach holen – zu mehr war sie nicht nütze.

Doch bis sie so eine Stelle fände, müsste sie ja essen und irgendwo schlafen. Das würde Geld kosten. Von diesen Gedanken angeregt, wühlte sie in dem Sack, den ihr Konrad noch zugeworfen hatte. Eine Haube, ein Umhang und ein Unterkleid. Halt, da war noch etwas Hartes. Ein Beutelchen mit Münzen. Zehn Kreuzer. Kein Vermögen, aber ... Kein Aber! Zuallererst musste sie lernen, keine Ansprüche zu stellen, mit dem zufrieden zu sein, was ihr geboten wurde.

Als der Morgen graute, wischte sie sich den Schlaf aus den Augen und suchte nach einem Pfad, der zur Landstraße führte. Begleitet wurde sie von Vogelgezwitscher und dem Säuseln des Windes in den schon gelblich gefärbten Blättern. Nicht lange danach hörte sie Stimmen, das Rattern von Rädern und das Schnauben von Pferden. Vorsichtig bog sie die Zweige eines Strauchs zur Seite. Vor ihr lag die Landstraße, nicht gepflastert oder sonst wie befestigt. Eine braune, schlammige Masse, mit tiefen Rillen und Löchern. Trotz der frühen Stunde bot sich ihr ein buntes Bild: Kaufleute auf schwerbeladenen Fuhrwerken, Scholaren, Bettler, Gaukler, Mönche, Trödler mit Traggestellen auf dem Rücken und Frauen. Frauen? Ja, aber besondere, solche, die ein gelbes Band um den Arm oder um den Hut gebunden hatten. Manche führten sogar Kinder an ihrer Hand. Eines davon schien schon arg müde zu sein, es fragte, ob es noch weit bis zum nächsten Wirtshaus sei. »Noch zwei oder drei Stunden, dann machen wir die erste Rast, übernachten werden wir im *Wilden Mann*, den erreichen wir aber erst gegen Abend.«

Viel zu entscheiden gab es für Almut nicht. Sie musste sich in die bunte Schar einreihen. Falls sie angesprochen würde, wäre sie eine Magd, die auf dem Weg zum nächsten Markt war. Als sie die Böschung hinunterrutschte, ihren Rock ausstrich und die Haube ordnete, blickten zwar einige der Männer kurz auf, wandten sich aber sofort wieder ihrem Nachbarn zu. Anfangs wagte sie nicht, nach rechts und links zu blicken, doch es dauerte nicht allzu lange, dann schritt sie wie die anderen frisch dahin.

Die Sonne stand schon tief, als der *Wilde Mann* in Sicht kam. Auf grob geschichteten Feldsteinen waren Balken und Bretter zu einer Behausung zusammengenagelt. Das Dach, mit Stroh bedeckt, neigte sich auf eine Seite. Daneben zwei Schuppen: einer für Brennholz, der andere diente als Unterstellplatz für Kutschen und Pferde. In der Mitte des Gevierts befand sich ein Brunnen mit Drehbalken. Ins Innere des Hauses traute sie sich nicht. Sie setzte sich neben den Brunnen, schöpfte sich einen Becher Wasser und beobachtete das Geschehen. Sollte sie ihre paar Münzen für einen Schlafplatz ausgeben oder wieder im Freien abseits der Straße übernachten? Für das Letztere hatte sie nicht den Mut.

Mit pochendem Herzen klopfte sie an die Tür. Ein Mann mit finsterem Gesicht und langen, fettigen Haaren öffnete, schaute sie von oben bis unten an und fragte ohne Umschweife, ob sie genügend Geld habe. Almut nickte und der Wirt trat zur Seite.

Eine Luxusherberge hatte sie nicht erwartet. Aber das hier? Ein Loch! Ein finsterer, übelriechender, verschmutzter viereckiger Raum mit einer verrußten Feuerstelle in der Mitte. Ein Loch im Dach diente als Abzug. An den Wänden waren rohe Bänke zu sehen. Das nasse Holz zischte und dampfte und der beizende Geruch nahm einem den Atem. Hier lebten Menschen? Almut wollte schon wieder kehrtmachen, doch die Nachströmenden schoben sie einfach weiter und füllten den Raum. Wenn sie etwas zu essen bekommen wollte, musste sie sich schnell einen Platz sichern. Ausgefahrene Ellbogen, Tritte und Schubse waren dabei noch das Harmloseste. Mit aller Macht erkämpfte sie sich ein Fleckchen nahe der Feuerstelle und harrte der Dinge. Ihr Magen knurrte. Das Murren der Leute neben ihr wurde immer lauter. Schließlich pochten sie auf etwas Hölzernes oder scharrten vernehmlich mit den Füßen. Auch sie hatten Hunger. Wohl oder übel zog eine alte Vettel, deren schlaffe Brüste wie Glockenschwengel unter ihrem verdreckten Umhang baumelten, aus einer der Ecken Holzgestelle und legte lange Bretter als Tischersatz darüber. Mürrisch stellte der Wirt jedem eine Holzschüssel mit Hirsebrei vor die Nase. Verwöhnt war Almut gewiss nicht, aber zu Hause wurde immerhin noch Dörrobst oder Käse oder eine Schale Milch dazu gereicht. Davon konnte sie hier nur träumen. Also knüpfte sie ihren Holzlöffel vom Gürtel, schloss die Augen und schob mechanisch einen Löffel nach dem anderen in den Mund. Der kleine stickige Raum war erfüllt mit Essens- und anderen Geräuschen: Schmatzen, Schlürfen, Saugen, Schnäuzen waren noch die erträglichsten, für die anderen gab es gar keine passende Bezeichnung.

Seit einiger Zeit hatte sie das Gefühl, dass sie beobachtet wurde. Vorsichtig schaute sie sich um. Links neben ihr saß ein betender Pilger, der einen Rosenkranz in den Händen hielt, rechts ein älterer Herr mit ergrauten Schläfen, einem Rock aus gutem Tuch und einer Kopfbedeckung, die an einen Gelehrten erinnerte. Ein langer weißer Bart und buschige Augenbrauen gaben ihm etwas Seriöses. Eigentlich passte er nicht zu dem ungeschlachten Gesindel. Mit einem seitlichen Blick versuchte sie, sein Gesicht zu erforschen. Seine Augen hatten kein Falsch, sein gerader, zierlicher Nasenrücken ließ darauf schließen, dass er kein Raufbold war. Die vielen feinen Fältchen an den Augenrändern deutete Almut als Lachfalten. Sicher war er sehr humorvoll und besaß eine große Portion Güte. Der Unbekannte musste bemerkt haben, dass er begutachtet wurde. Er wandte sich mit einem freundlichen Blick seiner Tischnachbarin zu. Dankbar lächelte sie zurück und es war ihr, als ob seine Nähe ihr Sicherheit verlieh. Ein klein wenig rückte sie näher an ihn heran. Der Herr quittierte es mit einem zufriedenen Nicken. Vielleicht war das der Grund, warum er ihr nun einen Becher mit verdünntem Wein hinschob.

Mittlerweile hatten sich auch die Frauen mit den gelben Streifen eingefunden. Ein wenig grinsen musste Almut schon, denn die, deren Busen aus dem Mieder quoll, hatte mit sicherem Blick den Herrn neben ihr als Opfer ausgesucht und rieb andauernd ihre Brüste an seinem Rücken. Der Herr rutschte ein Stückchen von der Aufdringlichen weg, doch die Dame schob sich nach und zeigte immer unverschämter ihre Absichten. Wer weiß, was die Hübschlerin noch alles unternommen hätte. Aber dazu kam es nicht mehr, denn der Wirt trug die Schüsseln ab und warf jedem eine dreckige, verfleckte Wolldecke zu, und die alte Vettel bedeckte die groben Dielen mit Stroh. Zuerst konnte sich Almut keinen Reim darauf machen, bis ihr dämmerte, dass das Nachtlager vorbereitet wurde.

Hier in diesem Kabuff, in dem Mief, in dem Gestank, mit dem Sammelsurium von Geräuschen und Ausdünstungen sollte sie schlafen? Mit all denen da zusammen? Angezogen, in ihren Kleidern, die selbst nicht nach Parfüm rochen? Als die alte Vettel wieder vorbeikam, fragte sie, ob sie nicht einen eigenen, geschützten Schlafplatz bekommen könne. Ein schiefes Grinsen und ein Hindeuten auf das Stroh auf dem Boden mit den vielen Essensresten und Pfützen war die Antwort. Almut schüttelte sich vor Ekel. Sie musste, ob sie wollte oder nicht.

Voller Abwehr und Scham schaute sie, was die anderen taten. Ob Männlein oder Weiblein – alle zogen sich völlig ungeniert aus, hängten ihre Habseligkeiten an einen Nagel am nächsten Pfosten, stellten ihre löchrigen Stiefel in die Nähe der Feuerstelle zum Trocknen und wickelten sich mehr oder weniger bekleidet in die schäbige Wolldecke. Einige fingen sofort an zu schnarchen, andere husteten und prusteten noch eine Weile und drehten sich dann zur Seite. Die Dralle von vorhin hatte es geschafft, einen Platz neben dem Graumelierten zu ergattern. So ergötzlich Almut diese Situation auch fand und sich vorstellte, wie der Herr wohl die Nacht verbringen würde, wurde ihr doch bewusst, dass sie nun an der Reihe war, sich für die Nacht vorzubereiten. Einen Platz hatte sie, aber sich ausziehen? Nackt?

Es kostete schon eine gewaltige Überwindung, sich den Gepflogenheiten der Leute anzupassen, die die Straße als ihre Heimat ansahen. Kurz entschlossen hüllte sie sich in ihren Umhang, entkleidete sich bis auf das Hemd und rutschte näher an die Feuerstelle heran. Ein beliebter Platz. Für die Nacht hatte der Wirt noch Scheite nachgelegt. Es dauerte nicht lange, da ging das Schubsen und Drücken los. In dem überfüllten Raum herrschte eine bestialische Hitze. Am liebsten hätte sie alles von sich gerissen, der Schweiß rann ihr aus allen Poren, aber gegen Morgen würde es bitterkalt werden.

Als das Feuer heruntergebrannt war, bekam sie mit, wie die Dralle ihren Bauch zuerst sanft mit rhythmischen Bewegungen an die Schenkel des Herrn mit den grauen Schläfen drückte, und wie sie immer drängender wurde, als keine Reaktion erfolgte, und mit ihren Händen an Stellen herumtastete, die höchst empfindlich waren. Um sich diesen Annäherungsversuchen zu entziehen, wälzte sich der Graumelierte zur anderen Seite, doch da lag eine andere Frau mit einem pummeligen Po, ihr Hemd war hochgerutscht und der Herr hätte seine Nase in ihren Hintern stecken können. Kein angenehmer Gedanke, fürwahr.

An Schlafen war unter diesen Umständen nicht zu denken. Almuts Nachbarn bedrängten ihren Körper zwar nicht, aber ihre rotzigen Nasen und die lauten Entladungen der Därme waren alles andere als erträglich. Mit offenen Augen lag sie da und rührte sich nicht. Gedanken über Gedanken kamen über sie. Sollte so ihr zukünftiges Leben aussehen? Von einem Ort zum anderen ziehen, immer auf der Flucht vor ihren Häschern? Ein Leben lang? Aufschreien, losheulen hätte sie können.

Da, wie vom Blitz getroffen, zuckte sie hoch. Flöhe! Stiche, Bisse, an Armen und Beinen und an den Stellen, an denen man sich in der Öffentlichkeit nicht gerne kratzte. In dieser Lasterhöhle konnte sie nicht bleiben. In der Hölle konnte es nicht schlimmer sein. Schnell suchte sie ihre Habseligkeiten zusammen und wälzte sich über die vielen Körper dem Ausgang zu. Leider stieß sie im Dunkeln an den Kübel, in den die Gäste ihre Notdurft verrichteten. Aber das war ihr inzwischen egal, nur raus, an die frische Luft!

In tiefen Zügen zog sie die klare, wohltuende Frische des grauenden Morgen ein. Am Brunnen benetzte sie ihr Gesicht. Eine Wohltat. Immer und immer wieder tat sie es. Doch ewig konnte sie hier nicht sitzen bleiben. Im Osten wurde es immer heller. Was lag dort? Mannheim, Heidelberg – es schauderte sie. Nein, nicht dorthin! Aber wohin sollte sie sich wenden? Allein auf der Landstraße! Schutzlos!

Sie erhob sich und ging auf das Hofgatter zu. Nach rechts oder nach links? Unschlüssig schaute sie sich um. Da hörte sie hinter sich ein Räuspern. Auf alles gefasst, drehte sie sich um und schaute in die müden, aber sanften Augen des Graumelierten mit dem Doktorhut. Bestimmt hatte auch er fluchtartig sein Lager verlassen. Mit freundlicher Miene deutete er auf den Planwagen, der in dem linken Schuppen stand. »Er gehört mir. Das ist eigentlich auch mein Schlafplatz. Doch ich musste dem Wirt einige Dokumente schreiben und übersetzen und er hat mir das Nachtlager angeboten. Wenn Sie will, können wir dort noch ein oder zwei Stunden schlafend verbringen. Wenn die Sonne höher steht, mache ich mich auf den Weg.«

Eines hatte sie in der kurzen Zeit gelernt: Nicht zu vertrauensselig zu sein. Ein gesundes Misstrauen war immer angebracht. Aber, und das war wohl das Ausschlaggebende, die Stimme des Herrn klang so wie die ihres Vormunds. So weich, so melodisch, keine falschen Töne, keine Fallgruben oder Schlingen zum Verheddern. Daher überlegte sie nicht lange und folgte dem Graumelierten. Vom Alter her hätte er ihr Vater sein können.

Als sie die kleine Leiter hochstieg und ins Innere des Gefährts blickte, war sie bass erstaunt, wie geräumig es in dem Planwagen war. Schnell schob er eine Truhe zur Seite, streute Stroh aus und warf ihr ein Schaffell zu, krabbelte nach vorn und legte sich hin. Almut tat es ihm gleich. So wohlig und geborgen hatte sie schon lange nicht mehr geschlafen. Mit dem ersten Hahnenschrei wachte sie auf. Der freundliche Herr hatte schon Wasser geholt und hinter dem Unterstellplatz zwischen drei Steinen ein Feuer entfacht. Der Haferbrei mit Walnüssen war schnell gekocht. Obendrauf gab es noch einen Klecks Honig und ein Stückchen nicht allzu harten Brotes. Im Nu waren die Schüsseln gewaschen und dann kam der Augenblick der Entscheidung. Nichts wünschte sich Almut sehnlicher, als dass der Besitzer des Planwagens ihr anböte, mit ihm zu reisen, doch ihn zu fragen, traute sie sich nicht. Verlegen trippelte sie von einem Bein aufs andere, kratzte sich am Arm und nestelte an ihrem Rock herum. Da kam ihr das Glück zu Hilfe, die Vorsehung oder wie man bestimmte unerklärliche Ereignisse im Leben auch immer nennen mag. Der Herr mit dem gelehrten Aussehen musste sie beobachtet haben. Zuerst war es ein gütiges Schmunzeln, dann ein lautes, freundliches Lachen. »Wie einfach es ist, die Gedanken des anderen zu erraten. So wie Sie da steht, so wie Sie sich bewegt, wie Ihr Blick unstet hin und her schweift, kann nur eine Frage Sie bewegen. Stimmt es, werte Jungfer?«

Almut atmete tief durch und ihr war, als ob die Sonne, die sich gerade zwischen den Wolken hervorgeschoben hatte, ihr zublinzelte. Eine Antwort in Worten gab sie nicht, aber ein Blinder hätte sehen können, dass sie heilfroh war, dass der Herr die Initiative ergriffen hatte.

»Weit kommt Sie mit dem kleinen Bündel, das Sie bei sich führt, gewiss nicht, und mit jedem Tag kommt der Winter näher. Ihr dünner Umhang wird den frostigen Wind nicht abhalten können.«

Als sie immer noch stumm, aber voller Erwartung dastand, bot ihr der Herr endlich das Ersehnte an. »Wenn Sie will, kann Sie bei mir bleiben, doch muss Sie etwas zum Unterhalt beisteuern. Wie kann Sie sich denn nützlich machen?«

Mit Rüben schälen, Schuhe putzen, kehren wollte sie nicht anfangen, auch Wasser holen oder Feuer machen war ihr zu schäbig. Aber von ihrer Mutter hatte sie manches über die Heilwirkung von Pilzen und Kräutern gelernt und wusste, wie man Salben, Tinkturen und Heilsude herstellte.

Ihr Gefährte klatschte in die Hände und schien zufrieden zu sein. »Das ist sehr gut, auf Märkten geht alles am besten, was Krankheiten betrifft.«

Der Herr kramte in einer Truhe und zog ein Buch hervor – mit der Hand geschrieben, in Leder gebunden, mit metallenen Schließen. Almut staunte, denn ein Buch war ein Vermögen wert. Liebevoll streichelte der Herr über das kostbare Stück. »Das lag einst in einer päpstlichen Truhe in Avignon.«

Er schlug die ersten Seiten auf. Almut fielen fast die Augen aus dem Kopf. Die Texte handelten einesteils von Heilpflanzen und ihrer Anwendung und zum andern davon, wie körperliche Leiden geheilt werden konnten. Sie las: »Wenn den Mann ein Blasenstein plagt, dann ...«

»Was, die Jungfer kann lesen?«

»Meine Mutter hat darauf bestanden, dass ich in den Wintermonaten einen Hausmeister bekam und in den Sommermonaten in der Zollstelle den Unterricht besuchte. Latein war nicht gerade mein Lieblingsfach, aber der dortige Kaplan hat nicht locker gelassen.«

»Ihre Mutter muss eine gescheite Frau gewesen sein.«

Almut hätte gleichzeitig heulen und lachen können. Wie trübe hatte der Tag angefangen und nun schien die Sonne wieder! Am liebsten wäre sie ihrem neuen Beschützer um den Hals gefallen.

Das war nicht nötig, denn der Herr mit den grauen Schläfen konnte ja Gedanken lesen und Gefühle deuten.

Gemeinsam spannten sie Mika, den Maulesel, vor den Wagen, setzten sich auf den Kutschbock und ließen die Räder rollen. Nach Süden ging es. Almut war alles recht. Mika und sein Herr schienen ein altes Paar zu sein, denn der Maulesel brauchte keine Peitsche, kein Kommando, nicht einmal einen Zuruf, er trabte einfach vor sich hin und sein Kutscher ließ ihn gewähren. Wahrscheinlich wusste jeder vom anderen, was er wollte. Schon waren sie eine gute Weile unterwegs, keiner sprach ein Wort. Allmählich wurde die Stille unangenehm. Almut nahm allen Mut zusammen und fragte den Herrn, ob er ein Medicus sei oder gar ein Doktor des Rechts oder der Theologie. Er sehe so aus, ganz in Schwarz, mit grauem Bart und dem Hut eines Gelehrten.

»Oh nein, liebes Jüngferchen, das Aussehen täuscht. Ich bin nichts als ein Schreibkundiger. Ich ziehe übers Land und schreibe auf den Märkten für die Leute Briefe oder lese sie ihnen vor, wenn sie nicht schreiben und lesen können, erstelle Bittschriften und fertige Dokumente an. Einige Rollen Pergament, neuerdings auch Papier, ein Tintenfass und einen Gänsekiel, mehr habe ich nicht und mehr brauche ich nicht. Damit das Geschäft gut läuft, kleide ich mich so und nenne mich Abraham, der Skriptor.«

»Seid Ihr ein Jude?«, entfuhr es ihr. Oh, so unhöflich hatte sie nicht sein wollen, denn meistens schwang schon allein in der Fragestellung etwas Abwertendes mit.

»Auch wenn es Ihr nicht gefallen sollte, ja, das bin ich.«

»Entschuldigt, Herr, ich wollte Euch nicht beleidigen oder Eure Religion herabsetzen. Ich bin nur überrascht und auch berührt, denn mein leider allzu früh verstorbener Großvater war gut Freund mit den Wormser Juden.«

»Ei, da schau an, wie ist die Welt doch so klein. Meine Eltern verbrachten den Rest ihres Lebens in Worms. Wie hieß denn Ihr werter Großvater?«

»Diethmar Thalheim, Bankier, verheiratet mit der Bürgerstochter Theresia, einer geborenen Männich. Deren Tochter Magdalena hätte beinahe den Edlen Hunold von Husen geheiratet. Der Spross dieser Liebesbeziehung bin ich. Mein Name ist Almut.«

Abrahams Körper straffte sich ruckartig um einige Zentimeter und Mika blieb augenblicklich stehen. Hatte sie etwas Dummes gesagt? Etwas, was den Juden erboste? Almut schaute ihn von der Seite an. Eine Träne kullerte über seine Wange und seine Augen waren himmelwärts gewandt. »Beim Erhabenen, dessen Namen gepriesen sei, wie oft habe ich an dir gezweifelt, dich verflucht und auch verleugnet, aber ich sehe nun, du fügst, was sich fügen muss.«

Nun war es an Almut, ungläubig dreinzuschauen. Kein Wort hatte sie verstanden. Der Jude hatte wohl auch nichts anderes erwartet. »Ich werde Ihr alles der Reihe nach erzählen. Meine Eltern, Viehhändler rechts und links des Rheins, fleißig, sparsam und schließlich auch nicht unvermögend, hatten ein Haus in Heidelberg in der Großen Mantelgasse. Sie zahlten dem Landesherrn pünktlich die Schutzgebühr, zogen über die Dörfer und gingen ihren Geschäften nach. Alles ging gut, bis Kurfürst Ruprecht I., der Großonkel des jetzigen römisch-deutschen Königs, der Ehrgeiz packte und er in seiner Residenz anno 1386 mit dem Segen des römischen Papstes eine Universität errichtete.«

»Ja, das weiß ich. Eine segensreiche Einrichtung für die Pfalz.«

Der Skriptor atmete dreimal durch, bevor er auf diese Einschätzung seines Schützlings einging. »Bei allem kommt es immer auf die Sichtweise oder den Standpunkt an. Lasse Sie sich erklären, wie ich das meine. In dem Provinzstädtchen Heidelberg war zu dieser Zeit an Bildungsmöglichkeiten nichts vorhanden, was an irgendetwas Höheres als eine Lateinschule erinnerte. Auch Reichtümer oder Kostbarkeiten gab es nicht. Zwei oder drei Klöster, die Peterskirche unterhalb des Klingenteichs, auf dem Marktplatz ein kleines Kirchlein. Die meisten Häuser bestanden aus Fachwerk. Die wenigen Steinhäuser gehörten den Adeligen oder den reichen Juden. Und damit begann das Problem. Wo sollten die Gelehrten und die Studenten wohnen und unterrichtet werden?«

Ein Hauch Wehmut machte sich beim Skriptor Abraham breit. »Der Nachfolger des Universitätsgründers, Kurfürst Ruprecht II., gewaltsamer, rabiater, wandte 1391 ein Mittel an, das im Reich und anderswo schon oft zum Ziel geführt hatte. Man vertrieb die Juden aus der Stadt und eignete sich deren Häuser und Besitz an. Jammern half den Betroffenen nichts. Bei wem sollten sie sich auch beschweren? Für sie gab es kein Recht. Die Schutzbriefe des Landesherrn waren nichts weiter als ein Stück Papier und das war schnell zerrissen. In das Haus meiner Eltern zogen die ersten Gelehrten, die die Universitäten in Paris und Prag verlassen hatten. Die vertriebenen Juden suchten irgendwo einen Unterschlupf. Für meine Eltern war es die Wormser Judengemeinde. Dort gab es gute, fromme Christen, die ihnen Hilfe anboten. Ein Diethmar Thalheim gehörte dazu. Verstehst du jetzt? Ich sage einfach du zu dir, denn nun kann ich an dir das gutmachen, was meinen Eltern durch deinen Oheim widerfahren ist. Dem Erhabenen, dessen Namen gepriesen sei, sei gedankt.«

Almut brauchte erst einmal Zeit, um das Gehörte zu verstehen. So hatte bisher niemand zu ihr gesprochen, nicht einmal ihr so geschätzter und geliebter Vormund, der redliche Linhart Dörzbach. Sie fröstelte. Hoffentlich hatten sich ihr Vater und der damalige Hofkämmerer an den Juden nicht schuldig gemacht. Denn dann könnte sie dem Mann, der ihr seine Hilfe anbot, nicht mehr in die Augen schauen.

Als keine Vorwürfe, Anschuldigungen oder dergleichen zu hören waren, wollte Almut wissen, warum der Skriptor in einem Planwagen unterwegs war. Das war schnell erzählt. »Ich lernte beim Rabbi lesen und schreiben, half dem Vater beim Viehhandel, heiratete früh die tugendsame Rebekka und wurde Vater zweier wunderschöner Töchter. Wir waren ein glückliches Paar und hatten keine Sorgen. Dann kam die Pest und ich verlor von jetzt auf nachher meine Frau und meine Kinder. Einen schwärzeren Tag konnte es in dieser Welt gar nicht geben. Den Erhabenen verfluchend zog ich ruhelos von Ort zu Ort, trank viel und tat so manches, was ich heute bereue. Ich sah keinen Sinn mehr in meinem Leben. Als meine Eltern aus Heidelberg vertrieben wurden, war ich nicht an ihrer Seite, half ihnen nicht, die Bürde zu tragen. In Worms fanden sie ihre letzte Ruhestätte. Du siehst, mein Leben verlief nicht glatt. Mehr Niederungen als Höhen.«

»Das kann ich nachempfinden. Doch sagt noch, wo Ihr Euch überall aufgehalten habt.«

»In Avignon beim Gegenpapst habe ich einige Jahre verbracht. Aber auch dort sind die Wunden nicht verheilt.«

Nun war Almut an der Reihe. Es fiel ihr nicht schwer, denn inzwischen hatte sich eine gegenseitige Zuneigung entwickelt. »Aus freien Stücken treibe ich mich mit meinem ärmlichen Bündel auf dem Rücken nicht auf der Landstraße im Linksrheinischen herum. Also hört, was mir passiert ist.« Während Almut sprach, pfiff der Skriptor mehrmals durch die Zähne und es war ihm anzusehen, wie sein Gehirn arbeitete. Plötzlich lenkte er den Wagen seitlich in einen dunklen Waldweg und hielt erst an, als sie von der Landstraße aus nicht mehr gesehen werden konnten.

Holla, was war jetzt? Sollte sie sich in dem Mann getäuscht haben? Wollte er ihr an die Wäsche? Sollte sie hinunterspringen und weglaufen? Doch aus den Augenwinkeln sah sie, dass dem Skriptor Wasser in den Augen stand. Hatte ihre Geschichte ihn so berührt? Also doch ein guter Mensch! Ihre Angst war wie weggeflogen und sie schämte sich, dass sie überhaupt an etwas Böses hatte denken können.

Mika legte die Ohren an und rührte sich nicht. Er ahnte wohl, dass es eine lange Weile dauern würde, bis er sich wieder in Trab setzen musste. »Ich habe mir gerade Gedanken über dich gemacht«, begann der Skriptor in ernstem Ton, »dein Halbbruder und sein Freund werden ganz gewiss nach dir suchen lassen. Das heißt«, leicht kam ihm der Nachsatz nicht über die Lippen, »du musst eine andere werden.«

»Wie bitte?«

Der Jude suchte ihr Gesicht Zentimeter um Zentimeter ab. Hielt inne, überlegte und fuhr wieder mit seiner merkwürdigen Untersuchung fort. »Du hast ein hübsches Gesichtchen: blaue Augen, die können wir nicht verändern, rotblondes Haar, da braucht es nur etwas Farbe, ansonsten keine auffälligen Merkmale wie Narben, Leberflecken, Sommersprossen. Da müsste sich etwas machen lassen. Wäre sogar gut.«

Wieder berührte er ihre Wangen, tupfte, drückte, quetschte, kratzte. »Ja, genau hier würde es gehen.«

Dann musste sie die Ärmel hochkrempeln und ihm die Narben über dem Handgelenk zeigen. »Da können wir nichts tun. Narben bleiben Narben. Schade!«

Langsam kam sich Almut wie ein Stück Vieh vor, das von einem kaufwilligen Bauern begutachtet wurde. »Was soll das ganze Theater? Um was geht es eigentlich?«

»Dein Einverständnis vorausgesetzt, werde ich aus dir äußerlich, nur äußerlich, eine andere Person machen. Keiner darf dich erkennen. Das ist dein bester Schutz.«

»Aber ich ...«

»Vertrau mir. Wir gehören zusammen, werden gemeinsam reisen und warten, bis die Zeit gekommen ist, wo du wieder Almut sein kannst.«

»Aber ...«

»Kein Aber. Ab jetzt bist du meine Nichte und ich dein Oheim Abraham. Sage immer Oheim zu mir, auch wenn nur wir zwei im Wagen sind. Es muss sich einschleifen. Außerdem gibt es überall Ohren.«

Nachdenklich schaute er sie an. »Wie heißt du ab heute? – Golda!«

»Golda?«

»Das ist ein nordischer Name für eine Goldblonde oder ein hebräischer für die Reine, Zarte. Zwar passt er nicht ganz zu dir, denn wir werden deine Haare, deine Augenbrauen so schwarz wie die Nacht färben. Außerdem brenne ich dir in die rechte Wange ein dunkles Muttermal. Es wird ein bisschen weh tun, aber es muss sein. Alles zu deiner Sicherheit. Zudem isst du jeden Tag eine Karotte, damit dein Teint eine gewisse Bräune annimmt. Du musst wie eine Orientalin wirken.«

An vieles hatte Almut – Golda – gedacht, aber dass sie so verunstaltet werden sollte? War es nicht so, dass, wenn man anders aussah, auch eine andere war? Ihr entfuhr ein tiefer Seufzer. Im Grunde hatte Abraham – ihr Oheim – ja recht. Es kam nur so überraschend.

»Noch eins. Damit niemand deine Narben am Handgelenkt sieht, musst du immer ein Gewand mit langen Ärmeln tragen. Eine Geburtsurkunde auf deinen Namen werde ich ausstellen und sie irgendwo beglaubigen lassen. Das wird das geringste Problem sein.«

Einen halben Tag hatte die Umwandlung gedauert, dann waren beide von dem Ergebnis überrascht. Es gab keine Almut mehr. Der Oheim musterte sie von oben bis unten und konnte sich ein Schmunzeln nicht verkneifen. »Ich finde, du bist noch hübscher geworden, weiblicher, attraktiver. Pass nur auf, dass dir die Burschen nicht scharenweise nachlaufen.«

»Ich sehe mich ja nicht, du kannst mir viel erzählen.«

»Warte, bis wir zu einem stillen Teich kommen, dort kannst du dich stundenlang bewundern.«

Er berührte die Zügel nur ganz leicht und Mika trabte los – zurück zur Landstraße.

Zwei Wochen waren sie nun schon unterwegs, von einem Markt zum anderen. Der nahende Winter machte sich immer stärker bemerkbar. Der Skriptor suchte nach einer Stadt mit schützenden Mauern, einem Platz etwas abseits vom Trubel, möglichst mit einem Brunnen oder Fluss in der Nähe. Für Mika brauchte er einen warmen Unterstellplatz. Stroh und Heu mussten besorgt werden. Im Linksrheinischen kannte sich Golda nicht aus, nur so viel war ihr klar, dass sie um Speyer einen großen Bogen geschlagen hatten und nun auf dem Weg ins Elsass waren. Aber wohin?

Auf ihre Frage meinte der Oheim, er habe am Vortag von einem Kollegen gehört, dass das Städtchen Hagenau ein guter Ort für ihn sei. Dort gebe es eine Schreibstube und zweimal in der Woche einen Markt. Und, das sei wohl das Wichtigste, der Sohn König Ruprechts I., Pfalzgraf Ludwig, lebe dort mit seiner dreizehnjährigen Gattin, der englischen Königstochter Blanche. Das bedeutete, dass sie zwar weit weg von Mannheim und Heidelberg seien, aber durch den Aufenthalt des Pfalzgrafen in Hagenau immer noch Kontakt zum Rechtsrheinischen bestehe. Die letzte Begründung konnte Golda nicht nachvollziehen. Sie wollte von den beiden genannten Orten nichts mehr wissen. Zu viele schlechte Erinnerungen verband sie damit.

»Golda, noch dürfen wir uns von deinen Verfolgern nicht zu weit entfernen. Wir müssen herausfinden, was sie vorhaben. Außerdem gibt es noch deinen Vormund und Konrad. Was wurde aus ihnen? Das kann und darf dir nicht gleichgültig sein.«

Um sie auf andere Gedanken zu bringen, lenkte er ab. »Unterwegs erzähle ich dir aus meiner Zeit in Avignon. Dir werden die Haare zu Berge stehen.«

»Mach es nicht so spannend und fang an!«

»Im Jahr 1377 kam ich auf meiner Wanderschaft nach Avignon, dort residierten die Päpste schon seit 1309, also nahezu siebzig Jahre.«

»Warum nicht in Rom? Waren sie vertrieben worden?«

»Der Grund war ein anderer. Zu jener Zeit besaßen im Kardinalskollegium nicht mehr die Italiener, sondern die Franzosen die Mehrheit. Dementsprechend wählten sie einen aus ihren Reihen, den Erzbischof von Bordeaux, zum Papst. Dieser verlegte, wohl auf Drängen des französischen Hofes, seinen Amtssitz nach Frankreich. Mit Kirchengeldern kaufte er die Stadt Avignon, baute einen großartigen Palast und regierte von dort aus die Christenheit. In Rom spielte sich nichts mehr ab.«

»Das habe ich nicht gewusst, dass der Papst sich gerade da niederlassen kann, wo er möchte. Aber erzähl weiter.«

»Als ich in Avignon ankam, war es brütend heiß und ich hatte Durst. Am Brunnen fing ich ein Gespräch mit einem Geistlichen an und erfuhr, dass in der apostolischen Kämmerei Skriptoren gesucht wurden. Das kam mir sehr zupass. Ich ging hin, stellte mich vor und wurde ohne lange Fragerei eingestellt. Im Dachgeschoß des Papstpalastes bekam ich eine Schlafstelle zugewiesen und im Erdgeschoss einen Platz an der Mittagstafel. Über einen Lohn wurde nicht gesprochen. Ich sollte mich erst bewähren.

Schon am nächsten Tag wurde ich gerufen, um das Protokoll bei einer eilig zusammengerufenen Sitzung zu führen. Der geistliche Vorsteher der päpstlichen Kammer, der Thesaurus, war anwesend und noch mehrere Geistliche mit unterschiedlichen Titeln und Ämtern: ein Notar, ein Registrator, ein Korrektor, ein Cursor, der geheime Botschaften übermittelte, und ein Depositor, der einzige Nichtgeistliche. Dieser kam von den florentinischen Bankhäusern, mit denen der Heilige Stuhl Geschäfte machte. Bei der Zusammenkunft ging es darum, wie die apostolische Kämmerei zu mehr Einnahmen gelangen könnte, weil die Ausgaben der hohen geistlichen Würdenträger gestiegen seien – allgemein ausgedrückt. Von den kostspieligen Bettgenossinnen, den Festgelagen, den kostbaren Gewändern und dem goldverkleideten Mobiliar sprach keiner. Es musste einfach mehr Geld in die heiligen Kassen fließen. Derjenige, der sich als Notar bezeichnete, hatte sich etwas ausgedacht.«

Der Oheim zupfte Golda am Ärmel, weil diese wohl mit den Gedanken ganz woanders war. »Jetzt hör genau zu, du bist kein kleines Mädchen mehr. Du musst wissen, was um dich herum geschieht.«

»Entschuldigung! In Finanzdingen kenne ich mich nicht aus. Außerdem habe ich gehört, dass Geld den Charakter verdirbt.«

»Dazu später. Höre! Generell bekommen die Inhaber von Kirchenämtern kein Gehalt, sondern müssen aus dem, was der Kirchensprengel, das Bistum, das Kloster und dergleichen abwirft, ihren Lebensunterhalt bestreiten. Diese Einnahmen werden als Pfründen bezeichnet. Der neue Gedanke des Notars war, dass man nach jeder Vakanz eines Amtes bei dessen Neuvergabe von jedem Bewerber eine einmalige Gebühr verlangen sollte – die sogenannten Servitien. Sie sollten ein Drittel eines Jahreseinkommens der Pfründen betragen und zur einen Hälfte dem Papst und zur anderen dem Kardinalskollegium zufallen. Die Servitien füllten aber nur zum Teil die apostolischen Kassen. Daher sollte der neue Amtsinhaber einmalig die Annaten, den Jahresertrag, an die päpstliche Kanzlei – und nur an diese – abführen. Das klang schon besser, aber war immer noch nicht genug. Ein erweiterter Gedanke kam auf. Man könnte ja ein vakantes Amt nicht gleich, sondern erst in einem oder gar zwei Jahren besetzen und in der Zwischenzeit die gesamten Einnahmen dieses Amtes dem Heiligen Stuhl zuführen.«

Golda begehrte auf. »Sei still, mir schwirrt der Kopf. Ist denn die Kirche zu einem Geldbeschaffungsinstitut verkommen? Jeder überlegt, wie er dem anderen Geld aus der Tasche ziehen kann, und Ämter werden danach eingeschätzt, welchen Ertrag sie bringen?«

Der Oheim grinste. »Da ich jüdischen Glaubens bin, habe ich darüber nicht zu befinden.«

»Noch mehr solcher Machenschaften?«

»Ein anderes Beispiel. Der Heilige Vater wollte einen Kriegszug gegen den Herzog von Mailand führen, weil dieser sich Teile des Kirchenstaats einverleibt hatte. Eine eigene Armee hat der Papst natürlich nicht, doch wenn die Kirche bedroht ist, kann der Stellvertreter Gottes auf Erden zu einem Kreuzzug aufrufen und für dessen Finanzierung von jedem Christen einen Kreuzzugspfennig einfordern.«

»Oh Gott, wie traurig das alles ist. Hör auf, ich möchte davon nichts mehr hören. Ich gehe sonntags zur Messe, verrichte jeden Abend vor dem Einschlafen mein Nachtgebet und bemühe mich, niemandem ein Leid zuzufügen.«

»Golda, hör dir noch den Schluss an. Mit dem Vorschlag waren alle einverstanden, es ging nur noch darum, ob ein Pfennig oder zwei eingezogen werden sollten. Da war guter Rat teuer. Der Beschluss wurde auf den anderen Tag verschoben, weil zuvor Kassensturz in der Schatzkammer des Papstes gemacht werden sollte. Und so kam ich in die geheimen Gemächer, die neben den Schlafräumen des Papstes lagen, von fünf Waffenknechten Tag und Nacht bewacht, hinter dicken Mauern, die keine hundert Kugeln hätten durchschlagen können. Als ich in dem Halbdunkel die vielen bis an den Rand gefüllten Truhen sah, hatte ich ein Gefühl im Magen, wie ich es noch nie hatte. Zu den Goldtalern kamen noch die kostbaren Gefäße, Gewänder, Tuche, Kunstgegenstände und natürlich die Bücher. Fleißig musste ich die geschätzten Werte niederschreiben, doch blieb während der langen Diskussionen noch Zeit, das eine oder andere Buch in die Hand zu nehmen.«

Er deutete auf das Buch in Goldas Hand. »Dieses hat mir besonders gefallen, weil in ihm keine liturgischen Texte stehen, sondern Brauchbares. Bis heute kann ich nicht sagen, was mich bewogen hat, es unter mein Wams zu schieben. Ich tat es einfach.«

»Das war doch Diebstahl.«

»Natürlich war es das und ich schäme mich dafür. Andererseits bekam ich ja keinen Lohn und da habe ich halt ... Ich weiß, ich weiß, für Diebstahl gibt es keine Entschuldigung.«

»Und wie ging es weiter?«

»Nicht lange danach hat sich der Papst überreden lassen oder sein Gewissen hat ihn getrieben, jedenfalls kehrte er nach Rom zurück. Für die Christenheit wahrscheinlich eine gute Tat, doch gleich darauf verstarb er. Der neugewählte Papst, ein Italiener, gebärdete sich in Rom sehr selbstherrlich, sodass die französischen Kardinäle einen zweiten aus ihren Reihen wählten. Der erste blieb in Rom und der zweite ging nach Avignon.«

»Oh je, nun gab es zwei Päpste?«

»So ist es.«

»Und welcher war der richtige?«

»Solche Sachen darfst du mich nicht fragen. Jedenfalls verlangte nun jeder von den Christen, die ihnen zugetan waren, die apostolischen Abgaben. Du verstehst jetzt vielleicht, welches Chaos von da an in der Christenheit herrschte.«

Golda, die bisher notgedrungen zugehört hatte, weil Kirchensachen sie nicht sonderlich interessierten, überkam ein flaues Gefühl. »Die Kirche und ihre Priester haben doch eine andere Aufgabe, als Gelder einzusammeln und Reichtümer anzuhäufen. Warum lässt der HERR das zu? Warum greift er nicht ein? Oder warum greifen andere, die diesen Schlamassel durchschauen, nicht ein?«

»Als Andersgläubigem steht mir keine Kritik zu, aber deine Empörung verstehe ich gut. Natürlich gab es Einzelne, wohlgemerkt Einzelne, die den Finger in diese Wunde gelegt haben und immer noch legen, aber die hat die Kirche alle ...«

Er wurde still.

»Über andere Religionen möchte ich nichts Abwertendes sagen.«

Kurz vor Weißenburg überholte sie in schnellem Trab eine grölende kurpfälzische Reiterstaffel. Eine zweirädrige Karre, auf der ein Fässchen lag, zogen sie hinter sich her. Sofort schickte der Oheim Golda in den hinteren Teil des Wagens und ließ die Plane herunter. »Versteck dich zwischen den Truhen. Wir müssen vorsichtig sein.«

Hinter der Brücke über der Lauter machten die Reiter Rast. Wohl wegen seines auffälligen Hutes luden sie den Skriptor zu einem Umtrunk ein. Gerne nahm er die Einladung an, denn er war über die neuesten Geschehnisse im Reich nicht mehr informiert.

»Komm, Alter, setz dich zu uns ans Feuer. Bist du allein? Keine Frau, keine schöne Tochter oder ein sonstiges weibliches Wesen bei dir? Wohin des Wegs und was ist dein Gewerbe?« Abraham beantwortete alle Fragen, soweit er es verantworten konnte, und wollte nun seinerseits wissen, woher die gute Laune bei den Waffenknechten rührte. Der mit der metallenen Haube auf dem Kopf klopfte dem Gast auf die Schulter und drückte ihm einen vollen Becher in die Hand. »Kamerad, lass uns nachträglich auf die Vermählung des Pfalzgrafen Ludwig mit der schönen englischen Königstochter anstoßen.«

Ein seltsamer Glanz lag in den Augen des Waffenknechts. Schwärmte er für die Dame? Verehrte er sie?

»Alter, du solltest diese zarte Blüte Englands einmal sehen. Zehn Jahre war sie bei der offiziellen Vermählung. Ein Kind mit rotblondem, gewelltem Haar, einer Haut, so samtig wie ein Pfirsich, und einem Figürchen, so zerbrechlich wie Glas.«

Er hob den Becher zum zweiten Mal in die Höhe. »Pfalzgraf Ludwig lebe hoch! Er hat uns das Fässchen spendiert. Aber das ist nicht alles ...«

Abraham wollte nicht zu neugierig erscheinen, aber gewusst hätte er schon gerne, was es noch Neues gab. Doch er musste sich gedulden und noch zwei Becher leeren. Der Wein war gut, aber er spürte ihn schon. Seine Glieder wurden schwerer und sein Geist vernebelte. Den Gastgebern musste es nicht anders ergangen sein, denn sie wurden immer zutraulicher und redseliger. Das wollte sich der Skriptor zunutze machen. »So, so, werte Herren, es gibt also noch mehr Anlässe zur Freude?«

»Kamerad, du bist ein kluger Kopf, das habe ich gleich bemerkt. Ja, unser König möchte wieder nach Italien ziehen, um sich vom Papst, der ihn ja nun anerkannt hat, zum Kaiser krönen zu lassen. Außerdem ist der Mailänder Visconti gestorben, sein ehemaliger Hauptgegner. Das wird ein Mordsspektakel geben.«

Die Waffenknechte klatschten in die Hände, führten aus purer Freude ein Tänzchen auf und grölten, dass sich die Grashalme bogen. »Das wird ein Feiern und Schmausen und Lieben. Eine feurige Signora im rechten Arm und in der linken Hand ein bis zum Rand gefülltes Glas mit funkelndem Chianti. Ein dolce vita – bellissima ...!«

Der mit dem dicksten Bauch und den struppigsten Haaren hieb Abraham mit Wucht auf die Schulter. »Kamerad, du siehst, wir haben schon einige Worte Italienisch gelernt.«

»So ist es recht. Aber sagt mir, wer ist denn euer Hauptmann und wo ist er? Eine Staffel, so ganz führerlos?«

»He, du alter Knilch, traust du uns nicht zu, dass wir allein den Weg finden?«

Abraham musste vorsichtiger sein, so benebelt, wie er dachte, waren die Burschen dann doch nicht.

»Doch wenn du es unbedingt wissen willst: Ritter von Husen ist unser Hauptmann. Leider muss er den König mit einer anderen Staffel begleiten. Ein Raubritternest wollen sie ausheben. Die Verwandten des Mainzer Erzbischofs in der

Wetterau sind nämlich zu faul zum Arbeiten und rauben stattdessen lieber die wehrlosen Handelskarawanen aus. Das haben die Kaufleute und die Städter nicht gern, beschweren sich beim König, und der muss ausrücken, um Ordnung zu schaffen. Das ist sein tägliches Brot. Darum ist er fast nie zu Hause. Das hält auf Dauer auch der stärkste Ochse nicht aus.«

»So, so, der Ritter von Husen! Ich habe gehört, dass Euer Hauptmann im Rechtsrheinischen Streit mit seiner Halbschwester gehabt haben soll und dass diese spurlos verschwunden sei. Ist da was Wahres dran?«

»Die einen sagen so, die anderen so.« Dabei drehte er seine Hand hin und her. »Der Mainzer Domherr hat seinen Spürhund auf ihre Fährte angesetzt. Es gibt sogar eine Beschreibung der Verschwundenen. Wer sie ihm bringt, tot oder lebendig, erhält drei Golddukaten.«

»Oh, wirklich? Die hätte ich auch gern. Doch sagt, wie sieht sie denn aus?«

Der Anführer kramte in seiner Tasche und zog ein zerknittertes, zusammengefaltetes Stück Papier hervor. »Da, lies selbst!«

»Jungfer, hübsch anzusehen, 15 Jahre alt, ca. 5 Fuß, rötlichblondes Haar, milchweiße Haut, blaue Augen, am rechten Handgelenk zwei überkreuzte Narben, ansonsten keine auffälligen Merkmale, des Schreibens und Lesens kundig.«

»Warum interessierst du dich so dafür? Hast du sie gesehen?«

»Leider nicht! Aber ich verstehe nicht, warum der Domherr nach ihr suchen lässt und nicht der Halbbruder.«

Das schienen zu viele der Fragen. »Alter, du bist zu neugierig. Außerdem müssen wir aufbrechen. Kurfürst Ludwig erwartet uns in Hagenau.«

Abraham war schweißgebadet. Um ein Haar wäre es schiefgegangen. Doch der Himmel hatte ein Einsehen. Zurück im Planwagen erzählte er Golda von dem Gehörten. Beiden war klar, dass das der Anfang einer langen, langen Odyssee sein würde.

Mika zog an und der Planwagen ratterte durch das elsässische Städtchen Weißenburg. Abraham hatte nicht vor, hier anzuhalten, doch vor dem Klosterportal erregten zwei beleibte Mönche seine Aufmerksamkeit. Wie aufgescheuchte Hühner rannten sie durcheinander. Was war da los?

»Droht der Weltuntergang, ihr frommen Leute?«, fragte Abraham. »Ja, beinahe oder vielleicht noch schlimmer. Der Heilige Vater hat alle kirchlichen Einrichtungen im Reich dazu verdonnert, ein Zehntel ihrer Einnahmen König Ruprecht I., der immer noch Kaiser werden will, für seine Reise nach Rom zur Verfügung zu stellen. Doch wir geben dafür keinen Kreuzer aus.«

Das Jammern und Plärren der Kuttenträger wurde immer lauter. »Wie kann der Papst in Rom uns das antun? Wir nagen doch so schon am Hungertuch. Wir werden zum Skelett abmagern. Ist das christlich?«

Golda hielt sich die Hand vor den Mund, um nicht laut aufzulachen. Wo hatten denn die Mönche ihre Bäuche und feisten Wangen her? Ein dritter Kuttenträger gesellte sich dazu und hatte sofort eine Lösung für das so weltbewegende Problem. »Regt euch nicht auf, Brüder im HERRN. Alles wird gut. Zum Glück gibt es ja zwei Päpste. Wenn der in Rom uns zu etwas verpflichtet, wenden wir uns an den in Avignon und der nimmt das Dekret zurück. Im Reich machen es doch alle so.«

Nur ein schäbiges Grinsen hatte Abraham übrig. Er zupfte Golda am Ärmel. »Siehst du nun, wie der Papst oder die Päpste mit ihren Schäfchen umgehen? Mit einem Federstrich ordnet der eine Abgaben an und mit einem anderen erlässt der zweite sie wieder. Im Endeffekt geht es immer ums Geld. Glaubst du mir nun die Geschichten von Avignon?«

Golda hätte speien können vor Ekel. Nur eins wusste sie, dass die Welt aus den Fugen geraten war.

10.

»Höher, etwas höher halten!«

Wenn der Skriptor auf dem Markt einen guten Platz gefunden hatte, hängte er ein Schild auf, damit die Leute gleich sahen, welche Dienste er anbot. Da die wenigsten Lesen und Schreiben konnten, hatte er eine Feder, ein Tintenfass und eine Papierrolle darauf gemalt. Bei Geschäftsbeginn stellte er Tisch und Stuhl vor den Planwagen und setzte sich mit seinem Gelehrtenhut in Positur.

Es dauerte nicht lange, da kamen die ersten Kunden. »Meister, könnt Ihr mir den Brief vorlesen? Er ist in Latein.« »Meister, könnt Ihr mir eine Bittschrift anfertigen?« In der Regel nannten ihn seine Kunden Meister, denn er strahlte etwas Seriöses, Vertrauenserweckendes aus. Die Geschäfte liefen gut.

Während die Schlange immer länger wurde, schlenderte Golda in einem bis zu den Knöcheln reichenden roten Rock, einer Bluse, einem bunten Mieder und einem zum Turban gebundenen Kopftuch auf Holzstelzen von Stand zu Stand. In dieser Zeit gab es wenige gepflasterte Wege. Wenn der Boden sandig war, galt das schon als sehr angenehm. Ansonsten versank man nach einem Regenguss im Schlamm, dazu kamen die Gemüseabfälle, die Exkremente der Schaf- und Rinderherden und die Überbleibsel der vielen Garküchen: Reste des Hirsebreis, zerbröckelte Fladen, zermatschter Kohlrabi, zu Brei zertretener Rhabarber. Schon wollte Golda ihre Runde beenden, als sie an einem der letzten Stände etwas sah, das ihre Aufmerksamkeit erregte. Heilkräuter in allen Variationen wurden dort angeboten. Getrocknet für die Teezubereitung, verkocht als Sud, mit Schweineschmalz verrührt als Salbe. Als Kennerin prüfte sie das eine oder andere Fläschchen, hob es gegen das Licht, um die Reinheit des Inhalts zu prüfen, roch in die Tiegel oder verrieb ein wenig Salbe auf ihrem Handrücken. Wer konnte der Budenfrau verdenken, dass sie die Kundin mit kritischen Blicken beobachtete? »Die

Jungfer scheint etwas vom Heilen zu verstehen – oder täusche ich mich?«

»Meine Mutter war eine erfahrene Heilkundige und von ihr habe ich viel gelernt. Was ich bei Ihr vermisse, sind Heilpilze und Wurzelknollen. Gibt es die im Elsässischen nicht?«

»Doch, doch, aber davon verstehe ich zu wenig. Von dem, was ich nicht wirklich kenne, lasse ich die Finger. Im Grunde bin ich Hebamme, den Kräuterstand führe ich als zweites Standbein. Aber ...«, sie überlegte einen kurzen Augenblick, »wenn die Jungfer will, kann Sie mich ja mit der Heilwirkung bestimmter Pilze vertraut machen. Sie ist ein hübsches, anmutiges Persönchen mit exotischem Einschlag. Kommt Sie aus fernen Ländern?«

Golda war überrascht. Was sollte sie antworten? Der netten Frau eine Lüge auftischen? Sie zögerte lange, sodass die Kräuterfrau sich ihren Teil denken konnte. »Schon gut! Es geht mich nichts an.« Sie reichte Golda die Hand. »Ich bin die Wannemachers Els.«

Das Eis war von einer Sekunde auf die anderen gebrochen. »Und ich die Nichte des Skriptors, der am anderen Ende des Markts einen Stand hat.«

»Ah, der nette ältere Herr ist dein Onkel? Da bist du gut aufgehoben, ich kenne ihn von anderen Märkten. Aber da warst du nicht dabei – oder?«

Eine Antwort erwartete die Budenfrau nicht. Sie zupfte Golda am Ärmel und deutete auf zwei in rötlichen, abgetragenen, schäbigen Kutten gekleidete Gestalten, die sich dem Stand näherten. Ihre Kapuzen hatten sie tief ins Gesicht gezogen, dass man nur erahnen konnte, was sich darunter verbarg. »Es sind die Begleiter der englischen Königstochter Blanche. Sie kommen jede Woche hier vorbei. Obwohl sie wie Mönche aussehen, weiß ich nicht, ob es richtige sind. Sie sprechen ein ulkiges Deutsch. Bin gespannt, was sie heute suchen.«

Sie steuerten direkt auf den Stand der Kräuterfrau zu.

Der Schlankere beugte sich zur Wannemachers Els und fragte, ob sie auch ein Mittel gegen Tränen habe. Dabei machte er die Geste des unaufhörlichen Herunterkullerns der Tränen über die Wangen. Dabei verrutschte seine Kapuze ein wenig. Zum Vorschein kam ein bartloses Gesicht, wasserblaue Augen und ein herzförmiger Mund. Die Lachfältchen passten zwar zu seiner sympathischen Erscheinung, jedoch nicht zu seinem verlotterten Aussehen. Hui, was sie jetzt sah, entzückte sie: ein roter lockiger Haarschopf ohne Tonsur. Wie ein kühner Wikinger sah er aus. Es fehlte nur noch das Schwert in seiner Hand und eine behaarte, von Muskeln strotzende Brust. Golda ließ keinen Blick von ihm. Das war ein Mann, der ihr gefallen könnte.

»Ist das Mittel für Euch?«, fragte ihn Els.

»No, no, für unsere *princess* Blanche. Sie hat Heimweh extrastark nach *old england*, sodass sie weinen muss immer. Du verstehen das?«

»Ja, schon, aber ihr Gemahl trägt sie doch auf Händen. Trotz des enormen Altersunterschieds von 25 Jahren und obwohl die Ehe politisch arrangiert worden war, lieben sie sich innig. Oder nicht?«

»*Sure*, gewiss doch, aber *princess* hat dicken Bauch, hat Kind darin und hat Angst. Du weißt, *princess* Blanche hat Pfalzgraf im Alter von zehn Jahren *gemarried*, nun sie ist dreizehn und – ich glaube, du sagen, sie schwanger ist.«

Sein Blick ging himmelwärts und er faltete die Hände. »Dabei ist *princess* Blanche so zartlich, so wie Vase mit ganz dünner Schale.«

Golda schmolz fast dahin. So schön, so einfühlend hatte der hünenhafte Kauz seine Herrin beschrieben. Er musste sie sehr verehren. Dann rechnete sie nach. Drei Jahre scheint der Ehemann mit dem Vollzug der Ehe gewartet zu haben. Donnerwetter, das würde nicht jeder Mann tun. Hochachtung vor dem Pfalzgrafen kam auf. Er hatte in dieser Zeit der Verliebtheit seine Gemahlin nicht berührt, zumindest nicht so, dass sie schwanger wurde.

»Wenn ich mich einmischen darf«, Golda machte sich bemerkbar. »Ein direktes Mittel gegen Heulsucht gibt es nicht, aber ein Beruhigungstee ist allemal gut.«

Sie zeigte auf ein Fläschchen mit Baldriantropfen. »In jede Tasse Tee einen Tropfen, und der Körper entspannt sich. Wenn der Körper entspannt ist, entkrampfen sich auch die Tränensäcke. Voilà!« Ein bewundernder Blick seitens ihres Helden traf sie und sie hatte Mühe, nicht zu erröten. Doch gut getan hatte es ihr.

Nun trat der Ältere vor. Er besaß ein Gesicht wie ein Prophet und eine Stimme wie beim Zupfen der Bassgitarre, doch waren sein runder Rücken und seine gichtigen Hände nicht zu übersehen. Zuerst räusperte er sich, suchte nach Worten und schaute beide Frauen prüfend an. Sein Deutsch war ausgezeichnet. »Gott segne Euch, Schwestern im HERRN. Wir bedanken uns für den Ratschlag und werden ihn befolgen, doch sind wir noch aus einem anderen Grund hier. Wir suchen nach einer erfahrenen Hebamme. Die Niederkunft unserer *princess* steht bevor und dem alten Tattergreis von Medicus am Hof mit seinem ständigen Gesabbere trauen wir nicht. Es ist unser Auftrag, auf das Wohl der *princess* bedacht zu sein, daher die Frage, ob Sie uns jemanden nennen könnte.«

Golda war auf Elsens Reaktion gespannt. Als diese zögerte, nichts sagen wollte, sprach Golda für sie. »Vor Euch, Ihr Diener des HERRN, steht eine Hebamme. Schaut Euch ihre Hände an: lang, geschmeidig. Berührt ihre Haut: voller Wärme und Einfühlsamkeit. Eine bessere Wehmutter werdet Ihr nicht finden.«

Der Jüngere machte einen kleinen Freudenhüpfer. Sein feuerroter lockiger Haarschopf glich einem leuchtenden Kometenschweif und verwandelte seine schäbige Kutte in einen purpurnen Königsmantel. Zumindest für Golda. Sofort stieß ihn der Alte in die Seite und schaute sich nach allen Seiten um. Merkwürdig! Fühlten sie sich verfolgt?

Den jungen Diener des HERRN focht das nicht an. Er sprühte vor Leben, und die Lust, auf dieser Erde wandeln zu dürfen, quoll ihm aus allen Poren. Der Hüne mit der roten Mähne streichelte zärtlich über die Hände der Wannemachers Els und blickte dankbar nach oben. Für Golda waren am Himmel nur Wolken, doch der englische Bruder musste mehr gesehen haben. Als sein Blick wieder zur Erde zurückkehrte, bemerkte er Goldas fragenden Gesichtsausdruck.

Sanft zog er sie hinter den Stand, legte seinen Finger über die Lippen und schaute sie mit Augen an, die die ganze Güte der Welt in sich vereinigten. Dann flüsterte er: »Schönste aller Jungfern, Vertrauen gegen Vertrauen?«

Das war eine Frage. Kurz und bündig, Golda hatte verstanden. Sie nickte.

Auf einmal sprach auch er ein ausgezeichnetes Deutsch. Sonderbar! »Jungfer, Ihr seid nicht das, was Ihr zu sein vorgebt.« Er rieb ihre Haare zwischen seinen Fingern. »Wenn man genau, wirklich ganz genau hinschaut und etwas vom Färben versteht, kann man das Helle unter dem Schwarzen sehen. Ihr seid früher rötlichblond gewesen.«

Dann berührte er mit seinen warmen, einfühlsamen Händen ihr Muttermal an der rechten Wange. »Eingebrannt, wirklich gekonnt gemacht. Es ist noch nicht lange her. Die kleinen Hautfetzen am Rand sind noch nicht ganz verheilt. Und eine Jüdin seid Ihr trotz eures Namens auch nicht.«

Goldas Knie zitterten. Gleich würde der so sympathisch wirkende englische Bruder die Katze aus dem Sack lassen und sich als ein Gefolgsmann des Mainzer Domherrn oder als bestellter Rächer ihres Halbbruders zu erkennen geben. Ein gerissener Bursche, der es verstand, einen einzuwickeln.

Doch weit gefehlt. Bei dem Diener des HERRN machte sich ein unbeschreiblich gewinnendes und zugleich warmherziges Lächeln breit, sodass sich bei Golda augenblicklich jegliche Furcht verflüchtigte. »Keine Bange, werte Jungfer, kein Wort wird über meine Lippen kommen. Das schwöre ich.«

Ihr die Hand reichend, drehte er sich nach allen Seiten, um sich zu vergewissern, dass ihnen niemand zuhörte. »Ich bin Bruder John, ein Reiseprediger und Lollarde.«

Golda zog die Augenbrauen hoch. So, wie er es sagte, schien das etwas Gefährliches zu sein. Konnte sie es sich in ihrer Situation leisten, auf unsicherem Boden zu wandeln?

Der Skriptor hatte ihr eingebläut, sich mit keinem Menschen einzulassen, dem Verworrenes, Geheimnisvolles anhaftete. Andererseits, sie zählte ja auch zu dieser Sorte Menschen. Das verband.

»Was ist ein Lollarde?«

»In England sind das Leute, die der Lehre Wiclifs anhängen und die neuerdings von der Regierung verfolgt werden.«

»Den Namen habe ich noch nie gehört. Sag mir mit zwei Sätzen, was dieser Wiclif will.«

Bruder John zog sie auf eine Kiste und setzte sich neben sie. »Wiclif war ein englischer Gelehrter, der vor 21 Jahren gestorben ist, für den die Heilige Schrift der einzige Maßstab war, um zu erfahren, was man glauben und wie man leben soll – nämlich in der Nachfolge Jesu Christi. Das sei Sinn und Aufgabe des Menschen.«

»Das ist doch nichts Verwerfliches, warum werden seine Anhänger verfolgt?«

»Jungfer, du hast die Aussage nicht verstanden. Anders ausgedrückt: In der Bibel steht nicht, dass Geistliche, welchen Rang sie auch immer haben mögen, in Luxus und Pracht leben, dass sie, wie hier auf einem Jahrmarkt, Geschäfte machen sollen.«

»Eigenartig, mein Oheim hat vor kurzer Zeit Ähnliches gesagt. Ich habe ihm nur mit halbem Ohr zugehört. Hat Wiclif noch mehr gesagt?

»Nun ja, dass Geistliche nicht unbedingt in Keuschheit leben müssen, denn das Zölibat sei bei einem Konzil von alten Männern erfunden worden, in der Bibel steht das nicht. Zudem lehrte er, dass Priester nicht Söhne der Kirche seien, sondern Diener des HERRN.«

»Was ist der Unterschied?«

»Die jetzige Kirche ist für Wiclif ein Verwaltungsorgan geworden und wer sich als Sohn – so etwa wie ein Miteigentümer – dieser Institution fühlt, wird bestrebt sein, ihr eine äußere und innere Form zu geben, eine Rangordnung der Ämter herzustellen, Gesetze und Regeln aufzustellen, Strafen bei Nichtbefolgung auszusprechen, den Einflussbereich auszuweiten, Konkurrenten auszuschalten, kurzum Macht auszuüben. Aber genau das kann, so sagt Wiclif, nicht die Aufgabe des Priesters sein. Er soll das Wort Gottes verkünden und in der Nachfolge Christi leben.«

»Hm, gilt das auch für den Papst?«

»Warum nicht? Er müsste es sein, der mit gutem Beispiel vorangeht. Und, tut er das? Er lebt und handelt wie alle Fürsten dieser Welt – uneingeschränkt, selbstherrlich, ein Herr über Leben und Tod.«

»Verstehe, er soll kein Seidengewand, keine rotledernen Schuhe, kein Pelzkäppchen tragen?«

»Die Kirche soll besitzlos sein. Nur so kann sie ihrer Aufgabe gerecht werden, nur so wirkt sie glaubwürdig.«

»Aha, ich erahne den Zündstoff, der in der Lehre Wiclifs verborgen ist. Das hören die Männer der Kirche gewiss nicht gern und werden sich gegen solch ein Verlangen mächtig wehren.«

»Holde Schönheit, ich könnte dir um den Hals fallen. Du sagst mit einfachen Worten, worüber sich Gelehrte ein Leben lang streiten.«

»Na ja, verstanden habe ich diese Forderungen schon, doch scheinen sie mir zu rabiat, zu einseitig. Es fehlt nicht viel, und du und deine Lollarden würden noch die ganze Kirche abschaffen. Am Brennen deiner Augen sehe ich, dass du von dieser Idee besessen bist. Ein arg gefährliches Spiel, Bruder John.«

Nachdenklich sah sie ihn an. »Eins möchte ich noch wissen. Ist die englische Königstochter auch Lollarde? Wenn ja, dann tust du der Gemahlin unseres frommen, am alten Glauben hängenden Pfalzgrafen keinen Gefallen. Wie soll eine Ehe gut sein, wenn der eine Geheimnisse vor dem anderen hat?«

Das hatte gesessen! Bruder John blieb der Mund offen stehen. So geradeheraus und so furchtlos hatte noch niemand mit ihm gesprochen.

Nachdem Golda nun die Gesinnung ihres Hünen – als Wirrkopf wollte sie ihn nicht bezeichnen, denn so ganz unrecht hatte er nicht – kannte, kämpfte sie mit sich, ob sie ihm ihre Geschichte erzählen sollte. Schon einmal war ihr Glaube an das Gute bitter enttäuscht worden. Sie gab sich einen Ruck: Vertrauen gegen Vertrauen! So war es ausgemacht.

Bruder John lächelte ihr zu. »Zwei Verfolgte, von deren wahrem Gesicht niemand erfahren darf. Wenn ich kein Reiseprediger wäre, würde ich dich jetzt an mich drücken und dir einen Kuss auf die Stirn geben.«

Golda war sich nicht sicher, ob ihr das gefallen würde. Allerdings, das musste sie sich eingestehen, der Rotschopf hatte ihr Herz berührt.

11.

Es ergab sich, dass dem Skriptor in Hagenau ungewollt ein Traum erfüllt wurde. In dem elsässischen Städtchen führte Diebold Lauber eine Manufaktur, zu dieser Zeit eine wirtschaftliche Revolution. Lauber betrieb eine Schreibwerkstatt und einen Buchhandel. Das Neue daran war, dass er Aufträge an Lohnschreiber und Illustratoren vergab. Diese mussten in einer gewissen Zeit eine bestimmte Anzahl von Seiten nach seiner Vorgabe schreiben. Auf diese Weise konnten Bücher schneller und preiswerter hergestellt werden. Nachteilig war, dass diese Handschriften – gedruckt wurde um diese Zeit noch nicht – sowohl in der Bilddarstellung als auch in der Textwiedergabe eher grob und flüchtig angelegt waren.

Aus der Werkstatt Laubers gingen über achtzig überwiegend bebilderte Handschriften hervor, neben gelehrten Schriften auch deutschsprachige Chroniken und illustrierte Abschriften bedeutender Werke der mittelalterlichen Literatur. Werke wie der *Tristan* Gottfrieds von Straßburg oder der *Parzival* Wolframs von Eschenbach waren durch ihre Vervielfältigungen beim Publikum erfolgreich. Lauber produzierte nicht nur für Auftraggeber, sondern ließ auch auf Vorrat schreiben.

Von diesem Gedanken und der Vorgehensweise war Abraham fasziniert. Sein Traum war, dass jeder sich mit den Texten der heiligen Schriften, der jüdischen und christlichen, auseinandersetzen und sich so Wissen aneignen konnte. Abraham hatte sogar überlegt, ob er nicht auf den Märkten diese Werke im Auftrag Laubers verkaufen sollte. Eine aufgeklärte Welt? Welch eine Zukunft!

Mittlerweile hatte auch Golda Anschluss gefunden. Die Wannemachers Els tat ihr gut. Sie half ihr über die trüben Tage hinweg, die immer kamen, wenn sie an ihre Lieben im Rechtsrheinischen dachte. Waren sie verurteilt worden, lagen sie im Kerker oder weilten sie schon im Himmel? Nicht zu vergessen John, der Feuerkopf. Jedesmal, wenn er auf den Markt ging, schaute er am Kräuterstand vorbei. Die Leute tuschelten schon – eine Exotin und ein Mönch. Der 21. Mai 1406 neigte sich dem Ende zu. Die Marktfrauen packten ihre Waren zusammen. Nach getaner Arbeit lud Golda ihre Vertraute auf einen Becher Tee in den Planwagen des Oheims ein. Es war ein guter Tag gewesen und warum sollte man ihn nicht in trauter Runde ausklingen lassen? Ein Brett über einer Kiste ersetzte den Tisch und die vollen Säcke dienten als Sitzplatz. Kaum saßen sie beisammen, hämmerte es wild gegen die Außenwand.

»Wer da?«, rief Abraham und suchte mit den Augen nach einem Prügel. Gesindel gab es zuhauf.

»Ich bin es! Bruder John! Endlich hab ich euch gefunden. Es ist so weit. Könnt ihr bitte kommen?«

Sofort sprang Els auf, um ihre schon gerichtete Hebammentasche zu holen. Obwohl Bruder John die Mehrzahl gebraucht hatte, fühlte sich Golda nicht angesprochen. Els war die Hebamme. Da erhielt sie einen gewaltigen Stüber. »Auf, Golda, mach keine Zicken, du kommst mit. Ich kann jede zusätzliche Hand brauchen.«

Voraus John mit der flatternden rötlichen Kutte und wehenden feuerroten Haaren, dahinter zwei Frauen, eine junge und eine alte – eine seltsame Prozession eilte durch die Gassen des nächtlichen Hagenaus der ehemaligen Kaiserpfalz entgegen.

Sie achteten nicht auf die prächtigen Säle mit der Ahnengalerie und den Wandteppichen, ihr Ziel war das Gebärzimmer. Zuvor jedoch wollte der Pfalzgraf sie sehen. Er hatte sich dem Vorschlag des englischen Beichtvaters seiner Gemahlin gebeugt und die Hebamme Wannemacher rufen lassen. Gerne hatte er es nicht getan, denn es stand ja ein Hofmedicus in seinen Diensten. Zuerst wollte der fromme Herr sich vergewissern: »Glaubt Ihr an Gott, den HERRN, und Jesus Christus, seinen eingeborenen Sohn?«

Beide bejahten fast gleichzeitig.

»Ich lege das Leben meiner geliebten Gattin und des neuen Erdenbürgers in Eure Hände und möchte nicht, dass Andersgläubige, Heiden oder gar Ketzer in der schweren Stunde um mein Liebstes auf der Welt herum sind. Doch da Ihr mir versichert habt, dass Ihr gottgläubig seid, so geht und tut Eure Arbeit.«

Feuchte Hände hatte Golda bekommen. Pfalzgraf Ludwig vertraute den englischen Begleitern seiner Gemahlin. Kannte er deren ketzerische Gesinnung nicht? Wohl fühlte sie sich bei diesem Gedanken nicht.

Sie betraten das Gebärzimmer. Die mächtige Kaiserpfalz war für die Ewigkeit gebaut, dicke Mauern, die kein Licht und keine Wärme herein- und das Kalte und Feuchte nicht hinausließen. Golda zählte acht glühende Kohlenbecken, immer noch wurde nachgelegt. Eine Luft zum Ersticken. Die Hebamme schlug die Hände über dem Kopf zusammen. Alle Fenster geschlossen. Mitten im Raum stand ein erhöhtes Bett mit drei Lagen Kissen und obenauf lag die schweißgebadete Prinzessin. »Habt ihr keinen Gebärstuhl?«, war die erste Reaktion der Wannemachers Els.

Die umstehenden Hofdamen schüttelten den Kopf oder zuckten nur mit den Schultern. Dafür lag auf dem Beistelltisch die aufgeschlagene Bibel, ein Kruzifix und daneben stand ein Becken mit Taufwasser für eine eventuelle Nottaufe. Der Hofkaplan kniete auf einem Kissen und murmelte andauernd Gebete vor sich hin. Bruder Arnulf und Bruder John standen mit gefalteten Händen in einer Ecke und nickten den beiden Frauen aufmunternd zu. Wenn man genau hinschaute, zwinkerte Bruder John in Richtung Golda.

Der Hofmedicus hantierte mit etwas auf einem seitlich bereitgestellten Tisch. Die Hebamme schaute ihm über die Schulter. »Was wollt Ihr mit den vielen Instrumenten? Wollt Ihr die Prinzessin aufschneiden?«

»Wenn es sein muss, ja. Wenn zu befürchten ist, dass das Kind nicht herauswill. Das Leben des Kindes geht allemal vor. So ist die Lehre der Kirche.«

»Wir wollen jetzt keine theologische Debatte führen und schon gar nicht vor den Ohren der Prinzessin. Bei mir sollen Mutter und Kind wohlauf sein. Habt Ihr als Geburtshelfer Erfahrungen gesammelt?«

Murmeln, unverständliche Worte beim Medicus. Am liebsten hätte die Hebamme alle Männer aus dem Gebärzimmer hinausgejagt. Gebären war Frauensache. Dann wandte sie sich der Prinzessin zu, strich ihr liebevoll über die Wangen und tupfte ihr die Schweißtropfen von der Stirn. Eine junge Hofdame wedelte ihr Luft zu. Ein sympathisches Ding, Sommersprossen und eine spitze, aber hübsch anzusehende Stupsnase – eine Engländerin.

Die Hebamme brauchte der Gebärenden nur in die Augen zu schauen, pure Angst stand darin. Bestimmt hatte die Dreizehnjährige niemand aufgeklärt, was Wehen bedeuteten und dass die Fruchtblase platzen würde. Dann noch die Furcht, dass sie keinen Sohn, keinen Thronfolger gebären könnte. Wie oft hatte die Wannemachers Els das schon erlebt. Dieser Druck, der auf den jungen Frauen lastete. »Prinzessin, seid unbesorgt, ich habe schon Hunderten von Kindern das Licht der Welt gezeigt, ich werde es auch heute tun.«

Blanche suchte nach der Hand der Hebamme und blickte ihr voll Vertrauen in die Augen.

Els deutete auf Golda. »Ich habe eine Helferin mitgebracht. Golda ist ihr Name. Sie ist ein wenig älter als Ihr und hat geschickte Hände.«

Dann gab sie Anweisung, dass ein fünf Fuß großer Holzzuber mit frischem, lauwarmem Wasser mitten in die Kammer gestellt und ein Stapel sauberer Leinentücher daneben gelegt werden solle.

»Golda und Amylee«, das war die junge Hofdame, »ihr helft der Prinzessin aus dem Kissenhaufen und setzt sie vorsichtig in den Wasserbottich. Dann stellt sich Golda hinter Durchlaucht und streicht ihr bei jeder Wehe den Leib aus. Amylee, du veranlasst, dass deine Herrin bei jedem Pressen aus Leibeskräften brüllt, und du schreist mit. Sie muss aktiv mitarbeiten und außerdem lindert das die Schmerzen.«

Schon zwei Stunden dauerte die Prozedur und immer noch zeigte sich das Köpfchen des Kindes nicht. Die Königstochter war der totalen Erschöpfung nahe. Schon mehrmals wurde an der Tür geklopft. Der Gemahl erkundigte sich nach dem Wohlbefinden seiner Gattin. Die Gebete des Kaplans im Hintergrund wurden immer lauter, drängender und der Medicus klapperte schon mit seinen Scheren und Messern. Unwillig und verärgert über die aufgeladene Atmosphäre blitzte die Hebamme die Männer an, doch traute sie sich nicht, sie aus der Kammer zu weisen. Bruder Arnulf musste ihre Not erkannt haben. Er trat aus der Ecke und bat die Herren, die Frauen mit der Gebärenden allein zu lassen. Es genüge, wenn der HERR über alles wache.

Els atmete auf. Die eingetretene Ruhe tat gut. Sie nahm beide Hände der Prinzessin fest in die ihren. »Durchlaucht, jetzt kommt es auf Euch an. Wenn Ihr wollt, dass Euer Kind gesund und kräftig diese Welt betritt, dann presst und wenn es Euch den Leib zerreißt. In Gottes Namen, presst! Denkt an Euer Kind!«

Die Hebamme drückte die Hände der Gebärenden so fest, dass die Knöchel knackten. Golda wies sie an, den Kopf des Kindes am Leib der Mutter zu ertasten und nach unten in den Geburtskanal zu schieben. »Es muss heraus, ob es will oder nicht. Pressen, Majestät. Golda, du drückst so stark du kannst, aber mit Gefühl.«

Ob es dieser letzte Kraftakt war oder die einfühlsamen Hände Goldas oder die Güte des HERRN, darüber ließe sich trefflich streiten. Die Nabelschnur wurde durchtrennt, das Neugeborene an den Füßen hochgehalten und mit einem Klaps auf den Hintern versehen. Es krähte. Trotz ihrer Erschöpfung streckte die Prinzessin dem neuen Erdenbürger ihre Arme entgegen. Liebevoll drückte sie ihn an ihre Brust, liebkoste das haarlose Köpfchen und berührte ehrfürchtig die kleinen Händchen.

Mit einem Male wurde die Tür aufgerissen, der Pfalzgraf stürmte herein, fiel auf die Knie und dankte Gott, dass seine geliebte Gattin und sein … – Welches Geschlecht hatte das Neugeborene?

Fragend schaute er sich nach der Hebamme um. »Euer Gnaden, Euer Sohn ist wohlauf, zwar noch schwach, aber gesund.«

Prinzessin Blanche hielt dem Pfalzgraf seinen Sohn entgegen und der überglückliche Vater strich über das strampelnde Körperchen und drückte ihm einen Kuss auf. »Mein Sohn, du sollst den Namen deines Vaters führen, und weil ich deine Mutter aus dem Königreich England an meinen Hof geholt habe, bist du *Ludwig, der Engländer*.«

Fanfaren erschallten und der gesamte Hof fing zu jubeln an. So stolz, so glücklich hatten die Bediensteten ihren sonst so gestrengen Herrn schon lange nicht mehr gesehen. Er war ein frommer Mann, las viel in der Bibel, neigte nicht zu Luxus und Vergnügen, das Wohl seiner Untertanen lag ihm stets am Herzen, obwohl er mitunter eigensinnig und stur sein konnte. Was er einmal als richtig erkannt hatte, verteidigte er, ohne auf mögliche veränderte Umstände zu achten. Sich neuen Gegebenheiten anzupassen, war nicht seine Sache. Das hatte er von seinem Vater, dem König.

Bevor die Speisen im Saal aufgetragen wurden, bedankte Pfalzgraf Ludwig sich bei all denen, die die Geburt begleitet und seiner Gemahlin beigestanden hatten: bei der Hebamme, ihren Helferinnen und ganz besonders bei Bruder Arnulf und Bruder John. »Ich weiß wohl zu schätzen, was Ihr für meine geliebte Gemahlin getan habt und dass Ihr dabei immer so bescheiden im Hintergrund gestanden habt. So stelle ich mir die wahren Männer der Kirche vor. Wenn ich Euch jemals von Nutzen sein kann, dann scheut Euch nicht, mich um einen Gefallen zu bitten. Ich stehe in Eurer Schuld!« Er drehte sich zu der Festgesellschaft: »Bevor wir Platz nehmen, lasst uns ein Gebet sprechen!«

Danach setzte ein Schmatzen, Schmausen, Nagen und Schaben ein. Schließlich lagen auf den Tischen nur noch Knochen und Brösel. Golda würgte an einer Brotkante. Immer wieder kreisten ihre Gedanken um ihre neuen Freunde, wenn sie Bruder Arnulf und John so bezeichnen durfte. Frohsinn wollte bei ihr nicht aufkommen. Nach Beendigung der Tafel war es ihr nicht entgangen, dass die Hebamme Pfalzgraf Ludwig auf ein Wort bat. »Euer Gnaden, erlaubt mir zu sagen, dass diese Geburt fast das Leben der Mutter und des Kindes gekostet hätte. Eine zweite Geburt überlebt Eure zarte Gemahlin nicht. Sie ist selbst noch ein Kind. Das sollt Ihr wissen.«

Der Pfalzgraf schien ihr nur oberflächlich zugehört zu haben. Er nickte zwar zustimmend, doch gleich darauf verkündete er lautstark: »In zwei Wochen wird mein Sohn getauft und sein Großvater, König Ruprecht I., wird ihn über das Taufbecken halten. Alle Freunde und Bekannten und selbst die, die uns nicht wohlgesonnen sind, sollen dem künftigen Landesherrn den nötigen Respekt erweisen. Die Zukunft der Kurpfalz ist gesichert.«

Als sich alle in die Halle drängten, um der glückseligen Mutter zu gratulieren, wollten Bruder Arnulf und Bruder John nicht hintanstehen. Zuerst segneten sie ihre *princess* und den neuen Erdenbürger, dann reichten sich die drei die Hände, dankten und lobten den HERRN und baten ihn, endlich sein Reich auf Erden verwirklichen zu wollen. Der bibelkundige Pfalzgraf freute sich über ihren christlichen Wunsch. Golda hingegen lief ein Schauer über den Rücken, denn sie wusste, dass sie nicht das Gleiche meinten.

Die Bediensteten hatten beim Abtragen der Tafel alle Hände voll zu tun. Keiner beachtete den kleinen Kreis der Zurückgebliebenen. Golda hatte schon die ganze Zeit kein

Auge von Bruder John gelassen. Bisher hatte er sich ihr gegenüber zurückgehalten, ihrer Meinung nach zu lange. Aber jetzt brach es aus ihm heraus. Mit wirbelndem Feuerschopf und rollenden Augen stürzte er auf Golda zu, nahm sie aus purer Lust in die Arme und tanzte mit ihr durch den Raum. Man hätte meinen können, da hüpfte ein Verliebter mit seiner Angebeteten im Kreis. Und Golda? Sie wehrte sich nicht. Im Gegenteil, sie schmiegte sich an ihn und ließ sich durch die Luft wirbeln. Heute war ein Freudentag.

Schließlich stellte sich Bruder Arnulf den beiden in den Weg. Sein Gesichtsausdruck war ernst, jedoch nicht unfreundlich. »Bruder, lass es gut sein, die Leute schauen schon. Der HERR hat zwar nicht verboten, sich zu freuen und eine Frau in den Arm zu nehmen, aber wir dürfen die Aufmerksamkeit nicht zu sehr auf uns ziehen. Es gibt auch an diesem Hof Leute, die uns gern auf den Scheiterhaufen schickten, wenn sie wüssten, wes Geistes Kind wir sind.«

12.

Wie ein Lauffeuer hatte sich die glückliche Geburt des jungen Pfalzgrafen in der Stadt herumgesprochen und Gerüchte zuhauf waberten gassauf, gassab: Da sollte eine jüdische Jungfer mit ihren *heilenden Händen* nachgeholfen haben, wurde erzählt. Einerseits hörte Abraham das mit einigem Stolz, doch wusste er, dass dadurch die Leute auf Golda aufmerksam werden würden. Im Hinterkopf hatte er immer, dass bei den bevorstehenden Tauffeierlichkeiten ihre Verfolger dabei sein könnten. Ihr Halbbruder hatte bisher noch keinen Pfennig des Erbes gesehen. Ohne Totenschein kein Erbe.

Während Golda mit ihren Kräutern im Planwagen beschäftigt war oder mit Els zusammenhockte, ging er hin und wieder in eine der elsässischen Wirtschaften. Nicht nur wegen der dort am Stammtisch leidenschaftlich geführten Debatten, sondern auch wegen der süffigen Weine, die ganz von allein die Kehle hinunterrannen. Koscher waren sie nicht, aber sollte er auf alle Freuden des Lebens verzichten? Ja, würde seine jüdische Gemeinde sagen, aber ... Na ja, darüber schwieg er lieber. Heute ging es im *Goldenen Schwan* ums Reich und die Übelstände darin.

»He, Leute,« fing der Vögtlins Schorsch an, »habt ihr gewusst, dass König Ruprecht I. hinter vorgehaltener Hand als Schattenkönig tituliert wird? Er soll der Handlanger seiner rheinischen Kollegen von Mainz, Trier und Köln sein. Wenn er nicht spurt, lassen sie ihn am langen Arm verhungern und ...«

Das war ehrenrührig, der Skriptor schnitt dem Großmaul das Wort ab. »Für diese Bemerkung sollte man dich im Rhein ertränken. König Ruprecht I. ist ein gottesfürchtiger und rechtschaffener Mann. Solche Hetze hat er nicht verdient. Seinen Sohn hat er als Vogt in eurem Elsass eingesetzt. Und geht es euch nicht bestens? Ihr lebt wie die Made im Speck, Pfalzgraf Ludwig hat keines eurer Rechte geschmälert und trotzdem jammert ihr.«

»Mag sein, Skriptor, dass du recht hast«, beruhigte ihn der Schneiders Lothar, »doch lass den Schorsch weitererzählen. Er war noch nicht fertig.«

»Gut gesprochen, Schneider. Da kommen Fremde in unser schönes Elsass und wollen uns belehren, derweil das Deutsche Reich ein Sauhaufen ist. Da macht doch jeder, was er will, und unser König kann – ich betonte kann, sonst fällt mir der Skriptor wieder ins Wort – nichts dagegen tun. Ein Beispiel, wenn's beliebt. Ihr kennt das Städtchen Rothenburg im Taubertal?«

Vögtlin wartete und überzeugte sich, dass ihm seine Stammtischgenossen auch wirklich zuhörten. »Also, Rothenburg liegt zwischen zwei mächtigen Nachbarn, die ihre Finger nach dem Fleckchen ausstrecken. Im Osten der Burggraf von Nürnberg und im Westen der Würzburger Fürstbischof. Die Rothenburger haben jedoch einen selbstbewussten Bürgermeister, der sich gegen jede Vereinnahmung mit Händen und Füßen wehrt.«

»Recht so!«, kam es unisono im Chor zurück.

»Ja, es kam sogar zum Krieg, weil die Stadt im Taubertal sich einem königlichen Schiedsspruch nicht beugen wollte. König Ruprecht I. beauftragte den Burggrafen und den Fürstbischof, dem Schiedsspruch Geltung zu verschaffen. Während die Rothenburger für eine lange Belagerung vorgesorgt hatten, mussten die Gegner vor den Stadtmauern hungern und frieren. Schließlich zogen sie mit hängenden Köpfen ab und verklagten die Rothenburger erneut vor dem königlichen Hofgericht in Heidelberg und bekamen recht. Daraufhin verhängte der König die Reichsacht über das aufsässige Städtchen. Allein der Bürgermeister scherte sich einen Dreck darum und suchte nach neuen Verbündeten.«

Die Pause, die Vögtlin absichtlich eingelegt hatte, um die Bedeutung seiner Aussage zu unterstreichen, dauerte den Zuhörern zu lange. »Und, was weiter?«

»Tja, wie soll ich es sagen? Der Oberränkeschmied des Reichs, der vermeintliche Freund des Königs, der Erzbischof von Mainz, hat hinter dem Rücken König Ruprechts I. einen Bund mit anderen Fürsten und reichen Städten geschlossen, der sich eindeutig gegen den König richtet. Die Verbündeten wollen sich in ihre Angelegenheiten nicht hineinregieren lassen. Die Vereinigung nennt sich *Marburger Bund*. Genau mit diesem Bund hat sich der Rothenburger verbündet. Jetzt traute sich niemand mehr, gegen die Stadt zu ziehen.«

Der Schneiders Lothar war nicht der Schnellste im Denken. »Na und? Was ist daran schlecht?«

»Hochlöblicher Stadtrat Schneider, du hast nichts, aber auch gar nichts verstanden. Wenn alle Räte in der Stadt so denken, dann ist es kein Wunder, wenn das Heilige Römische Deutsche Reich den Bach hinuntergeht. Überlege! Wenn der König, das Oberhaupt des Reichs, eine wohlbegründete Strafaktion durchführen möchte, braucht er dazu Soldaten, Gewehre und Munition, die hat er aber nicht, weil sein Kurpfälzer Ländchen halt nur ein kleines Ländchen ist und das nicht hergibt. Also müssen die Reichsfürsten ihn unterstützen, indem sie Truppen für eine Reichsaktion bereitstellen, so steht es im Gesetz. Aber wenn die Herren Fürsten, die reichen Städte mit ihren aufmüpfigen Bürgermeistern, die Äbte, die Kardinäle und weiß Gott wer noch nicht wollen, dann steht der König mit leeren Händen da. Soll er betteln gehen? Der König?«

»Aha«, freute sich der Schneiders Lothar. »Jetzt habe ich's begriffen. Lasst es mich mit meinen Worten zusammenfassen. Stellt euch vor, es ist Krieg und keiner geht hin. Der eine, weil er keine Lust hat, der andere, weil er lieber bei seiner Frau bleiben möchte!«

Ein Johlen und Jauchzen und Pfeifen und Stampfen war die Folge. Die Schankstube bebte. Es dauerte, bis wieder einigermaßen Ruhe eingekehrt war. Der Skriptor war sich nicht sicher, ob alle den ernsten Hintergrund der niederschmetternden Nachricht verstanden hatten, und ergriff wieder das Wort. »Leute, denkt doch nach! Ist das nicht traurig? Arg traurig? Die Sache ist zu ernst, um darüber zu lachen. Der König ist für die Aufrechterhaltung des Friedens und des Rechts im Reich zuständig und die, die ihn dabei unterstützen sollten, verweigern ihm den Gehorsam. Wer trägt dann letztlich Schuld an den Zuständen?«

Viele nachdenkliche Gesichter.

Derweil entstand am Nachbartisch ein Streit ganz anderer Art. Der Kleidung und dem Pfälzer Löwen am Säbelknauf nach musste der eine ein königlicher Dienstmann und der andere ein Engländer sein. Abraham spitzte die Ohren, denn im ersten Moment verstand er nicht, um was es eigentlich ging. »Seid Ihr ein Mitglied der englischen Gesandtschaft, die zur Gratulation des Neugeborenen gekommen ist«, fragte der Pfälzer, »oder eines der Kommission, die über die Einhaltung des Heiratsvertrags zwischen Pfalzgraf Ludwig und Prinzessin Blanche wachen soll?«

Der Engländer brauste auf. »Kontrolle ist besser als Vertrauen. Das Brautgeld beträgt immerhin 40.000 Nobel. Das ist viel, viel Geld. Uns ist zu Ohren gekommen, dass Euer König das Geld für sich verwendet, besser gesagt, um seine kleinen Feldzüge im Reich und anderswo durchführen zu können. So war es nicht vereinbart. Warum sollen unsere Steuerzahler den deutschen Saustall finanzieren?«

»Gemach, Kamerad, wir wollen uns nicht streiten, irgendwie ist die Kurpfalz ja jetzt mit dem englischen Königshaus verwandt. Aber es ist doch so, dass ihr bisher nicht die ganze Summe ausgezahlt habt. Soviel ich weiß, stehen noch 14.000 Nobel aus. Also, so arg habt ihr den deutschen Saustall nicht finanziert – oder?«

»Ist schon gut, Verwandter«, lenkte der Engländer ein. »Mein Name ist übrigens Altwyn Hottingham, zweiter Kanzleisekretär seiner Majestät König Heinrichs IV.« Er hob den Becher und der Pfälzer ließ sich nicht lange bitten. Dann tat Altwyn sehr vertraulich. »Wir könnten einen Deal abschließen: Ich setze mich dafür ein, dass die Zahlungen pünktlicher erfolgen und ihr helft mir, die Ketzer zu finden.«

Der Pfälzer Dienstmann, der seinen Namen bisher nicht preisgegeben hatte, zog die Augenbrauen hoch. So hoch, dass sie bis zum Haaransatz reichten. Wahrscheinlich konnte er mit diesem Vorschlag nichts anfangen. »Mit Verlaub, edler Hottingham, ich bin Obrist der Reiterei. Fragt mich nach Zaumzeug, nach Pferderassen, nach den aufkommenden Feuerwaffen, doch von Kirchendingen habe ich keine Ahnung. Auch kann ich mir nicht vorstellen, dass es am Hof des Pfalzgrafen Ketzer geben soll. Vielleicht gibt es in Heidelberg an der Universität Männer, die manchmal abstruse Gedanken äußern, aber die nimmt keiner ernst. Wir befinden uns hier im Elsass, da dreht sich alles um den Wein und nicht um Ketzer.«

»So würde ich das nicht sehen wollen. Aus einem abgefangenen Briefwechsel wissen wir, dass sich in der Nähe des Königshauses Anhänger der wiclifschen Lehren befinden. Bei uns in England werden sie verfolgt. Für Euch auf dem Kontinent wäre es nicht gut, wenn diese rebellischen Lehren herüberschwappten und vielleicht im Königshaus Unterstützung fänden.«

Das schien dem Pfälzer pure Unterstellung zu sein. »He, will der Herr hier Stunk machen? Noch eine abfällige Bemerkung über den Hof des Pfalzgrafen und ich vergesse mich.«

Beruhigend legte Hottingham seinem Gegenüber die Hand auf den Arm. »Wahrscheinlich wisst Ihr nicht, dass die Anhänger der Lehren Wiclifs der Kirche ihren Besitz wegnehmen möchten. Arm soll sie sein, nur von milden Gaben leben. Wer garantiert uns und euch, dass diese Fanatiker nicht auch noch dem Adel und den Herrschenden ihre Güter und Einkünfte streitig machen? Von einer Gemeinschaft, in der alle gleich sind, schwärmen sie. Könnt Ihr das als einer, der für den Schutz seines Königs zuständig ist, gutheißen?«

Der Pfälzer schien nachdenklich geworden zu sein. »Die einzige Engländerin, die ich kenne, ist die Gemahlin des Sohnes unseres Königs. An die denkt Ihr doch nicht – oder?« Sein Blick verfinsterte sich merklich. »Wollt Ihr die Prinzessin in ein schiefes Licht stellen? Wenn das Eure Absicht ist, dann werdet Ihr meinen Säbel zu spüren bekommen. Die Angehörigen des Herrscherhauses werden nicht verunglimpft, verstanden!«

Weiter sprach er nicht, denn die Tür ging auf und zwei neue Gäste betraten den Schankraum. Einer ragte ob seiner Länge heraus – hager mit blitzenden Augen, pechschwarzen, langen, glatten Haaren, einer Nase wie ein Messer und einem roten Umhang, an dem das Mainzer Rad aufgestickt war. Der zweite war ein junger Bursche mit einer Narbe quer über die Stirn, aber mit guten, ehrlichen Augen. Irgendwie passten die zwei nicht zusammen. Der Hagere sah sich um, erblickte den Obristen und nickte ihm auffordernd zu. Abrupt beendete dieser die Unterhaltung mit dem Engländer und gesellte sich zu den beiden.

Es fing an, interessant zu werden, zumal Abrahams elsässischer Tischgenosse beim Anblick des Mannes mit dem roten Umhang zu murren anfing. »Den Mainzer kennen wir. Er war schon einige Male hier, hat uns ausgefragt, wie wir zum König stehen. Es schien uns, als ob er die Elsässer gegen euren König aufhetzen wollte. Wir stellten uns dumm, denn jeder hier weiß, dass der Mainzer Erzbischof schon immer nach dem Elsass geschielt hat und es für sich kassieren möchte.«

Abraham wollte sich jetzt nicht auf einen Disput einlassen, viel wichtiger war ihm, sich näher an die Gruppe zu setzen, zu der sich der Pfälzer Obrist gesellt hatte. Er zeigte auf einen freien Platz und deutete seinem Tischgenossen an, dass dort ein Schoppen auf ihn wartete.

Am Nebentisch wurde lebhaft diskutiert. Der Mainzer bedrängte förmlich den Obristen. »Egolf, du musst mir einen Gefallen tun. Wirb im Elsass bei den Städten und dem Adel für den Bund, den der Erzbischof ins Leben gerufen hat.«

»Na, hör mal, Raban, ich stehe in Diensten des Königs und soll für einen Bund werben, der sich gegen ihn richtet? Das kannst du von mir nicht verlangen.«

»Und ob ich das kann.«

Er kramte in seiner Jackentasche und hielt Egolf Dokumente unter die Nase. »Wenn die in die falschen Hände gelangen, warst du die längste Zeit ein geachteter Pfälzer Obrist. Also stell dich nicht so an.«

»Aber ...«

Dreimal musste Abraham schlucken. Schlagartig war ihm bewusst geworden, dass am Tisch neben ihm die saßen, die hinter Golda her waren. Oh Gott, so nahe waren die Teufel schon! Er spürte, wie ihm die Knie weich wurden. Das waren Gegner, vor denen man sich in Acht nehmen musste.

Bevor Egolf etwas erwidern konnte, war vor dem Wirtshaus Trommelwirbel zu hören. Ein Stadtbüttel verlas eine Botschaft. »Bürger und andere, der elsässische Vogt, Pfalzgraf Ludwig, lädt alle, die sich zur Zeit in Hagenau aufhalten, anlässlich der Geburt seines Sohnes zu einem Freitrunk auf dem Marktplatz ein. Musikanten spielen zum Tanz auf.«

Im Nu war das Wirtshaus leer. Der junge Begleiter, es konnte nur Hennes sein, bat, auch nach draußen gehen zu dürfen. Allein konnte Abraham nicht sitzen bleiben, das würde Verdacht erwecken. Also täuschte er ein Unwohlsein vor und legte sich auf eine Bank an der Wand.

Als der Obrist und der Domherr sich allein wähnten, wurde die Debatte weitergeführt. Obwohl der Skriptor seine Ohren spitzte, konnte er nur noch Sprachfetzen hören. »Dann lass halt das mit dem Bund, doch finde heraus, wer im Umkreis von ... mit einem Jan Hus in Prag ... über den ein Kirchenbann verhängt ... Briefe wechselt.«

Den Domherrn erheiterten die eigenen Worte. Er hielt sich die Hand vor den Mund, um ein Lachen zu unterdrücken. »Was glaubst du, was für ein Fressen es für meinen Erzbischof wäre, wenn er beweisen könnte, dass sich beim Sohn des ihm verhassten Königs ketzerische Elemente herumtreiben. Und ...«, in Vorfreude rieb sich der Mainzer die Hände, »wenn ich das herausbrächte ... ha, ha, ha ... der Erzbischof würde mir die Hände küssen und ich könnte mir eine Bischofsstelle nach Wunsch aussuchen.«

Es war dem Obristen anzumerken, dass er sich bei diesem Thema mehr und mehr unwohl fühlte und nach Ausflüchten suchte. »Raban, damit möchte ich nichts zu tun haben. Wenn du wirklich mein Freund bist, dann spann mich nicht für solche Dienste ein. Du weißt, dass ich während des Italienzuges unredlich an meinem Dienstherrn gehandelt habe. Noch mehr Schuld möchte ich nicht auf mich laden. Das verstehst du doch – oder?«

»Komm mir nicht so!« Er zeigte auf die Dokumente. »Das sind Schuldscheine und die tragen deine Unterschrift.«

Egolf schwieg und sackte merklich in sich zusammen. Genauso hatte Abraham den Domherrn eingeschätzt: gerissen durch und durch, über Leichen gehend. Lieber keinen Freund als solch einen.

Mit dem bisher Angedrohten begnügte sich jedoch der gute Freund nicht. Er setzte noch eins drauf. »Egolf, ich habe den Altriper Fährmann in die Zange nehmen lassen. Deine Halbschwester hat bei bester Gesundheit die linke Rheinseite erreicht. Sie muss sich hier irgendwo herumtreiben. Hennes ist ihr auf der Spur. Wenn sie noch leben sollte und den Prozess anficht, sieht es nicht gut für dich aus. Meineid, falsches Zeugnis, Urkundendiebstahl ...«

Er rief nach draußen und auf der Stelle erschien sein Adlatus mit einem Becher Wein in der Hand. »Hennes, sag Er dem Obristen, was Er bisher erreicht hat.«

»Mit Verlaub, Ritter von Husen, ich habe mich umgehört, den Leuten das Medaillon mit Almuts Porträt gezeigt, ohne Erfolg. Nirgends eine Spur. Doch mein Gefühl sagt mir, dass sie hier ganz in der Nähe sein muss. Einer der Hiesigen meinte, dass ich den jüdischen Schreiberling fragen solle, denn der sei mit seiner Nichte viel herumgekommen.«

»Tue Er das. Von der Nichte des Juden habe ich auch schon gehört. Sie soll bei der Geburt des kleinen Ludwig ein gutes Händchen bewiesen haben. Manche schreiben ihr sogar wunderbare Heilungen zu. Wie alt ist die Jungfer eigentlich?«

Schulterzucken.

»Finde Er es heraus. Seit Wochen plage ich mich beim Wasserlassen. Es müssen wieder die Blasensteine sein. Zehn Goldstücke gäbe ich, wenn mich jemand davon erlösen könnte.«

Abraham war einem Schweißausbruch nahe. Beim Erhabenen, dessen Namen gepriesen sei, die Einschläge kamen immer näher. Ächzend und stöhnend erhob er sich von der Bank, stopfte umständlich sein Hemd in die Hose, hielt die Hand vor den Mund und tat, als ob er speien müsste. So schnell hatte er noch nie ein Wirtshaus verlassen. Draußen überlegte er, ob er auf der Stelle zu seinem Planwagen laufen sollte? Lieber nicht! Hennes könnte ihm folgen. Er versteckte sich hinter dem Abtritt. Gleich darauf trat Hennes aus der Tür, schaute sich suchend um und gesellte sich zu den Einheimischen. Diese deuteten in Richtung des Platzes hinter dem Kirchhof.

Donnerkeil, dort hatte Abraham sein Quartier aufgeschlagen. Wie ein Besessener kletterte der nicht mehr ganz so junge Skriptor über einen Zaun, rannte durch die Kirchgasse und hastete über den Kirchhof. Zum Glück war Hennes nicht so ortskundig wie er. Atemlos und mit zitternden Knien erklomm er den Planwagen. Ohne viel zu erklären, wies er Golda an, sich unter den Säcken zu verstecken und keinen Muckser von sich zu geben.

Gleich darauf pochte jemand an die Wand des Wagens. Der Skriptor rülpste, würgte und hustete in einem fort. »Mir geht es nicht gut. Komme Er, wer auch immer Er sei, morgen wieder.«

»Nichts da. Mache Er auf oder ich reiß die Plane herunter.«

Abraham öffnete nur einen Spalt breit. Der Eindringling spähte herein. »So, so, Er ist also der Schreiberling, warum hat Er sich im Wirtshaus nicht zu erkennen gegeben? Hat Er etwas zu verheimlichen?«

Hennes schob den Skriptor zur Seite und sprang mit einem Satz in den Wagen.

Abrahams erster Gedanke war, Zeit zu gewinnen. »Was will Er, was sucht Er?« Er brauchte einen Einfall, auf der Stelle.

Er musste Hennes als Dieb hinstellen. Das war es. »Ah, Er will mich berauben?« Ohne lange zu überlegen, schrie er aus Leibeskräften in Richtung Marktplatz: »Büttel herbei, Räuber sind unterwegs!«

Damit hatte Hennes nicht gerechnet und wollte sich so schnell als möglich aus dem Staub machen. Doch die Büttel waren schneller. Allein, Hennes war auch nicht auf den Kopf gefallen. »Nichts für ungut, ihr braven Leute, mir hat jemand erzählt, dass sich in irgendeinem der Wagen hier eine Dirne versteckt hält, die mit dem Geld meines Herrn verschwunden ist. Das war der Grund meines ungestümen Eindringens.«

Bevor die Büttel sich entfernten, schaute Hennes sich noch einmal im Wagen um. »Wo ist denn Seine Nichte? Eine Jungfer hält sich um diese Zeit doch nicht draußen auf.«

»Ah, Er meint Golda, die ist mit der Wannemachers Els bei der Prinzessin. Die beiden werden wohl die ganze Nacht dortbleiben. Der Kurfürst hat nach ihnen geschickt. Wenn Er es nicht glaubt, gehe Er doch in die alte Kaiserpfalz. Ich weiß allerdings nicht, ob die Wachen Ihn einlassen.«

Zuerst ein »Hm«, dann ein Überlegen und dann ein verdächtiger, einschmeichelnder Ton. »Werter Herr Skriptor, wenn Seine Nichte bei der Prinzessin ein und aus geht, kennt sie doch dort die Hofdamen. Gewiss auch Amylee Dotterfield.«

»Ja, Golda hat schon von ihr erzählt. Hat Er womöglich ein Auge auf sie geworfen?«

»Bevor ich zwei riskiere, möchte ich gerne mehr über sie erfahren. So zum Beispiel, ob Seiner Nichte an der Engländerin etwas aufgefallen ist.«

»Was soll Golda denn aufgefallen sein?«

»Die jungen Leute reden doch über alles. Auch darüber, an was sie glauben, was ihnen missfällt, was sie anders machen würden? Vielleicht liest sie heimlich bestimmte Bücher, schreibt Briefe, trifft sich mit Leuten? Und, aber das wird Er nicht wissen, wenn die Dotterfield mit der Prinzessin allein ist, über was sie sich so unterhalten?«

Unhörbar pfiff Abraham durch die Zähne. Da schau an, dieser Hennes hatte seinem Lehrmeister schon viel abgeschaut. Gerissen wie ein ganzes Rudel Füchse. Aber nicht mit Abraham Levi. »Ach, das meint Er. Ja, ja, da gibt es etwas. Aber das ist kein Geheimnis.«

»Rede Er!«

»Die junge Mutter leidet an Heimweh. Manchmal weint sie ganze Nächte. Der Wind, das Meer, der Regen aus dem fernen England, das wird ihr halt fehlen.«

Hennes zog einen schiefen Mund und verabschiedete sich, nicht ohne seinen Blick noch einmal schweifen zu lassen. So ganz überzeugt schien er nicht zu sein.

Das war knapp gewesen. Abraham schloss hinter ihm die Plane, setzte sich in den geflochtenen Korbsessel und ließ die angestaute Luft ab. »Golda, du kannst wieder hervorkommen. Du hast alles mit eigenen Ohren gehört. Wir dürfen das Glück nicht allzu oft in Anspruch nehmen. Es wird am besten sein, wenn wir Hagenau verlassen. Zumindest solange die Tauffeierlichkeiten andauern. Hennes wird keine Ruhe geben, bis er dich gefunden hat.«

Kein Murren, aber auf Wohlgefallen stieß diese Ankündigung bei Golda nicht. »Ich habe hier Freunde gefunden,

Bruder John und Amylee und die Els. Wir verstehen uns gut.«

»Weil du gerade die Hofdame erwähnst. Sage deiner Vertrauten und wenn es geht, auch der Prinzessin, dass sie beobachtet werden. Sie sollen sich vorsehen. Ohren und Augen sind überall.«

»Darf ich wenigstens Bruder John sagen, wo wir hinfahren?«

»Meinetwegen, und bring ihm bei, dass er um Gottes willen keine Briefe mehr nach Prag schicken soll. Er bringt nicht nur sich, sondern auch den gesamten Pfälzer Hof in Verruf. Der Erzbischof lechzt geradezu nach Rache an seinem königlichen Freund.«

Der Oheim rutschte näher an seine Nichte heran. »Du weißt, dass ich Bruder John gern habe und es mir nicht entgangen ist, dass ihr euch mögt. Das ist nichts Verwerfliches. Aber Golda, Bruder John ist ein Geistlicher, zwar ein Anhänger der wiclifschen Lehre und damit nicht an den Zölibat gebunden, aber du darfst ihn durch deine Zuneigung nicht von einem Weg abbringen, den er vorhat zu gehen. Das wäre nicht wohlgetan.«

13.

Nach vielen Stationen rheinauf und rheinab hatte Abraham den Planwagen wieder in Weißenburg neben der Klostermauer abgestellt. Der Abschied von Hagenau war Golda schwergefallen, denn sie und die Wannemachers Els waren zu den Tauffeierlichkeiten in der alten Kaiserpfalz eingeladen worden. Aber es stimmte schon, was ihr Oheim sagte: Der Boden dort war zu heiß geworden. Es gab welche, die ihren Tod wollten.

Morgen würde hier das Kirchweihfest beginnen. Bis zum Festplatz waren es nur wenige Schritte. Vom Kutscherbock aus hörte sie das Gemurmel der Mönche jenseits der Umfriedung. Sie streckte sich, um über die Klostermauer schauen zu können. Zwei Kuttenträger gingen auf und ab und rezitierten etwas in einer Sprache, die sie noch nie gehört hatte.

Georio . fuor zemalo . mit . mikilemo ehrigo . fone dero mahrko . mit mikilemo . fhol ko . fuor er ze demo rinhe . zeheuihemo dinge daz thin uuas marista gkotoliebo ta ferliezcer uuerelt rhike keuuan erihmil rike . dazketeta selbo der marecrabo . georio .

Sonderbar! Sie sprang vom Kutschbock, schlängelte sich an der Klosterpforte vorbei und fragte die beiden Mönche: »Können mir die Gottesmänner sagen, was sie da vor sich hin murmeln? Für mich sind es unverständliche Laute.«

»Aber gewiss doch. Wir sagen Verse aus dem Georgslied auf.«

Ungläubig schaute Golda sie an. »Hier im Kloster lebte im 10. Jahrhundert der Mönch Otfrid von Weißenburg, ein Dichter, der seine Verse in südrheinischem Dialekt niederschrieb. Weil er einer von uns ist, halten wir sein Andenken in Ehren.«

»Ah, so sprachen also unsere Vorfahren vor fünfhundert Jahren.«

»Nun ja, ob Otfrid der alleinige Verfasser ist, wissen wir nicht so genau. Für uns ist nur wichtig, dass der Evangelienstoff in dem Lied in einer anderen als einer der drei heiligen Sprachen – Hebräisch, Griechisch, Latein – erzählt ist, nämlich in deutscher Sprache. Der Verfasser hat damit wohl die Absicht verbunden, den Gläubigen die Heilige Schrift in der Landessprache zugänglich zu machen. Heutzutage gibt es wieder solche Bestrebungen, allerdings sieht das die Mutter Kirche nicht gern, weil sie die einzige Hüterin und Deuterin der Wahrheit ist. Aus diesem Grund murmeln wir, damit uns keiner wegen Ketzerei anklagen kann.«

Schon war Golda dabei, sich über so einen Schwachsinn zu empören, als die Mönche augenblicklich verstummten. Ein, wie es schien, im Range höher stehender dickbäuchiger, rotnasiger Glaubensbruder eilte auf sie zu und tat sehr wichtig. »Brüder im HERRN, seid gegrüßt. Sagt, habt ihr auch schon gehört, dass in Paris der Konzilsgedanke immer mehr um sich greift?«

Er schielte zu Golda. Eine junge exotische, attraktive Frau in der Nähe von Mönchen? Was sollte man davon halten?

»Stört Euch nicht an ihr. Sie hat uns nach Kirchweihbräuchen in Weißenburg gefragt. Was meint ihr mit Konzilsgedanken? Wir verstehen das nicht.«

»Nun ja, weder der in Rom amtierende Papst noch der in Avignon denken daran, ihr Amt aufzugeben, damit ein neues, von allen akzeptiertes Oberhaupt der Kirche gewählt werden und die Einheit der Christenheit wiederhergestellt werden kann. Deshalb soll ein übergeordnetes Konzil einberufen werden, das Beschlüsse fasst, die für alle verbindlich sind.«

»Moment mal«, warf einer der Murmelmönche ein, »Ihr wisst schon, dass der deutsche König Ruprecht I. und seine Heidelberger Theologen strikt gegen ein Konzil sind. Erstens halten sie unverbrüchlich an dem Papst in Rom fest und zum Zweiten befürchten sie, dass bei einem Konzil ein dritter Papst gewählt wird. Das würde die Kirche noch mehr spalten. Ein Argument, das zumindest bedacht werden sollte.«

»Bruder Bartholomäus«, der Dickbäuchige hob triumphierend den Finger, »da siehst du wieder, wie dumm der Pfälzer Ruprecht ist. Er hat schon einmal die Lage falsch eingeschätzt – bei seinem Zug nach Italien, um sich in Rom zum Kaiser krönen zu lassen. Keiner seiner angeblichen Freunde ist ihm gefolgt. Und auch jetzt geht sein Denken in die falsche Richtung. Die ganze Welt möchte, dass die Kirchenspaltung endlich aufgehoben wird, und das kann nur die Gesamtheit der Kirchenoberen im Rahmen eines Konzils. Wenn sich der deutsche König dagegenstemmt, steht er am Ende wieder ganz allein da. Er scheint keine guten Berater zu haben. Solche, die ihm die Wahrheit sagen und nicht nur um ihn herumscharwenzeln und sich einschmeicheln.«

»Pst, pst!« Das Geräusch kam von hinten.

Golda drehte sich um. Fast hätte sie einen Freudenschrei ausgestoßen. Bruder John! Wie oft hatte sie an ihn gedacht und von ihm geträumt. Er winkte sie zu sich. Augenblicklich rannte sie los und warf sich in seine Arme. Fest umschlungen, Körper an Körper, jede Faser seines Leibes spürend, so verharrten sie. Das musste Glück sein. Bruder John wehrte sich nicht.

Liebevoll strich sie durch seinen Feuerschopf, kraulte den Nacken, streichelte den Rücken. Ihre Brüste schwollen an und ihre Lenden bebten. Ein Verlangen überkam sie. Dagegen wehren konnte und wollte sie sich nicht. John, der nordische Held, ihr Held, mit den sanften Augen und starken Armen. Sie sehnte sich nach mehr als nur seine Nähe zu spüren. Sie wollte ihn ganz.

Der Widerstreit ihrer Gefühle hatte sie so gefangen genommen, dass sie die Umgebung außer Acht ließ. Sie griff nach Johns Hand und drückte sie an ihren Busen. »Spürst du das? Weißt du, für wen es schlägt?« Sie zog sein Gesicht zu ihrem herab und ihre Lippen näherten sich seinen. Da tippte ihr jemand auf die Schulter und zog sie unsanft von dem englischen Bruder weg.

*

»Golda«, die Stimme des Oheims klang vorwurfsvoll, befehlend, »du sollst dich nicht an den Hals eines Geistlichen hängen und dazu noch in der Öffentlichkeit. Mehr Anstand und Würde, wenn ich bitten darf!«

Dann wandte er sich an Bruder John. »Das Gleiche gilt für Euch. Von einem Diener Gottes erwarte ich, dass er sich mehr in der Gewalt hat. Doch sagt, warum Ihr in Weißenburg seid!«

Jeder konnte es sehen, den englischen Bruder mussten alle Strafen der Hölle getroffen haben, so verdattert, so hilflos, so klein, so schuldbewusst stand er da. Zuerst brachte er keinen Ton über die Lippen, doch dann brach es aus ihm heraus. »*Princess* Blanche ist wieder schwanger.«

Das war fürwahr eine Neuigkeit. Damit hatte wohl niemand gerechnet, zumal die Hebamme nach der Geburt des Thronfolgers den Pfalzgrafen eindringlich vor einer zweiten Schwangerschaft seiner Gemahlin gewarnt hatte. Tja, die Männer und der Trieb!

»Ihr könnt Euch vorstellen, dass wir alle untröstlich sind. Wir haben Angst, dass unsere *princess* das nicht überlebt. Schon jetzt liegt sie die meiste Zeit im Bett und wird von Fieberanfällen geschüttelt.«

»Wahrlich, das klingt nicht gut und ich teile Eure Besorgnis, aber was haben wir damit zu tun?«

»Die Wannemachers Els kümmert sich um die Schwangere und möchte, dass Golda auch in ihrer Nähe ist. Die Jungfer tut der *princess* gut, meint sie. Darum habe ich mich auf den Weg gemacht und nach Euch gesucht.«

Da war guter Rat teuer. Der Skriptor dachte angestrengt nach, doch im Grunde ging es nur um die eine Frage: Golda oder die Prinzessin?

Nicht, dass er gefühllos war und ihm andere egal waren, aber er fühlte sich nur für Golda verantwortlich. Ihre Sicherheit stand an erster Stelle. Für die Königstochter müssten andere sorgen. Doch das sagte sich so leicht dahin. Wenn sie bei der Geburt sterben würde, nur weil ...

Er musste sich entscheiden.

»Bruder John, so leid es mir tut, aber es kommt überhaupt nicht in Frage, dass Golda in Hagenau die Königspfalz betritt. Wer gewährleistet, dass es in den fürstlichen Gemächern nicht zu unliebsamen Begegnungen kommt? Ihre Verfolger scheinen Lunte gerochen zu haben. Wer steht ihr bei, wenn plötzlich der Domherr oder Ritter von Husen vor ihr auftauchen? Nein, das Risiko ist mir zu groß.«

So schnell wollte John nicht klein beigeben. »Wenn es Euch beruhigt, verspreche ich, Golda in den fürstlichen Gemächern nie aus den Augen zu lassen und immer um sie herum zu sein.«

»Ha, dass es noch mehr Gerede gibt. Der Mönch und die hübsche Jüdin! Wer garantiert mir, dass ihr beide Eure Gefühle immer unter Kontrolle halten könnt? Da würde ich für keinen von Euch die Hand ins Feuer legen. Was ich gerade gesehen habe, ist der beste Beweis. Doch das ist es nicht allein.«

Er zögerte. Sollte er Bruder John sagen, was er wusste und befürchtete? Musste er jetzt auch noch auf ihn aufpassen? Ja, der Engländer war ihm nicht unsympathisch, zwar aufbrausend, ein wenig zu fanatisch, aber im Grunde eine ehrliche Haut. »Ich helfe manchmal im Skriptorium der hiesigen Abtei aus und erfahre so manches. Wie Ihr wisst, ist Euer König Heinrich IV. gestorben und Blanches Bruder, der Nachfolger, hat an seinen pfälzischen Schwager, unseren Pfalzgraf Ludwig, einen Brief geschrieben, worin steht, dass er befürchte, dass Leute um seine Schwester herum seien, die keinen guten Einfluss auf sie ausübten. Seine Gesandten haben ihm berichtet, dass bei Blanche Bücher und Schriften gefunden worden seien, die eindeutig ketzerische Gedanken beinhalten.«

Ein scharfer, durchdringender Blick. »Bruder John, ich weiß nicht, welche Rolle Er und sein älterer Ordensbruder hierbei spielen, aber bedenkt, dass unser Pfalzgraf seine wunderhübsche, kleine, zarte Gemahlin, die Mutter seines Sohnes, über alle Maßen liebt. Wenn er aber feststellt, dass sie sich mit ketzerischen Gedanken abgibt, was dann? Dann zerstört Ihr ein Glück und möglicherweise auch ein Menschenleben. Dürft Ihr das?«

Bruder John, der Hüne, war zu einem seelischen Krüppel geschrumpft. Fast konnte er einem leid tun. Der Skriptor hob sein Bündel auf, stopfte es ihm unter den Arm und schob ihn in die Richtung, aus der er gekommen war. »Es ist Eure Aufgabe, der Prinzessin zu helfen. Betet und hofft. Euer Herrgott wird schon wissen, was gut ist.«

Schon hatte Bruder John den ersten Schritt getan, als er sich noch einmal umdrehte. Sein flehender, um Verständnis bittender Blick suchte Golda. Mit sich und ihrer Gefühlswelt kämpfend sah sie ihm mit tränennassen Augen nach. Väterlich legte der Oheim seinen Arm um ihre Schultern und führte sie zum Planwagen.

14.

Oh, hätte es den 22. Mai 1409 nicht gegeben!

Die Engel weinten bitterlich. So jung, so schön, geliebt von ihrem Gemahl, den Pfälzer Untertanen und den englischen Getreuen, doch der Tod fragt nicht, er setzt seine Sense an und mäht ohne Unterschied.

Tief gebeugt, neben dem mit schwarzen Samtdecken eingehüllten Sarg auf offenem Wagen, gezogen von sechs Rappen, schritt Pfalzgraf Ludwig dahin. An der Hand den dreijährigen Sohn. Ein Bübchen mit blondem Haar und Augen, wie sie nur Himmlische haben konnten – *Ludwig der Engländer*.

Hagenau, den letzten Aufenthaltsort des Fürstenpaares, hatte der Trauerzug hinter sich gelassen. Das Ziel war die Stiftskirche zu Neustadt, die Grablege der Pfalzgrafen. König Ruprecht I. fehlte. Der nunmehr 68 Jahre alte König musste wieder einmal seinen Freund, den Mainzer Erzbischof, in Schach halten. Dieser war drauf und dran, den alten Mann von seinem Thron zu stoßen. Jeden Tag konnte Krieg ausbrechen. Die Pfalz kam nicht zur Ruhe.

Dumpfe, durchdringende Trommelwirbel. Schwere und müde Marschschritte. Trauermienen der am Straßenrand Stehenden. Die elsässischen Untertanen nahmen Abschied von der Gemahlin ihres Landvogts. Endlos war die Reihe der Wagen und Pferde – alle in Schwarz.

Am Stadtausgang von Weißenburg wollte sich Abraham dem Trauerzug anschließen. Noch stand der Planwagen in einer Nebengasse. Golda konnte beim Anblick der tränenreichen Gesichter nur ahnen, wie es im Innern der Trauernden aussehen musste. Gab sich der Pfalzgraf die Schuld am Tod seiner siebzehnjährigen Gemahlin? War das Verlangen nach ihrem jungen, warmen Körper stärker gewesen als die Fürsorge für sie? Geliebt hatte er sie, tief und herzlich. Nie hatte er sich nach einer anderen Bettgenossin umgeschaut, nie war er in einem der vielen Hurenhäuser zu sehen gewesen.

Golda war kein Mädchen mehr, aus ihr war eine begehrenswerte Frau geworden. Ihre exotische Aufmachung zog so manchen Männerblick an. Allein, ihr Herz gehörte nur einem.

Wo war denn ihr John? Suchende Blicke tasteten den Trauerzug ab. Auf dessen rechter Seite liefen die Herrschaften, also mussten die Bediensteten auf der linken Seite sein. Als ersten sah sie Bruder Arnulf, gebeugt, tiefbewegt, sich an einem Stock festhaltend. Neben ihm John, ein Bündel auf dem Rücken und einen bepackten Esel hinter sich herziehend. Warum das? Nach Neustadt waren es nur zwei Tagesmärsche.

Dann folgte die englische Dienerschaft. Golda hatte erfahren, dass Amylee Dotterfield in den langen Nachtwachen am Bett ihrer Herrin eine Rose auf ein Seidentüchlein gestickt habe. Dieses wollte sie ihr als letztes Lebewohl ins kalte Grab legen. Nach den Trauerfeierlichkeiten würde sie in ihre englische Heimat zurückkehren.

*

In Edenkoben machte der Trauerzug Rast. Im Gasthof *Zum Güldenen Schaf* wurde ein Erfrischungstrunk gereicht, kristallklares Wasser. Das angebotene Essen blieb unberührt, keiner brachte einen Bissen hinunter. Jeder hing seinen Gedanken nach. So bemerkte auch Bruder Arnulf nicht, dass der Pfalzgraf auf ihn zugetreten war. »Ich wollte die Getreuen meiner Gemahlin schon lange fragen, ob sie nicht in der Pfalz bleiben möchten. Ich würde sie gerne in meinen Beraterstab aufnehmen. Aufrichtige und fromme Männer sind immer willkommen.«

»Durchlaucht, Ihr hättet keine Freude an uns.«

»So, warum denn nicht? Habt Ihr etwas Besseres vor?«

»Nach den Trauerfeierlichkeiten in Neustadt werden wir uns auf den Weg nach Prag machen. Dort gibt es Christen, die die Kirche auf den rechten Weg zurückführen möchten. Wenn Gott will, werden wir dort heil ankommen.«

Der Pfalzgraf zog die Stirn in Falten. »Nach Prag wollt Ihr? Meine Theologen in Heidelberg bezweifeln, ob die in Prag wirklich wahre Christen sind, wie Ihr so kühn behauptet. Unruhestifter sollen das sein, die die Lehren der Kirche in Frage stellen. Solchen Elementen wollt Ihr Euch anschließen? Das ist nicht nur dumm, sondern auch gefährlich. Bedenkt das!«

»Euer Gnaden, Ihr seid ein gütiger Mensch, denn Ihr macht Euch Sorgen um uns. Die verstorbene *princess* hat Euch wegen Eures guten Herzens sehr geliebt und wegen Eurer Gerechtigkeitsliebe verehrt. Der HERR segne Euch dafür. Doch solltet Ihr Euch auch Sorgen um die Kirche machen und vor den Missständen, die darin herrschen, nicht die Augen verschließen. Die Unruhestifter, wie Ihr sie nennt, legen ihre Finger in diese Wunde. Denkt darüber nach, ob sie nicht recht haben.«

Das waren kühne Worte. Ein alter Mönch und ein zukünftiger Landesherr, beide fromm und gläubig, jeder auf seine Art.

Langsam verfinsterte sich Ludwigs Gesicht. »Wenn ich Euch so reden höre, könnte man meinen, Ihr seid Anhänger der wiclifschen Lehren, vor denen mich mein Schwager, der nunmehrige englische König, gewarnt hat?«

Seine Stimme wurde rauer und barscher. »Bruder Arnulf, Ihr wart der Beichtvater meiner Gemahlin. Habt Ihr auch Blanche mit dieser Lehre angesteckt?«

Purpurrot lief das Gesicht des Pfalzgrafen an, seine Hand ballte sich zur Faust. Er packte den alten Mönch an der Kutte und schüttelte ihn. »Dann habe ich womöglich ungewollt zwei Nattern an der Brust meiner geliebten Gemahlin genährt?«

Wütend und vor Zorn bebend stampfte der Pfalzgraf auf. »Oh, wie konnte ich nur so blind sein, so leichtgläubig! Vertraut habe ich Euch und wie habt Ihr mich enttäuscht. In den Turm werde ich Euch beide werfen, dort könnt Ihr über Euer schändliches Tun nachdenken«

Bruder Arnulf zeigte keine Furcht, wich keinen Schritt zurück, aufrecht und voller Selbstvertrauen stand er vor dem Fürsten und erwartete dessen Urteil.

»Ich bereue, dass ich Euch früher meinen Schutz angeboten habe, doch ich halte mein Wort, aber kommt mir nie mehr unter die Augen.«

Bruder Arnulf verbeugte sich würdig. »Euer Gnaden, Gott vergebe Euch Euren Zorn und führe Euch auf den richtigen Weg.« Dann wandte er sich ab und suchte seinen Mitbruder.

*

Bruder John lief die Wagenreihe entlang. Schon viel zu lange hatte er gewartet, um Golda seine Entscheidung mitzuteilen. Die ganze Nacht hatte er mit sich gerungen. Sicher, er war Wanderprediger, zählte zum geistlichen Stand, aber nach Wiclif musste er nicht ehelos bleiben. Wie oft hatte er sich ausgemalt, wie es wäre, wenn er und Golda engumschlungen auf einer grünen Wiese lägen, in den Himmel schauten, den Wolken zusahen und von Kindern träumten. Er wäre ein guter Vater und Golda eine gute Mutter.

Doch das waren nur Fantasiegebilde, unerfüllbare Wunschvorstellungen, denn er hatte sich schon als Lateinschüler fest vorgenommen, dem HERRN zu dienen. Jetzt sollte er wegen einer Frau seine Vorsätze, seine Schwüre brechen? Wie sollte er das Golda sagen, ohne ihr wehzutun? Er hatte Angst, dass das Verlangen nach ihr wieder die Oberhand gewönne, wenn er ihr gegenüberstünde.

Golda schöpfte am Brunnen Wasser. Er rief nach ihr und als sie sich umdrehte, deutete er an, dass er hinter der Scheune mit ihr sprechen wollte.

»Warum so geheimnisvoll? Jeder weiß, dass wir uns kennen, dass wir gerne zusammen sind. Oder hat sich das geändert?«

John merkte, wie seine Knie weich wurden und der Kloß in seinem Hals immer dicker. Er zog sie an sich, strich ihr übers Haar, verhaltener als sonst. Er musste sich dazu zwingen, denn er gab das Paradies preis, das er hier auf Erden haben könnte. Es durfte kein Zurück geben. Mit heiserer Stimme flüsterte er ihr ins Ohr. »Sei jetzt stark und mach es mir nicht noch schwerer.«

Nichts verstand Golda. »Was redest du da für einen Unsinn? Wieso sollte ich es dir schwermachen, womit denn?«

»Weil sich nach den Trauerfeierlichkeiten unsere Wege trennen werden.«

Mit einem Ruck riss sie sich los. »Du willst mich verlassen?«

Mit stockenden Worten und flimmerndem Herzen wiederholte John, was Bruder Arnulf dem Pfalzgrafen gesagt und zur Antwort bekommen hatte. Weit, immer weiter riss Golda die Augen auf. Sie konnte und wollte nicht glauben, was sie gerade gehört hatte. Oh, wie gut konnte John das nachempfinden, ihm erging es ja nicht anders. Seine wahren Gefühle Golda gegenüber hatte er sich lange nicht eingestanden, von Freundschaft, Sympathie, Zuneigung, Seelenverwandtschaft hatte er gesprochen. Das Wort Liebe kam nicht vor.

War es dieses Wort, das ihm neue Kraft gab? Ja, Liebe wollte er geben. Liebe wollte er empfangen – doch nur die Liebe des HERRN. Was er jetzt brauchte, war die Kraft, seinen Glauben nicht zu verraten. Aber so viel Kraft gab es auf der ganzen Welt nicht.

Ewig konnten sie hinter der Scheune nicht stehen bleiben. Die Leute zeigten schon mit den Fingern auf sie. Waffenknechte, die aus dem Nichts aufgetaucht waren, ließen sie nicht mehr aus den Augen. Der Pfalzgraf machte seine Ankündigung wahr. Er wollte die Verführer seiner Blanche nicht mehr in seiner Nähe haben.

»Golda, ich werde dich immer in meinem Herzen tragen.« John spürte, dass sie ihm nicht zuhörte. Ihr Blick ging irgendwo in der Ferne verloren, Tränen rannen ihr über die Wangen. Sie war in eine andere Welt eingetaucht.

*

Vielleicht war es Fügung, vielleicht auch mehr, denn genau in diesem Augenblick kam Abraham angerannt. Ohne auf den Seelenzustand der beiden zu achten, riss er sie auseinander und deutete auf einen kleinen Hügel. »Hennes und zwei weitere Mainzer Reiter werden gleich hier sein. Zum Glück habe ich sie noch rechtzeitig gesehen. Dem Erhabenen, dessen Name gepriesen sei, sei gedankt.«

Golda wehrte sich, wollte nicht fort. »Was hast du, Oheim, Hennes gehört doch gar nicht zur Trauergemeinde.«

»Gerade deshalb ist Eile geboten. Er wird auf der Suche nach dir sein.«

Der Skriptor entdeckte den sich immer enger schließenden Kreis der Waffenknechte. »Das ist kein Zufall. Wir müssen weg, auf der Stelle. Komm!«

Er zog wie entschuldigend die Schultern hoch, nickte Bruder John zu und riss Golda hinter sich her.

Sicher hätte Abraham gewollt, dass Golda sich würdevoller von den frommen Brüdern hätte verabschieden können, aber – und das muss man ihm zugute halten – sein ganzes Sinnen und Trachten galt seiner Nichte. Sie durfte keiner Gefahr ausgesetzt werden.

Der Abschied war so abrupt, so schnell, dass weder Golda noch die Waffenknechte reagieren konnten. Erst als sie auf Umwegen ihren Planwagen erreicht hatten, kam ihr dies zum Bewusstsein, doch zum Nachdenken war keine Zeit.

Abraham schnalzte mit der Zunge und Mika stemmte sich in die Riemen. »Bei der nächsten Kreuzung verlassen wir den Trauerzug und halten uns Richtung Rhein. Es war sowieso meine Absicht, vor unserer langen Reise noch einmal in Worms Halt zu machen. Dort werde ich mich von der jüdischen Gemeinde verabschieden und du kannst am Grab deiner Großeltern einen Blumenstrauß niederlegen.«

Der Oheim erinnerte sie an das, was sie schon mehrmals besprochen hatten. »Also, auf mein Zeichen wirfst du dir den Kapuzenmantel über und ziehst die Schuhe mit den hohen Stelzen an. Kann ich mich darauf verlassen?«

Als ob der Skriptor ein Hellseher gewesen wäre. Keine fünf Minuten später hielt ein schweißgebadeter Reiter neben dem

Wagen an. »Gott zum Gruß, Meister der Feder, wohin des Wegs? Ihr kennt mich doch von Hagenau her – oder schon alles vergessen?«

Hennes wartete keine Antwort ab, schwang sich vom Rappen und setzte sich neben Abraham auf den Kutschbock. Es hätte nicht viel gefehlt und der Mainzer Dienstmann hätte dem Skriptor wie einem alten Kumpel auf die Schultern geklopft. Natürlich war dies nur Schauspiel, aber von Hennes wohl berechnet. Sogleich fing er eine unverbindliche Plauderei an und versuchte immer wieder, in das Innere des Planwagens zu spähen. Auf einmal stutzte er. »Was ist das für ein Gemurmel?«

»Ach, das ist meine Nichte. Es geht ihr nicht gut. Sie verrichtet gerade ihr Gebet.«

Hennes lauschte intensiv. »Verstehe kein Wort.«

»Könnt Ihr auch nicht, denn es ist Hebräisch. Sie ist Jüdin.«

Hennes zog die Plane ein Stück zur Seite, um die Betende sehen zu können. Doch der hintere Teil des Wagens war durch einen Vorhang abgetrennt und Hennes konnte nur sehen, wie eine Gestalt den Kopf andauernd nach oben und nach unten bewegte. »Das interessiert mich. Das schaue ich mir genauer an.«

Schon wollte er ins Innere des Wagens steigen, doch Abraham hielt ihn zurück. »Tut das bitte nicht! Wenn jemand betet, gebietet es der Respekt, dass man ihn nicht stört. Er steht doch im Dienst eines geistlichen Herrn und da müsste Er schon wissen, wie man sich in solchen Situationen verhält.«

Zum Glück oder zum Unglück – es kam auf die Betrachtungsweise an – kam in diesem Moment der Trauerzug mitten in Hambach zum Stehen. Eigentlich wollte der Skriptor hier abbiegen, doch das ging jetzt nicht mehr. Erst musste er Hennes loswerden. Allein, dieser dachte nicht daran, vom Kutschbock zu steigen. Unruhig rutschte er auf dem Sitzbrett hin und her. »So lange kann doch kein Mensch beten. Mit Eurer Nichte scheint etwas nicht zu stimmen.«

»Wartet noch einen kurzen Moment.« Er klatschte dreimal in die Hände. »Ich muss Euch unbedingt etwas fragen.«

»Jetzt nicht, das könnt Ihr später tun.«

»Doch, es ist wichtig ...«

In einer Tour redete der Skriptor auf Hennes ein. Kam vom Rädchen aufs Stöckchen. Es nützte nichts. Hennes war nicht mehr aufzuhalten, denn er musste wohl im Augenwinkel gesehen haben, wie eine Weibsperson vom hinteren Teil des Wagens herabsprang und mit einem Krug auf den Marktbrunnen zusteuerte. Die Gestalt war groß, sehr groß, hatte einen dunklen Mantel an und die Kapuze tief ins Gesicht gezogen. Ihr Gang war seltsam, staksig. Sie hatte Mühe, das Gleichgewicht zu halten. Misstrauisch schaute Hennes hinter ihr her. »Ist die lange Dürre da Eure Nichte? Sie läuft so komisch. Ich schaue sie mir einmal an. Was dagegen?«

Ohne eine Antwort abzuwarten, sprang er vom Wagen und lief hinter der Gestalt her. Eilig hatte er es nicht, es war eher ein Schlendern, ein sich vorsichtiges Nähern. Das bedeutete, dass er keine Gewalt anwenden wollte. Mit überkreuzten Armen lehnte er sich an den Brunnenrand und wartete. Was hatte er vor?

Abraham saß wie auf Kohlen. Nicht die kleinste Bewegung der beiden entging ihm. Er vermutete, dass der nackte linke Unterarm Goldas Hennes am meisten interessierte. Beim Hochziehen des Eimers aus dem Brunnenschacht rutschte in der Regel der Ärmel nach oben. Wenn er die gekreuzten Narben sähe, wüsste er, wen er vor sich hatte.

Golda musste Ähnliches gedacht haben, denn sie ließ augenblicklich den gefüllten Eimer zurück in den Brunnen fallen, verkrümmte sich, tat, als ob sie gleich umfallen würde, und rief ihren Oheim in einem abgehackten Deutsch um Hilfe.

Augenblicklich war Abraham zur Stelle, stützte seine Nichte und führte sie zum Wagen zurück, dabei deutete er Hennes an, ja nicht näher zu kommen. Mit misstrauischen Blicken stand dieser da und wusste nicht so recht, wie er sich verhalten sollte. »Was ist mit ihr?«

»Weiß nicht so genau. Habe aber gestern blaue Beulen unter ihrer Achsel entdeckt. Haltet Abstand und rührt sie nicht an.«

»Warum nicht?«

»Es könnte die Pest sein. Bewahrt bitte Stillschweigen. Wenn das die Leute erfahren, werden wir gesteinigt. Bei der nächsten Kreuzung verlasse ich den Trauerzug.«

Hennes trat vor Schreck zwei Schritte zurück. Pest war das Schlimmste, das einem widerfahren konnte. Unheilbar, hoch ansteckend, qualvoller Tod.

Abraham gab ihm noch einen guten Rat. »Bei der Pest kann man nicht vorsichtig genug sein. Suche Er heute noch eine Räucherkammer auf und lasse Er die Dämpfe auf seinen Körper einwirken. Das drei Tage lang und dabei nicht viel bewegen.«

Keine Sekunde zögerte der Mainzer Waffenknecht. Im Nu saß er auf seinem Rappen und ritt im Galopp davon.

Golda zog die Schuhe mit den Stelzen aus und faltete den Umhang sorgfältig zusammen. Als sie von der Hauptstraße abgebogen waren, setzte sie sich wieder neben ihren Oheim und wollte endlich wissen, ob ihr Weg nach Osten führe, dort lägen nämlich reiche Städte: Rotenburg, Nürnberg, Prag. Gute Geschäfte seien dort zu machen.

Den Wink mit Prag hatte der Oheim sehr wohl verstanden. »Nein, mein Kind, wir fahren nach Süden, nach Pisa.«

»Was wollen wir dort?«

»Zum einen liegt Pisa weit, weit weg von der Pfalz und Mainz und zum anderen treffen sich dort die Männer der Kirche und halten eine Versammlung ab. Vom Konzil möchte ich nicht sprechen, denn das kann nur der Papst einberufen. Sie wollen die Einheit der Kirche wiederherstellen. Warten wir ab, ob es ihnen gelingt.«

15.

Golda kam aus dem Staunen nicht mehr heraus. Natürlich war es beschwerlich gewesen, die mächtigen Alpen im Winter zu überqueren. Zwei Radbrüche hatten sie gehabt, bis zum Bauch im Schnee gesteckt und nachts wie junge Hunde gefroren. Aber die Strapazen hatten sich gelohnt.

Frühling in Italien: der Duft der blühenden Zitronenbäume, die Blütenpracht, das Summen der Bienen und das Blau des Himmels. Die Augen konnten sich nicht sattsehen. Dann die Wärme auf der Haut. Mit Worten ließ sich das nicht beschreiben, man musste es selbst erlebt haben. Pisa mitten in der Toskana – ein Paradiesgärtchen auf Erden. Wahrscheinlich hatte der liebe Gott dieses Fleckchen sich als Alterssitz auserkoren.

Da fernab der Pfalz keine Gefahr der Entdeckung drohte, hatte Abraham seiner Nichte erlaubt, sich die Stadt anzuschauen. Vorsichtig, mit offenem Mund, stellte sich Golda hinter eine Hausecke. Der schlanke marmorne Turm mit dem filigranen Muster könnte ja jeden Moment umfallen, so schief, wie er war. Wenn sie genauer hinschaute, konnte sie sehen, dass Leute in seinem Innern hochstiegen. Bestimmt würde der Turm dieses zusätzliche Gewicht nicht aushalten und kippen. Doch nichts geschah.

Eine ganze Weile stand sie, den Kopf hin und her schüttelnd, vor dem seltsamen Gebilde, bis sie jemand am Ärmel zupfte. Erschrocken drehte sie sich um. Ein Junge, vielleicht neun oder zehn Jahre alt, mit abgetragenem Hemd, geflickter Hose und barfuß, stand hinter ihr und lächelte sie fast ein wenig überlegen an. »Die Jungfer traut sich wohl nicht, den schiefen Turm zu besteigen? Wenn man weiß, wie es geht, ist es ein Kinderspiel. Ich kenne da einen Trick. Wenn Sie möchte, werde ich Sie begleiten und gebe Ihr mein Ehrenwort, dass Sie heil wieder herunterkommt. Hat Sie einen Heller für mich übrig?«

Trotz der letzten Andeutung ging irgendetwas Vertrauensvolles von dem Jungen aus. Stark schien er zu sein, zumindest ließen seine Muskeln an den Armen darauf schließen. Ohne lange nachzudenken, willigte sie ein. Bevor sie jedoch ihren Fuß auf die erste Stufe setzte, wollte sie den Trick wissen. »Schließe Sie die Augen, denke Sie an etwas Schönes und gebe Sie mir die Hand. Wenn Sie oben ist, kann Sie die Augen wieder öffnen und wird von der Aussicht überwältigt sein. Die ganze Stadt liegt Ihr dann zu Füßen.«

Während sie Stufe um Stufe nach oben gingen, erzählte ihr Giovanni, so hieß der Straßenjunge, in Stichworten seine Geschichte. »Mein Vater, ein sizilianischer Söldner, der sich dem anbot, der am meisten zahlte, schwängerte eine Jungfer, meine Mutter, die bei meiner Geburt starb. Mein Vater legte mich vor die Klosterpforte der Deutsch-Ordensschwestern. Von ihnen wurde ich streng, sehr streng aufgezogen, besuchte die Klosterschule und sollte nach dem Willen der Oberin Priester werden. Dazu hatte ich keine Lust, stieg über die Klostermauer und lebe nun bei meinem Vater. Das heißt, ich ziehe mit ihm von Kneipe zu Kneipe. Das ist mein Zuhause. Und jetzt gehe ich neben Euch, halte Eure Hand und Ihr vertraut mir. Das tut gut.«

Erst jetzt kam Golda zum Bewusstsein, dass sie sich die ganze Zeit in ihrer Landessprache unterhalten hatten. »Die Nonnen haben mit mir nur Deutsch gesprochen. Das Italienische kam von allein.«

Noch benommen von den vielen Eindrücken standen sie nach der überwältigenden Aussicht wohlbehalten wieder auf festem Boden und wollten schon ihren Weg in die Stadt fortsetzen, als eine Männergruppe mit wehenden purpurnen Mänteln und Hüten, groß wie Wagenräder, auf sie zukam. Giovanni zog Golda zur Seite. »Der in der Mitte mit dem schneeweißen Gewand ist der neugewählte Papst Alexander V.«

»Gab es eine Wahl? Warst du dabei?«

»Und ob. An Mariä Verkündigung 1409 versammelten sich 22 Kardinäle und achtzig Bischöfe im Dom zu Pisa. Zahlreiche Äbte und Ordensgeneräle folgten der Einladung und einhundert Bischöfe ließen sich vertreten. Rund dreihundert Theologen oder mehr repräsentierten den abendländischen Klerus. Selbst die Fürsten entsandten Botschafter. Ihr Ziel war, die beiden Päpste Gregor XII. in Rom und Benedikt XIII. in Avignon abzusetzen, da diese von sich aus nicht gewillt waren, den Heiligen Stuhl zu räumen.«

»Das mit der Wahl ging einfach so mir nichts, dir nichts?«

»Na, hör mal, die Kirche ist mehr als vierzehnhundert Jahre alt, da haben sich Riten und Zeremonien herausgebildet, die beachtet werden müssen. Zuerst trugen die Kirchenmänner hunderte von Anklagepunkte gegen die beiden amtierenden Päpste vor. Das ging von Hühnerdiebstahl über Fluchen und Leugnen bis zum Totschlag. Eben alles, was Menschen so machen können.«

Er lachte. »Das Lustige kommt aber gleich, du wirst dir vor Lachen den Bauch halten. Die beiden, also der in Rom und der in Avignon, hatten bei ihrer Wahl versprechen müssen, wenn es die Einheit der Kirche gebietet, zurückzutreten. Doch sie dachten nicht daran, das zu tun und waren damit ihres Amtes unwürdig. Also mussten sie abgesetzt werden. Aber wie?

Tags darauf riefen zwei Kardinaldiakone im Dom die Namen der beiden Päpste auf, dass sie vortreten sollten, doch keiner war anwesend. Sodann fragten die Kardinaldiakone, ob jemand da sei, der die Päpste vertrete, erneut meldete sich niemand. Daraufhin plädierten die anwesenden Geistlichen dafür, beide Päpste wegen pflichtwidrigen Fernbleibens von einem Gerichtstermin für schuldig zu erklären. Das heiße, sie seien abgesetzt und somit der Stuhl Petri wieder vakant.

Dann ging es schnell. Vor allem Kardinal Baldassare Cossa drängte zur Eile. Bereits nach elf Tagen kam das Konklave zu einer Entscheidung. Am 26. Juni wurde das *Habemus papam* verkündet: Neuer Papst war Alexander V. Da die beiden anderen nicht daran denken zurückzutreten, gibt es nunmehr drei Päpste. Gelobt sei der HERR!«

»Das Letztere hättest du nicht sagen brauchen. Das war hämisch.« Golda blies die Backen auf und schaute sich den dritten Papst genauer an. Giovanni deutete hingegen auf eine andere Person. »Eigentlich wollte ich dich auf den kleinen dicken Neununddreißigjährigen mit dem Kardinalshut aufmerksam machen. Den musst du dir merken, denn die Gerüchte besagen, dass er bald der Nachfolger des altersschwachen Alexander sein werde, obwohl Cossa, so sein Nachname, kein Mann der Kirche ist.«

»Kennst du ihn?«

»Er entstammt einer vornehmen Familie aus Neapel, studierte in Bologna und schlug die militärische Laufbahn ein. Sogar Pirat soll er gewesen sein. Von einem Verwandten, Papst Bonifatius IX., wurde er an die römische Kurie berufen, übernahm dort Militär- und Verwaltungsaufgaben und war auch am Verkauf von lukrativen Kirchenämtern beteiligt. Sein Verwandter erhob ihn nach kurzer Zeit zum Kardinal, obwohl er ohne geistliche Weihen war. Du siehst, was bei der Kirche alles möglich ist. Als in Rom der nächste Papst, Innozenz VII., gestorben war, überwarf er sich mit dessen Nachfolger Gregor XII., dem derzeitigen Papst in Rom. Seither engagiert er sich für den Konzilgedanken. Mit Erfolg, wie du sehen kannst. In Pisa machen wilde Gerüchte die Runde.«

Er kratzte sich hinter den Ohren und zog die Nase in Falten. »Weiß nicht, ob ich dir das erzählen soll. Ist vielleicht nicht für zarte Gemüter geeignet.«

»Wer gackert, muss auch legen!«

»Also, Cossa soll, ich betone soll, mit einem deutschen Studienfreund in ein Hurenhaus gegangen sein. Dort haben sie fünf nackte Frauen rücklings auf einen Tisch gebunden und taten nicht das, was Männer sonst tun. Sie steckten jeder eine brennende Kerze in den Nabel und warfen mit kleinen Lederbällchen danach, wie bei einem Kegelspiel. Sie ergötzten sich an der Angst der Gefesselten vor dem jeweiligen Abwurf des Balls und den Schmerzensschreien, wenn eine brennende Kerze umfiel und das heiße Wachs sich über die sich dehnenden und wieder zusammenziehenden Bäuche ergoss, nach unten rann, die Schamhaare verklebte und in die Scheide lief. Es soll ein ohrenbetäubendes Gekreische gewesen sein, schlimmer als von hundert Ratten.«

Golda hielt ihm den Mund zu. »Schämst du dich gar nicht, solche Dinge zu erzählen? Du bist erst neun oder zehn Jahre alt. Zudem glaube ich das nicht. So roh und abgebrüht kann kein Mensch sein.«

Wortlos standen sie eine Weile nebeneinander, bis Giovanni Golda seine offene Hand hinstreckte. »Ich kann nicht haben, wenn jemand mit mir böse ist. Habe doch nur das gesagt, was die Leute so reden. Werde es nicht mehr tun. Einverstanden?«

Natürlich war sie das. Erstens hatte sie ihn aufgefordert zu erzählen und zweitens war sie kein kleines Mädchen mehr, das rot im Gesicht wurde, wenn man über Dinge sprach, die die Stellen unterhalb des Nabels betrafen. Für mehr Einsichten reichte die Zeit nicht, denn Giovanni schubste sie und deutete auf den kleinen Dicken mit dem Kardinalshut. »Hast du es auch gesehen? Cossa hat zu dir hergeschaut, dich mit den Augen fast ausgezogen. Da, jetzt wieder. Du scheinst es ihm angetan zu haben.«

Tatsächlich, so war es. Golda lief bis unter die Haarspitzen rot an. Noch nie hatte ein Mann sie mit solch unverhohlenen Blicken angestarrt. Weg von hier, bloß weg von diesem Sündenpfuhl, war ihr einziger Gedanke. Abrupt drehte sie sich um und lief davon. Mit Männern dieser Art wollte sie nichts zu schaffen haben. Prüde war sie nicht, aber Freiwild auch nicht. Sie bog um eine Ecke, um noch eine, rannte durch enge Gassen – und wusste nicht, wo sie sich befand.

Unaufgefordert war Giovanni ihr gefolgt. Unwirsch drehte sie sich um. Schon hatte sie ihre Hand erhoben, um ihn wegzuschicken, dann sah sie seine Augen. Die Angst, schon wieder von dem, dem er sich anvertraut hatte, fortgeschickt zu werden, quoll förmlich aus allen Poren. Ein flehender Zug umschloss seine Mundwinkel. Ein Bild zum Erbarmen. Kraftlos ließ Golda die Hand sinken. Wenn man sich jemanden vertraut gemacht hat, trägt man auch für ihn Verantwortung, ermahnte sie sich.

»Darf ich bei dir bleiben?«

Was sollte sie darauf antworten? Sie lächelte nur, und Giovanni sprang wie ein Reh um sie herum, tanzte, jubilierte und ließ seiner Freude und Dankbarkeit freien Lauf. »Dann sind wir also wie Bruder und Schwester?«

Golda ließ ihn gewähren. Nach einer Weile meinte er, nicht ohne Hinterlist: »Bruder und Schwester leben gewöhnlich im gleichen Haus – oder?«

»Da schau einer den durchtriebenen Kerl an! Du schmeichelst dich ganz schön ein. Aber meinetwegen. Doch zuerst muss ich meinen Oheim fragen. Ohne ihn geht nichts.«

Ab nun übernahm Giovanni die Führung und gemeinsam strichen sie, ausgelassen wie kleine Kinder, durch Pisa. Vor einem Palast mit einer hohen, kunstvoll verzierten Pforte blieben sie stehen, denn sie hörten deutsche Laute.

»Wer wohnt hier?«, fragte Golda.

»Das ist das Quartier der Mainzer. Deren Erzbischof setzt nämlich große Stücke auf den neuen Pisaner Papst. Euer König tut das nicht. Er klebt am Papst in Rom. Dumm von ihm, denn Papst Gregor XII. ist ein kraftloser, abgeschlaffter alter Mann ohne großen Anhang. Die Zukunft gehört dem Pisaner.«

Wie vom Blitz getroffen blieb Golda stehen. Ihr war, als ob ihr die Beine weggezogen würden. So weit weg von der Heimat und immer wieder holte sie die Vergangenheit ein. Ihr schwante Böses. Giovanni hatte das sehr wohl bemerkt und wollte nach dem Grund fragen. »Jetzt nicht, später erzähle ich dir alles.« Sie riskierte einen weiteren Blick in den Hof. Eine Männergruppe unterhielt sich aufgeregt. Mitten drin stand der kleine Dicke mit dem Kardinalshut. Er schien kein Wort zu verstehen, denn die Umstehenden sprachen Deutsch. Sie wiesen immer wieder zu einer halbgeöffneten Tür. Erwarteten sie jemanden?

Ja! Just in diesem Moment trat aus dieser Tür ein hochgewachsener Mann mit pechschwarzen, langen, glatten Haaren. Golda kannte ihn, kannte ihn nur zu gut. Es war der Domherr. Beim Anblick ihres Verfolgers stockte ihr der Atem. Sie schwankte und musste sich an der Wand abstützen.

Ein Unglück kommt selten allein. Kaum hörbar sagte sie: »Was? Der ist auch hier!« Sie deutete auf eine zweite Person.

»Kennst du den auch? Das ist Hennes!«

Ein Schleier zog sich vor ihre Augen. Es dauerte, bis sie sich wieder gefangen hatte. Giovanni war schon unruhig geworden, legte seine Hände schützend um ihre Schultern. Neun oder zehn Jahre war er alt, aber so besorgt, dass es ihr ans Herz ging.

»Den Jüngeren kenne ich. Er ist einer von den Knechten und lungert abends in den Kneipen herum, trinkt viel, rührt aber keine Frau an. Ungewöhnlich für einen der Deutschen. Deren Hände kleben sonst an den Hintern der Italienerinnen fest. Dieser sitzt jedoch allein in einer Ecke und stiert vor sich hin. Es kommt mir vor, als ob er sich für etwas schuldig fühlt. Oder aber er trauert einer Liebschaft nach.«

Woher hatte Giovanni dieses Einfühlungsvermögen? Erstaunlich. Man sollte Straßenjungen nie unterschätzen. »Und den mit dem roten Umhang, den Domherrn, kennst du den auch?«

Giovanni wölbte seine Brust. Plötzlich war er ein gefragter Mann. »Sicher! Er hat immer so einen gequälten Gesichtsausdruck, bestimmt hat er es mit dem Magen zu tun. Eine Nonne im Kloster sah genauso aus. Oder aber, das kann auch sein – er hat Blasensteine. Der Klostergärtner hat ständig darüber geklagt. Es müssen fürchterliche Schmerzen sein. Die Nonnen haben immer gesagt, nur böse Männer seien davon befallen. Stimmt das?«

»Das scheint Aberglaube zu sein, doch weiß ich von meiner Mutter, die heilkundig war, dass es dagegen ein Mittel gibt. Ähnliches habe ich in dem Gesundheitsbuch gelesen, das mein Oheim mir vermacht hat. Es scheint zu stimmen, doch ausprobiert habe ich es nicht.«

Sie lächelte still vor sich hin. »Wie sollte ich auch. Es ist eine Männerkrankheit und mir wäre es peinlich, wenn ich ... Nein, das würde ich nie tun.«

Giovanni rieb sich heimlich die Hände. Witterte er ein Geschäft? »Ich habe gehört, dass Kardinal Cossa auch darunter leiden soll und dass er denjenigen mit Gold aufwiege, der ihn von den Schmerzen befreie.«

Merkwürdig, dass zwei Freunde gleichzeitig von Blasensteinen geplagt wurden.

Keine drei Tage waren vergangen, da kam ein Bote des Kardinals in das Lager der Fahrenden und erkundigte sich nach der jungen Medica, die Blasensteine wegzaubern konnte. Giovanni hatte sich gerade draußen am Wagenrad zu schaffen gemacht. Er wusste sofort, um was es ging. Wenn Abraham da gewesen wäre, hätte der Bote den Gang umsonst gemacht. Aufgeregt rief Giovanni nach seiner Schwester: »Golda, der Bote sagt, du sollst zum Kardinal kommen, um ihm die Blasensteine zu entfernen.«

Die Angesprochene streckte den Kopf aus dem Wagen, denn sie hatte kein Wort verstanden. Doch allmählich dämmerte es ihr. Sie ahnte, dass dahinter nur Giovanni stecken konnte. Lockte ihn der Beutel mit Golddukaten so sehr?

»Was steckt dahinter?«, fuhr sie ihn an. »Aber lüge nicht! Das kann ich partout nicht leiden. Also?«

Giovanni druckste herum. »Ich habe in der Kneipe, in der der Leibarzt Cossas verkehrt, erzählt, dass es neuerdings in der Stadt eine Wunderheilerin in Sachen Blasensteine gibt. Die Heilung tue überhaupt nicht weh. Manche bezeichneten sie als wohltuend, sogar angenehm. Dann habe ich einige Namen von geheilten hochrangigen Männern genannt. Die meisten habe ich frei erfunden. Der Leibarzt hat sofort angebissen. Der Bote soll dich nun zu Cossa führen.«

Er deutete dem Burschen an, dass er sich einen Moment gedulden möge, die junge Medica müsse erst ihre Sachen richten, und rief in den Wagen: »Mach schnell, der Kardinal wartet nicht gerne. Ich komme mit.«

»Halt, Bruderherzchen, bevor wir gehen, möchte ich eines klarstellen. Ich werde den Kardinal nicht berühren und ich möchte ihn nicht unbekleidet vor mir sehen. Ich fingere nicht an alten Männern herum. Klar?«

»Hm, und was machst du dann?«

»Wenn überhaupt, werde ich ihm einen Sud verabreichen, der eine wasserabführende Wirkung hat, und dann möglicherweise eine bestimmte Methode anwenden, aber auf meine Art.«

Das gefiel Giovanni nicht so sehr, er hatte wohl mit mehr Zustimmung, Begeisterung bei der Medica gerechnet. »Hm! Wenn das so ist, muss ich zuvor mit dem Leibarzt reden. Ich könnte mir aber vorstellen, dass er auf deine Wünsche eingeht. Jetzt beeil dich!«

Im Eilschritt ging es durch die engen Gassen der Stadt. Am Ziel fielen den beiden fast die Augen aus dem Kopf. Vor Staunen konnte Golda den Mund nicht mehr schließen. An der Pforte des Palazzo di Sancta Benefacio wurden sie wie Edelleute empfangen. Zwei in gelb und rot gewandete Pagen mit einem lustigen Barett und einer noch lustigeren Feder begleiteten sie zum Eingang des vierflügligen, dreistöckigen Palazzos. Welche Pracht! Im offenen Innenkarree sprudelten Brunnen, und ein Teich mit Seerosen und Goldfischen spendete angenehme Kühle. Eine breite, sich spiralförmig windende Treppe mit Fresken an den Wänden führte in die oberen Etagen. Im ersten Stockwerk wurden ihnen zwei Sessel zugeschoben und ein köstliches Zitronengetränk in einer Schale angeboten. Golda wagte kaum, das gläserne Gebilde anzufassen, so fein und zerbrechlich wirkte es, und dann der Duft und der Geschmack! War hier schon das Paradies?

Giovanni winkte einen der Pagen zu sich und flüsterte ihm etwas ins Ohr. Sofort entfernte dieser sich, kam nach wenigen Augenblicken zurück und nickte kaum merklich dem ehemaligen Gassenjungen zu. Ein solcher war er jetzt nicht mehr. Golda hatte ihn unter ihre Fittiche genommen. Saubere, wenn auch geflickte Kleider trug er. Jeden Tag musste er sich am Brunnen waschen, ganz, von oben bis unten. Den Mund auszuspülen durfte er nicht vergessen und dann das Erlernen von Manieren: Beim Essen nicht aus der Schale schlürfen, das Schleimige im Mund nicht ausspucken und nicht die Nase hochziehen. Alles Dinge, die in den Spelunken, in denen sein Vater verkehrte, keiner auch nur im Ansatz beachtete. Golda bestand darauf und Giovanni fügte sich den Wünschen seiner großen Schwester.

Eine zweiflügelige Saaltür wurde von Saaldienern aufgestoßen. Ein hoher Raum mit einer Stuckdecke, Marmorfliesen und Gemälden ohne Zahl tat sich vor ihnen auf. Alles war genauso angeordnet, wie Golda es gewünscht hatte. Auf der rechten Seite stand ein großer hölzerner Zuber mit warmem Wasser und ein Kleiderständer, auf der linken ein Tisch mit zwei Stühlen und im Hintergrund die vier Mann starke Hofkapelle, zwischen den beiden Seiten befand sich eine mannshohe Stellwand.

Die Medica, wie Golda angesprochen wurde, sollte bis zum Erscheinen des Kardinals auf der linken Seite Platz nehmen. Es dauerte, aber das störte Golda nicht. Die Bilder an den Wänden boten so viel Abwechslung, dass es ihr nicht langweilig wurde. Merkwürdig kam es ihr schon vor, dass auf den Gemälden ausschließlich nackte Menschen zu sehen waren. Hier residierte doch ein Mann der Kirche!

Endlich hörte sie schwere und leichtfüßige, fast tänzelnde Schritte. Sehen konnte sie wegen der Trennwand niemand, doch hören. Eine tiefe, männliche Stimme, die ans Befehlen gewöhnt war, sagte: »Zuerst möchte ich die vielgepriesene Medica in Augenschein nehmen. Sehen, ob sie mir sympathisch ist, ob ein gewisses Flair von ihr ausgeht. Wenn nicht, fange ich mit der Prozedur erst gar nicht an.«

Der Sprecher ging um die Trennwand herum. Golda erhob sich sofort und verbeugte sich züchtig vor dem hochrangigen Kirchenmann in Purpur. Es war tatsächlich der kleine Dicke mit den kurzen Beinen und einem Leibesumfang, in den sie dreimal hineingepasst hätte. Er forderte sie auf, ihn anzuschauen, sich im Kreise zu drehen und die Hüften zu schwingen, damit er sich ein Bild von ihr machen könne. Eine alte Hexe würde er sofort wieder wegschicken. Golda tat nicht alles, was verlangt wurde. Hier war kein Pferdemarkt, wo jeder an einem herumfingern konnte. Sie erhob sich und betrachtete ihrerseits den Patienten, denn auch sie musste sich ein Bild machen. Vor dem Herrn herumzutänzeln und ihm schöne Augen zu machen, kam ihr nicht in den Sinn.

Trotz allem fand Golda das ausgesprochene Wohlwollen des hohen geistlichen Würdenträgers.

Kardinal Cossa deutete eine Verbeugung an, wie es sich bei einer Dame ziemte, und hielt ihr entzückt seine beringte Hand entgegen. Jetzt kam Golda zugute, dass ihr Vormund immer darauf bestanden hatte, in den Wintermonaten in der Residenz in den gehobenen gesellschaftlichen Kreisen zu verkehren. Einem Kardinal wird kniend der dargebotene Ring geküsst. Er war zwar nicht der Stellvertreter des Herrn auf Erden, aber immerhin einer der Stellvertreter des Stellvertreters und wurde mit Eminenz angesprochen.

Huldvoll strich der Würdenträger der jungen Medica übers Haar, tätschelte sanft ihre Wangen und deutete ihr an, sich zu erheben. Ein prüfender Blick streifte ihre Figur von oben bis unten. Auch hier ein zufriedenes Lächeln und ein kaum merkliches Schnalzen mit der Zunge. Gnädig gab er seine Zustimmung zur Behandlung. »Wir können beginnen.«

»Wenn Eure Eminenz sich hinter die Trennwand begeben wollen, bitte!«

Cossa tat es nur widerwillig, viel lieber hätte er während der Prozedur seinen Blick über die exotische Jungfer schweifen lassen. Aber so war es ausgemacht. Die beiden Jünglinge, die ständig um ihn herum waren, entkleideten ihn und trieben ihre neckischen Scherze. Da eine Berührung des nackten Fleisches, dort ein sanftes Streicheln der besonders empfindlichen Stellen und als Antwort ein wollüstiges Grunzen. Dann führten sie ihren Herrn und Meister zu dem Zuber mit dem körperwarmen Wasser und halfen ihm beim Hinabgleiten mit viel Getue und Geschnatter. Wie aufgeregte Hühner hüpften sie um den Hahn herum. »Sitzen Eminenz bequem? Wünschen Eminenz einen Erfrischungstrunk? Sollen wir Eminenz den Kopf kraulen?«

»Hört mit dem Gesabbere auf, gebt mir lieber den vorbereiteten Sud der Medica. Na, wird's bald!«

Golda konnte nicht sehen, was sich auf der anderen Seite abspielte, aber hören. Es war nicht so, dass sie vor Selbstbewusstsein strahlte und felsenfest vom Erfolg ihres Tuns überzeugt war. Im Innern nagte schon die Angst, dass sie etwas falsch machen könnte. Der Kardinal war auch alles andere als pflegeleicht. Gewiss würde ihn das noch so kleinste Unwohlsein so erregen, dass man sich vor ihm fürchten musste.

Sie gab der Hofkapelle ein Zeichen und die vier Musiker begannen mit einer lieblichen Melodie. Auf der anderen Seite war zufriedenes Stöhnen zu hören. Die Jünglinge massierten gefühlvoll den Rücken ihres Herrn, rieben die Arme mit duftenden Salben ein, zündeten Weihrauch an und spielten wie gewohnt mit ihren sanften Händen an dem Ort, an dem sich der Schmerz staute. Cossa kicherte.

Wie im Dom bei einem Hochamt kam sich Golda vor. Erneut hob sie die Hand und im Nu setzte ein Getöse von Trommelwirbeln und Paukenschlägen ein, dass es einem die Gedärme zusammenzog. Dieses plötzliche Zusammenzucken war ein Teil der Behandlung, denn dadurch sollten sich die Steine in der Blase lösen und nach außen getrieben werden – falls sie nicht zu groß waren. Sonst hätte man schneiden müssen. Aber das konnte nur ein Wundarzt oder Bader tun.

Neunmal hintereinander wurde die Behandlung in der genannten Art schon durchgeführt, ohne Erfolg. Noch einmal, noch lauter, noch plötzlicher. Und da – ein tiefes, befreites Aufatmen auf der anderen Seite der Stellwand. Der Stein hatte sich gelöst.

Von ihrer Mutter wusste Golda, dass man bei den medizinischen Gaben nie übertreiben durfte. Lieber in kleineren Schritten vorgehen, mehrmals wiederholen. Überglücklich trat der nun mit einem Umhang versehene Kardinal hinter der Stellwand hervor und reichte der Medica die Hand, nicht eine ehrfurchtsvolle Geste erwartend, sondern aus Dankbarkeit und der Vorfreude, dass er ja nun bald wieder mit Lust seine zwei Gespielen lieben könne. Mit hochrotem Kopf wandte sich die Medica ab. Cossa lachte aus vollem Halse.

»Die Anatomie eines Mannes scheint Sie zu kennen, aber von seiner Gefühlswelt hat Sie keine Ahnung.«

Er rückte nahe an sie heran und streichelte ihr sanft über die Hände. »Hat denn die schöne Medica noch nie mit einem Mann im Bett gelegen und sich der Lust hingegeben?« Er zeigte auf die beiden Jünglinge. »Die liegen mir schon seit Tagen in den Ohren, dass sie nichts sehnlicher wünschten, als dass Ihre Methode Erfolg haben würde. Und sie hat, wie ich gespürt habe.«

Er hob die Hand und einer der Saaldiener brachte auf einem silbernen Tablett einen Beutel mit Dukaten. »Das ist Ihr Lohn fürs Erste. Mein Hofmedicus meint, dass die Steine jederzeit wieder auftreten können. Mir wäre sehr daran gelegen, wenn Sie mir Gesellschaft leisten könnte, so oft es geht. Ich verspreche auch, dass ich Sie, falls Sie es wünscht, nicht berühren werde, obwohl Sie erregend auf mich wirkt und ich nichts lieber täte.«

Schnell schloss er seine gierigen Augen. »Sie ist meine Medica. Schluss, aus!«

Golda nickte nur. Auf diese schlüpfrige Bahn wollte sie sich nicht begeben. Allerdings – so ein Scheusal, wie ihn Giovanni hingestellt hatte, war er nicht.

»Bis morgen!« Cossa tätschelte erneut seiner Medica die rosigen Wangen. Er schien sie zu mögen.

16.

Der Kutscher trieb die Pferde an. Von Bologna nach Mainz war es ein weiter und beschwerlicher Weg. Hennes hatte während des Alpenübergangs genug Zeit, um über sich nachzudenken und das, was passiert war.

Es war, als ob die Gerüchte sich selbst erfüllt hätten. Baldassare Cossa trat nach einem Jahr die Nachfolge Papst Alexanders V. an. Am 24. Mai 1410 erhielt der kleine dicke Neapolitaner in Bologna die Priesterweihe, am folgenden

Tag wurde er in die Bischofskonsekration aufgenommen und am Spätnachmittag des gleichen Tages zum Papst gekrönt. Zunächst schlug er als Papst Johannes XXIII. sein Domizil in Bologna auf.

Hennes wusste, dass der Domherr und der neue Papst sich vor Zeiten an der Universität in Bologna über den Weg gelaufen waren und so manches, worüber nur hinter vorgehaltener Hand gesprochen wurde, angestellt und erlebt hatten. Seinen Dienstherrn danach zu fragen, traute er sich nicht. Obwohl er schon seit Jahren mit dem Mainzer zusammen war, stand eine unüberwindliche Schranke zwischen ihnen – der Standesunterschied. Ein Untertan war ein Untertan und ein Adeliger ein Adeliger. Trotzdem hatte er sich viel von dem Domherrn abgeschaut und war hinter so manches Geheimnis gekommen. Gewiss, Raban von der Sodern war mit allen Wassern gewaschen, schreckte vor nichts zurück und sogar Blut klebte an seinen Händen, aber er hatte ihm versprochen, dafür zu sorgen, dass er zum fürstbischöflichen Stallmeister ernannt würde.

Bei Speyer setzten sie über den Rhein. Ein Tagesritt, und er könnte zu Hause in Mannheim sein. Dabei musste er an seinen verstorbenen Vater denken. Noch nie hatte er an dessen Grab gestanden. Nie mehr konnte er sich zu seinen Füßen werfen und um Verzeihung bitten. In seinen Ohren dröhnte es: Sohn, warum hast du falsches Zeugnis abgelegt? Krampfhaft musste Hennes sich am Kutschbock festklammern. Die Knöchel knackten und liefen weiß an. Schuld verjährte nicht.

Als sie das Stadttor passiert hatten, wurde der Schlag aufgerissen und ein Wächter überreichte dem Domherrn eine Botschaft. »Sie kam vor zwei Tagen aus Mainz. Wurde strikt angewiesen, sie ja zu übergeben.«

Mit einem Schmunzeln um die Mundwinkel öffnete der Domherr die Order des Erzbischofs. Wusste er, was sie enthalten würde? »Aha, wir sollen uns auf der Stelle auf den Weg nach Paris begeben und dort ein Beistandsabkommen mit dem französischen König aushandeln. Schade, ich hatte mich schon auf die Badestube im Mainzer Glockenviertel gefreut. Der Bader dort versteht es, meine Schmerzen beim Wasserlassen zu lindern. Er beherrscht sogar den Steinschnitt.«

Er schüttelte sich. »Wenn ich nur an die Schmerzen bei dieser Operation denke und den ungewissen Ausgang – ich gestehe es frei und frank – davor habe ich eine Heidenangst.«

»Was würde der Bader mit Euch denn tun?«

»Für den Steinschnitt sind vier Leute notwendig. Der Patient sitzt auf einem Stuhl, ein Helfer steht hinter ihm und zieht ihm den Hodensack hoch, während zwei andere rechts und links die gebeugten Knie nach oben drücken, damit der Anus für den Schneider gut zugänglich ist. Dann beginnt die Schinderei. Der Bader reibt sich Zeige- und Mittelfinger dick mit Salbe ein, schiebt sie so weit in den Anus, bis er mit den Fingerspitzen den Stein in der Blase ertastet, und versucht denselben an eine Stelle zu bugsieren, die er mit seinem Skalpell gut erreichen kann. Sodann durchtrennt er die Gewebeteile, bis er die Blasenwand erreicht hat, schneidet diese auf und drückt oder schiebt den Stein heraus.«

Kreidebleich war Hennes geworden. Der Steinschnitt musste eine Prozedur sein, die kein Ochse aushalten würde. Nur zu gut konnte er nachfühlen, warum der Domherr solche Angst davor hatte.

»Gibt es denn keine anderen Methoden, um den Stein zu entfernen?«

»Cossa scheint da jemand gefunden zu haben, der es auf die sanfte Tour macht. Doch er will und will mir den Namen nicht verraten. Warum eigentlich? Bei unserer nächsten Zusammenkunft werde ich ihn in die Zange nehmen. Doch zurück zu unserem Auftrag.«

Hennes wollte wissen, warum Mainz ein Bündnis mit Frankreich schließen wollte, wo doch das Reich und Frankreich sich feindlich gegenüberstanden.

Wie üblich setzte der Domherr eine verschmitzte und überlegene Miene auf. »Das stimmt wohl, aber mein Dienstherr hat so seine eigenen Pläne. Er ist dem König seit geraumer Zeit nicht mehr wohl gesonnen und möchte ihm nun endgültig die Krone vom Kopf reißen. Dazu braucht er die Unterstützung der Franzosen. Feind hin, Feind her. Man muss ja nicht gleich alles an die große Glocke hängen. Abkommen können auch stillschweigend im Hinterzimmer geschlossen werden.«

»Aha! Glaubt Ihr, dass der französische König da mitmacht?«

»Natürlich, denn der Erzbischof ist bereit, sich zu seinem Vasallen machen zu lassen. Außerdem hat der neue Papst Johannes XXIII. unseren Dienstherrn zum Bevollmächtigten des Heiligen Stuhls im Reich ernannt. Er sieht, meine Politik hat sich ausgezahlt. Ich betone: meine. Die Macht und der Einfluss von Mainz steigen im Reich immer höher und die des Pfälzers sinken ins dunkle Nichts. Es ist auch schon eine zweite Kutsche mit Kisten voller Gold nach Paris unterwegs. Er kann sich gar nicht vorstellen, was Gold und Geld in der Welt alles bewirken.«

Oh doch, das konnte Hennes. Allerdings, das wusste er auch, seinen Vater würde er mit dem Gold der ganzen Welt nicht wieder ins Leben zurückrufen können. Und konnte er mit Geld seine Schuld bei Almut begleichen? Wohl kaum.

Die Kutsche hielt vor dem Dom. Hier hatte sich Raban mit seinem Freund Egolf verabredet. Die Zeit verging, es wurde Abend. Der Freund kam nicht. Verärgert stampfte der Mainzer mit dem Fuß auf. »Na warte, Bursche, so nicht und nicht mit mir. Wer steht denn in wessen Schuld?«

Schon wollte er das Zeichen zur Weiterfahrt geben, als ein Pfälzer Waffenknecht sich meldete, um den Reiteroberst zu entschuldigen. Dieser sei zurzeit unabkömmlich, denn er müsse seinen König mit einer Schutztruppe nach Frankfurt begleiten. Dort solle das Reichsoberhaupt einen Streit zwischen Stadt und Zünften schlichten. Der Kurier verbeugte sich und versicherte nochmals, wie leid es dem Herrn Oberst tue. Dann schwang er sich aufs Pferd und ritt von dannen.

Der Domherr hatte Mühe, nicht laut hinauszulachen. »Es wird sich bald ausgeschlichtet haben. Krieg steht ins Land.

Der römisch-deutsche König täte gut daran, seine Truppen um sich zu scharen, anstatt im Reich herumzureiten.«

*

Reiteroberst Egolf von Husen ließ seine Mannen am Römer in Frankfurt antreten und schritt die Reihen ab. Mit scharfem Blick überprüfte er, ob ihre Stiefel eingefettet, die Schneide der Säbel frisch geschliffen, das Pulver für die neuen Feuerwaffen trocken und die Feuersteine gewetzt waren. Er duldete keine Nachlässigkeit. Vom Fenster des Rathauses wurde die Trompete geblasen. Für den Oberst das Zeichen, dass der Oberhofmarschall ihn zu sprechen wünschte. Drei Stufen auf einmal nehmend eilte er nach oben und stand keuchend vor seinem Dienstvorgesetzten.

»Von Husen, setze Er sofort seine Reiterei in Bereitschaft, wir kehren nach Heidelberg zurück, dort mobilisiere Er alle greifbaren Truppen und rufe die Generalmobilmachung aus.«

»Euer Gnaden, kann Er mir auch den Grund für diese Eile nennen?«

»Der Mainzer hat ein Bündnis mit Frankreich, dem Markgraf von Baden und noch einigen anderen Fürsten geschlossen. Es gibt Krieg!«

Beim Hinuntergehen nahm der Oberst nicht mehr drei Stufen auf einmal. Er war nachdenklich geworden. Gewiss konnte König Ruprecht I. diese Drohgebärde des Mainzers nicht einfach so hinnehmen, er musste sich wehren, aber er war nun auch schon achtundsechzig Jahre alt, seine Kräfte waren verbraucht. Geschont hatte er sich nie, wenn es um das Wohl des Reiches ging.

Ritter Egolf war Militär, konnte die Lage einschätzen. Die kleine Pfalz gegen den reichen Mainzer. Dieser konnte Tausende von Söldnern anwerben, die neuen eisernen Feuerschlünde gießen lassen und mächtige Verbündete um sich scharen. Es war ein Ungleichgewicht der Kräfte. Ade, königliche Pfalz, das überlebst du nicht!

Seine Sorge um die Pfalz war mehr als berechtigt, zumal er ja selbst zu deren Verfall beigetragen hatte, damals, als er beim Italienfeldzug die Soldgelder verspielt hatte. Ein zweiter Versuch war Gott sei Dank nicht zustande gekommen. Viele rieten König Ruprecht I. davon ab, sich in Rom zum Kaiser krönen zu lassen. Die Zeiten waren zu unsicher, die Kassen leer, die Reichsfürsten zu wankelmütig. Wie schämte Ritter Egolf sich für seine damalige Tat. Dazu kam das Gefühl der Ohnmacht, seine Vergehen nicht mehr gutmachen zu können. Wenn sein Vater davon wüsste, würde er sich im Grab umdrehen. Ein Edler von Husen tat so etwas nicht. Vor dem Marienaltar in Brombach hatte er geschworen: Nie wieder würde er etwas Unrechtes tun. Ein Spieler war er schon lange nicht mehr.

In Gedanken versunken, hatte er die Hand, die sich auf seine Schulter legte, nicht bemerkt. »Warum so nachdenklich, Oberst? Was geht Ihm denn im Kopf herum? Der bevorstehende Krieg?«

Wiprecht von Helmstadt und Hans von Hirschhorn, treue Pfälzer Dienstmänner aus dem Freundeskreis um Linhart Dörzbach, versuchten ihn aufzumuntern. »Mache Er sich nicht allzu viele Sorgen. Auch wenn es zum Krieg kommt, wir werden unseren Mann stehen. Außerdem hat der König, wenn ihn seine Kräfte verlassen sollten, ja noch vier Söhne. Sein Ältester, Ludwig, ist ein erfahrener Kriegsherr und könnte den Oberbefehl übernehmen. Lasse Er also den Kopf nicht hängen, sondern halte Er treu zu seinem König.«

»Das werde ich, Ihr edlen Herren.«

»Ganz wie sein Vater! Der gute alte Hunold.«

Egolf tat beruhigt, doch im Innern bohrte und fraß es weiter. Wenn es zum Krieg käme, müsste er gegen seinen Freund Raban ins Feld ziehen. Was würde dieser tun? Schon lange traute er ihm nicht mehr. Er konnte sich des Gefühls nicht erwehren, dass Raban ihn nur benutzte.

Oppenheim, seit der Verpfändung an Kurfürst Ruprecht I. in pfälzischem Besitz, lag auf dem Weg nach Heidelberg. Hier sollte die erste Rast eingelegt werden. Sie war auch bitter nötig, denn der König konnte sich kaum noch im Sattel halten. Nur mit Mühe schleppte er sich die letzten Stufen in der Höhenburg, später Burg Landskron genannt, bis zur schnell hergerichteten Kammer hinauf. Dort fiel er einfach vom Stuhl und blieb liegen. Sofort wurde er von den Getreuen behutsam aufs Bett gelegt. Mit fliegenden Rockschößen kam der Medicus angerannt und fühlte den Puls. Bedenklich schüttelte er den Kopf. »Werte Herren, das Leben seiner Majestät neigt sich dem Ende zu – vielleicht noch zwei Tage. Wenn Majestät noch etwas regeln möchten, dann ist Eile geboten.«

Und ob da noch etwas zu regeln war. Die dem Pfälzer Haus stets ergebenen Berater, Wiprecht von Helmstedt, Hans von Hirschhorn, Johann von Dalberg und Rudolf von Zeiskam, hielten am Bett des Königs Wache, tupften ihm den Schweiß von der Stirn und flößten ihm Flüssigkeit ein. Der König durfte noch nicht sterben. Es dauerte auch nicht allzu lange, da öffnete Ruprecht I. seine Augen. Als er seine Getreuen um sich sah, lächelte er. Kraftlos hob er die Hand. »Früher wart Ihr fünf, die mich beraten haben. Einer fehlt, nicht wahr?«

»Majestät, wir hätten uns wahrscheinlich nicht getraut, Euch darauf anzusprechen, aber so fällt uns ein Stein vom Herzen. Ja, Linhart Dörzbach, der ehemalige Oberhofkämmerer. Er hat Euch oft ins Gewissen geredet, nicht immer seid Ihr seinem Rat gefolgt, aber Dörzbach hatte stets das Wohl der Pfalz im Auge, nie waren seine Ratschläge von Eigennutz geprägt. Solche Menschen sind selten geworden. Er hat wegen einer Sache, die bis heute nicht geklärt ist, Eure Gunst verloren und sitzt in seinem Haus als Arrestant. Er leidet sehr, Majestät!«

Der König nickte. »Ich weiß, während meiner Regierungszeit habe ich immer zu viel Rücksicht auf den Mainzer genommen, glaubte in ihm einen Freund zu haben. Im Grunde war es eine Hassliebe. Dörzbach hat mich immer vor ihm gewarnt. Ich hätte mehr auf ihn hören sollen. Ihn zu holen, dazu reicht die Zeit nicht mehr. Mein Sohn Ludwig soll ihm in meinem Namen sagen, dass ich ihn gerne wieder in den Kreis meiner Getreuen aufnähme.«

Er zeigte auf ein Porträt an der Wand. »Das sind meine Ahnen. Bald wird auch mein Bild hier hängen. Doch zuvor muss ich noch mein Testament machen. Holt einen Pergamentbogen, Tinte und Feder.«

Die Getreuen beeilten sich und schrieben jedes Wort ihres Herrn nieder: *Ich, römisch-deutscher König Ruprecht I., Kurfürst und Pfalzgraf bei Rhein, bestimme hiermit: Ludwig, der älteste Sohn, erhält die Kurwürde und den Teil der pfälzischen Besitzungen, die von alters her an die rheinische Pfalzgrafschaft geknüpft sind. Dem zweiten Sohn Johann sollen die oberpfälzischen Besitzungen zufallen, meinem dritten Sohn Stephan die Gebiete der simmerschen und zweibrückischen Pfalzlinie, für Pfalzgraf Otto, den vierten Sohn, bleiben die Neckar- und Odenwaldgegenden mit dem Amt Mosbach.*«

Schon wollte Rudolf von Zeiskam die Feder weglegen, als der König noch einen Zusatz vermerkt haben wollte. »Das Regieren als König hat die Pfalz arm gemacht. Schulden und Verpflichtungen, mehr sind nicht geblieben. Schreibt daher: *Meine Habseligkeiten, darunter meine Krone und andere Wertgegenstände, sollen verkauft und mit dem Erlös die offenen Rechungen beim Apotheker, beim Schmied, beim Maler und beim Schuhmacher beglichen werden.*«

Bevor er die Augen für immer schloss, bat er alle, denen er nicht gerecht geworden sei, um Verzeihung. Hans von Hirschhorn drückte ihm die Augen zu, kniete nieder und sprach ein Gebet.

Der Chor der Heiliggeistkirche auf dem Heidelberger Marktplatz war fertiggestellt, das Langhaus befand sich im Bau, der Turm schlummerte noch als Skizze auf dem Papier. Es würde noch viele Jahre dauern, bis er über den Dächern der Stadt thronte. Auf einem Gerüst war eine Glocke angebracht. Dem Geläut folgten Bürger, Gelehrte, Scholaren und Adelige ohne Zahl. Viele gesenkte Häupter standen am Straßenrand und gaben Majestät die letzte Ehre. Der Leichenwagen mit dem einzigen König der pfälzischen Wittelsbacher rollte durch die Speyerer Straße.

Neben dem Sarg stand Pfalzgraf Ludwig mit seinem Sohn, Ludwig der Engländer. Seine über alles geliebte Gemahlin, die englische Königstochter, ruhte in der Stiftskirche zu Neustadt. Ludwig hatte seine Trauer um sie nie überwunden, so tief und echt war die Liebe zu seiner Blanche gewesen. Trotz Drängen hatte er sich keiner anderen Frau zugewandt. Des Königs andere Söhne nahmen ebenfalls Abschied von dem Pfälzer Landesvater. Auch Linhart Dörzbach und, nicht weit weg von ihm, Egolf von Husen, standen Tränen in den Augen. Dem einen, weil er dankbar war, dass sein König in den letzten Stunden vor dem Tode seiner gedacht hatte, dem anderen, weil er von Schuldgefühlen geplagt war. Nach dem Tedeum wurde der römisch-deutsche König Ruprecht I. feierlich neben dem Altar in die Fürstengruft gebettet.

Schon wollte Linhart den ersten Schritt auf den Ritter zugehen, denn das Schicksal seiner Halbschwester musste Egolf doch berühren, doch dann zog er seinen Fuß wieder zurück. Noch nicht! Es gab zu viele offene Fragen. Selbst er wusste ja nicht, wo sie sich aufhielt. Almut war wie vom Erdboden verschluckt. Was hatte er nicht alles unternommen. Bisher nicht die geringste Spur. Aber er hatte die Gewissheit, dass er sie irgendwann wieder in seine Arme schließen würde. Der Pfarrer begann mit der Predigt.

Unser König, Kurfürst und Pfalzgraf bei Rhein, ist tot. In ihm verliert das Reich den letzten König, der sich seiner Aufgabe und Verantwortung bewusst war. Unermüdlich stemmte er sich gegen die immer mehr anwachsende Anarchie im Reich, hervorgerufen durch die Eigennützigkeit der Reichsstände, aber es war zu spät.

Wer aber den Menschen und seine Handlungen nicht bloß nach dessen Gelingen bemisst, wird Ruprechts persönliche Tüchtigkeit und seinen frommen Sinn anerkennen müssen. Selbst seine Gegner taten das. Es war sein freundlicher, ver-

söhnlicher Geist, der ihm den Beinamen »der Milde« einbrachte.

Nicht unerwähnt soll bleiben, dass die Art und Weise, wie er auf den Thron gelangte, nicht die ehrenwerteste war, doch die Pfalz hat an ihm einen tüchtigen Regenten verloren. Das rheinische Königtum ist letztlich gescheitert durch die Untreue und den Verrat derer, die sich Freunde nannten.

Möge der Herr unseren neuen Landesherrn Ludwig III. einen Weg gehen lassen, der dem Wohle der Landeskinder dient und zum Segen der Kirche gereicht.

Amen!

Ein lang anhaltender Seufzer ging durch die Reihen der Trauergäste und so manches Tuch war tränengetränkt. Die Pfälzer liebten ihren Ruprecht. Beim Hinausgehen hörte Linhart, wie ein Bürger seinem Nachbarn zuflüsterte: »Was monschn du, än zwette Känisch brauche mir net – odder?«

Fast hätte Linhart dem redlichen Mann auf die Schulter geklopft, denn er war der gleichen Meinung. Die Predigt hatte ihm gefallen und er lobte insgeheim den Pastor, der sich nicht gescheut hatte, die Wahrheit zu sagen. Es kam nicht oft vor, dass jemand am Grab so deutliche Worte sprach. Ein Leben kann nicht nur Höhepunkte haben.

Linhart hatte es eilig, nach Hause zu Konrad zu kommen, und bog in die Haspelgasse ein. Dessen Wunde hatte sich lange nicht schließen wollen, dann war auch noch das heimtückische Wundfieber dazu gekommen. Über ein Jahr hatte er das Bett hüten müssen, doch nun war er über den Berg. Trotzdem war Linhart besorgt. Konrad hatte immerhin für andere den Schädel hingehalten. Jemand Treueren konnte es nicht geben.

Noch ein paar Schritte, und er wäre in seinem bescheidenen Häuschen. Ruhe wollte er haben, um nachdenken zu können. Doch es kam anders. Viele Leute standen in der Gasse herum, machten ihm Platz, zogen den Hut, neigten ihr Haupt. Eine ihm bekannte Stimme sprach ihn an: »Hofkämmerer Dörzbach, ich möchte ein paar Worte mit Ihm wechseln.«

Linhart zuckte zusammen. Es war der neue Landesherr, Kurfürst Ludwig III. Vor wenigen Minuten hatte er noch neben dem Sarg seines Vaters gestanden. Nun war er in der Haspelgasse?

Der Fürst zog Linhart ein paar Schritte seitwärts, wahrscheinlich wollte er nicht, dass die ganze Kurpfalz mithörte. »Es war der ausdrückliche Wunsch des verstorbenen Königs, dass Er mit allen Ehren wieder in Sein Amt eingeführt wird.«

Ludwig III. reichte ihm die Hand und drückte sie fest. »Mein Vater hat mir durch seine Getreuen ausrichten lassen, dass er Ihn um Verzeihung bittet. Ich wäre sehr beruhigt, wenn Er das könnte.«

Linhart brauchte nicht zu überlegen. Er war ein frommer Mann, wenn der HERR vergibt, dann konnte auch er sich seiner Christenpflicht nicht entziehen. »Durchlaucht, so beten wir es jeden Tag: *Wie auch wir vergeben unseren Schuldigern. So sei es!*«

Dieser Bezug auf das Gebet des HERRN musste mächtigen Eindruck auf den Kurfürsten gemacht haben. Eine Träne stand dem frommen Herrn in den Augen. Er ergriff noch einmal Linharts Hand und drückte sie an sein Herz, dann ging er aufrechten Ganges und mit einem verklärten Blick zu der Schar der Trauergäste zurück.

17.

Wenige Schritte waren es vom Ende der Haspelgasse bis zum Neckar. Diesen kurzen Weg konnte Konrad ohne fremde Hilfe gehen. Noch vor wenigen Tagen hatten der ehemalige Oberhofkämmerer und er unter Hausarrest gestanden. Bei diesem Gedanken musste er schmunzeln. Linharts Kollegen, nein, sie waren mehr als das, also Linharts Freunde, hatten bei Hof durchgesetzt, dass eine milde, eine ganz milde Form des Arrests angewandt worden war. In der ganzen Zeit war niemand gekommen, um nachzuschauen, ob sie zu Haus wären, noch standen bewaffnete Knechte vor der Tür. Almuts Vormund war all die Zeit nicht von seiner Seite gewichen, sogar der hochlöbliche Hofmedicus hatte nach ihm geschaut und seine Wunde fein säuberlich zugenäht. Eine Narbe würde bleiben, aber mit der konnte er leben.

Konrad hatte sich am Ufer ins Gras gesetzt und die Angel ausgeworfen. Dicke, fette Zander sollte es an dieser Stelle geben, hatte er gehört. Ein Zander in Butter gebraten, gehackte Petersilie und einen frischen Fladen dazu – etwas Köstlicheres konnte es nicht geben. Der Schwimmer der Angel wurde nach untern gezogen. Juhu, da hatte einer angebissen! Ein Zander oder gar ein Hecht?

»He da! Kann Er mir sagen, wo der Dörzbach wohnt?«

»Jetzt nicht, Er sieht doch, dass ich beschäftigt bin. Da hängt ein Mordskerl am Haken.«

»Sei's drum! Es ist eilig. Den dünnen Hering kann Er immer noch rausziehen.«

Was erlaubte sich der Kerl hinter ihm? Dem würde er eine Lektion erteilen. Drohend und mit geballten Fäusten drehte er sich um. Ein Bote mit Kurpfälzer Wappen am Wams und hochwichtiger Miene stand da. Konrad wischte seinen Ärger weg. »Nun gut, was will Er von Dörzbach?«

»Das muss ich ihm schon selber sagen. Weiß Er, in welchem Haus der Genannte wohnt, oder weiß Er es nicht?«

Der Ton missfiel Konrad. Widerwillig erhob er sich und ging voraus. Linhart stand vor der Haustür, als ob er geahnt hätte, dass von ihm die Rede war. Der Bote hieb die Hacken zusammen und machte Meldung: »Durchlaucht wünscht, dass der hochnoble Herr Linhart Dörzbach an der heutigen Ratssitzung im Ruprechtsbau teilnimmt. Ich soll ihn begleiten und falls der hochnoble Herr eine Sänfte wünscht, werde ich sofort eine für ihn ordern!«

Das war eine Überraschung. Der Arrestant wurde ins Schloss gerufen. Nun ja, wenn der Landesherr es wünschte, galt es zu folgen. »Ich benötige keine Sänfte, doch bitte ich darum, dass Er meinen jungen Freund«, er deutete auf Konrad, »beim Gehen stützt. Konrad wird mich begleiten.«

Wegen des wolkenverhangenen Himmels war der Ratssaal beleuchtet. Die Diener achteten darauf, dass die Fackeln an den Wänden nicht ausgingen. Auf dem Tisch standen zusätzlich Kerzen. Wenigstens ein Hauch von Wärme in dem sonst so kalten Gemäuer. Zwei Meter dicke Wände hielten den Feind ab, aber ließen auch keinen Sonnenstrahl durchdringen. Die Herren Räte saßen an einem langen, ovalen Tisch, an dessen Kopfende der Kurfürst in seinen Akten blätterte. Warteten sie auf Dörzbach?

Als der Gerufene den Saal betrat, nickten ihm alle freundlich zu. Das tat gut. Ein Diener führte ihn zu seinem Platz – drei Stühle rechts vom Landesherrn. Bevor er sich setzte, vergewisserte er sich, dass Konrad ebenfalls ein Sitzplatz angeboten worden war. Nun konnte die Sitzung beginnen.

»Meine Herren Räte«, begann der Kurfürst, »der Pfalz stehen schwierige Zeiten bevor. Die Mainzer haben ihre Truppen zusammengezogen und sind drauf und dran, von der Bergstraße her Heidelberg zu überrennen. Was raten die Herren mir zu tun?«

Wiprecht von Helmstadt erhob sich. Ein großer, stattlicher Mann mit rötlichem Bart und wilden, buschigen Augenbrauen. Der Säbel an seiner Seite gab einen scharfen metallenen Klang und die Sporen klirrten. Ein Ritter vom Scheitel bis zur Sohle. »Durchlaucht, wenn ich es richtig einschätze, dann entsprang das Motiv für diesen Krieg doch dem, dass sich der Erzbischof durch unseren leider verstorbenen König Ruprecht I. in seinen Rechten geschmälert sah. Dummes Zeug war das, aber so dachte der Mainzer eben.«

Allgemeines zustimmendes Nicken.

»Ergo war das eine Sache zwischen diesen beiden Männern. Ich habe gesagt war, weil es diesen Umstand nicht mehr gibt.

Ergo geht es uns, das heißt die Pfalz, nichts mehr an.

Ergo wird es Sache des neuen Reichsoberhaupts sein, dem Mainzer auf die Finger zu klopfen.

Ergo es gibt keinen Krieg, weil wir nicht mitmachen. Daher rate ich Durchlaucht, die Generalmobilmachung rückgängig zu machen. Wir sparen dadurch viel Geld, das wir für wichtigere Dinge ausgeben können.«

Der Ritter holte tief Luft, denn so viel auf einmal hatte er sein ganzes Leben lang noch nicht gesprochen. Schließlich kam er zum Wichtigsten. »Durchlaucht, mit wichtigen Dingen meine ich, dass Durchlaucht wegen der finanziellen Einsparung allen seinen Untertanen einen Schoppen spendieren könnte.«

Gelächter und viel Applaus. Wenn nur alle so dächten, dann bliebe der Welt viel erspart. Selbst Konrad, der seine Ohren wie ein Luchs gestellt hatte, klopfte aus purer Begeisterung mit der Faust auf den Tisch, und viele folgten ihm.

Der Landesherr lächelte zufrieden und gebot Ruhe. »Ritter Wiprecht, ein weiser Vorschlag. So, wie Er es sagte, soll es geschehen. Sorge Er dafür, dass jeder, ob Mann oder Frau, ob arm oder reich, einen randvoll gefüllten Becher des guten Pfälzer Weins erhält.«

Dann nahm Durchlaucht der Reihe nach mit jedem seiner Räte Blickkontakt auf, bei einem hielt er mit einem feinen Lächeln um die Mundwinkel inne. »Meine Herren, ich glaube, ich muss im Gedenken an meinen Vater etwas gutmachen. Linhart Dörzbach, ehemals Oberhofkämmerer, ist Unrecht geschehen. Spricht etwas dagegen, dass wir ihm wieder sein altes Amt übertragen?«

Die Kurpfalz erlebte eine Sternstunde. Das Pochen, Stampfen und Nicken nahm kein Ende. Einige erhoben sich sogar und gratulierten dem Hochgelobten überschwänglich. Konrads Brust schwoll mächtig an. Wenn er gekonnt und gedurft hätte, wäre er aufgesprungen und hätte das Tedeum angestimmt.

Nach dem Abebben des freudigen Durcheinanders ergriff der Kurfürst wieder das Wort: »Werte Räte, der König ist tot, ich bin der neue Landesvater und es erhebt sich die Frage, die nicht nur mich als Person, sondern die gesamte Kurpfalz angeht: Soll ich in die Fußstapfen meines Vaters treten? Soll ich mich als Kandidat bei der Königswahl in Frankfurt zur Verfügung stellen?«

Er wandte sich direkt an Linhart. »Oberhofkämmerer Dörzbach, was ratet Ihr mir?«

Oh, das war eine diffizile Frage. Konrads Hände wurden feucht. Ohne Zweifel konnte man hierbei leicht ins Fettnäpfchen treten. Allgemeines Gemurmel, die Blicke der Herren waren auf den Boden gerichtet, keiner wagte sich aus der Deckung. Doch nicht sie, sondern der Oberhofkämmerer war angesprochen worden. Noch zögerte Linhart, da gab ihm der Ritter von Helmstadt einen Stoß in die Rippen und machte eine auffordernde Geste. »Wir stehen hinter Ihm. Er spricht in unserem Namen. Also los!«

Ein dankbarer Blick. Dann: »Durchlaucht, ich bin ein alter Mann und habe vom Leben nicht mehr viel zu erwarten. Geld, Ruhm und Ehre haben ihre Macht über mich verloren, daher kann ich frank und frei sprechen.«

Unruhig rutschte der Landesherr auf seinem Stuhl hin und her. »Das wissen wir doch, komme Er zur Sache. Immer diese langen Vorreden. Eure Rede sei ja, ja oder nein, nein, so steht es in der Bibel.«

»Durchlaucht, lasst die Finger von der Krone und schlagt dafür Sigismund, den zweiten Sohn Kaiser Karls IV., als Kandidaten vor. Sigismund, der zugleich König von Ungarn ist und über eine stattliche Hausmacht verfügt, wird Euch dafür ewig dankbar sein.«

Stille herrschte im Ratssaal. Einige der Räte zogen eine Schnute, andere blickten zur Decke und wieder andere nestelten verlegen an ihrem geschnürten Wams herum. Fünf erhoben sich, Wiprecht von Helmstadt, Hans von Hirschhorn, Johann von Dalberg, Rudolf von Zeiskam und Kanzler und Doktor beider Rechte Job Vener; sie pochten mit den Fäusten auf den Tisch. Das war ein klarer Hinweis der Zustimmung.

Der Landesherr schwieg. Er erwog lange das Gehörte, dann legte er sein Schwert als Zeichen seiner Allgewalt auf den Tisch. »Das ist ein ehrlicher Rat! Ich danke den Herren Räten und sage nur: So sei es. Ich werde Sigismund vorschlagen und ihm bei der Wahl meine Stimme geben.«

Damit wäre die Sitzung beendet gewesen, doch bevor sich alle erhoben, bat Herr von Dalberg noch ums Wort. »Durchlaucht, wir kennen alle den Erzintriganten des Reichs, den Mainzer Erzbischof, und sollten uns für die Wahl eine Strategie überlegen, denn ich könnte mir vorstellen, dass dieser Windbeutel eigene Vorstellungen hat, wer König werden soll.«

»Unbedingt!«, ergänzte unaufgefordert Hans von Hirschhorn. »Der Mainzer ist über die Maßen ehrgeizig, hochintelligent, doch zugleich verschlagen und listig. Desgleichen die Männer, die ihn umgeben. So mancher Domherr buhlt um seine Gunst und würde für seinen Dienstherrn alles tun. Ich könnte mir vorstellen, dass der Mainzer den von ihm vor zehn Jahren abgesetzten böhmischen Wenzel wieder aus dem Hut zieht. Wohl weil er ihm dann wieder Privilegien, Reichslehen und unbegrenzte Vollmachten abtrotzen kann. War alles schon mal da.«

Durchlaucht erhob sich sichtlich zufrieden. »Ich werde mich danach richten.«

Am 1. September 1410 versammelte sich in Frankfurt das Deutsche Reich, zumindest dessen herrschende Schicht. Oberhofkämmerer Dörzbach zählte zur Pfälzer Delegation. Der erste Glockenschlag ertönte. Das war die Aufforderung, die Plätze einzunehmen. Die Wahl des römisch-deutschen Königs konnte beginnen. Wie auf einer Hühnerleiter saßen die sieben Kurfürsten, die Königswähler, der Reihe nach auf ihren gepolsterten Stühlen. Linhart hatte nur Augen für seinen Landesherrn. Seelenruhig saß er da und beobachtete fast genüsslich seine Mitwähler. Er brauchte sich ja keine Gedanken zu machen, seine Räte hatten es für ihn getan. Aufgeregt rutschte hingegen der Mainzer hin und her. Man könnte fast meinen, er brütete etwas aus.

Die Glocke ertönte zum zweiten Mal. Als Kanzler des Reiches sprach der Erzbischof von Mainz einige einführende Worte und meinte eher beiläufig, dass die Anwesenden sich viel Ärger und Zeit ersparen könnten, wenn sie seinem Rat folgten.

»Und der wäre?«, fragte Kurfürst Ludwig nicht ohne Spitze und einen Hauch Ironie. Mit so einer schnellen und vorerst auch nicht ablehnenden Reaktion hatte der Mainzer wohl nicht gerechnet, denn er druckste auffallend lange herum. »Warum sollen wir eigentlich wählen? Der frühere König Wenzel hat doch nie abgedankt, viele deutsche Fürsten, hauptsächlich die im Norden, haben immer zu ihm gehalten. Setzen wir ihn offiziell doch einfach wieder auf den Thron und alle sind zufrieden.«

Der Oberhofkämmerer zwinkerte seinem Landesherrn vielsagend zu. Es war genau die Taktik, die der Hirschhorner vorhergesagt hatte. Ludwig III. hatte auch sofort verstanden. »Ha, ha, das könnte Euch so passen. Absetzen, einsetzen, so wie es Euch in den Kram passt. Bisher war alles, was Ihr getan habt, nur zu Euren Gunsten. Ihr macht nichts umsonst. Was erhaltet Ihr diesmal für Euren Vorschlag? Gibt es geheime Absprachen zwischen Wenzel und Euch? Du verhilfst mir auf den Thron und ich gebe dir das und das dafür?«

Der Pfälzer Kurfürst hieb mit der Faust auf den Tisch, dass die Gläser klirrten. »Nichts da, es wird gewählt! So will es das Gesetz.«

Der Erzbischof zuckte verlegen mit den Schultern und blickte unbeteiligt in die Luft, als ob ihn das Geschwätz des Pfälzers nichts anginge. Tat er nur so, oder war das Teil eines Schauspiels? Sogleich löste sich Domherr von der Sodern aus der Reihe der Umstehenden und flüsterte seinem Dienstherrn etwas ins Ohr. Ein Strahlen huschte über das Gesicht des Erzbischofs, herausfordernd schaute er seinem Kontrahenten in die Augen und fragte ganz scheinheilig. »Wen schlägt der Erste unter den weltlichen Kurfürsten denn als Kandidaten vor?«

Zu gern hätte Linhart gewusst, welche Karte der Domherr aus dem Ärmel gezogen hatte. Er musste auf der Hut sein, durfte die Gegner nicht unterschätzen. Als der Kurfürst ihn fragend anschaute, nickte er ihm aufmunternd zu.

Ludwig III. war ein stattlicher Mann, hatte noch alle Haare auf dem Kopf, einen rötlichen, gepflegten Bart und trug unter seinem roten Kurmantel bei offiziellen Anlässen immer einen glänzenden Harnisch, dazu Arm- und Beinschienen und eiserne Schnabelschuhe. Feierlich erhob er sich, räusperte sich und wartete, bis im Saal vollkommene Ruhe eingekehrt war. »Die Kurpfalz schlägt Kaiser Karls IV. zweiten Sohn Sigismund, König von Ungarn, vor.«

Warum rieb sich der Erzbischof auf einmal die Hände, fragte sich Linhart. Hatten sie aufs falsche Pferd gesetzt?

Mit triumphierendem Lächeln kam prompt der Gegenvorschlag. »Wenn dem so ist, dann schlage ich Jobst von Mähren vor, einen Neffen des Kaisers, der zugleich auch Markgraf von Brandenburg ist.«

Das schlug wie eine Granate ein. Linhart ärgerte sich gewaltig. Der Erzbischof war ihnen um eine Nasenlänge voraus. Das hätte er bedenken müssen. Es ging um die Kurstimme Brandenburgs. Sie war im Besitz des Hauses Luxemburg und wurde unter den Verwandten hin und her geschoben. Es stimmte einerseits, dass Jobst zurzeit der Kurfürst von Brandenburg war, und es stimmte andererseits, dass Sigismund früher auch einmal mit dieser Markgrafschaft belehnt worden war. Eigenartig war nur, wie der Mainzer plötzlich diesen unbedarften Jobst aus dem Hut ziehen konnte. Von sich aus hätte dieser nie daran gedacht, sich als Bewerber aufstellen zu lassen. War da Geld, viel Geld im Spiel? Hatte der Domherr im Hintergrund die Fäden gezogen?

Genauso musste es gewesen sein! Linhart brauchte nur in das feixende Gesicht des Domherrn zu schauen und wusste, welches Spiel hier gespielt wurde. Seine Gedanken gingen weiter. Er konnte sich auch vorstellen, dass dieser schöntuerische Drahtzieher hinter der Anschuldigung Almuts wegen Hexerei steckte. Sicher entschuldigte das Egolfs Tat nicht, doch es war ein Erklärungsversuch.

Bei der Wahl am nächsten Tag gab es eine andere Überraschung, weil beide Kandidaten die brandenburgische Kurstimme für sich in Anspruch nahmen. Kurpfalz, Kurtrier, Kurbrandenburg stimmten für Sigismund, Kursachsen, Kurmainz, Böhmen und Kurbrandenburg für Jobst.

Jobst fühlte sich als König, Sigismund fühlte sich auch als König. Streit war die Folge. Die Lage entspannte sich erst, als ein Jahr später Jobst von Mähren starb und die brandenburgische Kurstimme an Sigismund zurückfiel. Nun hatte dieser die Mehrheit im Wahlkollegium und die Wahl fiel dementsprechend aus.

Die erste Amtshandlung des neuen Königs war, dass er vor aller Augen den Pfälzer an seine Brust drückte und ihm lauthals für die Unterstützung dankte. Aufmerksame Beobachter konnten sehen, wie sich bei dieser öffentlichen Zurschaustellung die Augen des Mainzers zu Schlitzen zusammenzogen, um seinen hasserfüllten Blick zu verbergen. Selbst der sonst so beherrschte Domherr stampfte auf den Boden und verließ zornesrot den Ratssaal.

Linhart blickte ihm hinterher. Potzblitz! Zuerst glaubte er, nicht richtig gesehen zu haben, doch es stimmte. Hennes war dem Domherrn auf dem Fuß gefolgt. Seine äußere Veränderung war nicht zu übersehen: gelbsamtenes Wams, grünes Barett mit bunter Feder und feine Lederstiefel. Donnerwetter, dachte Linhart, hatte der Junge sich hochgearbeitet – oder wurde mit all den schönen Dingen nur sein Gewissen zugedeckt? Im Grunde hatte Hennes keinen schlechten Charakter, sein Vater hatte ihn redlich erzogen – aber die Umstände ...

Trotz all der Freude und Glückseligkeit an allen Orten machte sich Linhart so seine Gedanken. König Sigismund hatte nachträglich auf Bitten des Mainzers und wohl auch aus überlegtem Kalkül den Pisaner Johannes XXIII. als rechtmäßigen Papst anerkannt, obwohl er wusste, dass sein Freund Ludwig an dem in Rom festhielt. War es so, dass der König nach zwei Seiten Wasser trug? Die rechte Hand reichte er Ludwig, indem er ihn vor aller Augen umarmte, und die linke reichte er dem Erzbischof, indem er sich bei der Papstfrage auf dessen Seite stellte? Der Oberhofkämmerer würde seinen Landesherrn warnen müssen, nicht zu vertrauensvoll gegenüber dem Oberhaupt des Reichs zu sein. Für ihn war die Freundschaft zwischen den beiden ein Zweckbündnis und diese würden nur so lange halten, wie der Zweck vorherrschte. Im Grunde eine arg brüchige Angelegenheit.

Sigismund trug nun zwei Kronen, die römisch-deutsche und die ungarische. Vier Jahre kämpfte er gegen die das Abendland bedrohenden Türken im Osten. Im Reich ließ er sich in dieser Zeit nicht sehen.

Linhart stand auf dem Marktplatz und schaute den Bauarbeiten an der Heiliggeistkirche zu. Die Beine taten ihm weh und er setzte sich auf eine Holzbank. Ein Fanfarenstoß riss ihn aus seinen Gedanken. Ein Herold entrollte ein Pergament und verkündete: »Bürger dieser Stadt, vernehmet, dass Seine Majestät, König Sigismund, nach Heidelberg kommt.«

Damit hatte niemand gerechnet. Die Leute legten ihre Arbeit hin und wollten nun alles genau wissen. Wie, was, wo, wann? »Bürger, so lasst mich doch aussprechen. Unsere Durchlaucht ist mit der kurfürstlichen Ruderbarke nach Straßburg gefahren, um dort Seine Majestät zu empfangen. Auf dem Rückweg werden sie in der Zollburg eine Rast einlegen und dann beim Dorf Mannheim in die Neckarmündung einbiegen. Es wird darum gebeten, dass bis zum Tag der Ankunft die Straßen vom gröbsten Schmutz gesäubert werden, dass kein Vieh sich in den Gassen herumtreibt, dass ja niemand sein Nachtgeschirr auf die Straße leert und dass jeder, soweit er in der Lage ist, sein Haus mit frischen Birkenzweigen schmückt.«

*

Im Innenhof der Mannheimer Zollstelle war eine lange Tafel aufgebaut. Die Holzdielen bogen sich unter der Last der Speisen. Die Kurpfalz ließ sich nicht lumpen. Sie wollte zeigen, dass nicht umsonst der Pfalzgraf bei Rhein der erste und würdigste Fürst im Reich war.

Anerkennend klopfte der König dem Kurfürsten auf die Schulter. »Wer hat, der hat. Ich bin sogar ein wenig neidisch auf Euch ob Eurer Zollstellen am Rhein. Jahraus, jahrein werden auf dem Strom Waren befördert, und jahraus, jahrein füllen sich Eure Beutel, ohne dass Ihr Euch anstrengen müsst. Die Rheinzölle sind eine nie versiegende Geldquelle. Jetzt verstehe ich auch, warum Eure Kollegen in Trier, Köln und Mainz so erpicht auf die von mir gewährten Zollprivilegien sind.«

Beeindruckt schaute er sich um. »Wahrlich, diese Feste, ein Viereck mit unüberwindlichen Mauern und von Wasserläufen umschlossen. Wer hier eingekerkert ist, braucht an Flucht nicht zu denken. Ich werde es mir merken.«

Bevor die Schnaken zu lästig wurden, gab Ritter Egolf das Zeichen zum Aufbruch. Am Lauer in Heidelberg legte die Barke an. Im feierlichen Zug ging es durch die Stadt. Auch hier ließ sich der König alles erklären. »Wo ist denn nun die Universität?« Der Landesherr zeigte auf zwei oder drei Häuser in der Mantel- und in der Heugasse, dann auf Teile des Augustinerklosters. »Was, so zerstreut, so klein ist Eure Universität? Da müsst Ihr aber noch viel tun.«

Das wusste Kurfürst Ludwig selbst und antwortete leicht verärgert. »Alles braucht halt seine Zeit.«

Der König hatte verstanden und wandte sich der großen Politik zu. »Ich habe den Pisaner Papst nun so weit, dass er ein Konzil nach Konstanz einberufen hat. Es war mein Wunsch, dass es auf deutschem Boden stattfindet. Werdet Ihr mich dabei unterstützen?«

Als Ludwig nicht sofort antwortete, machte Sigismund seinem Freund klar, dass im Moment nichts wichtiger sei, als dieses vermaledeite Schisma zu beenden. Seit nunmehr sechsunddreißig Jahren stritten sich zwei beziehungsweise drei Päpste darum, wer der rechtmäßige sei. Die Kirche sei erpressbar geworden und die Leute hin und her gerissen. Das zehre am Glauben.

»Das weiß ich. Auch mein Vater hat darunter gelitten, doch ihm war es leider nicht vergönnt, die Einheit der Kirche wiederherzustellen.«

»Seht Ihr«, Sigismund klopfte Ludwig auf die Schulter. »Das wird nun Euer historischer Auftrag sein, mit mir gemeinsam das Werk zu Ende zu bringen.«

Er reichte ihm die Hand. »Schlagt ein! Wir sind doch Freunde!«

Zwei Wochen hielt sich der König in Heidelberg auf, dann brachen er und Ludwig mit zweihundert Reitern nach Aachen auf. Sigismund war zwar gewählt, aber noch nicht gekrönt. Das sollte dort nachgeholt werden. Der Edle von Husen führte die Reiterei an. Der Mainzer schloss sich dem königlichen Zug nicht an. Aus Trotz, aus Verärgerung oder aus Berechnung? Wer konnte das schon wissen.

18.

Von Bologna nach Konstanz.

Was für ein Morgen, dieser 14. Oktober 1414 in Meran! Ringsum ein Rausch von Farben. Der Herbst hatte Einzug gehalten. Schwer hingen die goldgelben Trauben an den Rebstöcken. Namen, bei denen einem das Wasser im Mund zusammenlief: Gewürztraminer, Veltliner – die weißen Rebsorten, Vernatsch, Lagrein – die roten. Die Sonne hörte nicht auf, ihre reifenden Strahlen auf dieses liebliche Fleckchen Erde zu schicken. Emsig und mit Augen voller Vorfreude trugen die Winzer in den Butten die Früchte die steilen Hänge herunter. Papst Johannes XXIII. saß eingemummt im Schaukelstuhl und genoss die wohltuende Wärme. »Ist meine Medica schon da? Das Wasserlassen tut wieder weh, es müssen sich neue Steine in der Blase gebildet haben.«

Er drehte sich um und erblickte die hinter ihm stehende exotische Schönheit – zu einer reifen Frau war sie geworden: schlank und doch volle Brüste, runde Hüften und eine bräunliche Haut wie zartbittere Haselnusscreme. »Komme Sie, setze Sie sich, oder wenn Sie möchte, kann Sie auch unter meine Decke schlüpfen.«

»Eure Eminenz ...!«

»Sie braucht nicht weiterreden. Ich weiß schon, was ich Ihr versprochen habe: In Ihrer Gegenwart nichts Unschickliches zu sagen noch zu tun. Bisher habe ich mich auch daran gehalten.«

»So soll es auch bleiben.«

Cossa seufzte zum Gotterbarmen. »Warum habe ich mich nur vom König überreden lassen, Konstanz als Konzilsort zuzustimmen? Diese Stadt jenseits der Alpen soll ein kaltes, dreckiges und gottverlassenes Dorf sein. So sagen zumindest meine Leute. Kennt Sie es zufälligerweise?«

»Mit Verlaub, Eure Eminenz, mein Oheim hat sich darüber gefreut. Obwohl er Jude ist und ihm die Zerrissenheit der christlichen Kirche gleichgültig sein könnte, glaubt er, dass dort die Kirchenspaltung mit Gottes und Eurer Hilfe überwunden werden wird. Das Ziel sei wichtiger als der Ort, meint er.«

»Ein weiser Mann, Euer Oheim. Ich fürchte, so wird es auch kommen.«

»Seid Ihr nicht froh darüber?«

»Doch, doch, gewiss werden die dort versammelten Kirchenmänner mich in meinem Amt bestätigen und meine anderen beiden Mitpäpste in die Wüste schicken. Es kann gar nicht anders sein ...«

Er hielt inne, wohl weil er überlegte, ob er seiner Medica so viel Vertrauen entgegenbringen konnte. »Sie muss wissen, dass ich klugerweise dafür gesorgt habe, dass die Mehrheit der Versammelten Italiener sind. Die Handvoll Franzosen und die paar Engländer oder Deutsche haben nichts zu sagen. Und wenn alle Stricke reißen, kaufe ich sie mir. Die Medici aus Florenz haben mir großzügige Kredite bewilligt. Jeder ist käuflich, es ist immer nur eine Frage des Preises.«

»Dass Ihr immer so schlecht denkt. Es gibt auch anständige Menschen.«

»Aber nicht unter denen, mit denen ich es zu tun habe. Da geht es um Macht, Einfluss und Geld. Die Guten, die Anständigen kommen nie so weit nach oben. Da hilft auch beten nicht. Wer am besten lügt und betrügt, wer am überzeugendsten heuchelt und schauspielert, der gewinnt das Spiel.« Belustigt blickte er Golda an. »Sie glaubt mir nicht? Gut, ich beweise es Ihr. Setze Sie sich hinter den Vorhang.«

Er läutete nach seinem Kammerdiener Carlos Podiolino und trug ihm auf, den Bischof von Santiago vorzulassen. Gleich darauf betrat jener in devoter Haltung und mit Verbeugungen ohne Zahl das päpstliche Gemach.

»Ah, Nabetto, komme Er nur näher. Ich habe Seine Bittschrift gelesen. Er möchte seine Domkirche mit zwei Türmen versehen, hat hierfür nicht das nötige Geld und ich soll den apostolischen Kämmerer anweisen, Ihm die notwendige Summe aus dem übergroßen Schatz der Kirche zu geben. Ist das so?«

Nabetto nickte und Johannes XXIII. fuhr fort. »In diesem Zusammenhang ist erwähnenswert, dass Er wegen des gleichen Anliegens schon beim Gegenpapst in Avignon vorgesprochen hat und dass Er für eine Zusage die dort angrenzenden Kirchgemeinden abtreten soll.«

Der Bischof stimmte dem Papst zu und dieser konnte ein gewisses Maß an Süffisanz nicht unterdrücken. »Aber das genügte meinem Kollegen Stellvertreter Gottes auf Erden noch nicht, er wollte auch noch die heiligste Reliquie Santiagos, den in Silber gefassten Unterarmknochen des Heiligen Jakobus, als Geschenk haben. Ist doch so, oder?«

Johannes XXIII. spielte den Entrüsteten. Er hielt den Atem an, so dass sein Gesicht rot anlief. Hustend und prustend rief er nach seinem Leibdiener und verlangte ein Glas Wasser. »Bischof, Bischof, in was für einer Welt leben wir? Das Verlangen des Mannes in Avignon kommt einer Erpressung gleich und ist eines Kirchenvertreters nicht würdig. Aber so ist er halt, der Benedikt XIII., der den Hals nicht voll bekommen kann.«

Bischof Nabetto war sichtlich gerührt von so viel Verständnis und Anteilnahme seines Gegenübers und sein Haupt berührte fast die Dielen, so tief verneigte er sich vor dem Heiligen Vater, um seine Ehrfurcht für ihn zum Ausdruck zu bringen.

Nach dieser Einstimmung kam der Hauptakt. »Leider, leider, werter Nabetto, sind auch meine apostolischen Geldtruhen so leer, dass man schon den Boden sehen kann. Euch dürfte bekannt sein, dass die großen und kleinen Kreuzzüge gegen die Heiden und die Strafmaßnahmen gegen die vom rechten Glauben Abgefallenen Unsummen verschlingen. Ich bin ja der Einzige, der gegen dieses Pack vorgeht, in Rom und Avignon kümmert man sich einen Dreck darum. Ich tue alles, um möglichst viele Seelen vor der ewigen Verdammnis zu bewahren. Er sieht, wie ich mich mühe und sorge. Doch lasst deswegen den Mut nicht sinken. Der HERR lässt keinen allein, der sich an ihn wendet, und ich bin sein Stellvertreter.«

Der Heilige Vater setzte sich in Positur und seine Stimme nahm einen geschäftlichen Ton an. »Nabetto, wenn ich es mir überlege, gibt es für seinen speziellen Fall schon eine Lösung: Jedes Seiner Schäfchen, das ein Scherflein für den Bau zur Verschönerung des Gotteshauses aus freien Stücken gibt, erhält einen Ablass, der die Zeit des Aufenthalts im Fegefeuer verkürzt. Natürlich mit Brief und Siegel meiner Wenigkeit. Als Stellvertreter bin ich hierzu ermächtigt. Was sagt Er nun?«

Die über tausend Dankesbezeugungen waren nicht zu zählen. Der Bischof zerschmolz fast in Rührung und Verehrung und wollte sich überglücklich schon wieder entfernen, doch der Inhaber des Heiligen Stuhls hielt ihn zurück. »Das ist mein Teil des Geschäfts, der andere liegt bei Ihm. Er hat, wie wir wissen, mit Benedikt in Avignon schlechte Erfahrungen gemacht. Darum schreibe Er einen Beschwerdebrief an das in Konstanz stattfindende Konzil und führe Er auf, dass Benedikt ihn gezwungen habe, ihm seine kostbarste Reliquie zu übereignen und Kirchengut zu verschenken. Das stellt den Halunken in ein böses Licht und mehrt mein Ansehen.«

Der Bischof stöhnte laut. »Heiliger Vater, Ihr übertreibt. Wenn ich das schriebe, müsste ich lügen. Das könnt Ihr nicht verlangen.«

Stille im Raum. Der Bischof wagte nicht zu atmen und der Papst grinste zum Vorhang hin. »Eine direkte Lüge ist das nicht, denn der Kern der Anschuldigung stimmt. Dieser Benedikt XIII. hat so viel auf dem Kerbholz, dass darauf kein Platz für noch mehr Ritzungen ist. Sein Schreiben unterstreicht dieses nur und dient einem guten Zweck. Also? Überlege Er nicht zu lange, denn ich reise jeden Moment ab.«

Nach einigem Zögern willigte der Bischof ein und Johannes XXIII. rief nach seinem Kammerdiener. »Podiolino, bespreche Er mit Bischof Nabetto nun die Einzelheiten. Tue Er es so, wie wir es immer tun. Ich werde derweil in der Heiligen Schrift lesen.«

»Hm«, Podiolino hatte noch eine Frage. »Eure Heiligkeit, darf ich wie immer auch für mich ...«

»Unterstehe Er sich, auch nur einen Kreuzer für sich abzuzweigen, sonst war Er die längste Zeit in apostolischen Diensten.«

Mit eingezogenem Genick holte der Kammerdiener Federkiel, Tinte und einen Pergamentbogen und klärte den Bischof auf. »Also, die Ablassbriefe werden nach der Höhe der Spende abgefasst, die der Gläubige in sein Seelenheil investieren möchte. Vom Erlös werden ...«, er überlegte hin und her, »ein Viertel an die apostolische Kasse abgeführt. Wenn Er den Verkauf steigern möchte, kann ich Ihm auch einen redegewandten Dominikaner leihen, der von Markt zu Markt zieht und die Erlösung von der Flammenqual anpreist. Allerdings müsste Er dann die Hälfte des Erlöses hierher abführen. Nach meinen Erfahrungen bleibt beim zweiten Modell mehr für Ihn übrig, weil der Umsatz rapide nach oben geht. Überlege Er es sich.«

Johannes XXIII. war mit der Lektüre der heiligen Schrift zu Ende, nahm Golda bei der Hand und verließ die päpstlichen Gemächer. Abfahrbereit stand die Kutsche im Hof. Kein Wort über den gerade abgeschlossenen Handel wurde gesprochen. Es hatte ja ein Lehrstück für die Medica sein sollen.

Bevor der Papst in die Kutsche stieg, lud er Golda ein, mit ihm zu fahren und ihm Gesellschaft zu leisten. »Es wird kalt werden. Auf den Gipfeln der Berge kann um diese Zeit schon

Schnee liegen. Ich habe vorsorgen lassen. In meinem Reisewagen liegen zwei Lagen Teppiche, damit ich keine kalten Füße bekomme, und edle Pelze werden meinen Leib wärmen.«

»Eminenz, das ziemt sich nicht. Ich vermute, dass die Leute sich sowieso schon den Mund zerreißen, weil ich so oft zu Euch komme. Ich gehöre zu meinen Leuten. Habt Dank für das Angebot.«

Golda übergab seiner Eminenz den krampflindernden Sud und ging zum Planwagen.

*

Sechshundert Menschen unterschiedlichsten Standes begleiteten den Heiligen Vater nach Konstanz. Neben den vielen italienischen Klerikern auch Bäcker, Metzger, Händler und natürlich auch Damen, die sich gute Geschäfte versprachen. Als Letzter reihte sich der Skriptor in die schier endlose Schlange ein. Seit Pisa mussten sie nachts enger zusammenrücken. Giovanni war zwar noch kein ausgewachsener Mann, aber einen Schlafplatz benötigte auch er.

Auf der Südseite der Alpen hatten sie keinen Schnee, aber am Arlberg erwischte es sie hart. Die weiße Pracht lag über einen Meter hoch. Für Giovanni war Schnee etwas Neues. Wie ein ausgelassener junger Hund tobte er darin herum und bat Abraham, bis zur Spitze des Zuges laufen zu dürfen. Er wollte sehen, wie es dem Papst ging, und schauen, ob für ihn von der Güte des Heiligen Vaters auch etwas abfiel. Es war nämlich so, dass Johannes XXIII. kein Geizhals war. Wenn ein rotznasiges Kind vor ihm artig das Vaterunser aufsagte, legte er einen Kreuzer in die vor Kälte zitternde Hand.

So weit kam es heute nicht, denn beim Abstieg am Arlberg kam die päpstliche Kutsche ins Rutschen, überschlug sich und blieb zwei Meter vorm Abgrund kopfüber liegen. Lustig sah das aus, doch traute sich keiner zu lachen. Der Stellvertreter des Herrn lag rücklings im Schnee und zappelte wie ein

Maikäfer. Giovanni traute seinen Augen nicht. Nicht nur das Untergewand, sondern auch nackte Beine und noch mehr waren zu sehen. Bisher hatte Giovanni immer geglaubt, es müsse etwas Göttliches am Heiligen Vater sein. Aber er war ein Mensch wie er, hatte auch so ein Ding zwischen den Beinen und weder einen goldenen Fleck noch ein welkes Ahornblatt, wie auf manchen Bildern zu sehen war.

Noch mehr erschrak Giovanni, als er hörte, wie der Stellvertreter fluchte – schlimmer als ein Bierkutscher. Die Ausdrücke waren so ordinär, dass es ihm die Röte ins Gesicht trieb, und das wollte bei Giovanni etwas heißen.

Enttäuscht begab er sich wieder an das Ende des Zuges und teilte seiner Schwester das Gesehene und Gehörte wortwörtlich mit. »Giovanni, so spricht man nicht über den Heiligen Vater. Du solltest mehr Respekt haben.«

»Das fällt mir immer schwerer, denn auch im Kloster bei den geistlichen Männern und keuschen Frauen habe ich Dinge gesehen, die gewiss so nicht in den Heiligen Schriften stehen. Jedenfalls ist das Missgeschick, das dem Papst heute widerfahren ist, kein gutes Omen für das Konzil.«

Am 27. Oktober 1414 erreichte die Wagenkolonne Kreuzlingen, eine Meile von der Konzilstadt entfernt. Einen Tag später zog Johannes XXIII. in Konstanz ein. Giovanni zerrte Golda hinter sich her. »Das Spektakel müssen wir sehen, damit wir es unseren Kindern und Kindeskindern später erzählen können.«

Die beiden kamen aus dem Staunen nicht heraus. Vorweg liefen neun Schimmel mit roten Satteldecken, auf dem vierten Pferd waren auf einem Gerüst Ständer mit übergroßen brennenden Kerzen und eine Monstranz festgebunden. Vor der Hostie, in der Jesus Christus leibhaftig gegenwärtig war, gingen alle am Straßenrand Stehenden in die Knie – ein Meer von gesenkten Häuptern. Unmittelbar dahinter ritt der Papst im Seidengewand und der Tiara auf einem schneeweißen Pferd. Dann folgte ein Reiter mit einer langen Stange, an dessen Ende sich eine Art Schirm befand. »Komisch«, meinte

Giovanni, »im Moment scheint weder die Sonne, noch regnet es.«

Ein nobler Herr klärte ihn auf. »Das ist ein *soliculum*, ein Herrschaftszeichen, das weit zurückreicht und über das Haupt des Kaisers oder des Dogen in Venedig gespannt wurde. Es soll nach dem Verständnis des Papstes das besondere Verhältnis des HERRN mit seinem irdischen Vertreter symbolisieren und darauf hinweisen, dass der Inhaber des Heiligen Stuhls auch weltliche Macht beansprucht. Die Herrschaftsgewalt des Papstes ist der des Kaisers gleichzusetzen.«

Am Kreuzlinger Tor wartete die städtische Abordnung. Der Landvogt trat vor, führte die Zügel des päpstlichen Reittiers und die Vertreter des Magistrats trugen die Stangen des Prachtbaldachins. Geschenke wurden überreicht. Endlich, immer wieder von unzähligen Ehrerbietungen unterbrochen, erreichte Papst Johannes XXIII. sein Quartier im Bischofspalais am Dom.

Noch benommen von all der Pracht suchte der Skriptor nach dem Trubel eine Bleibe in der schon jetzt überfüllten Stadt. Sonst wohnten und arbeiteten etwa 6.000 Bürger, Händler, Handwerker und Tagelöhner in Konstanz, während des Konzils waren es fünfmal mehr. Alle mussten irgendwo unterkommen.

Giovanni, nunmehr ein geschickter Kutscher, folgte einfach den Gespannen der Gaukler, Seiltänzer, Zahnbrecher und Akrobaten. Unter ihnen würden sie nicht auffallen. Im Paradies, einem weiten, offenen Feld hinter der Stadtmauer, bugsierte er das Gefährt in eine Lücke der sich bildenden Wagenburg – rechts neben ihnen Jacomo, der Bärenführer, und links Stella, die Wahrsagerin. Deren Sohn Alois hatte ihm beim Einreihen geholfen. Nur zwei oder drei Jahre älter als Giovanni war er, doch seine Muskeln sprengten die Knöpfe des Hemds. Ein prima Kumpel, wie Giovanni sofort herausfand.

Am nächsten Morgen ging es zum Rhein. Der Körper verlangte nach der langen Fahrt eine gründliche Reinigung. Giovanni staunte nicht schlecht, als im Wasser plötzlich der Kopf eines Bären auftauchte und ihn anbrummte. Angst hatte er nicht, denn der Bär war an einer langen Kette angebunden, aber eine gewisse Distanz konnte nicht schaden. Nun streckte auch Jacomo sein rundes Gesicht aus den Fluten und lachte aus vollem Hals. »Da wir ja Nachbarn sind, solltest du und deine Sippschaft sich mit meinem Bären anfreunden. Am liebsten mag er Honig. Stell später einen Topf mit dem süßen Inhalt vor seine Nase und ich versichere dir, dass ihr keinen besseren Wächter in ganz Konstanz finden werdet. Also, auf gute Nachbarschaft!«

Nach dem Bad schaute sich Giovanni in der Wagenburg um. Auf dem freien Platz in der Mitte hatte Alois einen Reifen zwischen zwei Steine geklemmt und feuerte seinen Pudel an hindurchzuspringen. Ein gelehriges Tier, die Madame de Monteculli. Über Hürden springen, durch ein Rohr kriechen oder nach einer angebundenen Wurst schnappen war für Madame eine Kleinigkeit. Erst als Alois einen Feuerreif anzündete, zuckte sie zurück, doch für ihren Herrn tat sie schließlich alles. Golda, die sich ebenfalls eingefunden hatte, klatschte begeistert Beifall.

Jetzt warf Alois einen Ball weit weg und forderte Madame auf, ihn zurückzubringen und ihm vor die Füße zu legen. Wie besessen rannte der Pudel hinterher und bellte in einer Tour. Unglücklicherweise war der Ball in Reichweite der Tatzen des Bären gerollt. Dieser erschrak, fühlte sich angegriffen, knurrte und stellte sich auf die Hinterbeine. Die drohende Haltung des Bären schien den Pudel nicht zu beeindrucken. Er duckte sich, machte sich klein und schob sich Stück für Stück an den Ball heran. Der Bär fuhr seine krallenscharfen Tatzen aus.

Geistesgegenwärtig sprang Giovanni hinter den Wagen und zog an der Kette. Die Kraft, den Bären ganz zurückzuziehen, hatte er nicht, doch war das wild gewordene Tier für einen Moment abgelenkt. Die Tatze verfehlte ihr Ziel. Das war knapp! Der Pudel schnappte sich den Ball und legte ihn triumphierend Alois zu Füßen.

Mit zittrigen Händen und immer noch von Angst geschüttelt strich Alois seinem Liebling übers Fell und schaute dankbar zu Giovanni. Dieser winkte nur ab. »Schon gut! Wenn wir nicht zusammenhalten, wer dann?«

Die Aufregung in der Wagenburg hatte sich schnell wieder gelegt. Golda füllte den frisch abgeseihten und durchpassierten schmerzlindernden Sud in ein Fläschchen und wollte sich auf den Weg in die Stadt zu ihrem apostolischen Patienten machen, als der Oheim sie zurückhielt. »So gehst du mir nicht unter die Leute. Ab sofort trägst du einen Schleier vorm Gesicht und unterstehst dich, ihn in der Öffentlichkeit wegzuschieben oder gar zu entfernen. Außerdem wird dich Giovanni auf Schritt und Tritt begleiten, das heißt, er hält sich immer zwei Schritte hinter dir.«

»Dann hab ich ab jetzt einen Wachhund?«

»Nein, einen Beschützer. Ich bin zu alt, kann nicht mehr rennen, außerdem haben meine Augen nachgelassen.«

»Aber ...«

»Keine Widerrede! Die Mainzer Delegation wird täglich in Konstanz erwartet. Gerade im päpstlichen Quartier kann dir der Domherr oder sein Adlatus Hennes über den Weg laufen.«

*

Zu zweit machten sie sich auf den Weg in die Stadt. Der Münsterhof war vollgestopft mit Kutschen. Die ganze Welt schien sich hier versammelt zu haben.

Auch Giovanni schärfte Golda ein, vorsichtig zu sein. Derweil sie an der Glocke zog, versteckte er sich hinter einer Säule. Als Carlos Podiolino die Tür öffnete, stutzte er, wohl wegen des Schleiers, doch dann lachte er und bat die Medica mit einer höflichen Geste, in das bischöfliche Palais einzutreten.

Ei der Daus! Giovanni schreckte auf. Während Golda noch mit Podiolino unter der Tür stand, schlüpfte eine vermummte Gestalt aus einer der parkenden Kutschen und näherte sich vorsichtig den beiden. Sogleich suchte Giovanni nach einem Prügel und war drauf und dran, dem Unbekannten den Weg abzuschneiden. Ohne Zögern würde er jeden, der seiner Schwester zu nahe kam, eins überziehen. Gott sei Dank war Golda schon im Haus verschwunden. Ihr Gesicht – er überlegte – war nicht zu sehen gewesen, aber ihr Gang, der Schwung ihrer Hüften, ihre Körperhaltung, immer aufrecht, hatte etwas Besonderes. Daran könnte man sie erkennen.

Als der Vermummte sich wieder seiner Kutsche zuwandte und die Sonne ihm ins halbverdeckte Gesicht schien, konnte Giovanni eine Narbe quer über seiner Stirn erkennen. Der Feind rückte näher! Vorsicht war geboten! Für Goldas Heimweg musste ihr Beschützer sich etwas einfallen lassen.

*

Carlos ließ es sich nicht nehmen, Golda bis ins zweite Stockwerk zu begleiten. Unterdessen berichtete er, dabei war ein missbilligender Unterton herauszuhören, dass der Heilige Vater sich vor Bittstellern kaum retten könne. Er zwinkerte der jungen Medica vielsagend zu. »Sie weiß ja, dass der Papst ein einnehmendes Wesen hat und aus Luft und schönen Worten Gold machen kann. Die päpstliche Schatulle ist schon lange nicht mehr so voll gewesen. Leider«, wieder dieser tadelnde, abwertende Unterton, »leider haben wir Bediensteten nichts davon. Unser Sold reicht schon lange nicht mehr für ein erträgliches Leben aus. Das Konzil hat die Preise nach oben getrieben – zehnmal teurer ist das Brot geworden, Fleisch gibt es für uns nur noch einmal im Monat und der Wein ist so verdünnt, dass man Mühe hat, ihn herauszuschmecken.«

»Ha«, lachte Golda, »das mag für die Bediensteten stimmen, aber sonst leben die hohen Herren sehr gut. Warum müssen sie sich unbedingt Pfeffer, Safran und Muskat aus dem fernen Morgenland kommen lassen? Bärentatzen und Lachse aus dem Norden? Das treibt die Ausgaben fürwahr in die Höhe.«

Säuerlich verzog Carlos das Gesicht. Leise klopfte er dreimal an die Tür und wartete auf die Reaktion im Innern. »Bin noch beschäftigt, der Gast oder wer es auch immer sei, möge sich gedulden. Ein Gesandter aus dem Reich ist da.«

Mehr so nebenbei fragte sie Carlos, wer denn der Reichsgesandte sei. »Ein alter Bekannter Seiner Heiligkeit aus der Studienzeit in Bologna.« Der Kammerdiener schaute sich um, dann hielt er die Hand vor den Mund. »Ihr kann ich es ja sagen. Die beiden haben dort so manche Nacht in fremden Betten verbracht.« Er schmunzelte vielsagend. Golda hingegen war auf einmal hellwach. Da war es wieder, dieses Gefühl. Instinktiv spürte sie die Gefahr. Sie drückte Carlos den Sud in die Hand und hatte schon ihren Fuß auf der ersten Treppe, als die Tür aufging. Es war unverkennbar der Domherr. Blitzschnell verbarg sie sich hinter einer Stellwand. Schon im Gehen sprach der Domherr seinem Bett- und Leidensgenossen Mut zu. »Baldassare, dann halten wir uns gegenseitig die Daumen. Dir, dass die Mehrzahl der Kardinäle dir die Stimmen gibt, und mir, dass deine Medica auch mich wieder zu einem Mann macht, der sich der Lust hingeben kann.«

Der Papst winkte seinem Besuch noch freundlich hinterher, dann schaute er sich suchend um. »Wo ist denn mein Besuch geblieben?« Er entdeckte Golda. »Oh, wie bin ich froh, dass Sie hier ist. Es drückt wieder. Ich halte es kaum mehr aus.«

Ob Golda wollte oder nicht, sie konnte jetzt nicht mehr weglaufen. Nach dem Gehörten würde sie für ihren Patienten erst dann eine Hand rühren, wenn er ihr hoch und heilig, mit der rechten Hand auf der Bibel und beim Gedenken an seine Mutter, verspräche, sie nie und nimmer zum Domherrn zu schicken noch je ein Wort über sie bei ihm zu erwähnen. Er solle einfach sagen, dass die Medica wieder in ihre Heimat ins Morgenland zurückgekehrt sei. Wie gewünscht versprach es der Heilige Vater.

Für die Dauer des Konzils hatte der Konstanzer Bischof seine Privaträume dem Papst überlassen. Das holzgetäfelte Herrenzimmer wurde schnell als Behandlungsraum hergerichtet. Dessen ungeachtet trippelte Carlos von einem Fuß auf den anderen. »Eure Heiligkeit, draußen stehen mittlerweile acht Kardinäle, um vorgelassen zu werden. Darf ich sie hereinbitten?«

»Unterstehe Er sich. Zuerst muss der neue Stein sich lösen. Sage Er den Herren, dass sie in zwei Tagen wiederkommen mögen. Im Moment halte ich mit dem Allmächtigen Zwiesprache.« Dann wandte er sich Golda zu. »Sie kann beginnen.«

*

Wie auf glühenden Kohlen stand Giovanni im Hof hinter der Säule. Eine Mönchskutte hatte er an. Zu dieser war er jedenfalls nicht auf legalem Weg gekommen. Heute dauerte der Aufenthalt im Bischofspalais besonders lange. Zögerte Golda die Behandlung hinaus oder war gar etwas passiert? Immer unruhiger wurde er.

Endlich ging die Tür auf und Golda mit dem Schleier vor dem Gesicht erschien. Giovanni pfiff. Sofort rannten Sänftenträger herbei, bugsierten die Medica ins Innere der Sänfte, flüsterten ihr etwas ins Ohr, zogen die Vorhänge zu und trugen ihre Last aus dem Hof. Obwohl alles sehr schnell gegangen war, verließ auch augenblicklich der Vermummte sein Versteck und lief hinter der Sänfte her.

Es war schon ein seltsamer Anblick: zuerst zwei Sänftenträger, dann einer mit einer Narbe quer über der Stirn und schließlich einer im Mönchsgewand. Den Konstanzern schien das nichts Besonderes zu sein. Während des Konzils war alles anders als sonst.

An der Stelle, wo zwei Straßen sich kreuzten, bog die Sänfte ab und geriet für eine kurze Zeit aus dem Blickfeld ihrer Verfolger. Genau das wollte Giovanni. Es war der Moment, wo Golda unbemerkt herausspringen musste, um sich in einem Hinterhof zu verstecken.

Als der Vermummte der Sänfte wieder ansichtig wurde, war es so, als ob nichts geschehen wäre. Die Träger trugen ihre Last wie bisher und der Unbekannte folgte der Sänfte in einem angemessenen Abstand. Giovannis Plan war aufgegangen. Erleichtert suchte er im Hinterhof nach Golda. Sie kauerte hinter einem Holzstoß. Er reichte ihr die Hand und zog sie in die entgegengesetzte Richtung. »Das ist noch einmal gut gegangen, aber der Bursche mit der Narbe wird keine Ruhe geben.«

Golda schrie kurz auf: »Mit einer Narbe? Das kann nur Hennes sein.«

»So ist es! Er hat wie ein Schweißhund Witterung aufgenommen. Die Wagenburg ist für dich nicht mehr sicher.«

19.

Auf dem Markt vor dem Münster bot sich Giovanni ein seltsamer Anblick. Auf einer kleinen, schnell zusammengenagelten Bretterbühne stolzierte ein wunderlich aussehender Mann von einem Ende zum anderen und deutete auf zwei Gläser, die auf einem Tisch standen. In dem einen strampelte sich eine schwarz-gelbliche Kröte ab, im anderen war nichts. Als sich genügend Zuschauer eingefunden hatten, begann Doktor Miraculus mit seinem Experiment.

»Hochlöbliche Herren und allerliebst anzuschauende Damen, heute und nur heute werden Sie Zeuge einer Weltsensation sein. Sie werden sehen und erleben, wie ein vergiftetes Lebewesen dank meiner Wunderpillen wieder ins Leben zurückkehrt.«

Doktor Miraculus setzte seine Augengläser auf und suchte unter den reichlichen Zuhörern eine Person, die ihm bei der Wunderheilung assistieren sollte. »He, Er da mit der roten Nase, den Segelohren und den dünnen Beinen! Er scheint mir ein heller Kopf zu sein. Möchte Er, dass sein Name später in den Geschichtsbüchern steht, als Assistent des Doktor Miraculus? Wenn ja, dann bewege Er sich zu mir herauf.«

Der Hennekopf Dieter, wie die Konstanzer den Leichenbeschauer nannten, fühlte sich geehrt und sprang behände auf die Bretterbühne. Doktor Miraculus nahm das Glas mit der zappelnden Kröte und drückte es Hennekopf in die Hand. »Bestätige Er kraft seines Amtes als Leichenbeschauer dem geneigten Publikum, dass das liebe Tierchen voll des Lebens ist und nicht daran denkt, seinen Geist aufzugeben.«

Wichtigtuerisch, mit vorgerecktem Kinn und schniefender Nase betastete der Assistent das zappelnde, feuchte Tier. »Es lebt, doch scheint mir, dass es gerne von Wasser umgeben wäre.«

»Geschieht sogleich, Herr Assistent.« Der Wunderdoktor verbeugte sich artig vor seinem Helfer, zog ein Spanschächtelchen aus der Jackentasche, öffnete es, machte seinen Zeigefinger nass und tippte ihn in ein graues Pulver. »An meinem Finger klebt ein Brieschen einer hochgiftigen Substanz – getrockneter und gestampfter Knollenblätterpilz.«

Er hielt Hennekopf seinen Finger zum Ablecken hin. »Überzeuge Er sich von meinem Angaben. Wenn Er überlebt, erhält er einen Gulden, wenn nicht, komme ich für Sein fürstliches Begräbnis auf. Was ist?«

Vor Schreck wich der Angesprochene zwei Schritte zurück und wehrte mit Händen und Füßen das Ansinnen ab. »Wenn der Herr Doktor es sagt, dann wird es auch stimmen.«

»Gut, dann gieße ich kristallklares Wasser in das Glas und strecke meinen Finger hinein, damit sich das Gift darin auflöst.«

Nun nicht mehr so höflich, doch zum Wohlgefallen der Zuschauer, zog er seinen Assistenten an dessen langen Ohren zu sich her. »Jetzt schaue Er genau hin, was mit dem Tierchen passiert, und teile die Ergebnisse dem wissenschaftlich interessierten Publikum mit.«

Kaum war der Finger in der Flüssigkeit, sperrte die Kröte noch einmal ihr breites Maul auf, streckte alle Viere von sich und sank auf den Boden. Es schien, als hätte sie ihr Leben ausgehaucht. Bei den Zuschauern machte sich Unruhe breit, denn bis jetzt war nichts Sensationelles geschehen. Es war eine Binsenweisheit, wer Knollenblätterpilz isst, der stirbt. Schon wollten sich einige wegen des nichtssagenden Experimentes schimpfend entfernen: »Halt, hiergeblieben, werte Herren und Damen, denn nun geschieht das Wunder der Erweckung – der Auferstehung, um es theologisch auszudrücken.«

Der Wundermann kramte in einem Schränkchen und zog ein Döschen heraus, gar bunt bemalt und mit Zeichen, die niemand deuten konnte. Er öffnete es, hielt eine seiner Wunderpillen in die Höhe, damit sie auch jeder sehen konnte, legte sie in das zweite leere Glas, füllte dieses mit Wasser und warf die leblose Kröte hinein. Dann drückte er seinem Assistenten das Glas in die Hand und ermunterte ihn, es zehnmal zu schütteln.

Alle Augen waren auf das Glas gerichtet. Der Wunderdoktor zählte laut bis zehn. Kaum hatte er die letzte Zahl genannt, fing die Kröte fürchterlich zu zappeln an, sodass man glauben konnte, sie tanze auf glühenden Kohlen. Quicklebendig war sie und wer keine verstopften Ohren hatte, konnte sie sogar quaken hören.

Doktor Miraculus musste nichts mehr sagen. Sein Experiment hatte überzeugt. Die Leute sperrten Mund und Beutel auf, drängten sich nach vorn, schoben und schubsten sich, als ob es etwas für umsonst gäbe. Der Wundermann beauftragte seinen Assistenten mit dem Einwickeln der Pillen, derweil er das Geld zählte und in seine Taschen steckte. Etliche kauften sogar zwei oder drei davon. Für den Notfall, wie sie sagten.

Giovanni hätte am liebsten laut gelacht, aber er wollte dem Wunderdoktor das Geschäft nicht verderben. In den Spelunken, in denen sein Vater in Pisa verkehrte, hatte einer das gleiche Experiment gezeigt. Der erste Trick dabei war, dass in das erste Glas kein Wasser, sondern glasklarer Straßburger Branntwein gegossen wurde, der die Kröte so benebelte, dass sie sich nicht mehr rühren konnte. Als sie im zweiten Glas frisches Wasser um sich spürte, blühte sie wieder auf. Hokuspokus und Schaumschlägerei – mehr war es nicht.

Eigentlich war Giovanni auf den Markt gegangen, weil er Alois bei seiner Pudeldressur zuschauen und ordentlich Beifall klatschen wollte. Vielleicht hätte er auch die Zuschauer ermuntern können, einige Kreuzer in den herumgereichten Hut zu werfen, doch etwas anderes erregte seine Aufmerksamkeit. Ein Getuschel machte die Runde: »Habt ihr schon gehört, der böhmische Ketzer ist in Konstanz eingetroffen. Im Haus *Zur roten Kanne* bei der Pfisterin hat er Quartier bezogen. Sollen wir ihn aus der Stadt jagen? Er wird uns nur Unglück bringen. Mit Hus möchten wir nichts zu schaffen haben.«

Giovanni kannte den Namen Hus aus Goldas Erzählungen. Die Leute sagten auch, dass der Ketzer nicht allein gekommen sei, sondern von zwei Mönchen und böhmischen Rittern begleitet werde. Sofort machte er sich auf den Weg zur Wagenburg, um diese Neuigkeiten mitzuteilen.

Hui, wie horchte Golda auf. »Was, der böhmische Prediger ist in der Stadt? Dann könnten ja auch Bruder John und Bruder Arnulf bei ihm sein. Hast du sie gesehen? Ein alter und ein junger Mönch in rötlichen einfachen Gewändern, wahrscheinlich hundertmal geflickt, kein festes Schuhwerk, sondern Sandalen an den Füßen. Wo sind sie abgestiegen?« Auf der Stelle wollte Golda in die Stadt gehen. »Begleitest du mich?«

Mit dieser Reaktion hatte er nicht gerechnet und zögerte.

In diesem Moment schlug der Oheim die Plane zurück. »Das kommt überhaupt nicht infrage. Nicht einen Schritt machst du aus der Wagenburg. Nach dem letzten Vorfall müssen wir noch wachsamer sein. Ich habe deshalb auf einen Stand auf dem Markt verzichtet. Deine englischen Freunde wirst du noch früh genug sehen. Sei vernünftig, bring dich und uns nicht unnötig in Gefahr.«

Die Sehnsucht nach John musste bei Golda so übermächtig gewesen sein, dass sie sich trotzig gegen ihren Ziehvater auflehnte. Mit Wucht brach es aus ihr heraus. »Ich bin doch kein kleines Mädchen mehr, das man am Schürzenband führen muss. Ich gehe beim Heiligen Vater aus und ein und er hat mir ausdrücklich seinen Schutz versprochen. Dass ich achtgeben muss, weiß ich selbst. Ich gehe jetzt!«

Gott sei Dank konnte Abraham dieses Verhalten richtig einordnen und fasste es nicht als gegen seine Person gerichtet auf. »Golda, schlaf eine Nacht darüber. Im Moment bist du zu erregt. Ich bitte dich darum.«

Verärgert und in einem hohen Grade eigensinnig drehte sie sich abrupt um und ging auf die andere Seite des Wagens. Zuvor hatte sie Giovanni am Ärmel gezupft und ihm angedeutet, ihr zu folgen. »Sag mir, wo Hus und seine Begleiter abgestiegen sind. Ich muss sie sehen. Jetzt!«

Giovanni konnte Goldas Wunsch zwar verstehen und nachfühlen, trotzdem durfte nichts übereilt werden, und bei genauem Nachdenken war Golda sogar undankbar. »Für Abraham bist du wie eine leibliche Tochter. Er hat sein Leben wegen dir umgestellt, auf vieles verzichtet und findet nachts aus Sorge um dich keinen Schlaf. Er hat von dir mehr Respekt verdient.«

Golda war total uneinsichtig. Ihre Miene verdunkelte sich. Giovanni konnte ihre Gedanken erahnen. *Soll ich dem Bengel eine Ohrfeige geben? Wer hat ihn denn ohne großes Theater aufgenommen? Wer muss denn den engen Schlafplatz im Planwagen mit ihm teilen? Wer muss denn wem dankbar sein?*

»Was ist? Hilfst du mir nun oder nicht?«

Als er immer noch zögerte: »Sonst große Worte, dass ich deine Schwester bin, aber wenn es darauf ankommt, ziehst du wie so viele den Schwanz ein. Soll ich zu Alois gehen und ihn um Hilfe bitten?«

Nur das nicht! Deutlich konnte jeder sehen, wie er mit sich rang, wie seine Augen sie anflehten, doch zur Besinnung zu kommen. Nichts half. Schließlich schüttelte er halb nachgebend den Kopf. »Lass uns überlegen. Wir finden einen Weg.«

Golda war von ihrem angenommenen Bruder maßlos enttäuscht. »Hör mit der Hinhaltetaktik auf. – Ich werde allein in die Stadt gehen und mich durchfragen. Einer wird doch die Pfisterin kennen.« Sie zog ihr rotes Mieder und das taillenbetonte Gewand aus dem Kasten und wollte schon vom Wagen klettern, als Giovanni sie brüderlich berührte. »Golda, ich habe eine Idee. Mit einer Klappe schlagen wir drei Fliegen. Dein Oheim wird nichts dagegen haben, du gelangst unerkannt in die Stadt und wir vertragen uns wieder.«

»Sooo, und wie soll das gehen?«

Er kramte in einem Sack und zog alte Kleidungsstücke heraus – Lumpen wäre trefflicher ausgedrückt: einen verschlissenen knöchellangen Rock, einen durchlöcherten Umhang und ein zerfranstes Kopftuch. »Zuerst binde ich dir ein Kissen auf den Rücken, dann ziehst du die alten Klamotten an und zum Schluss schmiere ich dir nassen Kohlenstaub ins Gesicht. Sobald wir in die Nähe des Stadttors kommen, schlurfst du in gebückter Haltung mit einem Korb auf dem Rücken wie eine alte Hexe. Niemand wird auf eine Bettlerin achten. Die gibt es in Konstanz an jeder Straßenecke.«

Eine geniale Idee! Unbehelligt gelangten sie in die Stadt. Die Pfisterin wohnte in der Sankt Paulsgasse. Hinter einer Hausecke nahm Golda das Kopftuch ab, rieb sich die Farbe aus dem Gesicht und steckte den dreckigen Umhang in den Korb. Als Bettlerin hätte sie der Hausknecht sofort abgewiesen. Kaum hatte sie an der Glocke gezogen, wurde die Tür geöffnet. »Ah, Sie möchte wohl auch den Böhmen predigen hören. Komme Sie herein, einige Sitzplätze sind noch frei. Die Treppe hoch und dann links die erste Tür.«

Auf Zehenspitzen schlängelte sich Golda durch die letzte Reihe. Hus predigte schon und die Zuhörer lauschten andächtig. Von ihrem Platz aus konnte sie ihn sehen. Der Magister war nicht sehr groß, eher ein kleines, hageres Männchen mit tiefliegenden Augen, hoher Stirn und flinken Händen, die jedes Wort seiner Predigt unterstrichen. Dass er ein durchgeistigter Mensch war, konnte niemand übersehen. Es war die Stimmigkeit, dass er lebte, was er predigte, die die Zuhörer in ihren Bann schlug.

Golda hörte nur mit halbem Ohr zu. Nicht weil sie sich nicht für seine Botschaft interessierte, nein, ihre Gedanken waren bei jemand anderem. War Bruder John auch hier? Sie suchte die Reihen ab. Zuerst erblickte sie Bruder Arnulf. Zusammengesunken saß er auf einer Holzbank – hohle Wangen, zittrige Hände, aber noch immer brannte das Feuer wie damals in Hagenau in seinen Augen. Und da, in der ersten Reihe kauerte John auf dem Boden und hing an den Lippen des Predigers. Wie ein Hungernder verschlang er jedes Wort.

Vor Freude hätte sie aufspringen und sich ihm in die Arme werfen können. John war da! Er hatte Wort gehalten! Aufgeregt rutschte sie auf der Bank hin und her und wartete ungeduldig auf das Ende der Predigt. Ihre Nachbarn warfen ihr schon böse Blicke zu. »Wenn Sie es nicht hören will, dann gehe Sie doch wieder.«

Golda nahm sich zusammen und konzentrierte sich auf Hus' Worte. Es war eine Kritik an der Kirche und deren Hüter. Das Gleiche, nur mit anderen Worten hatte sie auch von den englischen Wanderpredigern gehört, und diese hatten es von Wiclif übernommen. Dann sprach Hus von der Göttlichkeit der Welt und dem Göttlichen im Menschen. Er predigte so eindrücklich, so überzeugend. Man lebte in seinen Worten. Golda durchrieselte ein Strom von Gefühlen. Diese waren nicht zu vergleichen mit denen, die sie empfand, wenn John sie in den Armen hielt. Inniger, geistiger waren sie, ließen einen schweben und man fühlte sich eins mit allem Kreatürlichen. Ob Mensch, ob Tier, ob Baum, alles war eins und alles war in Gott. Schwindelig wurde ihr. Wirr purzelten die Gedanken und Gefühle in ihr durcheinander. Aufhören! Diesem Ansturm war sie nicht gewachsen, ihr Atem ging schwer.

Wie in Ekstase schob sie auf ihrem Weg nach vorn die Zuhörer zur Seite und drängte sich durch die Lücken. In diesem Hochgefühl, durchmischt mit der Wiedersehensfreude, warf sie sich ihrem Freund an die Brust. Am ganzen Leib zitterte sie und brachte keinen verständlichen Satz heraus. Das geistige Einssein, das sie gerade erlebt hatte, konnte sie nicht mit der Realität vereinen. Vielleicht sah sie deshalb nicht, wie ausgezehrt Bruder John, wie verblasst der Glanz seines Feuerschopfes und wie eingefallen seine Wangen waren. Erst allmählich erahnte sie, was die langen Märsche, die kalten Nächte, das erbettelte Brot aus ihrem Liebsten gemacht hatten. Dabei war John noch jung, was musste erst sein Mitbruder Arnulf erduldet haben.

John rührte sich anfangs nicht, war noch in Gedanken bei der Predigt. Es dauerte, bis ihm bewusst wurde, wer vor ihm stand. Doch dann – ein tiefer, befreiender Seufzer, und er drückte Golda fest an sich. Ein Blinder konnte sehen, was die beiden füreinander empfanden. So standen sie da, lange, viel zu lange. Die Umstehenden tuschelten schon hinter vorgehaltener Hand. Das gehöre sich nicht. Hier sei man doch nicht in einem Liebeshaus. Hohes, Heiliges werde in dieser Kammer verkündet.

Mag sein, dass Bruder Arnulf das Murren der Frommen gehört hatte. Mit Hilfe seines Stockes erhob er sich und berührte Johns Schulter. »Bruder, ich verstehe, was in Euch vorgeht, aber strapaziert die Gefühle der Leute nicht zu sehr. Drückt und herzt Euch draußen.«

»Nicht doch, Bruder Arnulf«, mischte sich Hus ein. »Es scheint, dass sie sich lange nicht gesehen haben. Die pure Wiedersehensfreude leuchtet doch aus ihren Augen. So kleinlich ist der HERR nicht, dass er jede Freude verbietet. Auch ein Mann der Kirche hat Gefühle, warum soll er sie nicht zeigen?«

Golda hätte Hus umarmen können. Ein Prediger, der nicht nur Schuld und Strafe auf den Lippen hatte, sondern die Menschen kannte und wohl mehr über den HERRN wusste als all die vielen Gelehrten zusammen.

Als Hus sich wieder anderen zuwandte, zog Golda John zur Seite. »Ist es in Konstanz nicht zu gefährlich für den Prediger?«

»Sei ohne Sorge, der König selbst hat ihm freies Geleit zugesagt. Außerdem, schau dich um, einige tschechische Adelige, die Sigismund zu seinem Schutz bestimmt hat, sind auch anwesend. Das Oberhaupt des Reiches hält seine Hand über ihn. Kann es etwas Sichereres geben?«

»Warum ist er eigentlich hierhergekommen?«

»Der Meister möchte vor dem Konzil seine Thesen vortragen und alle auffordern, mit ihm darüber zu debattieren, ihn zu widerlegen. Falls er etwas sage, das nicht in der Bibel stehe, sei er bereit zu widerrufen. Aber nur dann!«

Er musterte Golda von oben bis unten. »Bei dir scheint sich nicht viel geändert zu haben. Du verkleidest dich, machst dich unkenntlich. Deine Verfolger sind demnach immer noch hinter dir her. Alles liegt doch viele Jahre zurück. Geben die nie Ruhe?«

»Mein Oheim meint, dass der Tanz hier von Neuem beginnen wird. Der Domherr und Hennes sind schon in der Stadt. Ich habe sie mit eigenen Augen gesehen.«

»Und wer gibt auf dich acht?«

»Der Skriptor und Giovanni. Ach, den kennst du noch nicht. Mein angenommener Bruder. Diese Geschichte erzähle ich dir später.«

Bruder John hielt sie von sich weg, um ihr in die Augen schauen zu können. »Bald wird auch dein Landesvater Kurfürst Ludwig, der Gemahl unserer vielgeliebten verstorbenen Blanche, samt seiner Begleitmannschaft in Konstanz eintreffen. Es kann zu Widrigkeiten kommen. Für Bruder Arnulf und mich, weil der Fürst uns verboten hat, ihm noch einmal unter die Augen zu treten, und für dich, weil gewiss dein Halbbruder dir immer noch nach dem Leben trachtet.«

»John, bis jetzt hat uns der HERR beschützt. Wo ist dein Gottvertrauen?«

Beschämt blickte der englische Bruder auf den Boden. Golda nahm ihn an der Hand und wollte ihn zu einem Fleckchen führen, wo nicht so viele Leute waren. Doch Bruder Arnulf hielt John fest. »Später! Hus möchte uns Briefe nach Prag an seine dortigen Anhänger diktieren. Diese sind sehr besorgt um ihren Prediger. Wenn ihm das Mindeste angetan werden würde, griffen sie zu den Waffen und es käme zum Krieg. Komm jetzt!«

Noch einmal streichelte John Golda zärtlich über die Wangen und drückte ihre Hand. »Bis bald. Pass auf dich auf!«

Nachdenklich geworden, verwandelte sich Golda wieder in die Bettlerin und humpelte durch die Gassen. Sie musste sich beeilen, denn inzwischen war es dunkel geworden und das Stadttor wurde geschlossen. Die Innenstadt hingegen kam nie zur Ruhe. Die Straßen waren voller Menschen, ein Sprachengewirr herrschte und eine Modenschau wechselte sich mit der nächsten ab. Die feinen Herren und Damen wollten nicht nur gesehen und bestaunt werden, sondern sich auch amüsieren. Je näher sie dem Kneipenviertel kam, desto mehr betrunkene und grölende Gestalten kamen ihr entgegen. Sie hatte ihre liebe Not, all die nach ihr grabschenden Hände abzuwehren. Noch das eine Gässchen, dann hätte sie es geschafft: Durchs Tor, über den Graben, dann läge das freie Feld vor ihr. Just da kamen ihr noch zwei Schwankende entgegen. Sie wollte ausweichen, doch der eine torkelte, suchte an ihr Halt und riss dabei ihr Kopftuch herunter. Jeder konnte ihr Gesicht sehen und sich überzeugen, dass keine alte Bettlerin vor ihnen stand, sondern eine anmutige junge Frau. »Ei der Daus, was sich so alles unter einem Kopftuch und einem runden Rücken verbirgt.« Der zweite grapschte nach ihr. »Komm, mein Täubchen, zier dich nicht so. Ich lade dich auf einen Schoppen ein. Meinetwegen auch auf zwei, dafür musst du aber auch recht lieb zu mir sein. Gib mir einen Kuss!«

Erst jetzt wurde Golda bewusst, was da vor sich gegangen war. Schnell zog sie das Kopftuch wieder über ihre Haare und rannte davon. Die Gaffer, die dazugekommen waren, konnte sie nur schemenhaft sehen, doch ein Satzfetzen blieb ihr in den Ohren hängen. »Ist das nicht die junge Medica, die beim Papst ein und aus geht?«

Im Planwagen sagte sie kein Wort, legte sich sofort auf ihren Strohsack und zog die Decke über den Kopf.

20.

Fida Pfister, die Herbergswirtin, eine von Hus' eifrigsten Zuhörerinnen, drückte Bruder John ein Lammfell in die Hände. »Wir haben erst den 28. November, die richtige Kälte kommt noch. Legt das Fell auf das Bettlaken des Predigers. Der Mann dauert mich. Seit der drei Wochen, in denen er bei mir Quartier bezogen hat, hofft und hofft er, dass er vor den Herren Gelehrten und den hochlöblichen Herren Kardinälen sprechen dürfe, doch alle lehnen das strikt ab. Jetzt glaubt er, wenn der König hier eintrifft, werde sich alles zum Guten wenden.«

Sie zog Bruder John in eine dunkle Ecke. In ihrem Haus wohnten seit Konzilsbeginn fünfmal so viele Leute und jeder stellte seine Lauscher auf. »Ich habe gehört, dass die hohen Herren sagen, wenn der Prediger seine ketzerischen Lehren nicht widerrufe, werde er verbrannt. Kann das sein?«

»Gute Frau, das sind dumme Gerüchte. Niemand wird wagen, ihm auch nur ein Haar zu krümmen. Seine böhmischen Landsleute stehen geschlossen hinter ihm. Das weiß Sigismund auch. So dumm wird er nicht sein, einen Aufstand zu riskierten. Sei Sie also unbesorgt.«

»Euer Wort in Gottes Ohr. Die Böhmen gelten allesamt als Ketzer. Wenn das nur gut geht!«

Vorsichtig drückte John die Tür zu Hus' Kammer auf. Der Meister war in seinem Gebet versunken. Da er ihn nicht unnötig stören wollte, hängte er das Fell über eine Stuhllehne und schlich leise wieder zur Tür. Laute Befehle, Waffengeklirr und Angstschreie waren zu hören. War Krieg ausgebrochen? Er schaute aus dem Fenster. Bewaffnete Stadtknechte standen vor dem Haus der Pfisterin. Der gefürchtete Stadtvogt und sogar ein päpstlicher Gerichtsrat waren dabei.

Gleich darauf lautes Pochen am Hoftor. Kopfüber stürzte Bruder John die enge Holztreppe hinunter und riss die Tür auf. »Was geht hier vor? Hier wohnen unbescholtene Bürger.«

Der Stadtvogt schob ihn brüsk beiseite und schaute in den Flur. »Logiert hier der Böhme Jan Hus?«

»Ja, aber ...?«

»Kein Aber. Ich habe Befehl, ihn zu einer Unterredung zu bringen.«

Das hörte sich gut an, denn nun konnte er endlich vor den versammelten Konzilsteilnehmern seine Thesen zur Debatte stellen. Das wäre ganz im Sinne des Meisters. »Aber warum seid Ihr bewaffnet? Magister Hus ist doch kein Verbrecher.«

»Stelle Er nicht solche Fragen. Ich kann sie nicht beantworten. Befehl ist Befehl.«

Gewaltsam drängte er sich mit seinen Leuten in den Flur. Bruder John schwante mittlerweile nichts Gutes für seinen Meister und stellte sich in den Weg. »König Sigismund hat ausdrücklich befohlen, dass bis zu seiner Ankunft Hus nichts geschehen dürfe. Also lasst uns in Frieden. Ich weiche keinen Zentimeter!«

Vom Lärm angelockt erschien oben auf der Treppe der Magister. »Lasst es gut sein, Bruder John. Wenn die Herren mit mir sprechen wollen, dann bin ich dazu bereit. Helft mir beim Anziehen und begleitet mich.«

Widerwillig, doch dem Meister gehorchend, wollte Bruder John schon das Hoftor zuziehen, als die Pfisterin aus dem gegenüberliegenden Schuppen gerannt kam und ihren Untermieter bedrängte, nicht mitzugehen. Sie habe einen Traum gehabt und ihn in Fesseln gesehen. Von so viel Anteilnahme war Hus gerührt. Er segnete seine Wirtin und versprach ihr, bald wieder zurück zu sein, da es heute Abend doch frische in Butter gebratene Felchen geben werde. »Ja, Herr, ich habe sie extra für Euch gekauft. Das ist doch Euer Lieblingsgericht.«

Voraus zwei Knechte mit Hellebarden, dahinter der Stadtvogt mit umgegürtetem Schwert, dann der Vorgeladene mit seinem treuen Begleiter, schließlich Ritter Chlum, sein böhmischer Beschützer, so ging es durch die Gassen der Stadt. Am Straßenrand standen Bürger und hielten Maulaffen feil, jetzt hatten sie wieder etwas zu berichten. Der Zug erreichte den bischöflichen Palast und hielt an. Bis zum Münster, dem Ort, wo das Konzil tagte und die Verhandlungen geführt wurden, wäre es nicht mehr weit gewesen. In Bruder John stiegen immer mehr dunkle Ahnungen auf, selbst der Meister schaute sich zweifelnd um. Was sollte er im Palast des Bischofs? Dort hatte Johannes XXIII. Quartier bezogen.

Es ging eine breite marmorne Treppe hinauf, von Fackeln erleuchtet, kunstvoll bemalte Wände und ein Deckenfresko, dass einem die Augen übergingen. Gleich würden sie in einem der prachtvollen Säle angelangt sein. Weit gefehlt! Hus wurde in einen im Halbdunkel liegenden Raum gestoßen. Dort saßen auf gepolsterten Stühlen Kardinäle, Bischöfe und einige Gelehrte schweigend um einen Tisch. Wie ein Tribunal sah das Ganze aus, nicht wie eine Diskussionsrunde oder ein Hörsaal. Bruder John sträubten sich die Haare. Den mit dem roten Mantel kannte er! Es war der Mainzer Domherr. Warum tuschelte dieser andauernd mit dem päpstlichen Gerichtsrat und warum hatte er mit einer verächtlichen Geste auf den Meister gedeutet? Da schien sich etwas zusammenzubrauen. Sollte er umdrehen und Hilfe holen? Er überlegte: Wen kannte er denn? Auf die Straße rennen und Verrat schreien? Keiner in Konstanz würde auch nur einen Finger für den Ketzer rühren. Also bleiben und dem Meister beistehen, so gut es ging.

Die Waffenknechte dirigierten Hus vor den Tisch und blieben demonstrativ mit aufgerichteter Hellebarde neben ihm stehen. Kein Stuhl wurde ihm angeboten. Kein Laut war zu hören. Die Stille war beängstigend.

Endlich erhob sich einer der Anwesenden. Es war der Bischof von Trient. Ein Mann mit einem Leibesumfang wie drei Weinfässer zusammen. An jedem Finger steckten diamantbesetzte Ringe, um den Hals trug er ein goldenes Kreuz. Mit weingerötetem Gesicht deutete er huldvoll eine Verbeugung an, entbot den Anwesenden einen Gruß und wandte sich ohne lange Umschweife an den Vorgeladenen. »Magister Hus, ehemals Rektor der Prager Universität, Prediger an der Bethlehemkapelle in eben dieser Stadt. Er wurde dort schon vor Jahren wegen seiner schändlichen und aufrührerischen Predigten der Ketzerei angeklagt, vom Heiligen Vater mit dem großen Kirchenbann belegt und nach Rom vor ein Gericht geladen. Dem Gebot kam er nicht nach, daher wird hier und jetzt der schon eingeleitete Prozess weitergeführt.«

»Mit Verlaub«, Bruder John sprang auf, »so können die hochlöblichen Herren mit meinem Meister nicht umgehen. Jan Hus kam aus freien Stücken nach Konstanz, weil er vor der versammelten Christenheit seine Thesen diskutieren möchte. Die Versammlung hier entpuppt sich als ein Gericht und mein Meister wird zum Angeklagten.«

Schon wollte der Bischof den Waffenknechten ein Zeichen geben, den Ungefragten zum Schweigen zu bringen, als Bruder John zu allem entschlossen an den Tisch der Herren trat, um sich Gehör zu verschaffen. »Seine Exzellenz, hochwürdigster Herr Bischof, erlaube Er mir, dass ich Ihn verbessere. Seine Ausführungen sind nicht korrekt.«

Wenn es in dem Raum zu einer Schlacht gekommen wäre, niemand hätte sich gewundert. Ein englischer Wanderprediger in einer ausgefransten, abgestoßenen Kutte erdreistete sich, einen hohen Würdenträger der Kirche des Irrtums zu bezichtigen? Die Waffenknechte senkten schon die Hellebarden und griffen nach dem Unverschämten. Doch da stampfte der böhmische Adlige, Ritter Chlum, so heftig auf den Boden, dass augenblicklich Ruhe einkehrte. »Ich stehe hier als ein von König Sigismund beauftragter Begleiter des Magisters Jan Hus. Wenn die Herren meine Beglaubigung sehen möchten, gern! Bevor wir, das heißt, Jan Hus und die böhmischen Ritter, in Konstanz eingezogen sind, war ich bei Papst Johannes XXIII. vorstellig und habe ihn gefragt, ob sich Jan Hus trotz des von ihm ausgesprochenen Kirchenbanns frei bewegen könne. Wörtlich hat der Heilige Vater gesagt: ‚Und wenn er meinen eigenen Bruder getötet hätte, nicht ein Haar auf dem Kopf würde ihm gekrümmt werden, solange er in der Stadt weilt.' Also steht Magister Hus hier als freier Mann. Haben die Herren so wenig Achtung und Respekt vor den Worten des Papstes? Der verhängte Kirchenbann ruht.«

Der Ritter suchte mit den Augen nach dem päpstlichen Gerichtsrat. »Er war doch bei der Anfrage dabei, warum sagt Er nichts? Ist das hier eine Verschwörung gegen den Magister? Das widerspräche allen Gesetzen und Abmachungen.«

Triumph! Bruder John sandte ein Dankgebet gen Himmel. Vielleicht war das etwas zu verfrüht. Nun bat der Domherr ums Wort. »Der Bruder aus dem Norden, der die Debatte angestoßen hat, möge sich mäßigen, denn diese Frage, wenn ich das in aller Bescheidenheit sagen darf, erübrigt sich von selbst.«

Alle Augenbrauen wurden hochgezogen und ein Gemurmel machte sich im Saal breit. Den Domherrn schien das nicht anzufechten, er feixte und rieb sich die Hände. »Auch wenn der König dem Magister aus Böhmen freies Geleit zugesagt haben sollte, dann erlischt dieses bei einem Ketzer. Dieser ist laut kanonischem Recht seiner Würde verlustig und damit rechtlos.«

Der Herr aus Mainz reckte den Hals und schob seine Brust demonstrativ nach vorn. »Dass das apostolische Gericht überhaupt mit dem Böhmen spricht, ist ein Ausdruck seines guten Willens.« Nun lag der Triumph bei ihm.

Bruder John wollte schon widersprechen, doch der Domherr ließ ihn nicht zu Wort kommen. »Bevor der englische Bruder, dessen wahre Gesinnung und Vergangenheit auch durchleuchtet gehört, etwas sagt, möchte ich daran erinnern, dass besagter Jan Hus als geweihter Priester ein Gehorsamsgelübde abgelegt hat. Das hat er durch sein aufwieglerisches Tun gebrochen und gehört schon deshalb vor Gericht. Schlimmer aber, viel schlimmer ist, dass er sich gegen die Heilige Mutter Kirche auflehnt. Er möchte sie gar abschaffen. Wenn das keine Ketzerei ist, was sonst?«

Kampfbereit, mit geballten Fäusten, stellte sich Bruder John vor den Domherrn. Da trat Hus einen Schritt vor und zog ihn sanft zur Seite. »Es ehrt mich sehr, dass Er sich für meine Person einsetzt, aber ich glaube, dass ich es bin, der antworten muss.« Ruhig und besonnen begann er: »Werte Herren, es ist nicht mein Begehren, die Kirche ganz und gar abzuschaffen, das wäre eine falsche und irreführende Unterstellung, die ich niemandem von Ihnen zutraue. Nein, ich möchte die Kirche, der ich mit meinem ganzen Herzen diene, reformieren, möchte, dass sie sich wieder auf ihre Wurzeln besinnt, dass sie entschlossener in der Nachfolge Christi wirkt.«

Hus hielt inne und musterte die Herren in Purpur und Pelz. »Ich brauche die Würdenträger der Amtskirche nur anschauen. Jesus Christus hatte ein abgetragenes Gewand an, seine Füße steckten in Sandalen, auf seinem Mittagstisch standen Fladen, Fisch und Wasser und seine Schlafstelle war ein karges Holzgestell. Und Ihr, Ihr Herren? Ihr glitzert und glänzt, bewegt Euch in goldbestickten Purpurgewändern, tragt edelsteinbesetzte Hüte auf Eurem Haupt und schlaft mit Euren Gespielinnen in weichen Daunen.«

»So ist es! Genauso ist es!« Bruder John wollte das Gesagte seines Meisters unterstreichen. Beruhigend legte Hus seine Hand auf dessen Arm. »Nicht doch, Bruder John. Es könnte sein, dass die Herren Euch ob Eures Engagements für mich auch noch als Ketzer anklagen.«

Er schaute jedem der vor ihm Sitzenden in die Augen. Beim Mainzer hielt er inne. »Und woher kommt all der Reichtum? Kann der Domherr mir das sagen?«

Betretenes Schweigen. Die Blicke waren auf den Boden gerichtet. Hus hatte dafür nur ein gütiges Lächeln übrig. »Anstatt das göttliche Wort allen zu predigen und sich dem Studium der göttlichen Wahrheit zu widmen, seid Ihr damit beschäftigt, die Erträge der Wallfahrten zu zählen und die Opferstöcke täglich zu leeren. Ihr tut so, als ob die Gnade Gottes käuflich wäre. Glaubt ihr, dass der HERR daran sein Wohlgefallen hat?«

Urplötzlich schlug die Stimmung um. Persönlich angegriffen fühlten sich die Herren, verleumdet, mit Kot beworfen, und das vor aller Augen. Es war, als ob der Teufel von der Kanzel gesprungen wäre. Alle schrien, beschimpften den Magister und drohten ihm mit der Faust. Nur der Mainzer Domherr saß äußerst zufrieden auf seinem Stuhl. Hus hatte alle gegen sich aufgebracht und diese würden schon dafür sorgen, dass ihm der Mund gestopft würde. Wer die Amtskirche als Verwalterin des göttlichen Nachlasses angriff, gehörte der Gemeinschaft nicht mehr an. Musste geächtet werden oder noch mehr.

Als der Tumult nicht enden wollte, rief der beringte Bischof den Stadtvogt zu sich und ordnete an, dass der Angeklagte unverzüglich in eine Arrestzelle zu bringen sei. Die

Stadtknechte zerrten den Magister aus dem Saal. Als Bruder John und Ritter Chlum gegen die widerrechtliche Verhaftung des Magisters lauthals protestierten, hieben sie ihnen die Hellebardenstangen über die Köpfe und brachten Hus in das auf einer vorgelagerten Insel liegende Dominikanerkloster. Dort stießen sie ihn rüde die Treppen hinunter und sperrten ihn in eine Zelle des Rundturms, die genau über den Kloaken lag. Es stank bestialisch, und kalt, feucht und duster war es allemal. Zum Schlafen streuten sie fauliges Stroh auf den blanken Boden und postierten zwei Wachen vor der Eisentür. Schwerverbrecher wurden besser behandelt.

Bruder John, der mit blutendem Kopf hinterhergelaufen war, schrie, als er den Kerker seines Meisters sah, wie ein verletzter Eber auf und ließ sich nicht mehr beruhigen. »Wollt ihr, dass der Rektor der Prager Universität wie eine Ratte in diesem Loch stirbt? Es dauert keine Woche und er wird, so wie ich euch kenne, irgendwo am Schindanger verscharrt. Was seid ihr nur für Menschen!« Ein zweiter Schlag über den Schädel machte Bruder John mundtot.

Erst als Hus schwer krank wurde, besann sich Papst Johannes XXIII. Es wäre für das Ansehen der Kirche und auch ihn nicht gut, wenn Hus in einem Kerker verrottete, zumal er schon viele Anhänger um sich geschart hatte. Die Christenheit würde mit Fingern auf ihn als den dafür Verantwortlichen zeigen. Er verordnete Hafterleichterung und ein bekömmlicheres Essen. Später wurde der Magister nach Gottlieben, einem Schloss des Bischofs von Konstanz, gebracht und Tag und Nacht bis zu seinem Prozess in Ketten gehalten.

21.

Die ersten Tage nach Heiligabend zeigten sich von der kalten Seite. Über der Stadt am See lag eisiger Nebel. Kaum zwei Schritte weit konnte man sehen. Der Boden war gefroren. Wohl dem, der ein warmes Bett sein Eigen nennen konnte.

Alois trotzte der Kälte. Er hatte sich eine neue Zirkusnummer ausgedacht. »Madame, spring auf das Fass! Balancier auf dem Fass! Bring das Fass zum Rollen!« Nicht immer gelang das neue Kunststückchen. Hinter Alois klatschte jemand Beifall. »Respekt, Respekt, noch nicht perfekt, aber der erste Schritt ist getan. Sehr gut macht Er das!«

Die Stimme kannte Alois nicht. Ein Fremder in der Wagenburg? Das kam nicht oft vor. Hier kannte jeder jeden und jeder gab auf den anderen acht. Bei Fremden musste man vorsichtig sein. Neugierig geworden schaute sich der Hundedresseur um und musterte den vor ihm Stehenden. Er hatte eine rote Narbe schräg über die Stirn, doch hinter den Augen verbarg sich keine Bosheit, eher Schuld. »Wer ist Er und was will Er hier?«

»Ich habe seine Kommandorufe gehört und wurde neugierig. Bin selbst ein Hundefreund. Üben hier in der Wagenburg noch andere solche Kunststücke mit Hunden ein?«

»Ich bin der Einzige. Andere lassen Bären tanzen, legen Karten, spucken Feuer, schreiben Dokumente und balancieren auf Hochseilen. Jeder macht halt, was er am besten kann.«

»Auf anderen Märkten habe ich auch Zahnbrecher, Wunderdoktoren und Heiler gesehen. Hat Er das auch?«

»Eine Heilerin haben wir nicht, aber eine Medica. Sie kann sogar den Papst von seinen Schmerzen befreien.«

»Was Er nicht sagt. Wo finde ich diese sagenhafte Alte?«

»Sie ist keine Alte, sondern eine wunderhübsch anzuschauende Dame, hat Manieren, kann fremde Sprachen sprechen und sogar lesen und schreiben. Golda und der Skriptor leben im vorletzten Wagen auf der rechten Seite.«

Alois zeigte auf das Gefährt mit grünlicher Plane. Was er nicht sah, war der Dolch, der im Gürtel des Fremden steckte.

*

Gelangweilt schaute Hennes sich um. Alle Leute waren mit irgendetwas beschäftigt. Keiner achtete auf ihn. Unbehelligt schlenderte er die Wagenreihe entlang, bis er bei dem vorletzten Wagen angelangt war. Vor dessen Eingang standen ein Tisch, ein mit Wasser gefüllter Trog und ein Schemel. Aus dem Innern hörte er Stimmen. Hier war er richtig, doch wo sollte er sich verstecken? Am besten unter dem Karren zwischen den Kisten und Tonnen. Dort befanden sich einige Leinensäcke, auf die er sich legen konnte. Kaum hatte er sich auf seinem Beobachtungsplatz eingerichtet, kletterte mit allerhand Tiegeln, Mörsern und Kräutersäckchen eine junge Frau aus dem Wagen und machte sich am Tisch zu schaffen. Ab und zu schöpfte sie Wasser aus dem Trog, um ihre Mixturen zu verdünnen oder Schalen auszuwaschen. Sie war so auf ihre Arbeit konzentriert, dass man neben ihr eine Kanone hätte abfeuern können.

Vorsichtig schob Hennes sich nach vorn. Er konnte sehen, wie die junge Frau Kräuter sortierte, zu Portionen häufelte und im Mörser zerrieb. Sie hatte schwarzes, schulterlanges, glattes Haar und eine schlanke Gestalt. Nicht so groß, wie er die Nichte des Skriptors in Erinnerung hatte. Jetzt drehte sie sich um. An der Wange war ein Muttermal, um die Augen lagen dunkle Schatten. Wie hatte der Hundedresseur sie genannt? Golda. Ein jüdischer Name. Könnte vom Aussehen her tatsächlich eine Jüdin sein. Manches traf aber auch auf Almut zu. Er wurde immer unruhiger. Um sicher zu sein, müsste er den rechten Unterarm sehen. Als Kinder hatten sie sich ewige Bruderschaft geschworen und sich ein Kreuz oberhalb des Handgelenks eingeritzt. Dafür müsste sie die Ärmel hochschieben. Doch das war ein frommer Wunsch bei dieser Kälte.

»Golda, benötigst du noch lange den Tisch? Ich muss noch eine Abschrift anfertigen«, fragte eine männliche Stimme aus dem Wagen und gleich darauf: »Giovanni, sei so gut, rühr Tinte an und spitz mir zwei Federkiele.«

Sollte er sich zurückziehen? Bald könnte hier mehr Leben entstehen. Ein prüfender Blick unter den Wagen und er wäre entdeckt. Schon zog er die Beine an, um sich nach hinten zu schieben, als die junge Frau ein großes Bündel Kräuter in dem Trog einweichte. Die borstigen und trockenen Stiele drängten immer wieder an die Wasseroberfläche und die Jungfer musste sie fest auf den Boden drücken. Dabei wurden ihre Ärmel klitschnass. Leise fluchend krempelte sie sie hoch.

Mit weit aufgerissenen Augen starrte Hennes auf den rechten Unterarm. Kreuzdonnerwetter, da waren sie – zwei sich kreuzende Narben. Es gab keinen Zweifel, die junge Frau war Almut. Er hatte sie gefunden.

Jetzt den Rückzug antreten? Ein Schwall von Erinnerungen, Wünschen und Hoffnungen überschwemmte ihn. Früher im Herrenhaus, in der Schule der Zollstelle, bei den Kirchweihfesten in Mannheim, beim Baden im Rhein – damals hatte er sich als ihr Beschützer gefühlt und sich ausgemalt, wie sie später ein Paar sein würden. Im Sankt-Sebastians-Kirchlein hatte er mit ihr vor den Altar treten und sie nach der Einsegnung in seinen starken Armen über die Schwelle tragen wollen. Dass sie mehr seinem jüngeren Bruder Konrad zugetan sein könnte, war ihm nicht in den Sinn gekommen. Er war doch der Stärkere, der Mutigere gewesen. Dann war die Enttäuschung gekommen. Sein Bruder hatte sie aus dem Moorloch gezogen. Die Gefahr hatte er nicht erkannt, zu lange gezögert; Konrad war ihr Lebensretter. Oh, wie hatte das damals wehgetan und schmerzte immer noch. War das der Grund, warum er sich auf dieses schändliche Tun vor dem Ortsgericht eingelassen hatte? Ja und nein. Zu eng war es ihm in der Hütte des Aumanns geworden, er hatte hinaus in die Welt gewollt. Eine Stellung als fürstbischöflicher Stallmeister hatte er zwar erhalten, aber um welchen Preis? Nachts wälzte er sich schweißgebadet von einer Seite zur anderen. Alpträume verfolgten ihn, ließen ihn nicht zur Ruhe kommen.

Er spürte, wie es in ihm rumorte, wie sein Magen sich verkrampfte. Warum der innere Tumult ausgerechnet hier? Es war das erste Mal, dass er solche Fragen überhaupt zuließ. Ja, er hatte sich schuldig gemacht. Und nun? Die Kälte des eisigen Bodens stieg hoch, drang durch seine Weste, machte ihn steif. Wenn ihn in diesem Augenblick der Tod am Ärmel gezupft hätte, er hätte sich nicht gewehrt. Unfähig, sich zu rühren, blieb er liegen.

Plötzlich hörte er hinter sich ein dunkles Brummen und Kratzen. Vom Donner gerührt fiel ihm ein, dass der Hundedresseur von einem Bärenführer gesprochen hatte. Er war in einer Falle. Hinter ihm die Bestie, vor ihm Almut und nun kam auch noch der Junge mit dem Pudel angerannt. Wichtig tat er, winkte die Leute der Wagenburg zu sich.

»Alle herhören! Ich kenne das Neueste!«

Das wirkte. Im Nu hatten sich alle Fahrenden eingefunden. »Was gibt's?«

»Meine Mutter kommt gerade aus der Stadt. Zwei Nachrichten hat sie mitgebracht und die haben es in sich.«

»Nun lass dir die Würmer nicht aus der Nase ziehen.«

»Stellt euch vor, der König ist noch spät am Heiligen Abend in Konstanz eingetroffen und hat dem Papst in der Christmette als Ministrant gedient. Von Frieden, Freude, Vergebung wurde gepredigt und viele hatten gehofft, dass der König als Zeichen der Versöhnung nun anordnen würde, den böhmischen Ketzer freizulassen.«

»Und, hat er?«

»Er denkt nicht einmal daran.«

»Oh Gott!«, unterbrach ihn Golda. »Das ist eine schlechte Nachricht. Meister Hus ist eine geschundene Haut, so wie wir: die Fahrenden, Ausgestoßenen, die, die täglich um ihr Brot bangen müssen.«

Die Umstehenden klatschten Beifall. »Golda, das hast du wunderschön gesagt. Nun lass uns noch hören, warum König Sigismund erst jetzt nach Konstanz kam. Das Konzil hat doch schon längst angefangen.«

»Ganz einfach, weil er noch nicht gekrönt war. Ein Nichtkönig hätte bei den Konzilsteilnehmern nicht die nötige Autorität. Der Kurfürst aus der Pfalz, sein ausgemachter Freund, hat ihn nach Aachen zur Krönung begleitet.«

»Und was ist die zweite Nachricht?«, wollten die Umstehenden wissen.

»Der besagte Pfälzer ist nun auch mit einem riesigen Aufgebot eingetroffen. An die zweihundert Reiter sollen es sein. Neben dem König ist er der mächtigste Mann hier. Sigismund hat ihm das Amt des Konzilsprotektors übertragen und zum obersten Reichsrichter ernannt. Ohne ihn geschieht in Konstanz nichts mehr.«

Für Hennes war es schwer zu erkennen, ob sich Golda über diese Nachricht freute oder sie eher fürchtete.

»Alois, hat deine Mutter auch gesehen, wer alles bei ihm ist?«

»Gemunkelt wird, dass seit dem Tod des Vaters des Kurfürsten, also König Ruprechts I., ein älterer Mann ständig um ihn ist. Früher soll er ein hohes Amt innegehabt haben, dann in Ungnade gefallen sein und nun als Berater des Pfalzgrafen dienen. Mit Achtung wird von ihm gesprochen, aber den Namen kennt keiner.«

»Hat der ältere Herr einen Begleiter?«

»Ja, ein junger Bursche. Es war nicht sein Sohn, doch es machte den Eindruck. Der Alte hat ihm einige Male das Haar gestreichelt.«

Hennes hielt den Atem an. Natürlich kannte er die beiden. Es konnten nur Linhart Dörzbach und sein Bruder Konrad sein. Wie Vater und Sohn? Konrad hatte das bessere Los gezogen. Da war er wieder, der Neid, der Stich mitten ins Herz! Das Schicksal schien sich gegen ihn verschworen zu haben. Wer mit dem Teufel spielte, musste gute Karten haben.

Fort, fort, nichts wie fort. Er brauchte Ruhe, musste mit sich ins Reine kommen. Stück um Stück schob er sich auf die andere Seite des Wagens. Gott sei Dank war der Bärenführer mit seinem Untier auf den Markt gegangen, um es dort tanzen zu lassen.

*

Aufmerksam hatte der Skriptor zugehört. Die Nachricht vom Eintreffen des Kurfürsten und seiner Begleiter hatte Golda gewiss schwer zu schaffen gemacht. Er konnte eins und eins zusammenzählen. Und wenn bei dem Gefolge auch ihr Halbbruder dabei wäre? Was sollte er Golda raten? Sich ihrem Vormund zu erkennen zu geben? Und ihrem Halbbruder auch?

Abraham war kein Mann der schnellen Entschlüsse, lieber dreimal nachdenken. Damit war er ein Leben lang gut gefahren. Also: abwarten, nichts überstürzen!

22.

Der Domherr und sein Leibadjutant Hennes nahmen zwei Stufen auf einmal. Der Mainzer musste auf der Stelle das Kirchenoberhaupt sprechen. Kammerdiener Podiolino versperrte ihnen den Weg und bedauerte zutiefst. »Seine Heiligkeit hat sich zur Ruhe begeben. Die letzten Tage haben ihren Tribut gefordert. In zwei oder drei Stunden ist der Heilige Vater für Euch sprechbar.«

»Nichts da! Jetzt muss ich mit ihm reden!«, brauste der Domherr auf, schob den Kammerdiener zur Seite und riss mit einem Ruck die Tür zum Schlafgemach auf. Johannes XXIII. schreckte hoch und zog augenblicklich die Bettdecke über den Kopf. Er glaubte wohl, dass ihm jemand einen Dolch ins Herz stoßen würde. Bezahlte Mordbuben gab es zuhauf.

»Eure Heiligkeit, ich bin es. Euer Freund aus Mainz, Raban von der Sodern. Ihr habt von mir nichts zu befürchten. Beruhigt Euch wieder! Ich bin unbewaffnet. Mein Dienstherr, Erzbischof Johann von Mainz, schickt mich. Es brennt!«

Zögerlich, mit zittrigen Händen schob der Papst die schützende Decke nach unten. Sein Gesicht war schneeweiß und Schweißperlen standen ihm auf der Stirn. Bevor er die Zudecke ganz zurückschlug, musterte er noch einmal mit scheelen Blicken den Eindringling. Er schien es nicht gewohnt zu sein, während der Mittagsruhe gestört zu werden. Vielleicht hatten auch seine Augen nachgelassen. Von der Sodern und er hatten früher ein wildes Leben geführt. »Ah, Raban, du bist es! Hoffentlich hast du einen guten Grund für dein heftiges Eintreten. Wo brennt's denn?«

Der Domherr zog einen Stuhl ans Bett. »Baldassare, wenn dir dein Amt lieb ist, musst du noch heute die Stadt verlassen.«

»Was, wegen solcher abstrusen Fantasien störst du mich? Ich werde mich bei deinem Dienstherrn beschweren. Er soll dich in die Wüste schicken.«

Unter anderen Umständen hätte Raban von der Sodern auf der Stelle kehrtgemacht und demjenigen, der ihn beschimpfte, Rache geschworen, doch für Persönliches war jetzt keine Zeit.

»Aus sicherer Quelle weiß ich, dass es einen geheimen Beschluss der Kardinäle gibt, dich abzusetzen, damit sie einen neuen Papst wählen können, der ihnen genehmer ist. Der König ist damit einverstanden. Mit dir kann er, so glaubt er zumindest, keinen Staat mehr machen. Du hättest zu viel – wie soll ich mich vorsichtig ausdrücken? – zu viel Unmoralisches an dir. König Sigismund gab Order, alle Stadttore zu schließen, denn er befürchtet, dass du, wenn du von dem Entschluss erfährst, sofort die Stadt verlassen, dich nach Frankreich absetzen und von dort ein neues Konzil einberufen könntest.«

Johannes XXIII. lachte. »So unrecht hat Sigismund da gar nicht!«

»Ja, dann wäre sein Traum, das Schisma zu beenden, ausgeträumt. Du siehst, Eile ist geboten und …«, das konnte sich der Domherr nicht verkneifen, »mich in die Wüste zu schicken, wäre der falsche Weg.«

Johannes klopfte seinem Jugendfreund kameradschaftlich auf die Schulter. »Raban, was du sagst, klingt logisch, aber das sind nur Gerüchte. Mich abzusetzen traut sich keiner, mich, den Stellvertreter Gottes auf Erden.«

Damit das hämische Grinsen nicht jeder sehen konnte, drehte der Domherr sein Gesicht zur Seite. Was er dachte, sagte er nicht, doch sein Leibadjutant kannte jede seiner Gesten und Mienen. Vorhersagen hätte er können, was der

Domherr gleich sagen würde. Zurzeit gab es drei Päpste, drei Stellvertreter Gottes.

Hennes konnte sich nicht erinnern, dass sein Dienstherr jemals mit offenem Visier gekämpft hatte. Sein wahres Gesicht verstand er meisterhaft zu verbergen. So auch hier. Er wurde amtlich, denn er hatte im Namen des Erzbischofs einen Auftrag zu erfüllen. »Eure Heiligkeit, mir scheint, Ihr verkennt die Situation. Im Moment sitzt Ihr noch auf dem Heiligen Stuhl, wenn Ihr aber abgesetzt seid, nicht mehr. Verlasst als Papst die Stadt und versteckt Euch bei Freunden, bis Euch eine Lösung eingefallen ist.«

Der Domherr überlegte: »Hast du überhaupt Freunde?«

»Der Herzog von Tirol hat mir Treue geschworen. Außerdem habe ich ihn vor dem Weggang aus Italien zum Generalfeldhauptmann meiner Truppen ernannt. Er hat viele Besitzungen hier und würde auch gegen den König ins Feld ziehen, die beiden mögen sich nicht.«

»Sehr gut. Ansonsten könntest du auch nach Mainz fliehen. Der Erzbischof hat mir befohlen, alles zu tun, um dich an der Macht zu halten. Leider ist er verhindert, dir persönlich beizustehen. Nimm also mit mir vorlieb. Mein Leibadjutant Hennes bürgt mir für dein Leben. Vertraue ihm.«

Ein lautes Jammern begann. Wenn der Papst Haare gehabt hätte, hätte er sie sich gerauft, so blieb ihm nur das Auf- und Abrennen in der Kammer. »Und meine Juwelen und meine Golddukaten? Soll ich sie einfach hierlassen, damit meine Gegner wie die Geier über sie herfallen?«

»Auch dafür ist gesorgt. Versteck alles in einer alten, unansehnlichen Truhe. Ein Kaufmannszug wird sie aus der Stadt schaffen. Für ein Handgeld, versteht sich.«

»Und wie komme ich aus der Stadt, wenn doch alle Tore geschlossen sind?«

»Ich werde jemand finden müssen, der dafür sorgt, dass das Kreuzlinger Tor abends für eine Stunde offen bleibt. Aber ...«

Raban klopfte seinem Freund aus früheren Tagen kameradschaftlich auf die Schulter. »Aber dir muss schon bewusst sein, dass du nicht mit der Papstkrone auf dem Haupt das Tor passieren kannst, sondern als Knecht verkleidet.«

»Ich ...«, empört sprang Johannes XXIII. auf, »womöglich in groben Schuhen, dreckigen, speckigen Kleidern? Ich, der Stellvertreter des Herrn?«

Als das Wehklagen und Lamentieren zu Ende war, fügte sich der Papst ergeben in sein Schicksal.

Raban von der Sodern war sichtlich zufrieden. Er hatte wohl mit mehr Schwierigkeiten gerechnet. Schnellen Schrittes eilte er die breite Treppe in den Hof hinab, sein Leibadjutant hinter ihm her. Im Hof wollte Hennes seinem Herrn von seiner Entdeckung in der Wagenburg berichten. »Später, jetzt nicht!«, wehrte der Domherr ab. »Wir müssen noch jemanden suchen, der für uns ein Stadttor offenhält. Das wird schwierig werden.«

Plötzlich blieb er stehen und schlug sich an die Stirn. »Ich weiß, wer uns helfen wird, helfen muss! Freundschaften müssen auch für etwas gut sein.«

Hennes wusste sofort, dass nur der Pfälzer Obrist von Husen gemeint sein konnte. Sonst hatte der Domherr ja keine Freunde. Außerdem war Hennes verärgert, weil die Ergebnisse seiner Nachforschung nicht gewürdigt wurden. Da jeder mit sich beschäftigt war, bemerkte keiner der beiden, dass jemand hinter einer Säule stand und sie nicht aus den Augen ließ.

Auf den Straßen gab es fast kein Durchkommen mehr. In dem Menschengewühl musste der Leibadjutant für den Mainzer Gesandten eine Schneise schlagen. Wenn große Ereignisse im Raum standen und die Gerüchteküche kochte, brodelte es unter den Leuten.

So dauerte es, bis sie das Pfälzer Quartier erreicht hatten. Das Tor war verschlossen. Kein Problem für den Domherrn. Einem der Wächter drückte er einige Münzen in die Hand und ließ sich auf Schleichwegen zum Edlen von Husen führen. Es brauchten nicht gleich alle sehen, wer mit wem sprach. Hennes wartete derweil im Innenhof.

*

Hui, wie staunte der Domherr, als er in die Offizierskammer trat. An Egolfs Brust prangte ein Orden, der ihn als Oberstleutnant des pfälzischen Leibregiments auszeichnete. »Donnerwetter, ganz schön weit hast du es in der kurzen Zeit gebracht. Du musst ja beim Kurfürsten einen mächtigen Fürsprecher haben. Sagst du mir, wer es ist?«

Offensichtlich war Egolf nicht erbaut, als er plötzlich seinen Freund vor sich stehen sah. »Wie bist du hereingekommen? Ich habe doch strenge Order gegeben, dass niemand ohne meine ausdrückliche Erlaubnis das Quartier betreten darf.«

Dann lachte er. »Oh ja, natürlich, deinen goldenen Händen können nur wenige widerstehen. Wie viel war es dir denn wert, mich zu sehen?«

»Lass uns über wichtigere Dinge sprechen. Es geht um Weltgeschichte und du sollst ein Teil davon werden.«

Egolf schüttelte den Kopf. »Deine Einlullungssprüche kenne ich nur zu gut. Sag, was du willst, und geh dann wieder.«

Zornig zog Raban die Stirn in Falten. »So nicht mit mir, mein Freund, noch habe ich das Sagen und noch stecken deine Schuldscheine in meiner Weste. Was ich will? Du sorgst dafür, dass heute Abend das Kreuzlinger Stadttor für eine Stunde offen bleibt.«

»Warum?«

»Weil heute im Domhof ein Turnier stattfindet und einige Ritter außerhalb der Stadt ihr Quartier haben.«

»Du sorgst dich um die Ritter? Das glaube ich dir nicht. Da muss etwas anderes dahinterstecken. Willst du dem Papst zur Flucht verhelfen? Egal, was du vorhast, ich bin so oder so nicht befugt, das Tor zu öffnen, und wenn es auch nur für eine Stunde ist. Wenn die Ritter nach dem Turnier die Stadt verlassen wollen, sollen sie zum König gehen.«

Schärfer, eindringlicher wurde der Ton des Freundes. »Darf ich den Edlen von Husen daran erinnern, dass Er einen Meineid geleistet hat, dass Er seine Halbschwester um ihr Erbe bringen wollte und dass sie seinetwegen vielleicht ertrunken ist? Und, und, und.«

Die Hand am Knauf seines Säbels trat Egolf zwei Schritte auf seinen Freund zu. Auge in Auge standen sie sich gegenüber. Nur ein dünnes Blatt Papier passte noch zwischen die vor Zorn Bebenden. »Das mit Almut ist doch wieder so eine Taktik von dir, um mich weichzumachen. Ich weiß, was ich getan habe, und werde dafür in der Hölle schmoren, aber du wirst dorthin mein Begleiter sein. Mal sehen, ob du mit den Teufeln auch so umgehen kannst wie mit den Menschen.«

Schon setzte Raban zu einer Erwiderung an, doch Egolf unterbrach ihn barsch. »Es hat sich ausgespielt. Ich stehe nicht mehr für deine Machenschaften zur Verfügung. Ich pfeife auf die Schuldscheine und jetzt mach, dass du verschwindest. Ich könnte sonst versucht sein, dich wegen unbefugten Eindringens in das Quartier des Konzilsprotektors in Haft nehmen zu lassen.«

Mit allem, aber nicht mit dieser aggressiven Haltung hatte Raban gerechnet. Zuerst sperrte er vor Überraschung den Mund sperrangelweit auf, dann wünschte er seinem Freund Tod und Teufel an den Hals und ging mit geballten Fäusten den gleichen Weg, den er gekommen war, zurück.

Jetzt musste er die Turnierreiter dazu bringen, eine Sondererlaubnis beim König durchzusetzen. Er wusste auch schon wie.

*

Als mit lautem Knall die Tür ins Schloss fiel, fühlte sich Egolf erleichtert. Seit geraumer Zeit plagten ihn Alpträume. Die Schuld, die auf ihm lag, drückte schwer. Wie oft wurde er von seinen Männern gehänselt, dass sie ihn nicht mehr in den Schenken beim Würfelspiel sähen, dass keine schöne Blonde oder Rothaarige mehr auf seinen Knien ruhte. Er hatte die Freude an solchen Dingen verloren.

Ob das stimmte, was Raban über Almut gesagt hatte? Nein, das konnte nicht sein. Und hinter seiner Forderung, das Kreuzlinger Tor offen zu halten, steckte gewiss auch wieder etwas Schändliches. Es musste mit dem Papst zusammenhängen. Irgendetwas plante dieser Oberintrigant. Wenn er nur jemanden hätte, dem er sich anvertrauen könnte.

Viele Kämpfe und schlaflose Nächte hatte es Egolf schon gekostet, die widerstreitenden Stimmen in seinem Innern unter Kontrolle zu halten. Seit ihm so richtig bewusst geworden war, was er seiner Almut angetan hatte, fand er keine Ruhe und keine Freude mehr. Sollte das böse Spiel, zu dem ihn sein Freund ermuntert hatte, von Neuem beginnen? Karriere in den Diensten des Kurfürsten hin oder her, er kam sich schmutzig vor. Einmal musste Schluss sein. Auch wenn er dafür im Turm landete oder rechtlos durch die Welt ziehen müsste. Er hatte es nicht anders verdient.

In diesem inneren Zwiespalt wurde Oberstleutnant von Husen zur Lagebesprechung in den kleinen Salon gerufen. Die Mitglieder des engeren Rates des Konzilsprotektors tagten für gewöhnlich dort. Er war früh dran und lief unruhig den Flur auf und ab. Als sich eine Tür öffnete, blieb er wie angewurzelt stehen – Dörzbach, gestützt von dem jüngeren Sohn des Aumanns, stand vor ihm. Natürlich wusste er, dass der Kämmerer wieder zu dem erlauchten Kreis zählte, aber nun stand er ihm leibhaftig gegenüber. Innerlich sackte Egolf zusammen und erwartete demütig das Urteil. Doch weit gefehlt. Dörzbach ging auf ihn zu, reichte ihm die Hand, zog ihn in den Besprechungssaal und schloss die Tür. »Was du deiner Halbschwester angetan hast, verzeihe ich dir nicht, das kann nur ein Höherer. Was ich tun kann, ist, dich wieder auf den rechten Weg zu führen. Das bin ich deinem verstorbenen Vater schuldig.«

Es war Egolfs Gewissen, das ihn nach unten zog. Mit gesenktem Kopf verharrte er. »Alles, was Ihr sagt, ist wahr. Richtet über mich.«

Linhart hob Egolfs Kopf an, ihre Blicke trafen sich. »Almut scheint nicht im Rhein ertrunken zu sein. Zumindest wurde es mir so zugetragen.«

Egolf spürte, wie es ihm allein bei diesem kleinen Lichtschein heiß und kalt den Rücken hinunterlief. Wenn Almut lebte, täte sich für ihn der Himmel auf, und vielleicht böte sich auch eine verzeihende Hand und löste alle Verstrickungen und Wirrnisse, die sich zu einem unlösbaren Knoten gebildet hatten. Allein der Gedanke daran war ein herrliches, erhabenes Gefühl!

Allerdings dauert es nicht lange, dann holte ihn die Wirklichkeit wieder ein. Dörzbach hatte noch nicht zu Ende gesprochen. »Was Almut betrifft, lassen wir jetzt weg. Es gibt auch noch das Konzil. Dein Freund Raban scheint etwas vorzuhaben. Er wurde bei dir gesehen. Was wollte er von dir?«

Es bedurfte keines Zögerns oder Hin-und-her-Überlegens, erleichtert sprudelte alles aus Egolf heraus. Keinen Lidschlag länger hätte das Gespräch dauern dürfen. Kurfürst Ludwig betrat mit seinen Beratern den Saal, nickte seinem Kämmerer und seinem Oberstleutnant freundlich zu und wies auf die leeren Stühle. »Meine Herren, nehmen Sie Platz und lassen Sie uns gleich mit der Lagebesprechung beginnen.«

Rat Dörzbach bat ums Wort und forderte den Oberstleutnant auf zu berichten, was er vermutete.

Zuerst keine Reaktion, denn zu haarsträubend war, was die Herren hörten, doch dann brach der Tumult los. Eine Schimpfkanonade nach der anderen traf den Mainzer Erzintriganten und es mangelte nicht an Vorschlägen, wie man ihn ein für allemal ausschalten könnte. So weit war es noch nicht, aber Dörzbach dachte schon einen Schritt weiter. »Durchlaucht, die Angelegenheit ist so brisant, dass sie dem König vorgetragen gehört.«

Augenblicklich erhob sich der Kurfürst.

Die Mägde sprangen schnell zur Seite, denn im Eilschritt und mit grimmigen Mienen liefen der Konzilsprotektor und seine Begleiter durch die Gassen, die zum Quartier des Königs führten. Am Hoftor ließen sie sich nicht abwimmeln, sondern verlangten, auf der Stelle beim Oberhaupt des Reiches vorgelassen zu werden. Bevor sie den Audienzsaal betraten, bat Linhart seinen Landesherrn, ihm unter vier Augen einen Vorschlag unterbreiten zu dürfen. Zuerst riss Ludwig III. die Augen auf, so ungeheuerlich war das, was sein Berater ihm vorschlug. Doch dann nickte er zustimmend.

König Sigismund ließ bitten. Schon nach den ersten Sätzen rastete er aus. »Hoch und heilig hat mir dieser Cossa versprochen, die Stadt nicht zu verlassen. Kann man sich denn auf keinen mehr verlassen? Der Italiener wird keinen Schritt vor die Tore setzen. Ich werde vor jedem Tor zwanzig Mann postieren. Und diesen Domherrn werden wir uns auch kaufen. Verlasst Euch drauf.«

Mit herrischer Geste ordnete er an, dass seine ungarische Leibgarde den meineidigen Papst dingfest machen sollte, tot oder lebendig.

Linhart und der Kurfürst tauschten einen Blick aus, dann erhob sich der Pfälzer Rat. »Majestät, erlaubt mir in aller Bescheidenheit und der nötigen Demut darauf hinweisen zu dürfen, was Majestät letzte Woche gesagt hat. Euer Ausspruch war so weise, dass er sich in meinem Gedächtnis eingegraben hat.«

Klug eingefädelt. König Sigismund schmolz auch dementsprechend dahin. »Wie lautete denn mein so überaus weiser Satz?«

Dreimaliges Verbeugen. Linhart wusste, wie man mit königlichen Herren umging. »Wenn man siegen will, muss man einen Deut klüger als seine Widersacher sein.«

»Hm, und was will Er damit sagen?«

Jetzt hatte Linhart ihn, wo er ihn haben wollte. »Majestät, vielleicht ist genau dieses Fluchtvorhaben eine Gelegenheit, Eure königliche Position zu erhöhen und am Ende als Sieger hervorzugehen. Außerdem könntet Ihr dem Herzog von Tirol eine Lektion erteilen. Ihr seid das Oberhaupt des Reiches. Ihr sagt, wer was, wo und wie zu machen hat, und sonst niemand.«

Ein fragender Blick, aus dem herauszulesen war, dass Majestät mehr darüber wissen wollte. »Wenn der Heilige Vater flieht und es Majestät gelänge, trotzdem den Fortgang des Konzils zu garantieren, wärt Ihr für alle Christen derjenige, der die unselige Kirchenspaltung beendet hat. Ich bin kein Geistlicher, aber der Dank des Himmels würde Majestät gewiss sein.«

Sigismund strich seine schulterlangen Haare aus, zog eine Schnute und schob das Kinn vor, ein untrügliches Zeichen, dass er nachdachte. »Aber ohne Papst kein Konzil. Die Kardinäle und Prälaten werden nach seiner Flucht die Stadt verlassen.«

»Muss nicht sein, Majestät. Die Gelehrten der Pariser Universität sind glühende Verehrer der These, dass das Konzil über dem Papst steht. Majestät braucht diesen Gelehrten nur die Möglichkeit geben, ihre Auffassung zu verbreiten. Wie ich die Lage einschätze, ist die Zeit für solch einen Gedanken reif. Die Gläubigen wollen Taten sehen und sind das über dreißigjährige Gezänk der Stellvertreter des Herrn leid. Handelt, Majestät!«

Aufmerksam hatte der König zugehört und seine Miene hellte sich bei jedem weiteren Satz Linharts auf. Schließlich erhob er sich gravitätisch aus seinem Sessel, schritt auf den Pfälzer Konzilsprotektor zu und schlug ihm freundschaftlich auf die Schulter. »Fürwahr, mein Kurfürst, da hat Er einen klugen Ratgeber. Ich gratuliere ihm dazu. Solche Leute hätte ich auch gerne.«

An Linhart gewandt: »Wie ich Ihn einschätze, hat Er auch darüber nachgedacht, wie wir vorgehen sollen. Rede Er!«

»Majestät, macht gute Miene zum Spiel. Schließt die Tore, verstärkt die Wachen, tut so, als ob Ihr die Flucht mit allen Mitteln verhindert wollt, doch lasst insgeheim den Nochpapst ruhig fliehen. Fangt ihn dann wieder ein und setzt ihn ab. Alle werden Euch loben und preisen, dann seid Ihr Herr des Verfahrens und könntet einen neuen Papst wählen lassen.«

Es hätte nicht viel gefehlt, und das Oberhaupt des römisch-deutschen Reiches hätte in die Hände geklatscht und einen Freudentanz aufgeführt. Er reichte dem Pfälzer Rat die Hand und schüttelte sie kräftig und lang.

Dann wurde er wieder ernst. »Meine Herren, so sei es. Aber …«, er hielt inne, fixierte mit einem stechenden Blick jeden der Anwesenden, »dieses Gespräch hat nie stattgefunden. Wenn ein Wort an die Öffentlichkeit gelangt, weiß ich, dass es aus diesem Kreis kam. Ohne mit der Wimper zu zucken, werden ich denjenigen wegen Hochverrat in den Kerker werfen lassen. Haben wir uns verstanden?«

Er deutete auf eine Tür im rückwärtigen Teil der Kammer. »Verlasst mein Quartier durch diesen geheimen Gang.«

23.

Ein schöner Frühlingstag neigte sich dem Ende zu. In der Stadt gab es fast jeden Tag eine Attraktion. Heute hatte im Münsterhof ein Turnier stattgefunden. Der Ausrichter, Herzog Friedrich von Tirol, der im Umkreis Herr vieler Städte und großer Ländereien war, durfte mit ausdrücklicher Erlaubnis des Königs mit seinen Mannen Konstanz durch das Kreuzlinger Tor verlassen. Aber nur sie.

Das Stadttor wurde bewacht, als ob Krieg wäre. An die zwanzig Knechte bewaffnet bis an die Zähne standen breitbeinig davor und kontrollierten jeden. Dörzbach hatte darauf gedrungen, dass der Edle von Husen mit einem geheimen Auftrag betraut und Konrad ihm zur Seite gestellt wurde. Sie standen hinter einem Mauervorsprung und beobachteten mit Argusaugen das Geschehen.

Herzog Friedrich mit einem geistlichen Würdenträger aus Mainz und drei Fußknechten kamen frohgelaunt auf das verschlossene Tor zu. Oberstleutnant von Husen stieß seinem Begleiter grinsend in die Seite. Der Geistliche war ihnen nur zu gut bekannt.

»Halt! Im Namen des Königs, keiner verlässt die Stadt. Absteigen!«

Der Herzog dachte nicht daran, der Aufforderung der Wache Folge zu leisten. Er schnäuzte sich und sah verächtlich von oben auf den Stadtknecht. »Wenn Er nicht augenblicklich das Tor öffnet, wird mein Schwert ihn in zwei Teile spalten. Ich komme gerade von der Audienz des Königs. Zufrieden?«

»Hm. Und wer sind seine Begleiter?«

»Ein hochrangiger Kirchenmann aus dem Reich, des deutschen Kanzlers rechte Hand. Noch weitere Fragen?«

»Und die drei da?«

»Fußknechte. Wenn ihr wollt, durchsucht ihre Beutel und Säcke. Aber wehe, wenn hernach ein Heller fehlt, dann zeige ich euch des Diebstahls an und der Galgen wird euch sicher sein.«

Nun stieß Konrad den Oberstleutnant in die Seite und deutete mit den Augen auf den kleinen Dicken, dem der Schweiß in Strömen von der Stirn rann. In einem kratzigen, grob gewebten Kittel steckte dessen Leib. Es war offensichtlich, dass er nicht gewohnt war, einen schweren Sack auf dem Rücken zu schleppen und in grobschlächtigen Holzpantinen zu gehen. Bei jedem Schritt schnitt er fürchterliche Grimassen. Kaum jemand schenkte ihm Aufmerksamkeit.

»Macht das Tor auf!«, kam die Order vom Stadtknecht.

Die Reiter und ihre Knechte konnten unbehelligt passieren.

*

Auf Geheiß des Königs mussten sich alle von Rang und Namen im großen Ratssaal der Stadt einfinden. Vielsagend blinzelte König Sigismund seinem Freund, dem Pfälzer Kurfürsten, zu, dann ließ er ein Donnerwetter los: »Wie konnte das nur passieren? Habe ich nicht ausdrücklich verboten, dass jemand die Stadt verlässt? Steckt da eine Gaunerei dahinter?«

»Mit Verlaub, Majestät«, der Kurfürst meldete sich wie vereinbart und für die Öffentlichkeit bestimmt zu Wort, »die Torwächter sagen, dass Herzog Friedrich sich auf Euch berufen hat. Ihr hättet ihm das Passieren erlaubt.«

»Gewiss, das habe ich, doch nie im Traum daran gedacht, dass er so ein Hundsfott ist und mit dem Cossa gemeinsame

Sache macht. Es sei, wie es sei. Den Cossa fangen wir wieder ein und den Herzog ... Das überlege ich mir noch.«

Er suchte wie besprochen die Reihen der Anwesenden ab. »Kurfürst, habt Ihr tüchtige und zuverlässig Leute, die ich mit der Verfolgung beauftragen kann?«

»Habe ich. Ich werde meinem Oberstleutnant der Reiterei das Kommando übergeben.«

»Gut so. Dann auf die Pferde und ab nach Schaffhausen. Dort soll sich Cossa verkrochen haben.«

Dieses Schauspiel war so ganz nach des Königs Art. Er schien es zu genießen.

*

»Schließt die Fenster! Vor lauter Rauschen versteht man ja sein eigenes Wort nicht. Hier sind wir erst einmal in Sicherheit. Schaffhausen gehört Herzog Friedrich von Tirol und liegt zwei Tagesritte von Konstanz entfernt.«

Der Domherr streckte seine Beine aus und machte es sich auf der weichen Liege bequem. Lange konnte er nicht ruhen, denn er wurde zu seinem päpstlichen Freund Baldassare gerufen, um ihn beim Abfassen von Briefen zu beraten. Der Geflüchtete musste aktiv werden. Also schrieb er an alle Fürsten des Reichs Briefe, in denen er sich über die rüde Behandlung durch den König beschwerte. Er schalt ihn einen Reichsverderber und einen Gefolgsmann des Bösen. Außerdem befahl er in seiner Eigenschaft als Stellvertreter des Herrn und unter Androhung des Kirchbanns allen Prälaten und Bischöfen, Konstanz zu verlassen, denn das Konzil sei aufgehoben. Ohne Papst kein Konzil! Ein neues werde bald von ihm einberufen werden.

Der Domherr hatte an dieser Wunschvorstellung so seine Zweifel. »Baldassare, ich befürchte, dass das Sigismund so nicht hinnimmt. Wäre es nicht besser, du ...«

Laut pochte es an der Tür. Ein Bote aus Konstanz überbrachte die neuesten Nachrichten. »Das Oberhaupt des Reiches hat über Herzog Friedrich von Tirol die Reichsacht verhängt. Somit können dessen Ländereien und Städte von jedermann in Besitz genommen werden!«

Wie ein Besessener tobte Baldassare Cossa, warf das Geschirr an die Wand und riss die fein gewirkten Gobelins herunter. Damit hatte er wohl nicht gerechnet. Der Bote war jedoch mit seinem Bericht noch nicht zu Ende. »Gleich nachdem der Heilige Vater Konstanz verlassen hatte, ritt König Sigismund mit dem Pfälzer Kurfürsten an der Seite durch die Gassen der Stadt und verkündete, dass das Konzil auch ohne Papst weitergehe. Die Leute ließen sich beruhigen und gingen wie gewohnt ihren Geschäften nach.«

»Unmöglich, ganz unmöglich ist das!« Cossas zweiter Wutanfall übertraf den ersten noch. Das Zimmer glich einer Wüstenei. Der Bote hatte noch weiteres zu vermelden. »In der fünften Sitzung am 6. April 1415 wurde von der Konzilsversammlung das Dekret *Haec sancta synodus* verabschiedet. Darin steht: *Diese im Heiligen Geist rechtmäßig versammelte Synode, die ein allgemeines Konzil darstellt und die streitende katholische Kirche repräsentiert, hat ihre Vollmacht unmittelbar von Christus; jeder, gleich welchen Standes und gleich welcher Würde, und sei es auch der päpstlichen, ist ihr zu gehorchen verpflichtet in Dingen, die den Glauben und die Bereinigung des gegenwärtigen Schismas sowie die Reform der Kirche in Haupt und Gliedern betreffen.*

Cossa raufte sich die nicht vorhandenen Haare und ging mit erhobenen Fäusten auf den Domherrn los. »Das hast du mir nicht gesagt. Hätte ich das gewusst, niemals hätte ich Konstanz verlassen. Ich befürchte, dass nun auch mein Beschützer, der Tiroler Herzog, reumütig vor diesem Sigismund auf die Knie geht. Und du, die rechte Hand des Erzbischofs, was wirst du machen? Mich auch im Stich lassen? Oh, ich Narr. Wie konnte ich nur ...!«

Raban von der Sodern antwortete nicht. Doch war ihm bewusst, dass es in Anbetracht der Lage tunlich wäre, ins zweite Glied zurückzutreten und das Visier nun völlig herunterzulassen. Sein Name durfte nicht mit dem flüchtenden Papst in Verbindung gebracht werden. Sich bei Nacht und

Nebel abseilen? Das konnte er nicht, denn sein Dienstherr, der Mainzer Erzbischof, hielt nach wie vor zu Johannes XXIII. Allerdings, das war ihm klar, hier in Schaffhausen konnten sie nicht bleiben. Es war nur eine Frage der Zeit, wann die Beauftragten des Königs die Stadt belagerten. Cossa musste über den Rhein ins Französische und von dort ein neues Konzil ausrufen. Eine andere Möglichkeit gab es nicht.

*

Das Holz war niedergebrannt und von Osten her hellte der Himmel langsam auf. Konrad war für die letzte Wache eingeteilt. Bei Sonnenaufgang sollte Schaffhausen genommen und der geflüchtete Papst verhaftet werden. Das war die königliche Order. Konrad lehnte am Pfosten eines Heustadels, als er Schritte hörte.

»Halt, wer da? Sagt die Losung!«

»Lasst gut sein. Euer Kommandant – Oberstleutnant von Husen. Besondere Vorkommnisse?«

»Nur das Rauschen des Rheinfalls ist zu hören. Alles in Ordnung.«

Der sonst so ruhig und besonnen wirkende Kommandant schien mit schweren Gedanken, wenn nicht gar Sorgen, belastet zu sein. Er setzte sich auf einen Baumstumpf, zog eine Bouteille aus seiner Rocktasche, nahm einen Schluck und bot sie Konrad an. »Nehmt einen kräftigen Zug, wird Euch guttun. Es wärmt von innen, die Morgenkühle ist unangenehm.«

Konrad ahnte, dass sein Pfälzer Landsmann nicht nur so nebenbei vorbeigeschaut hatte. Lange hatte er ihn nicht mehr gesehen. Das einst rosige Gesicht mit der glatten Haut gab es nicht mehr. Falten durchfurchten die Stirn und die Augen lagen tief in den Höhlen. Konrad konnte sich den Grund dafür denken. Das Gewissen fraß ihn auf.

Der Sohn des Aumanns dachte an die Zeit im Herrenhaus. Sein Vater hatte Egolfs Vater stets geachtet und vor ihm den Hut gezogen. Gerechtigkeit gegen jedermann hatte der alte

Hunold walten lassen. Von dessen Sohn konnte Konrad das bis jetzt nicht sagen.

Da war es wieder, dieses Würgen im Hals. Wie oft hatte Linhart ihm gepredigt, dass es Christenpflicht sei zu vergeben. Nein, das konnte er nicht. Noch nicht! Ritter von Husen hatte nicht nur seine Halbschwester ins Elend gestürzt, sondern auch seinen Bruder Hennes auf einen Weg gelockt, der ins Verderben führen musste. Auch wenn der Mainzer die Hauptschuld daran trug, Egolf hatte mitgemacht.

Trotz seiner inneren Ablehnung spürte er, dass von Husen etwas sagen oder fragen wollte, doch traute dieser sich nicht. Als Konrad ihm die Flasche zurückgeben wollte, winkte er ab. »Ich hätte Ihn nicht mitnehmen dürfen. Immer, wenn ich Ihn sehe, erdrückt mich mein Gewissen.«

Sein Blick war auf den Boden gerichtet. »Sage Er nichts, ich weiß, was ich getan habe. Doch deswegen bin ich nicht gekommen. Ich vermute, dass Sein Bruder dort unten irgendwo in einem weichen Bett neben meinem Freund, dem Domherrn, liegt. Wenn Er möchte, braucht Er sich an der Erstürmung Schaffhausens nicht zu beteiligen. Bruder gegen Bruder, das wäre nicht gut. Packe Er sein Bündel und reite Er nach Konstanz zurück. Dörzbach wird sich ohnehin Sorgen um ihn machen.«

»Mit Verlaub, Kommandant. Linhart Dörzbach hat mich beauftragt, in Eurer Nähe zu bleiben. Befehl ist Befehl.«

Ungläubiges Staunen. »In meiner Nähe? Warum das? Gewiss, ich habe dem Dörzbach böse mitgespielt und er muss mich abgrundtief hassen.« Er überlegte, riss die Augen auf. »Soll das heißen, dass Er mir im Schlaf die Kehle durchschneiden oder eine Kugel durch die Brust jagen sollt? Ist das der Befehl?«

In Konrad rann das Blut schneller, hitziger: »So schlecht denkt Ihr über den Freund Eures Vaters? Nicht alle Menschen tragen den Keim des Bösen in sich.«

Trotzig: »Ich bleibe. Weiß wohl, dass irgendwann die Sache zwischen Hennes und mir geklärt werden muss, aber auf brüderliche Art.«

Egolf von Husen schnappte mehrmals nach Luft. Ein Kampf musste in ihm toben. Schließlich streckte er Konrad die Hand hin. »Er soll mir nicht vergeben, aber lasst uns diesen Feldzug ehrenvoll zu Ende bringen.«

Die Sonne stieg über dem Hegau auf, das Lager erwachte: Waffengeklirr, das Schnauben der Rösser und jede Menge Flüche oder Verwünschungen waren zu hören. Jeder bereitete sich zum Angriff auf Schaffhausen vor. Der Kommandant gab den einzelnen Truppenteilen Order. In drei Wellen sollte die Erstürmung erfolgen. Doch bevor die Fanfare ertönte, kam ein Reiter im gestreckten Galopp aus Richtung Stadt. »Blast den Angriff ab. Nicht mehr nötig. Das Vögelchen ist ausgeflogen. Auch die vielen Getreuen, die ihm gefolgt sind, haben sich dünn gemacht. Nur noch fünf sind mit ihm weitergezogen. Ich habe auch gehört, in Breisach seien die Wächter an der Rheinbrücke plötzlich zu viel Geld gekommen. Es ist nicht von der Hand zu weisen, dass Cossa dort übersetzen möchte.« Der Kommandant ließ die Trommel schlagen. Die Truppen setzten sich in Richtung Oberrhein in Marsch.

Es war der 25. April 1415, die Rheinebene stand in Blüte: Kirschbaum an Kirschbaum, ein Meer in Weiß. Rechts und links der Rheinbrücke hatte sich eine Reiterstaffel platziert. Von Freiburg kommend näherte sich ein Wagen.

Armselig sah er aus, zweirädrig, ein Esel vorgespannt, Säcke lagen obenauf. Vier Gestalten liefen hinter dem Gespann her, einer mit einem dicken Bauch saß auf der Wagenpritsche, war wohl zu bequem, um zu laufen. Als die fünf der Reiterstaffel ansichtig wurden, hielten sie an, gestikulierten und bogen in einen Seitenweg ein. Nach einigen Schritten trennten sich zwei von der Gruppe und liefen Richtung Norden. Hatten sie Streit?

Als sie außer Sichtweite waren, dämmerte es dem Kommandanten, wer das gewesen war. Dumm von ihm, so lange zu zögern, doch nun wusste er, dass sich die Flüchtenden noch auf Reichsgebiet befanden.

»Wo führt der Seitenweg hin?«

»Zurück nach Freiburg.«

»Aufsitzen, leichter Trab!«

Eine Staffel setzte sich in Bewegung, die andere sicherte das Rheinufer, falls das Gespann zurückkäme. Eilig hatte es niemand. Der Kommandant schien sogar das Tempo absichtlich zu verlangsamen. Wollte er die Flüchtenden entkommen lassen? Gewiss nicht, eher in Sicherheit wiegen.

Zwischen Breisach und Freiburg kam ihnen eine hochherrschaftliche Kutsche entgegen. Als sie auf gleicher Höhe war, hielt sie an, ein Mann stieg aus und grüßte freundlich. »Herr Konzilsbeauftragter, was treibt Sie hierher?«

»Gott zum Gruß, werter Ritter von Husen! Der Wiener Hof hat mich beauftragt, in den österreichischen Vorlanden zu prüfen, ob alle Abgaben pünktlich und vollständig bezahlt werden. Die ganze Region ist ja seit der Ächtung des Herzogs von Tirol in Aufruhr. Wien muss in seinen vorderösterreichischen Landen Flagge zeigen, noch gehört das Land den Habsburgern.«

Schon knallte der Kutscher mit der Peitsche, als der Herr dem Kommandanten zuzwinkerte und mehr flüsternd meinte, dass er, als er im Frauenhaus in Freiburg die Bücher prüfte, Baldassare Cossa gesehen habe – in einer Mönchskutte. Ob er dort nur untergeschlüpft sei oder ob er ... Weiteres ließ der österreichische Kassenprüfer offen.

Freiburg kam in Sicht. Staub wirbelte auf. Von rechts näherten sich Bewaffnete – königliche Wappenträger an der Spitze. Nanu, lag Sigismund mit dem Süden des Reichs im Krieg oder hatte er auch andere beauftragt, den flüchtenden Papst wieder einzufangen? Es stellte sich schnell heraus, dass die Kunde vom Aufenthaltsort des Flüchtigen wie ein Lauffeuer um sich gegriffen hatte. So hatte sich auch der Nürnberger Burggraf mit seinen Leuten in Bewegung gesetzt. Jeder wollte den geflüchteten Papst nach Konstanz zurückbringen, jeder wollte sich den Lorbeerkranz vom König aufs Haupt setzen lassen.

»Konrad!«, Kommandant von Husen hatte einen Auftrag für ihn. »Reite Er nach Freiburg voraus, bevor die Nürnberger eintreffen, und mache Er sich kundig, wo überall Frauenhäuser sind, die der Stadt unmittelbar unterstehen und zu denen österreichische Beamte Zugang haben. In einer Stunde treffen wir uns vor dem Dom.«

Für Konrad war das schon ein seltsamer Auftrag. Noch nie in seinem Leben hatte er mit solchen Dingen zu tun gehabt. Doch schnell wurde er fündig. Ungeduldig trippelte er auf dem Marktplatz von einem Bein auf das andere. Wo steckte nur der Kommandant? Hoffentlich hatte der verkleidete Mönch nicht Lunte gerochen und erneut das Weite gesucht.

Endlich tauchte Egolf von Husen auf. Beinahe hätte er ihn nicht erkannt. Einen teuren wollenen Umhang hatte er sich über die Schultern geworfen und auf dem Kopf trug er ein samtenes Barett. Harmlos, gutbürgerlich wirkte er. Konrad konnte sich auf diese Maskerade keinen Reim machen.

»Wo ist das Haus?«

»Gleich hinter dem Dom.«

»Gut, halte Er sich dicht hinter mir.«

Im Parterre des Fachwerkhauses saß der Wirt und beäugte die Eintretenden misstrauisch. Erst als der als Kaufherr verkleidete Ritter zwei glitzernde Geldstücke auf den Tresen legte, leuchteten seine Augen und sein Rücken katzbuckelte bei jedem Schritt. »Selbstverständlich sind genügend Damen anwesend, selbstverständlich werden die Damen jeden Wunsch erfüllen. Wünschen die Herren, dass ich Wein aufs Zimmer serviere?«

Der Kaufherr wirkte unschlüssig, mimte den in solchen Dingen Unerfahrenen und drehte und wendete sich. Der Wirt, dienstbeflissen und sich in Höflichkeiten überschlagend: »Haben die Herren besondere, um es deutlicher zu sagen, ausgefallene Wünsche?«

Oh, wie dreckig der Kerl grinste. Konrad wurde es speiübel. Am liebsten hätte er kehrtgemacht.

»Nein, das nicht«, meinte der Kaufherr eher schüchtern, »doch sollte uns keiner sehen. Auf den Gängen könnten uns Bekannte entgegenkommen. Das wäre uns peinlich.«

»Wenn es nur das ist. Zieht einfach ein Mönchsgewand mit Kapuze an.«

»Unmöglich! Mönche gehen doch nicht ins Frauenhaus. Da würden wir erst recht auffallen.«

»Unsinn!« Der Wirt zeigte auf einen erschöpften, aber strahlenden Mönch, der gerade die steile Holztreppe herunterkam. Außer Atem setzte er sich auf die letzte Stufe. Egolf von Husen boxte Konrad leicht in die Seite und ein feixendes Grinsen zog sich von Mundwinkel zu Mundwinkel. Mit zwei Schritten war er bei dem Mönch und riss ihm die Kapuze vom Kopf. »Ei, da schau an. Wen treffen wir denn da! Eure Heiligkeit? Oh! In einem Hurenhaus darf ich Euch doch so nicht ansprechen – oder?«

Weit sperrte Cossa den Mund auf. Der Schreck hatte ihm die Sprache verschlagen. Der Kaufherr nahm das Barett ab, zog den Umhang aus und zum Vorschein kam der Kommandierende der pfälzischen Leibgarde. Sein Ton wurde amtlicher. »Baldassare Cossa, ich habe den Auftrag, Euch nach Konstanz zurückzubringen. Macht keine Schwierigkeiten. Zwei Schwadronen Pfälzer Reiter sorgen für Eure Sicherheit. Folgt mir.«

Der Oberstleutnant hielt inne. Eine Frage hatte er doch noch. »Wer waren denn die beiden Männer, die in Höhe von Breisach den Eselskarren verlassen und sich in Richtung Norden abgesetzt haben?«

»Gewesene Freunde aus dem Reich. Ich betone gewesene. In der Not steht man allein da.«

»Ihr braucht mir nicht die Namen zu nennen, ein Kopfnicken genügt mir. Hatte einer der beiden oder hatten gar beide ein Wappen mit einem sechsspeichigen Rad am Ärmel?«

Cossa nickte.

Über die Höhen des Schwarzwalds ging es zunächst nach Radolfzell. Dort sollte der pfälzische Oberstleutnant warten, bis König Sigismund weitere Anweisungen geben würde. Zum Ärger des Pfälzers wurde der Burggraf von Nürnberg beauftragt, mit sechshundert Bewaffneten Johannes XXIII. unter strengster Bewachung abzuholen und ihm das Bullensiegel, den Fischerring und die mitgeführten Register abzunehmen.

Derweil war in Konstanz die Anklageschrift, die an die siebzig Punkte umfasste, erstellt worden. Sie enthielt laut der Zeugenaussagen alles, was man sich überhaupt ausdenken konnte: Simonie, Vergiftung seines Vorgängers, Ehebruch mit der Frau seines Bruders, Unzucht, Verschleuderung von Kirchengut, Leugnung der Auferstehung und, und, und. Die Urteilsverkündung fand am 29. Mai. 1415 statt. Sigismund und vierzehn Kardinäle nahmen daran teil. Feierlich zerbrach ein Goldschmied das Siegel und den Fischerring.[1]

Baldassare Cossa, ab nun wurde er mit seinem bürgerlichen Namen angesprochen, wurde am 3. Juni als Gefangener nach Gottlieben verbracht, dem Schloss des Bischofs von Konstanz.

24.

»Weißt du, wo das Schloss des Konstanzer Bischofs liegt?«, fragte Golda ihren angenommenen Bruder.

»Du meinst Gottlieben? Ungefähr eine Stunde von der Stadt entfernt. Warum fragst du?«

»Weil dort Papst Johannes XXIII. untergebracht ist und der Oheim mir erlaubt hat, ihn zu besuchen.«

»Ist das nicht zu gefährlich?«

»Die Mainzer haben sich nach der misslungenen Flucht aus dem Staub gemacht. Wer soll mich jetzt noch bedrohen?«

1 *Der Fischerring (lat. anulus piscatoris) ist seit dem 14. Jahrhundert der Amtsring der Päpste. Auf der Ringplatte ist neben dem Namen des jeweiligen Papstes der Apostel Petrus dargestellt, der in einem Kahn stehend ein Fischernetz einzieht. Dies bezieht sich auf Petrus und seinen Bruder Andreas als „Menschenfischer“ (Markusevangelium 1, 17).*

»Und warum willst du ihn sehen?«

»Gewiss plagen den Heiligen Vater wieder Blasensteine. Als es ihm gut ging, hatte ich durch ihn manchen Vorteil. Soll ich ihn jetzt, wo es ihm schlecht geht, seinen Schmerzen überlassen? Das wäre schofel von mir. Gehst du mit?«

Giovanni ließ sich nicht zweimal bitten. Es war nicht schwierig, zu dem Gefangenen vorgelassen zu werden. Fliehen konnte er nicht, Freunde hatte er keine und seinen Segen erbat auch niemand mehr. Doch ewig würde er in Gottlieben nicht bleiben können, das Schloss war keine Festung und lag zu nahe bei Konstanz. Sein endgültiger Platz hinter Gittern müsste woanders sein.

Als Golda in die Arrestzelle trat, gingen ihr die Augen über. Ein gemütlich eingerichtetes Kabinett mit Teppichen an der Wand, ein eigener Abtritt und sogar ein Balkon mit Blumen und einer Aussicht bis weit in den Thurgau hinein lag vor ihr. Von draußen drang Vogelgesang und Rosenduft herein. Cossas Leib war nicht mehr so umfangreich. Es stand ihm nicht schlecht, doch die Furchen im Gesicht hatten sich tiefer eingegraben. Die Schmerzen beim Wasserlassen plagten ihn sehr.

Freudentränen standen ihm in den Augen, als Golda eintrat. Wie allerbeste Bekannte begrüßten sie sich. Die Medica machte sich sofort an die Arbeit. Allerdings trennte die beiden jetzt nicht mehr eine Scheidewand. Golda wollte die Reaktionen ihres Patienten sehen, um die Dosierung verändern zu können.

Immer wenn der Heilige Vater entspannt im warmen Wasser saß, kam es zu einer regen Unterhaltung. Heute wollte Golda wissen, was er von Hus und dessen Lehrmeinung hielt, denn nicht mehr der wieder eingefangene Papst war das Tagesgespräch in der Stadt, sondern der böhmische Ketzer.

»Tja, wie soll ich es Ihr mit einfachen Worten sagen? Für Hus ist Jesus Christus das Haupt der katholischen Kirche.«

»Aber das ist doch selbstverständlich, oder nicht?«

»Ich habe gewusst, dass es schwer sein wird, einem Laien diesen hochkomplizierten Gedanken begreiflich zu machen.

Ich versuche es trotzdem. Hus legt das Christuszitat *Auf diesen Fels will ich meine Kirche bauen* auf seine Weise aus. Er sagt: Auf diesem Felsen, im Sinne des unumstößlichen Fundaments der erkannten Wahrheit, dass Jesus der Sohn Gottes ist, soll dessen Kirche gebaut werden. Somit ist der Felsen nicht Petrus als Person, sondern die vorgenannte unumstößliche Wahrheit – der Glaube an Jesus Christus und seine Auferstehung. Das Wort Stellvertreter kommt dabei nie vor.«

Cossa hob wie auf dem Katheder den Zeigefinger in die Höhe, um die Wichtigkeit der nachfolgenden Aussage zu unterstreichen. »Aus dieser Sicht hat Hus recht, wenn er die Lebensweise so mancher Gottesdiener als nicht gottwohlgefällig hinstellt. Luxus und Pracht geben bei jenen den Ton an und nicht die Demut vor dem HERRN.«

Seine Stimme nahm einen drohenden Unterton an. »Hus geht aber noch einen Schritt weiter. Für ihn gilt nur, was in der Heiligen Schrift steht, alles andere ist für ihn von Menschen mit Fehlern und Schwächen ausgedacht, nachträglich interpretiert oder sonst wie zustande gekommen. Daher meint er, dass auch die Kurie und der Papst, die sich als die Hüter der Wahrheit ausgeben, irren können. Und – höre genau hin – einem irrenden Papst sich zu widersetzen heißt, dem Herrn Christo gehorsam zu sein.«

Mit der flachen Hand schlug der Heilige Vater auf die Wasseroberfläche, dass es spritzte. »Erkennt Sie die Sprengkraft solcher Thesen? Das wäre eine neue Religion. Wollen wir das?«

Goldas Kopf rauchte. In den letzten Jahren hatte sie sich notgedrungen mit religiösen Fragen auseinandersetzen müssen. Zuerst hatte sie sich weggeduckt, getan, als ob sie das nichts anginge. Diese Zeit war vorbei. Hier ging es um mehr als nur um Kochrezepte. Weltgeschichte könnte daraus entstehen.

Als sie sich von ihrem Patienten verabschiedete, hätte sie ihm gern über den Handrücken gestreichelt. So schlecht, wie die Leute den Heiligen Vater hinstellten, war Cossa nicht.

Vor der Schlosspforte hielt sie nach Giovanni Ausschau. Er sollte doch hier auf sie warten. Bestimmt ging er seiner Lieblingsbeschäftigung nach. Spionieren! Als sie sich umsah, kam ihr ein Mönch entgegen, die Kapuze ins Gesicht gezogen. Er schaute nicht auf, gedankenverloren, vielleicht war er auch niedergeschlagen. Golda blieb wie vom Blitz getroffen stehen. »John, du! Was machst du hier?«

Zuerst reagierte John nicht. Er stapfte einfach weiter. Erreichten ihn irdische Dinge nicht mehr? Schwebte er in anderen Sphären? Dann endlich: »Golda, du bist es. Schön, dich zu sehen«, war zu hören. Er wollte schon seinen Weg fortsetzen, da packte Golda ihn am Ärmel und schüttelte ihn kräftig. »Da stimmt doch etwas nicht. Du bist nicht der John, den ich kenne. Was ist geschehen?«

»Ach, Golda, um Meister Hus steht es sehr schlecht. Ich soll ihm Papier und Schreibzeug bringen.«

»Er ist hier, in Schloss Gottlieben? Ich komme gerade von Papst Johannes. Er ist angenehm untergebracht. Hus doch auch – oder?«

»Untergebracht? Eingekerkert ist er, und daran ist dein ach so geschätzter Heiliger Vater, der als solcher nur noch bei dir existiert, nicht ganz unschuldig. Keinen Finger hat er für Hus gerührt, hat alles laufen lassen, dein geliebter Papst Johannes!«

Wie sprach John mit ihr? Fast beleidigend, sie beschuldigend! Musste sie sich das gefallen lassen?

»Na, hör mal, es scheint, dass dein Fanatismus mit dir durchgeht. Du und deine Glaubensbrüder in Prag hätten wissen müssen, dass Hus in Konstanz Gefahr droht. Ihr habt ihn nicht davon abgehalten, sich in die Höhle des Löwen zu stürzen. Und mich dafür verantwortlich zu machen, das ist nicht schön von dir, John. Ich habe dir nichts getan.«

Bruder John, immer noch schroff und voller Wut: »Du hast mir nichts getan, aber dafür dein Kurfürst, dieser ach so fromme Ludwig, der mächtige Konzilsprotektor. Warum lässt er zu, dass der Meister wie ein Schwerverbrecher behandelt wird? Die böhmischen Adligen haben schon einige Male bei ihm vorgesprochen. Immer die gleiche Ausrede: Gottlieben gehöre dem Konstanzer Bischof und dafür sei er nicht zuständig. Als diese dann beim Bischof vorsprachen, verwies dieser sie wieder an den obersten Reichsrichter. Keiner fühlt sich zuständig und jeder schiebt den schwarzen Peter dem anderen zu. Eine feine Bagage ist das!«

Golda schluckte. Was sollte sie darauf antworten?

»Wo ist Bruder Arnulf?«

»Zu schwach, kann sich kaum noch auf den Beinen halten. Es wird mit ihm bald zu Ende gehen. In Gedanken ist er nur bei Hus. Mir scheint, er sehnt sich sogar danach, bald dem Jammertal der Erde entfliehen zu können.«

John musste seinen Kropf leeren. »Seit Hus' Verhaftung werden auch seine Begleiter bedrängt. Am liebsten würde ich alle, den König, den Kurfürst, die Kardinäle und das ganze Gesindel in die Wüste jagen.«

»He, du Kapuzenmann, « rief der Torwächter, »wenn du zum Ketzer willst, dann beeil dich, ich schließe sonst das Tor!«

»John, John«, rief Golda ihm nach, »ich werde mit meinem Vormund sprechen, vielleicht kann er erreichen, dass Hus doch noch vor dem Konzil seine Thesen vortragen kann. Verlier nicht den Mut, mein Freund.«

Woher nahm sie diese Zuversicht? In diesem kurzen Augenblick hatte sie sich entschlossen, ihr Versteckspiel zu beenden und sich an Linhart zu wenden. Sie wusste, dass er in Konstanz weilte und zum Beraterstab des Konzilsprotektors gehörte.

25.

Im Pfälzer Quartier drehte Linhart den Brief, den Konrad ihm gegeben hatte, zum dritten Mal um. Die Schrift war ihm bekannt. Aber das konnte nicht sein. Andererseits ...? Keine Anschrift, kein Absender.

»Woher hast du den Brief?«

»Er lag vor der Haustür. Ein Junge, der fortrannte, als er mich sah, könnte ihn hingelegt haben – südländischer Typ, groß, schlank und schwarze Locken. Mir ist, als ob ich ihn schon irgendwo gesehen hätte.«

Mit einem Ruck riss Linhart das Kuvert auf und las die erste Zeile. Er schwankte und musste sich an die Wand lehnen.

»Was ist?« Konrad sprang auf und stützte ihn. »Ist Euch schwindlig? Steht in dem Brief eine so schlechte Nachricht, dass es Euch umwirft?«

Linhart drückte ihm den Brief in die Hand und hauchte mehr als er sprach: »Lies selbst.«

»Juhu!« Konrad sprang in die Höhe, jubelte und konnte sich nicht mehr beruhigen. »Sie lebt, sie lebt, meine Almut lebt! Dann ist es wahr, dass sie nicht im Rhein ertrunken ist. Doch warum unterschreibt sie mit Golda? Ein jüdischer Name. Hat sie die Religion gewechselt? Egal, sie lebt. Sie möchte uns sehen, unauffällig, an einem geheimen Ort. Auch gut. Wahrscheinlich wird sie ihre Gründe haben. Juhu!« Noch einmal stieß Konrad einen Freudenschrei aus.

Nur mit Mühe konnte ihn Linhart wieder zurück auf den Boden bringen. Das war gut so, denn in Konrad hatte sich in all den Jahren eine Sehnsucht aufgebaut, ein Verlangen nach seiner Freundin aus den Kindertagen, auch wenn das unrealistisch war. Von Liebe oder dergleichen war nie die Rede gewesen. Er durfte sich nicht in etwas hineinsteigern. Almut war nun eine erwachsene Frau und würde wissen, was oder wen sie wollte.

Warum fiel ihm just sein Bruder Hennes ein? Früher waren sie Rivalen gewesen, hatten, obwohl sie es sich nie eingestanden hatten, um die Gunst Almuts gebuhlt. War das immer noch so?

Am nächsten Tag klopfte ein junger Mann an die Tür und wollte den Herrn Dörzbach sprechen, er habe ihm eine Nachricht zu überbringen. Von wem? Das wollte er dem Betreffenden nur persönlich sagen. Konrad wusste sofort, wer vor ihm stand und um was es ging. Er beeilte sich, Giovanni, wie dieser sich vorgestellt hatte, zu Linhart zu führen.

*

Das Treffen auf dem Wasser war Giovannis Idee. Sofort war der Skriptor damit einverstanden, doch wollte er nach wie vor Vorsicht walten lassen. Noch sei die Erbschaftsangelegenheit wegen angeblicher Hexerei vor dem Zentgericht anhängig, noch wusste er nicht, ob die bisherigen Verfolger Goldas ihr immer noch nach dem Leben trachteten.

Schleier waberten über dem See, tanzten auf und nieder und bildeten Figuren, die wie Seifenblasen zerplatzten, wenn man nach ihnen griff. Lautlos schob Giovanni das Boot vom Ufer auf den See hinaus und begann zu rudern. In der Mitte des Sees zwischen Petershausen und der Stadt wollten sie sich treffen.

»Siehst du schon etwas?«, fragte Golda leise.

Givoanni hob die Hand über die Augen und suchte die Wasseroberfläche ab. »Da, da kommt ein Boot auf uns zu. Das müssen sie sein! Ein junger Mann, kräftig, wie mir scheint, rudert. Hinter ihm kauert ein älterer Weißhaariger. Einen Schaffellmantel hat er umhängen.«

»Das muss mein Vormund sein. Er hat schon immer gefroren, selbst im Sommer.«

»Glaubst du nicht«, meinte Giovanni, »dass es besser wäre, wenn du den Schleier abnehmen würdest? Deine Leute erkennen dich so nicht.«

Noch wenige Ruderschläge, dann war der große Augenblick da.

*

Kraftvoll stieß Konrad die Riemen ins Wasser. Eine innere Unruhe trieb ihn an. Als er sich auf der Ruderbank umdrehte, sah er eine weibliche Gestalt in dem entgegenkommenden

Boot sitzen. Aber das konnte nicht seine Almut sein. Tiefschwarze Haare, bräunliche Haut und ein Muttermal auf der rechten Wange. Andererseits das Alter, die Figur ... An der Stimme würde er sie erkennen.

*

Die Boote lagen Seite an Seite. Jeder starrte den anderen an. Linhart zweifelte nicht eine Sekunde, dass im anderen Boot sein Mündel saß. Das war Almut, mit oder ohne Muttermal, mit oder ohne ihre rötlichblonden Haare. Ihre Augen so hell, so blau, so ehrlich. Ihm liefen Tränen über die Wangen. So viele Jahre hatte er diesen Moment herbeigesehnt, nun war er da.

Trotz seiner gichtigen Knochen sprang der Alte in die Höhe und breitete die Arme weit aus. Er wollte die verschollene Tochter seines Freundes Hunold in die Arme schließen. Das Boot schwankte bedenklich und drohte zu kentern, nur das beherzte Zugreifen Konrads konnte eine Katastrophe verhindern. Linhart scherte das wenig. Stehend auf schwankenden Bohlen verharrte er, bis er sein Mündel an die Brust drücken konnte. Minutenlang, Wange an Wange, tränennass, nichts und niemanden achtend, so stand das ungleiche Paar über dem Wasser. Dann war Konrad an der Reihe. Oh, wie genossen sie diese Berührung. Leib an Leib, jeden Atemzug des anderen spürend.

Der italienisch aussehende junge Mann verband zur Sicherheit die Boote mit einem Tau. Eine gegenseitige förmliche ellenlange Vorstellung wäre in diesem Moment fehl am Platz gewesen. Dafür würde es noch genügend Zeit geben. Schnell war man sich einig, dass Almut weiterhin mit Golda angesprochen werden sollte. Dann berichtete sie in aller Kürze von ihrer Bekanntschaft mit Cossa und Hus und machte keinen Hehl daraus, dass sie sich um Hus Sorgen machte. Linhart wäre der Geeignetste, um beim Kurfürsten oder gar beim König etwas für ihn zu erwirken. Der Vormund versprach, es zu versuchen.

Die Zeit drängte und die Boote ruderten an ihre Ausgangsorte zurück.

Beim Abendbrot im Pfälzer Quartier passte Linhart den Landesherrn ab. Da er nicht sofort mit der Tür ins Haus fallen wollte, hatte er Konrad beauftragt, zwei mit Pilzen, Schinken und Kapern belegte Dünnele auf dem Markt zu besorgen. Sie waren nicht gerade die Lieblingsspeise des Fürsten, doch aß er sie gern.

Ludwig III. hatte nach dem Tod seiner geliebten Blanche mit keiner Frau das Bett geteilt. Die Trauer saß tief. Linhart akzeptierte und schätzte diese Haltung seines Herrn, doch politisch war sie unklug. Der Vater liebte seinen Sohn über alles und würde für ihn durchs Feuer gehen, doch Ruprecht der Engländer war nicht der Kräftigste und Robusteste. Die schwere Geburt hatte sich auf seine Gesundheit ausgewirkt. Falls Ludwigs Sohn etwas zustoßen sollte, wäre das Pfälzer Fürstenhaus in direkter Linie verwaist, das war Linharts Sorge. Da wäre es klüger, noch einmal zu heiraten und männliche Nachfolger zu zeugen.

Im Einklang mit seinen Ratskollegen hatte Linhart – nicht heimlich, aber vorsorglich und diskret – die europäischen Herrscherhäuser auf heiratsfähige Töchter abgesucht. Da gab es zum Beispiel den Fürsten Amadeus III. von Savoyen und seine Gemahlin, Katharina von Genf, die Schwester des ehemaligen Gegenpapstes Clemens VII. (1378–1394) in Avignon, und deren Töchter. Die jüngere, Mathilde, war unverheiratet, wohlerzogen, fromm und nicht unansehnlich. Sie wäre eine gute Partie, denn der Vater war vermögend und würde sicherlich eine hohe Mitgift zahlen.

Doch im Moment wollte der Kurfürst von einer zweiten Ehe nichts wissen, allerdings, und das ließ hoffen, stand er dem Thema nicht mehr so ablehnend gegenüber wie all die Jahre zuvor. Linharts Worte höhlten wie der stete Wassertropfen den harten Stein. Heute Abend wollte der Vertraute des Landesherrn etwas anderes zur Sprache bringen.

»Durchlaucht, warum schickt Ihr Hus nicht einfach nach Böhmen zurück? Sollen sich doch seine Landsleute mit ihm herumärgern. Ihn hier in Konstanz zu richten, erweckt in der christlichen Welt zu viel Aufmerksamkeit und es könnte Eurem Ruf schaden, wenn Ihr darin verwickelt wäret. Denkt auch an den versprochenen und nicht eingehaltenen Geleitbrief des Königs. Viel Unverständnis herrscht und Ihr seid qua Amt in das Geschehen eingebunden. Etwas wird an Euch immer hängen bleiben.«

Wenn beide nicht honorige Persönlichkeiten mit viel gegenseitigem Vertrauen und Verständnis gewesen wären, hätte der Landesherr gewiss seinen Untertanen hochkant hinausgeworfen. »Dörzbach, wenn ich nicht wüsste, dass Er nur das Beste für meine Person und die Kurpfalz im Sinne hat, müsste ich Ihn wegen Anmaßung seinem Souverän gegenüber in den Kerker werfen lassen. Doch lasst uns sachlich bleiben. Hus hat bereits seine böhmischen Landsleute angesteckt.«

»Durchlaucht, entschuldigt, wenn ich Euch unterbreche, aber Ihr sagtet doch selbst, dass Hus nicht in allem unrecht hat.«

Der Dienstherr zog die Augenbrauen hoch. »Gewiss gibt es Missstände, Fehlentwicklungen in der Kirche, das möchte ich nicht beschönigen, aber ...« Er kramte aus seinem weiten Ärmel eine Papierrolle und las Dörzbach die neuesten Meldungen vor: »*In Böhmen, genauer gesagt in Prag, hat vor einer Woche ein Weib bei der Kommunion die Heilige Hostie dem Priester aus der Hand gerissen, sich diese selbst in den Mund geschoben und vor aller Augen wie eine Besessene geschrien: Ein guter Laie und selbst eine Frau kann ebenso die Weihe erteilen oder die Beichte abnehmen wie ein Priester. Sogar besser als ein schlechter, verkommener, unwürdiger Priester. So lehrt es uns Hus. Da steht noch mehr: Schuster teilen in Böhmen nun das Abendmahl aus. Einige wagen sogar zu behaupten, dass beim Abendmahl auch der Kelch gereicht werden solle.*«

Erregt warf der Kurfürst die Papierrolle auf den Tisch. »Dörzbach, schlimmer kann doch die Profanierung des Heiligen Geschehens am Altar nicht sein. Da muss selbst Er mir recht geben.«

»Hm, was soll ich dazu sagen?«

»Die Nachrichten mögen im Einzelfall übertrieben sein, aber der Tendenz nach sind sie höchst gefährlich. Ich habe überlegt, was ich täte, wenn in der Pfalz so ein Hus aufträte.«

Er wartete. »Nun, ich sehe, Er scheint nachzudenken. So extrem kann selbst Er nicht sein, der eine gute Seele ist. Hier wird das Kind mit dem Bade ausgeschüttet. Dagegen habe ich etwas.«

Kurfürst Ludwig war kein Dummbabbler, wie die Pfälzer sagen, er war sehr fromm und konnte bei theologischen Fragen durchaus mitreden.

»Dörzbach, ich habe schon verstanden, dass Er in großen Zeitabständen vorausdenkt und weiß, dass man Menschen, aber nicht Ideen verbrennen kann. Vielleicht sollte die Kirche wirklich manches ändern. Ich werde darüber mit meinem Freund Sigismund sprechen. Vielleicht kennt er einen Ausweg. Zufrieden?«

»Nicht ganz, Durchlaucht. Ihr wisst, dass ich nicht gerade ein Freund des Ketzers bin, aber auch ihm soll Gerechtigkeit widerfahren. Überzeugt den König, Hus seine Thesen vortragen zu lassen.«

»Hm, mal sehen.«

26.

Es war der 6. Juli 1415.
Im Münsterhof standen die Menschen Leib an Leib. Bei der Schlacht an der Eingangstür hatten sogar die Stadtknechte mit ihren blinkenden Hellebarden Mühe, ihren Platz zu behaupten. Jeder wollte ins Innere des Münsters gelangen. Heute durfte Hus seine Thesen vortragen und anschließend sollte das Urteil über ihn gesprochen werden. Wetten wurden

abgeschlossen: Hus brennt oder wird aus der Stadt verbannt – eine andere Möglichkeit sah niemand.

Golda und Giovanni hatten jede noch so kleine Lücke genutzt und wenn notwendig auch die Ellbogen eingesetzt, um sich weiter nach vorn zu schieben. Nicht ganz fein, doch heute achtete niemand auf Anstand und Sitte. Höflichkeit war sowieso ein Fremdwort geworden. Zwar hatte Linhart ihnen angeboten, sie mitzunehmen, denn er hatte als Begleiter des Konzilsprotektors freien Zugang und Anspruch auf eine Sitzgelegenheit im Münster. Hätte er gehabt, doch an diesem Tag war alles anders: Selbst Linhart musste mit einem Stehplatz vorliebnehmen.

Vor dem eigentlichen Konzilium wurde ein feierliches Hochamt zelebriert und um eine gerechte Entscheidung gebetet. Suchend schaute sich Golda um. In der Mitte des Kirchenschiffes stand erhöht ein Thronsessel. Der war gewiss nicht für Hus bestimmt, eher für das Reichsoberhaupt. Aber wo war Hus? Sie hatte fest damit gerechnet, ihn irgendwo sitzen oder stehen zu sehen. Er war nicht da. Ihr Nachbar musste wohl erraten haben, was in ihrem Kopf vorging. »Hus darf an der Messe nicht teilnehmen. Über ihn wurde ja schon vor Jahren, als er noch in Prag predigte, der Kirchenbann verhängt, und dieser wurde offiziell nie aufgehoben. Gestern Abend wurde er im Refektorium des nahen Franziskanerklosters von einigen Gelehrten verhört. Sogar der König war anwesend und noch viele andere weltliche Fürsten.«

Er zögerte und überlegte, ob er der ihm Unbekannten solche internen Dinge überhaupt erzählen durfte. Als er jedoch Goldas unschuldige Augen sah, berichtete er weiter. »Hus wurde zu seiner These befragt, wonach ein Prälat, Bischof oder gar der Papst, der in Todsünde lebt, kein Prälat, Bischof oder Papst mehr sei. Hus bestätigte das unter Berufung auf die Heilige Schrift. Er wirkte fast etwas hochnäsig, aber besaß eine bewundernswerte Geistesgegenwart. Es war erstaunlich, wie sein gemarterter Körper nach der langen Gefangenschaft sich noch so gerade halten konnte. Einer gegen eine ganze Meute von Gegnern. Und diese gingen nicht zimperlich mit Hus um. Der Böhme hatte Mühe, sich Gehör zu verschaffen. Nicht nur einmal wurde er von den Anwesenden niedergebrüllt, auf die wüsteste Weise beschimpft und mit faulem Gemüse beworfen.«

»Was war die Folge?«

»Der König, der gerade in einer Nische in ein Gespräch mit dem Nürnberger Burggrafen vertieft war und Hus nur mit halbem Ohr zugehört hatte, fuhr, als es um ein Leben in Sünde ging, wie vom Blitz getroffen herum und schaute Hus böse an. Dann kam vom Magister der Satz, der Sigismund bis ins Mark getroffen haben muss: ›Auch ein König, der in Todsünde lebt, ist vor Gott kein König.‹«

»Was, das hat er gesagt?«

»In die entstandene Totenstille hinein zitierte Hus noch die betreffende Stelle in der Bibel, auf die er sich bezog: Siehe 1. Buch Samuel, wo der Prophet zu König Saul sagt: *Der Herr hat dich verworfen, dass du nicht König seiest über Israel.* Ihr könnt mir glauben, im Refektorium stand die Zeit für einen Augenblick still. Alle erwarteten, dass der König sein Schwert zöge und den Ketzer vor aller Augen richtete.«

»Und?«

»Es ist bekannt, dass König Sigismund aufbrausend und spontan ist, doch in dieser Situation erwiderte er ruhig und besonnen und auch würdevoll: ›Johannes Hus, kein Mensch lebt ohne Sünde.‹ Anders reagierten die Anwesenden. Wahrscheinlich fühlten sie sich getroffen. Es hätte nicht viel gefehlt, und die Meute hätte Hus gelyncht. Sie riefen: ›Du Ketzer, willst du jetzt auch noch den Stand des Königs beschmutzen, ihn gar stürzen? Die Kirche und den König? Brennen sollst du!‹«

Der Nachbar bekreuzigte sich. Es war ihm anzumerken, dass er von seinen eigenen Worten erschüttert war. »Warum musste sich Hus auch mit dem König anlegen? Nun hat er keinen einzigen Fürsprecher mehr. Und, das behaupte ich mal, jetzt wird der König gar nicht mehr anders handeln können, als er es heute tun wird. Denkt an mich!«

Die Messe war zu Ende, doch keiner machte Anstalten, den Kirchenraum zu verlassen. Das Hauptspektakel stand ja noch bevor. Eine Fanfare ertönte und ein Ausrufer tat kund: »Im Namen des Königs: Jeder, der die heutige hochkonziliare Sitzung stört, sei es durch Zwischenrufe, Beifalls- oder Missfallensäußerungen oder gar durch einen Widerspruch, wird mit zwei Monaten Gefängnis bestraft, unabhängig von Stand oder Nation.«

Bis jetzt hatte Golda keine Augen für all den Pomp im Münster gehabt. Flaggen, Standarten, Fürsten im goldbestickten Rock, Kardinäle in Purpur, Bischöfe ohne Zahl und Reiche und Schöne und alle, die gesehen und bestaunt werden wollten. Wie bei einem Festmahl oder einem Turnier.

König Sigismund nahm auf dem Thronsessel in der Mitte des Münsters Platz. Neben ihm standen der erste weltliche Kurfürst des Reichs, Pfalzgraf Ludwig III. mit dem Reichsapfel in der Hand. Es folgte Burggraf Friedrich von Nürnberg mit dem Zepter, ihnen gegenüber standen der Herzog von Bayern mit der Krone und schließlich ein ungarischer Magnat mit dem Reichsschwert. Golda versank vor Ehrfurcht fast in den Boden. Nie hätte sie sich einfallen lassen, dass sie einmal so nahe bei den Großen des Reichs stehen würde, am Weltgeschehen unmittelbar teilnehmen könnte.

Ein leichter Stoß ihres Nachbarn brachte sie wieder in die Gegenwart zurück. »Was Sie da sieht, ist purer Hohn. Die Reichsinsignien dürfen nur die Königswähler, also die sieben Kurfürsten des Reichs, tragen. Das sind weder der Ungar noch der Bayer. Der König veranstaltet heute ein Spektakel. Hat er das nötig? Ist er sich seiner Königswürde so unsicher?«

»Seid lieber still«, ermahnte ihn Golda. Der Nachbar schien kein Freund des Oberhauptes des Reichs zu sein. Wenn einer der Umstehenden dies hörte und ihm böse wollte, wäre sein Hals bald ohne Kopf. Andererseits, und darum hatte sie ihm bis jetzt gerne zugehört, schien er große Stücke vom böhmischen Prediger zu halten. Vielleicht war auch er ein Böhme?

Von Hus war immer noch nichts zu sehen. Nur Gemurmel und das Scharren der Füße war zu hören. Goldas Neugier war stärker als ihre Bedenken. Flüsternd fragte sie den auskunftsfreudigen Herrn nach dem Warum. »Das hat schon seinen Grund. Der Böhme steht im Büßergewand draußen vor der Kirchentür, bewacht von bis an die Zähne bewaffneten Bütteln. Ein Exempel der Macht soll statuiert werden.«

»Pscht«, sie zupfte den Nachbar am Ärmel, »nicht so laut.«

»Pah, ich habe keine Angst. Heute gilt es, Farbe zu bekennen!«

Die Tür des Münsters wurde aufgestoßen. Barfuß betrat Hus das Gotteshaus. Er trug einen einfachen schwarzen Kittel. Mit der Heiligen Schrift unterm Arm schritt er durch den Mittelgang nach vorn, ohne ängstlich zu wirken. Bei einer Mutter, die einen Säugling auf dem Arm trug, blieb er stehen und malte mit dem Daumen ein Kreuz auf dessen Stirn. Noch war er ein geweihter Priester, noch konnte er jedermann Heil und Segen spenden. Die Mutter bekreuzigte sich und warf Hus einen dankbaren Blick zu. Die Stadtbüttel stießen ihre Stangen in die Rippen des Angeklagten und schoben ihn weiter.

Golda ballte die Fäuste. Musste man den böhmischen Prediger, der nie einer Fliege etwas zuleide getan hatte, der nur nach der Wahrheit suchte, so demütigen? War es nicht die gleiche Situation, wie sie sich eintausendvierhundert Jahre früher schon einmal zugetragen hatte? So war Jesus Christus vor seine Richter gestoßen worden, und die Menge hatte gerufen: »Kreuziget ihn!«

Auf einmal drehten sich alle Köpfe nach hinten. Zwei Ungeladene im schäbigen rötlichen Habit mit übergestülpten Kapuzen wollten ebenfalls eingelassen werden. Die Hellebarden wurden vor ihnen gekreuzt, drohende Worte gesprochen, doch die beiden gaben keine Ruhe. Der Jüngere schob das Hindernis beiseite und drückte den Älteren durch die dadurch entstandene Gasse. Es war die Gebrechlichkeit des Alten, die die Stadtknechte vor Gewalt zurückhielt. Bruder Arnulf, der englische Wanderprediger – hager, eingefallene Jochbeine, tiefe, dunkle Augenhöhlen, konnte sich kaum aufrecht auf den Beinen halten, besaß aber einen Blick, der so rein, so klar himmelwärts gerichtet war. Der Jüngere, Bruder John, selbst ein Rippengestell, lud sich den Mitbruder auf den Rücken und schleppte ihn nach vorn.

Aufschreien hätte Golda können, doch ihr Herz hatte sich zu einem Klumpen verkrampft, obwohl das Blut in den Adern raste und ihre Gedanken Purzelbäume schlugen. Die beiden wollten in der schlimmsten Stunde ihren Meister nicht alleinlassen, wollten ihm nahe sein. Lob und Dank an Gott, dass es solche Menschen gab. Sie wollte sich ihnen schon anschließen, als der Nachbar und auch Giovanni sie zurückhielten. »Golda, du kannst ihnen jetzt nicht helfen. Du bringst dich selbst in Gefahr.«

Vor dem Königsthron war in aller Eile ein Podium errichtet worden. An einem Holzstock hing der Priesterornat des ehemaligen Kanzlers der Prager Universität, des Gelehrten und Predigers Johannes Hus. Die Stadtknechte trieben ihn auf das Holzgestell und zwangen ihn auf die Knie. Hus ließ es zu. Er richtete seinen Blick auf das Kreuz am Altar und betete leise.

Derweil ergriff der Bischof von Lodi das Wort. Er sprach mit hoher, piepsiger Stimme vom Unheil der Ketzerei und ermahnte die Versammelten und insbesondere den König, Irrlehren und dergleichen ohne Schonung auszumerzen. Es gebe nur eine Wahrheit: die der Amtskirche. Der vom Konzil ernannte päpstliche Prokurator verlas die Anklageliste mit den allbekannten Vorwürfen gegen Hus.

Gleich beim ersten Anklagepunkt sprang Hus auf und wollte sich rechtfertigen, doch die Bewaffneten drückten ihn gewaltsam nieder. »Er redet nur, wenn Er dazu aufgefordert wird.«

Hus ließ sich den Mund nicht verbieten. »Wie kann ich schweigen, wenn meine Thesen verdreht, ihnen Unwahrheiten untergeschoben werden.«

Sofort wurde er wieder nach unten gedrückt. Hus riss sich los. »Ich flehe Euch um Gottes Willen an, lasst mich sprechen!«

»Schweig Er, Er steht hier nicht auf der Kanzel seiner Bethlehemkapelle in Prag. Er steht vor Gericht.«

»Was, vor Gericht? Ich kam nach Konstanz im guten Glauben, vor dem Konzil meine Ansichten vertreten zu können, und der König hat mir freies Geleit zugesichert. Ich bin also ein freier Mann und möchte mich rechtfertigen dürfen.«

Dabei fiel sein Blick auf Sigismund. Dieser errötete und schaute verlegen zur Seite. Ein zweiter vorgetretener Bischof verdammte und verfluchte daraufhin die Schriften von Wiclif und Hus und forderte, dass sie den Flammen übergeben werden müssten. Dann gab er den Beschluss des Konzils bekannt: »Dem hier anwesenden Ketzer Jan Hus ist ob seines schändlichen Tuns die Priesterwürde zu nehmen. Er gehört der Kirche nicht mehr an.«

Demütig ließ Hus alles über sich ergehen. Kniete nieder und betete laut: »Herr, vergib meinen Widersachern, Du weißt, dass ich fälschlich angeklagt bin, nicht allein durch falsche Zeugen, sondern weil sich die Herren des Konzils Deiner Wahrheit verschließen. Vergib ihnen um Deiner grenzenlosen Gnade willen.«

Hohnrufe unterbrachen ihn.

Nun betraten sieben Mitglieder des Konzils das Podium und befahlen Hus abzuschwören. Um ihren guten Willen zu zeigen, gestatteten sie ihm, zuvor einige Worte zu sprechen. Mit fester Stimme wandte sich Hus an die im Münster Anwesenden. »Ich behaupte nichts Falsches. Alles, was ich sage, steht in der Heiligen Schrift, und was dort steht, ist Gottes Wort. Ihr Herren des Konzils, Ihr tut, als ob nur Ihr die Wahrheit kenntet, nur Ihr allein, aber Ihr werdet Euch dereinst vor dem Throne Gottes verantworten müssen.«

»Schwör ab, du uneinsichtiger, störrischer Ketzer! Schwör ab!« riefen einige aus der Menge. Hus ließ sich nicht beeindrucken »Ich möchte im Angesicht Gottes nicht falsches Zeugnis geben und gegen mein Gewissen handeln. Auch kann ich die vielen Menschen, denen ich von der Wahrheit gepredigt habe, nicht enttäuschen. Lieber sterbe ich. Ich widerrufe nicht.«

Mit gefalteten Händen und tiefer Traurigkeit verfolgte Golda das Geschehen. Hus wurde Unrecht getan und sie konnte nichts dagegen tun. Dieses Gefühl der Ohnmacht, der Hilflosigkeit drückte sie nieder. Waren die Menschen nur ein Staubkorn, das der Wind dahin und dorthin wehen konnte? Warum ließ der HERR zu, dass Menschen, die sich zu ihm bekannten, so in den Dreck gezogen wurden?

Die Antwort ließ nicht lange auf sich warten. Eine Stimme, die die Wände des Münsters zum Erzittern brachte, rief: »Hosianna, gelobt sei Gott, der Allmächtige. HERR, gib deinem Knecht die Kraft, dass er sich zu Deiner Botschaft, wie Du sie uns verkündet hast, bekenne, und verfluche die, die wider Dich sind. HERR, richte Du!«

So schallte es durch die Kirche. Ein alter, gebrechlicher Mann im roten Habit hatte sich vorgedrängt und Hus vor die Füße geworfen. »Wenn sie dich richten, Meister, dann sollen sie auch mich richten, denn diese Welt ist nicht mehr die meine. Nie werde ich von dir weichen. Hosianna!«

Die mit den Hellebarden erwachten aus ihrer Erstarrung und zerrten den Alten und den Jungen, der ihm beistand, gewaltsam aus der Kirche.

Golda drückte ihre gefalteten Hände so fest zusammen, dass die Knöchel weiß wurden. »Mein Gott, ich weiß jetzt, dass du nicht wegschaust, dass du mitten unter uns bist.«

*

Giovanni hatte nicht alles verstanden, doch er wusste von Golda, dass die englischen Wanderprediger die Begleiter der verstorbenen Gemahlin des Kurfürsten Ludwig waren. Er stieß seine Schwester leicht in die Seite und deutete mit den Augen in Richtung des Pfälzer Kurfürsten, denn dieser presste den metallenen Reichsapfel zwischen seinen Händen so, dass er zu zerbrechen drohte. Zorn sprach aus seinen Augen. Der Fürst kannte die englischen Brüder, er stand bei ihnen im Wort, doch diese Aufführung hier vor des Königs Thron schien ihm zu missfallen. Giovanni konnte nicht seine Gedanken lesen, doch war zu spüren, dass etwas in ihm vorging. Seine Aufmerksamkeit richtete sich wieder auf Hus.

Der Ritus der Degradierung des Verdammten begann – jahrhundertealt, genau festgelegt. Zuerst wurde Hus in das Priestergewand gekleidet, das am Stock hing, und ihm ein Kelch in die Hand gedrückt. Dann wurde ihm derselbe mit folgenden Worten wieder aus den Händen gerissen. »Du verdammter Judas, wir nehmen von dir den Kelch des Heils.« Dann musste er den Ornat ablegen, sodass er nur noch in einem dünnen Hemdchen dastand. Zwei Kapuzenmänner, Gebete murmelnd, machten sich an seiner Tonsur zu schaffen. Rücksicht auf den Gemarterten nahmen sie nicht. Die Schere war stumpf und bei jedem Schnitt zuckte Hus vor Schmerzen zusammen. Das war ein Spektakel, an dem die Leute so richtig Gefallen hatten. Gelächter und Beifallrufe von allen Seiten. Als dies vorüber war, wandten sich die Männer der Amtskirche an den König. »Das heilige Konzil hat Johannes Hus aller geistlichen Würden und Rechte beraubt. Die Kirche hat nichts mehr mit ihm gemein. Wir übergeben ihn damit dem weltlichen Gericht.«

Sie setzten ihm noch eine papierene Ketzerkappe auf, bemalt mit Teufeln und der Inschrift »Ich bin ein Erzketzer«, und riefen: »Wir übergeben deine Seele dem Teufel.«

»Und ich übergebe sie in die Gnade Christi«, war Hus' Antwort.

Für die Kirche war Hus nun ein Ausgestoßener, doch das Leben konnten sie ihm nicht nehmen, dafür war die weltliche Macht, der König, zuständig.

Giovannis Augen waren überall. Linhart hatte die ganze Zeit mit hängendem Kopf an der Säule gelehnt und oft, allzu oft nur den Kopf geschüttelt. Bei dem letzten Akt kam Leben in ihn. Er schob sich durch die Menge in Richtung Kurfürst. In einem günstigen Moment bat er ihn, ein wenig zur Seite zu treten, und flüsterte ihm etwas ins Ohr. Ludwig III. hörte aufmerksam zu, nickte und nahm seine alte Position neben Sigismund wieder ein. Als die Hohnrufe ein wenig abebbten, sprach der Konzilsprotektor mit dem König.

Was hätte Giovanni darum gegeben, wenn er hätte mithören können, was der Kurfürst dem Reichsoberhaupt sagte. Egal! Jedenfalls hatte Goldas Vormund Wort gehalten und sich für Hus beim Kurfürsten eingesetzt. Aufgeregt trippelte Giovanni hin und her. Was würde der König nun tun? Ihm, dem Mächtigsten im Reich, müsste doch etwas einfallen, um Hus die Qualen eines Feuertodes zu ersparen.

Dreimal musste er hinschauen. Das konnte doch nicht sein! König Sigismund schüttelte beim Zuhören energisch den Kopf und stieß verärgert den Kurfürsten von sich weg. Ein strafender Blick folgte.

Das Reichsoberhaupt erhob sich feierlich, setzte eine majestätische Miene auf, ließ sich das Zepter reichen und befahl dem ersten weltlichen Kurfürsten des Reichs, Ludwig III., der zugleich auch oberster Richter war, den von der Kirche verdammten Ketzer aus den Händen der Kardinäle in Empfang zu nehmen und seines Amtes zu walten.

Ha, am liebsten hätte Giovanni laut aufgelacht. So waren sie, die Großen und Mächtigen. Sich selbst nicht die Hände schmutzig machen! Oh, wie hasste Giovanni das.

Aber noch lebte Hus. Was würde nun der Pfälzer Konzilsprotektor tun? Genauso handeln wie die anderen? Giovanni ließ ihn nicht mehr aus den Augen.

Ludwig III. legte den Reichsapfel, den er als Zeichen seiner Würde in den Händen gehalten hatte, nieder und warf Sigismund einen scheelen Blick zu. Dieser schiefmäulige Blick hing gewiss damit zusammen, dass im Reich gegen die Selbstherrlichkeit des Königs immer mehr kritische Stimmen zu hören waren und auch vor den Ohren des Pfälzers nicht Halt machten. Es wurde sogar gemunkelt, dass Ludwig III. an geheimen Sitzungen der Opposition teilnahm.

Der Pfälzer Kurfürst rief nach dem Konstanzer Stadtvogt. »Da, übernehme Er den Ketzer. Der Böhme ist auf des Königs Befehl zu verbrennen!«

Zunächst verweigerte der Vogt die Order. »Kurfürst, Ihr seid der oberste Reichsrichter, Ihr müsst das Urteil fällen oder zumindest bestätigen. Ist es auch Euer Wille, dass Hus brennt?«

Hm, am liebsten hätte sich Ludwig III. vor einer Entscheidung gedrückt, doch der Vogt beharrte auf einer Antwort.

»Ja, so ist es!«

Nun übergab Vogt Hagen den Verurteilten an die Stadtknechte. »Bringt ihn aufs freie Feld und verbrennt ihn mit allem, was er am Leib trägt.«

Unter Bewachung wurde Hus aus dem Münster geführt. Das Konzil, das immer in der Münsterhalle tagte, hatte den Fall Hus abgehakt und ging, nachdem die Bürger die Kirche verlassen hatten, zum nächsten Tagesordnungspunkt über.

Giovanni musste Golda stützen. Heute hatte sie in menschliche Abgründe geschaut. Sah so die Hölle aus?

27.

Dumpfe Trommeln ertönten. Die Menschenmassen formierten sich. An die zweihundert Stadtsoldaten bahnten eine Gasse für die Prominenz. An der Spitze ritt der Konstanzer Stadtvogt, dahinter der Konzilsprotektor, Pfalzgraf Ludwig bei Rhein, eskortiert von der Pfälzer Garde, angeführt vom Oberstleutnant der Reiterei, Egolf von Husen. Das Banner mit dem Pfälzer Löwen und den bayerischen Rauten flatterte voraus im Wind. Dieses Bild würde in die Geschichtsbücher eingehen.

Noch innerhalb der Stadtmauern kam die endlose Kolonne am Friedhof von St. Stephan vorbei. Zwischen den Grabsteinen brannte ein Feuer. Immer höher schlugen die Flammen empor. Ständig erhielten sie neue Nahrung – nicht Holzscheite, sondern Bücher und Traktate. Im Verdammungsurteil der Konzilsväter wurde gefordert, dass sämtliche Schriften von Hus und Wiclif den Flammen übergeben werden mussten. Freudenschreie ausstoßend hüpften die Kinder um das Feuer herum und einige Mutige sprangen sogar durch die Flammen und wurden als Helden gefeiert.

Als Hus, im grob gewirkten Gewand, die Hände auf den Rücken gebunden, dies sah, lächelte er, blieb stehen und wandte sich an die Umstehenden. »Oh ihr Einfältigen, ihr wisst doch, dass die Wahrheit nicht verbrannt werden kann, der Wind trägt sie in alle Welt.« Er schaute gen Himmel. »HERR, den Wind kann niemand aufhalten! Nach mir kommen andere und führen mein Werk zu Ende.« Ein Rippenstoß der Waffenknechte schob ihn weiter, dem freien Feld vor der Stadtmauer zu – genannt das *Paradies*.

Ein Kind aus der Menge deutete auf die Ketzermütze: »Papa, warum trägt der Mann so eine komische Papiermütze?«

»Mathias, das ist ein Ketzerhut, fast einen halben Meter hoch. Auf dem siehst du, wie die Seele von drei Teufeln zerrissen wird.«

»Papa, so einen Ketzerhut möchte ich auch haben.«

»Mathias, sei augenblicklich still, sonst versohl ich dir den Hintern. Was sollen die Leute von uns denken. Da schau, unsere Nachbarin, die Wachtels Elsbeth, zeigt schon mit dem Finger auf uns.«

»Ich finde den Ketzerhut mit den drei Figuren trotzdem lustig.«

Giovanni konnte es kaum glauben. Hus ging mit festen Schritten, sang einen Hymnus und zeigte keinerlei Furcht. Er schritt immerhin zu seiner Hinrichtung! Der Frömmste war Giovanni nicht, nicht mehr. Zumindest glaubte er nicht, dass durch das bloße Geben von Almosen oder dem Hochhalten von Heiligenbildern die Sünden vergeben wurden. Mochte sein, dass bei rechter Gesinnung, bei genügender Reue, diese Wundermittel zusätzlich halfen, das wollte er nicht bestreiten, aber sein Heil konnte man auf keinen Fall durch das Kaufen eines bedruckten Stückchens Papiers erlangen, auf dem die Jahre angegeben waren, die man vom Fegefeuer befreit war. Beim Anblick des Verurteilten wollte er nicht zynisch werden, das war jetzt nicht der richtige Ort, doch wie konnte ein Mensch so fröhlich, so zuversichtlich in den Tod gehen, einen Tod, der mit unendlichen Schmerzen verbunden sein würde?

Entlang der Gassen waren in Windeseile Buden aus Stangen und Brettern errichtet worden und jeder Krämer schrie lauter als der andere. Da gab es Leckereien, Gebratenes, Gesottenes und Wein und Bier in großen Mengen. Wer zwei oder drei Kreuzer in der Tasche hatte, leistete sich einen Schoppen des edlen Thurgauers und ein Dünnele. Was das war, ein Dünnele? Die Attraktion des Konzils. Eine runde, dünne Platte aus Brotteig wurde mit Zwiebeln, Speck, Käse, Sauerrahm und Schnittlauch belegt und knusprig gebacken. Auch süße Beläge wie Äpfel, Pfirsiche oder gar Mus wurden verwendet. Italienische Bäcker fuhren mit einem auf einer zweirädrigen Karre montierten Ofen durch die Straßen und priesen ihre Pizzen oder Flammkuchen, wie sie später genannt wurden, in den lautesten Tönen an.

An solch einem dick belegten Dünnele kauend saßen zwei Trunkenbolde am Straßenrand und musterten die Vorbeiströmenden. Als sie Hus erblickten, deutete der eine auf die ledernen Schuhe und das Gewand des Todgeweihten. »Du, bevor der brennt, wird er vom Henker ausgezogen. Die Sachen, die er anhat, holen wir uns. Das bringt Geld. Schnell muss das gehen, denn die Henkersknechte werden auch scharf drauf sein.«

*

Hinter der Stadtmauer und dem Graben auf dem Weg nach Gottlieben, der trostlosesten Gegend der sonst so schönen Landschaft, begann das morgendliche Treiben. Die Wagenburg war erwacht. Jacomo bürstete den Tanzbären, Alois probte mit dem Pudel noch einmal die Balanciernummer und seine Mutter zog den langen bunten Rock an und band sich einen goldgelben Turban um den Kopf. Ihre Karten sagten die Wahrheit. Aber die Wahrheit kostete Geld. Pro Vorhersage einer Verlobung oder Verheiratung einen halben Kreuzer, eine reiche Erbschaft einen ganzen.

Golda und Giovanni hatten sich im Dom nach der Urteilsverkündung getrennt. Die Medica fühlte sich nicht stark genug, dem Johlen und Pfeifen der aufgekratzten Bürger bei dem Elendszug standzuhalten, und ging zurück zur Wagenburg.

Immer wieder blieb sie grübelnd stehen. Was hatten Abraham und sie über Hus und sein Anliegen debattiert, nächtelang, ohne Ergebnis! Heute bohrte sich nach dem Erlebten das Für und Wider erneut an die Oberfläche. Der böhmische Prediger hatte mit der Anklage der Missstände in der Kirche recht und der König und die Würdenträger hätten ihn anhören sollen. Dafür waren sie doch da. Einen, der den Finger in die Wunde legte, gleich verbrennen? War das eine Lösung?

Als sie nun auch noch die Vorbereitungen ihrer Nachbarn in der Wagenburg sah, verlor sie vollends die Fassung: »Wie könnt ihr nur so abgebrüht sein! Ein Unschuldiger wird hingerichtet und ihr denkt ans Geldverdienen. Hus ist einer wie wir. Auch für uns macht keiner die Tür auf, keiner bittet uns an den Tisch, keiner rührt für uns auch nur einen Finger. Daher sollten wir unsere Verbundenheit mit dem zum Ausdruck bringen, der Demut und Bescheidenheit preist und die Reichen und Heuchler verdammt.«

Ihre Stimme wurde lauter, fordernder. »Wenn wir schon sein Leben nicht retten können, sollten wir wenigstens dafür sorgen, dass er nicht allzu viele Schmerzen erleiden muss, damit die vielen tausend Gaffer sich nicht an seinem Tod weiden können.«

Zuerst betroffene Gesichter, fragende Mienen, doch dann kam Leben in die Wagenburg. Ein Leben ganz anderer Art. Ein zweiter Zug machte sich auf den Weg, ohne Bär, ohne Pudel, ohne Wahrsagekarten. Mit rollenden Augen und wehendem Gewand, einer Rachegöttin gleich, schritt Golda voraus. Schon von Weitem sahen sie, wie ein starker Pfahl in die Erde gerammt, mehrere Fuhren Holz aufgeschichtet und die Hohlräume mit Stroh gefüllt wurden. Einer mit grünem Rock trieb die Knechte an und verlangte, der Haufen müsse noch höher, noch wirkungsvoller aufgeschichtet werden.

Ein Unbekannter mit böhmischem Akzent, der sich ihnen angeschlossen hatte, empfand den ganzen Rummel als pure Heuchelei und die Befriedigung niederer menschlicher Triebe. »Das Schauspiel«, klärte er die Fahrenden auf, »fing schon gestern an. Der Konstanzer Henker war irgendwo anders tätig, da beschloss der Magistrat, sich den von Meersburg gegen Bezahlung auszuleihen.«

Zuerst hatte Golda nur mit einem Ohr hingehört, doch hatte der Fremde sie auf eine Idee gebracht und nun war sie sehr an Einzelheiten interessiert. Dies wiederum musste dem Fremden aufgefallen sein. »Junge Frau, ich weiß nicht, was Ihr vorhabt, doch könnte es von Vorteil sein zu wissen, dass der Meersburger Henker nicht alle Stadtknechte vom Gesicht her kennt. Es wäre also möglich, dass sich andere«, er deutete mit den Augen auf die jungen, kräftigen Burschen aus der Wagenburg, »daruntermischen.«

Ungewollt oder auch gewollt hatte er Golda zu einer Idee verholfen. Sie wusste nun, wie sie Hus Erleichterung verschaffen konnte. Dazu brauchte sie jedoch Hilfe. Wo war eigentlich Giovanni? Er war nach dem Urteilsspruch in Konstanz geblieben.

Es dauerte auch nicht lange, da kam der Elendszug, der die Stadttore passiert hatte, in Sichtweite. Als er nahe genug war, winkte sie Giovanni und besprach mit ihm, was sie vorhatte.

»Verstehe, Golda! Hus soll nicht leiden. Ein schneller Tod. Und wie soll das gehen?«

»Sei nicht so laut. Außer uns darf es niemand wissen. Am sichersten ist es, wenn ...«

Giovanni hatte verstanden. Er nickte. »Und wer soll ihm den Becher reichen?«

Die unendliche schaulustige Menschenmenge verteilte sich um den Scheiterhaufen. Erst jetzt entdeckte Golda die Pfälzer Fahne und ihren Träger. Es war Egolf. Wie lange hatte sie ihn nicht gesehen? Fröhlich sah er nicht aus. Sein Gesicht war von tiefen Furchen durchzogen, die Augen schauten ins Leere. Der früher so stolze, begehrte Held, der Frauenschwarm, war nun ein Schatten seiner selbst. Fast hätte Golda Mitleid mit ihm gehabt. Nicht nur, weil er Schuld auf sich geladen hatte, sondern weil er dem Leid, das vor seinen Augen geschah, blind und taub gegenüberstand.

Dann fiel ihr Blick auf Hus. Er war von Schmerzen und Pein gezeichnet, aber in den Augen loderte ein Verlangen und Sehnen nach einer anderen, höheren Welt. Aufrecht gehend und Gebete murmelnd schritt er zu seiner Hinrichtungsstätte. Als er an ihr vorüberkam, hob er den Kopf, als ob er ahnte, dass jemand seinen Blick suchte. Er machte einen Schritt auf Golda zu, streichelte ihre Wange und zeichnete ein Kreuz auf ihre Stirn. »Der Allmächtige möge dir in und bei allem beistehen, denn du hast es verdient. Sei nicht traurig wegen mir. Mein Leib wird vergehen, mein Geist nicht.«

Auf die Knie hätte sie fallen, laut hinausschreien hätte sie mögen, doch ihr Körper versagte ihr das. Zur Salzsäule erstarrt stand sie da, steif und zu nichts fähig. Und dann hinter Hus, Gott im Himmel! – ein Bild zum Erbarmen. Bruder John trug seinen Mitbruder Arnulf auf dem Rücken, wie Jesus das Kreuz durch die Gassen Jerusalems geschleppt hatte. Keiner stützte ihn, keiner nahm ihm die Last ab. Schweißtriefend und mit zittrigen Knien schleppte John sich fort, dem Scheiterhaufen entgegen.

Es war dieser Vergleich, der ihr einen Stich ins Herz trieb und ihr eine plötzlich aufwallende innere Kraft gab. Sie drehte sich zu ihren Leuten um. »Los, ihr Fahrenden, ihr Ausgestoßenen, ihr Vermaledeiten, helft dem, der das Leid der anderen trägt. Keiner soll sagen, wir hätten ein Herz aus Stein!«

Sie deutete auf Alois und Jacomo. »Braucht ihr eine Extra-Aufforderung? Habt ihr keine Augen im Kopf? Da muss geholfen werden. Nehmt Bruder John die Last ab!«

Beim Rufen des Namens des englischen Bruders drehte sich der Konzilsprotektor suchend um. Es war schwer zu erahnen, was in ihm vorging. Konnte ihm das Schicksal derer, die seiner verstorbenen Blanche nahegestanden hatten, einerlei sein? Durfte er die Flamme der Hoffnung auf eine bessere

Welt, die sie vertraten, austreten? Schwere Gedanken, keine Antwort. Vielleicht würde einst die Zeit eine geben.

Die Menschenmasse erregte im Moment etwas ganz anderes. Einer der Umstehenden hatte in Richtung des Kurfürsten gerufen, dass es nun an der Zeit wäre, dem Todgeweihten die Beichte abzunehmen. Das Murren vieler Leute war nicht zu überhören. Gewiss gefiel den meisten dieser Vorschlag nicht. Es war Zeitverschwendung. Brennen wollten sie den Böhmen sehen.

Den Rufer focht das nicht an. Erneut schrie er: »Pfalzgraf, als guter Christ kannst du einem Verurteilten diesen Wunsch nicht verwehren. Schaff also Platz für die Beichte!«

Der Konzilsprotektor gab seinem Oberstleutnant ein Zeichen, die Gaffer an den Straßenrand zu drängen, damit sich Hus dem englischen Bruder anvertrauen könne. Doch just da kam der Pappenheimer, der Oberkommandierende aller königlichen Truppen, im gestreckten Galopp angeritten und brüllte wie ein abgestochenes Kalb. »Nichts da! Keine Beichte!«

Als einige wenige mutige Husanhänger ihre geballten Fäuste dem Pappenheimer zeigten, gab dieser seinen Waffenknechten Order, die Hellebarden zu senken und die Aufsässigen in die Schranken zu weisen. »Das Urteil ist gesprochen, das Urteil wird ausgeführt. Für solche Mätzchen wie die Beichte ist es jetzt zu spät.«

Diese letzte Bemerkung schlug bei Golda wie ein Blitz ein. Beichte ablegen – ein Mätzchen? War denn aller Glaube zunichte gemacht? Glaubte denn dieser aufgedonnerte Federhutträger, sich über das, was den meisten Menschen heilig war, hinwegsetzen zu können? All ihren aufgestauten Zorn schleuderte sie Pappenheim entgegen und versperrte ihm trotzig den Weg. Als er auf sie zuritt, wich sie keinen Schritt. Es wäre zu einer Katastrophe gekommen, wenn nicht der Pfalzgraf eingeschritten wäre. »Haltet ein! Ich, der Konzilsprotektor erteile hier Befehle, sonst niemand. Kommandant von Pappenheim, dies ist kein Schlachtfeld, sondern der Ort, wo Reichsgesetze umgesetzt werden. Ziehe Er sich zurück oder meine Reiter zeigen Ihm den Weg.«

Furchtlos stellte sich Ritter von Husen mit der Hand am Schwertknauf vor den königlichen Heerführer und als dieser ein Zeichen zum Umkehren gab, wandte er sich der Frau am Straßenrand zu und bat sie, nunmehr auch zur Seite zu treten. Diese Bitte kam dem sonst Befehle gebenden Ritter nur stockend über die Lippen, fast traute er sich nicht, die ihm Unbekannte anzusprechen. Die Umstehenden hatten dafür keine Erklärung, Golda aber schon. Ihr Halbbruder, der Oberstleutnant, schob sein Visier nach oben und betrachtete sie minutenlang, als ob er eine Erscheinung hätte. Schon war er im Begriff, ihren Schleier zu heben, als der englische Bruder ihn gewaltsam wegzog. »Verzeiht, edler Herr, das Weib ist nicht bei Sinnen. Es ist aus einem Siechenhaus davongelaufen. Berührt es nicht. Niemand kann wissen, ob es nicht an ansteckender Krätze leidet.« Noch dreimal drehte sich der Ritter nach der Frau um, bevor er wieder sein Pferd bestieg.

Die Menge drängte und der Henker erwartete den Delinquenten. Jetzt hätte sich der Himmel verfinstern und die Erde zerbersten müssen. Doch von all dem geschah nichts. Der Henker zog Hus auf einen Schemel, riss ihm den Rock vom Leib und stülpte ihm ein kurzes Totenhemd über, dann wurde er auf den Holzberg gestoßen, eine schwere eiserne Kette um seinen Hals gelegt und sein Körper mit Stricken an den Pfahl gebunden.

»Halt, so nicht. Das ist wider die Vorschriften«, rief einer der Gaffer. »Nicht mit dem Gesicht Richtung Sonnenaufgang, dreht ihn anders rum. Ein Ketzer braucht die Sonne nicht mehr zu sehen. In der Hölle kann er eine Ewigkeit lang in die Flammen schauen.«

Fast alle klatschten Beifall. Die zwei oder drei Schoppen Thurgauer, die in den Bäuchen der Leute schwappten, zeigten ihre Wirkung. Von Würde und Respekt vor einem Todgeweihten keine Spur.

Der Henker gab seinen Knechten Anweisung, Stroh und Reisigbündel bis in Kniehöhe des Ketzers aufzuschichten, damit es auch anständig brenne und jedermann seine Freude daran habe. Während Kurfürst Ludwig den Henker zu sich winkte, um ihm den Rock, die Schuhe und den Beutel abzukaufen, gab Golda Giovanni ein Zeichen. Sofort hatte er verstanden. Gemeinsam mit Alois und Jacomo reihte er sich in die Schar der Henkersknechte ein. Während die anderen noch mehr Stroh herbeischafften, füllten die falschen Henkersknechte aus dem bereitstehenden Bottich einen Eimer mit Wasser und besprengten das Stroh immer dann, wenn die anderen ihnen den Rücken zukehrten. Einem Bürger aus der ersten Reihe war dieses Treiben aufgefallen. »He, Burschen, was tut ihr da? Wer seid ihr? Bei den Konstanzer Henkersknechten habe ich euch noch nie gesehen.«

»Wir sollen Wasser zum Löschen bereitstellen. Die Glut muss ja hernach gelöscht werden, oder? Du Schafskopf.«

»Wie nennst du mich? Na warte!« Er holte aus und wollte zum Vergnügen aller dem vermeintlichen Knecht eine schallende Ohrfeige geben. Geschickt duckte sich Giovanni, taumelte rückwärts und ließ den vollen Eimer ins Stroh fallen. Ein Vorfall am Rande, der den Pfalzgrafen und seinen Oberstleutnant nicht sonderlich interessierte.

Den Schaulustigen dauerten die Vorbereitungen zu lange, sie pfiffen und stießen Schimpfworte aus. Ludwig III., der für einen ordnungsgemäßen Ablauf verantwortlich war, stieg vom Pferd und legte dem Verurteilten fast freundschaftlich die Hand auf die Schulter. Eine schöne Geste. »Johannes Hus, sei gescheit, widerrufe hier und jetzt, und du bist ein freier Mann. Ich bürge dafür. Es lohnt nicht, für ein paar Thesen Feuerqualen zu erleiden.«

Er neigte sich Hus zu, so weit es ging. »Wenn es die Leute nicht hören sollen, dann flüstere es mir ins Ohr.«

Hus schüttelte nur den Kopf.

Schweren Herzens und von allen Augen begleitet, bestieg der Kurfürst wieder sein Pferd. Diesen Augenblick hatte Jacomo abgewartet. Unter einem Strohbüschel hatte er den Giftbecher versteckt. Noch bevor Ludwig III. den Arm zum Entzünden des Scheiterhaufens in die Höhe hob, führte er ihn unauffällig an Husens Lippen. »Trinkt bitte! Es ist ein letzter Gruß Eurer Freunde.«

Die Knechte hielten Pechfackeln ins Feuer und entzündeten an vier Stellen das Stroh. Die Flammen schlugen nicht wie erwartet lichterloh empor, vielmehr zischte es, wie wenn ein heißes Bügeleisen über feuchten Stoff fährt. Rauchsäulen, beißender, immer dichter werdender Qualm, stiegen hoch und versperrten die Sicht. Der Wind drehte, die Umstehenden prusteten und husteten und rangen nach Luft. Flüche waren zu hören. »Verdammt, wir sehen nichts. Dafür sind wir doch hergekommen. Hat da jemand nasses Stroh verwendet? Verflucht soll der sein!«

Hus hingegen sang mit lauter Stimme. *Christus, Sohn des lebendigen Gottes, erbarme dich unser* ... Plötzlich brach die Stimme ab, ein schwaches Hüsteln, und sein Kopf sank auf die Brust. Mehr war nicht wahrzunehmen.

Während alle Blicke auf den brennenden Scheiterhaufen gerichtet waren, achtete niemand auf Bruder Arnulf. Bei den letzten Wortfetzen des Todgeweihten streckte er kniend die Arme nach seinem Meister aus und rief: »Johannes Hus war nie ein Ketzer.« Er sank in sich zusammen und gab seinen Geist auf. Sofort stellten sich Bruder John, Golda, Giovanni, Alois und der Bärenführer schützend um ihn, damit die Henkersknechte oder sonst wer seinen Tod nicht entehren konnten.

In dem nun entstandenen Gewühl warf der Kurfürst das Gewand und die Schuhe von Hus ins Feuer und der Henker stieß den leblosen Körper in die Glut. Kein Knöchelchen durfte übrig bleiben – nichts. Das hatte das Konzil angeordnet. Es sollte keine Wallfahrtsstätte entstehen. Hus sollte ein für allemal aus dem Gedächtnis der Menschen getilgt werden.

Bevor die Henkersknechte die Asche des Meisters auf einen Karren luden und im Rhein verstreuten, nahm Bruder John eine Handvoll davon, füllte sie in ein Leinensäckchen und flüsterte Golda ins Ohr. »Ich werde weiter predigen und versuchen, die Kirche zu erneuern. Hus soll nicht umsonst gestorben sein und wenn es hundert Jahre dauern sollte. Bist du an meiner Seite?«

Golda, Golda, das war eine Frage! Ihr war nicht in die Wiege gelegt worden, eine Streiterin des HERRN zu sein. Einen Ritter zum Gemahl nehmen, Mutter vieler Kinder werden, ihre Güter verwalten und sonntags in die Kirche gehen, das waren ihre Vorstellungen vom Leben. Was empfand sie jetzt? Ihr war, als ob ein Schwertschlag mitten durch ihren Leib ging. Schmerz empfand sie nicht, doch den Widerstreit ihrer Gefühle. So schnell, so plötzlich, so unwiderruflich sollte sie sich entscheiden? Sie schaute auf den niedergebrannten Scheiterhaufen. Asche, verkohlte Holzscheite – das sollte alles sein, was von einem Wahrheitssucher übrig blieb? Kein christliches Begräbnis? Kein letztes tröstendes Wort an die Trauernden?

»John, ich bin an deiner Seite. Ich weiß auch schon den Ort, wo du deine Kirche in der Pfalz bauen sollst!«

Mit zittrigen Fingern streichelte er Goldas Hand. »Aber zuerst müssen wir Bruder Arnulf und Hus in geweihter Erde bestatten. Hierzu brauche ich deine Hilfe und die deiner Freunde.«

Die Schaulustigen hatten ihr Spektakel gehabt und zerstreuten sich. Von Westen her zogen Wolken auf. Golda schaute dem rheinischen Kurfürsten und seinem Standartenträger nach. Nachdenklich ritten sie in die Stadt zurück. Hatten sie begriffen, was gerade geschehen war? Sicher, der Rheingraf war der oberste Richter des Reichs und verantwortlich für den Vollzug der Gesetze. Hatte er sich womöglich allzu willig zu einem Werkzeug seines Freundes, des Königs, machen lassen? Andere Gedanken werden wohl dem Oberstleutnant durch den Kopf gegangen sein. Wer war die junge Frau am Straßenrand, die dem Ketzer half? Fremd und doch vertraut musste sie ihm vorgekommen sein. War er an seine Halbschwester erinnert worden?

Zu weiterem Nachdenken fehlte Golda die Zeit. In zwei Stunden würden die Tore geschlossen werden. Wer noch in die Stadt wollte, musste sich beeilen. Allein, das focht die von der Wagenburg nicht an. Zeit hatten sie genug und um Einfälle waren sie nie verlegen. Einer trieb eine Handkarre auf, ein anderer ungehobelte Bretter und wieder einer nagelte eine Totenkiste zusammen. Schließlich trennte sich noch die Wahrsagerin von ihren dunklen Laken, dann ging es los. Voraus schritt ein Tamburin schlagender Jacomo mit seinem Tanzbär, ihm folgte Alois mit Madame Monteculli, die eine rote Masche im Haar trug. Als Nächste kam Stella mit knallrotem Turban und glitzerndem, bodenlangem Rock und dann die lange Schar der Gaukler, Seiltänzer und Zahnbrecher. Fürwahr, bunter konnte kein Leichenzug sein und von Traurigkeit war da keine Spur. Das pralle, volle Leben wollten sie dem Verstorbenen, den sie als einen der Ihren ansahen, als letzten Gruß mit ins dunkle, kalte Grab legen, weil sie mehr nicht hatten und geben konnten.

Bruder John, erfüllt von Hus' und Bruder Arnulfs Geist, hob das Kreuz, das er um den Hals trug, gen Himmel und stimmte Psalm 23 an. *Der Herr ist mein Hirte, mir wird nichts mangeln. Und ob ich schon wanderte im finstern Tal, fürchte ich kein Unglück; denn er ist bei mir.*

Keiner hielt den Trauerzug auf, obwohl so manche am Straßenrand standen und den Kopf schüttelten. Im Kirchhof hinter dem Barfüßerkloster kam er vor einem frisch ausgehobenen Grab zum Stehen.

Wer Augen hat, der kann sehen, und wer Ohren hat, kann hören. Bevor die tote Hülle des englischen Wanderpredigers in die Tiefe gesenkt wurde, schob John das Leinensäckchen mit der Asche des Wahrheitssuchers unter das schwarze Laken und wandte sich an die Trauernden: »Brüder und Schwestern im HERRN, wir sollten nicht traurig sein, sondern uns freuen und uns vom Geist der von uns Gegangenen beflügeln lassen. An uns liegt es, ob wir die Sehnsucht nach einer gerechteren, würdigeren Welt weitergeben, ob wir versuchen, ein wenig, ein klein wenig davon zu verwirklichen. Die aus unserem Wollen entstehende Zuversicht gleicht dem Wasser, das unseren Durst stillt. Glaubt daran und vertraut auf den HERRN.«

Golda warf Hus und Bruder Arnulf, die nun in geweihter Erde ihre letzte Ruhestätte gefunden hatten, einen am Wegrand gepflückten Gänseblümchenstrauß hinterher und bekreuzigte sich.

Am darauffolgenden Tag wurde Kurfürst Ludwig zu König Sigismund gerufen. Für diesen war der Fall Hus abgeschlossen. Doch sein eigentliches Ziel, die Wahl eines neuen Papstes, war noch nicht erreicht. Er wollte nach Perignan reisen, um den Papst in Avignon zum Abdanken zu bewegen. Der römische Papst war durch geschickte Verhandlungen des Pfalzgrafen bereits zurückgetreten. Das wusste Sigismund durchaus zu schätzen und legte während der Zeit seiner Abwesenheit den weiteren Verlauf des Konzils in Ludwigs Hände, zudem bat er ihn, Cossa fernab von Konstanz in Gewahrsam zu nehmen. »Ihr habt doch feste Burgen in der Pfalz. Sperrt Cossa dort so lange ein, bis ein neuer Papst gewählt ist. Passt aber gut auf, damit er Euch nicht entweicht. Gewiss hat er noch mächtige Freunde und Verbündete. Der Mainzer Erzbischof war Euch noch nie grün. Seid auf der Hut.«

»Ich werde ihn in meiner Heidelberger Residenz in Obhut nehmen und von hundert Mann bewachen lassen.«

*

Die Ehre, die dem Pfälzer vom Reichsoberhaupt entgegengebracht wurde, musste Neider auf den Plan rufen. Das wusste Linhart nur zu gut. Seit der Flucht Johannes XXIII. waren der Mainzer Erzbischof und seine Gesandten nicht mehr zu sehen gewesen. Hatten sie sich gänzlich zurückgezogen oder sannen sie auf neue Intrigen?

28.

Der Domherr und Hennes, die sich in Konstanz nicht mehr blicken lassen konnten, reisten dem römisch-deutschen König nach Perignan nach. Bisher hatten Frankreich und Spanien den Papst in Avignon unterstützt. Mit vielen Versprechungen, Zusicherungen und Kisten voller Gold konnte Sigismund erreichen, dass sie Benedikt XIII. fallen ließen und der so alleingelassene Papst sich nach Spanien auf eine felsige Halbinsel zurückzog. Von dort schleuderte er zwar noch Giftpfeile, doch sie richteten keinen Schaden an.

Das war die neue politische Lage, die von der Sodern in sein Kalkül miteinbeziehen musste, als er um Audienz beim König bat. Herausgeputzt in Gewändern, an denen das Mainzer Rad nicht zu übersehen war, standen sie im Gang des königlichen Quartiers und warteten, bis sie an der Reihe waren.

Die Saaltür wurde geöffnet. Aufrecht, gemessenen Schrittes, die Augen nicht auf das Oberhaupt des Reiches gerichtet, schritt Hennes, eine Schatulle tragend, hinter dem Domherrn. Vor dem provisorisch errichteten Thronsessel, im Grunde ein Stuhl mit einem bestickten Vorhang, blieb sein Dienstherr stehen, verbeugte sich artig und ließ eine Tirade von wunderschön anzuhörenden Komplimenten los. Hennes kannte sie alle, immer das Gleiche, aber es kam an. Wer hörte nicht gerne Schmeicheleien?

»Majestät, der Kanzler des Heiligen Römischen Reiches, Erzbischof und zugleich Kurfürst Johann von Mainz möchte durch eine bescheidene Gabe ein demutsvolles Zeichen seiner Verehrung seiner Majestät, des römisch-deutschen Königs und angehenden Kaisers geben, denn Ihr, der von Gott Gesalbte, werdet ja nun bald die Christenheit wieder vereinen. Eine weltgeschichtliche Tat sondergleichen ...« So ging es weiter, immer eine Stufe höher mit noch salbungsvolleren Wendungen.

Er gab ein Zeichen, die Schatulle vor die Füße Sigismunds zu stellen und den Deckel zu öffnen. Oh, wie gingen die Augen Sigismunds über! Das Kästchen, schon eher ein Kasten, mit Golddukaten, rheinischen Gulden und allerhand glitzerndem, leuchtendem Geschmeide bis zum Rand gefüllt. Beeindruckt von der Geste des Erzbischofs, traten augenblicklich die kleinen, albernen Differenzen wegen des italienischen Cossa oder der Kritik des Mainzers an seiner Freundschaft zum Pfälzer Kurfürsten in den Hintergrund.

Allerdings war Sigismund nicht dumm, denn hinter Geschenken stand immer auch eine Bitte.

»Was erwartet denn der noble Spender von mir als Gegenleistung?«

»Gott bewahre, Majestät, nichts, gar nichts. Der Kanzler des Reichs ist eben um Euch und das Reich besorgt.«

»Wie darf ich das verstehen?«

»Majestät, das hochadelige Haus Luxemburg, dessen königlicher Spross Ihr seid, reibt sich für das Reich auf, ist um die Einheit der Christenheit bemüht, nimmt Verzichte in Kauf – und andere tun nichts oder nur wenig und schöpfen dennoch den Rahm ab.«

»Nehmt Ihr da den Mund nicht zu voll?«

»Mitnichten, Majestät! An einem kleinen Beispiel möchte ich es verdeutlichen. Während Ihr jeden Pfennig umdrehen müsst, schwimmt der Pfälzer Kurfürst im Geld. Dieser Ludwig hat durch Eure Gunst viele Reichslehen erhalten und somit sich am deutschen Reich gesundgestoßen.«

»Stimmt nicht, mein Freund Ludwig ist genauso arm wie ich.«

»So ist es nicht, Majestät, ein Bote, unten im Hof steht er, hat gemeldet, dass Ludwig die letzte Zahlung des noch ausstehenden Brautgeldes aus London in Frankfurt in Empfang nehmen soll. Eine riesige Summe.«

»Wie hoch ist sie denn?«

»40.000 englische Nobel betrug sie anfangs, Majestät. Nun wird sie etwas geringer sein.«

Fast fielen dem König die Augen aus dem Kopf. »Was, so viel?« Er stöhnte. »Die Reise hierher mit dem Hofstaat hat mich arm gemacht. Die Zugeständnisse an die Franzosen und Spanier für das Fallenlassen ihres Papstes waren auch nicht gerade umsonst. Nicht zu vergessen die Geschenke an die Kardinäle und Prälaten, die bisher auf dessen Seite standen.«

Seufzend ließ sich Sigismund in seinen provisorischen Thron fallen. »Ihr seht, das ist das Los des Königs. Ich werde halt wieder Kredite aufnehmen müssen. Wie sie zurückgezahlt werden, steht in den Sternen.«

Der Domherr hüstelte in sein Seidentüchlein und hatte mit einem Auge immer den König im Blickfeld. Hennes kannte ihn. Ein Fuchs, der immer auf der Lauer lag und im geeigneten Moment zuschlug.

»Majestät ist wirklich zu bedauern, aber warum so bescheiden, das englische Brautgeld für den Pfälzer könnte doch das Loch in der königlichen Kasse stopfen.«

»Ja schon, aber er ist doch mein Freund, ist mir bei der Wahl zum König trefflich zur Seite gestanden. Ihn jetzt zu schröpfen, wäre nicht die feine Art.«

»Mag sein, Majestät, mag sein, aber die Pfälzer haben sich die Freundschaft vergolden lassen. Ich möchte nichts sagen, aber Ludwigs Vater hat sich auf Kosten Eures luxemburgischen Stammhauses das reiche Elsass unter den Nagel gerissen. War das die feine Art?«

Des Königs Miene verfinsterte sich zusehends und die des Domherrn hellte sich auf.

Nachdenklich kratzte sich Sigismund am Hinterkopf: »Da habt Ihr nicht ganz unrecht.«

»Nehmt ihm doch das Elsass wieder weg und gebt es ans Haus Luxemburg zurück. Fangt den Geldboten mit dem Brautgeld ab und behaltet es ein – für Reichszwecke.«

»Hm«, brummte König Sigismund.

Hennes hätte jeden Zug bei diesem Spiel voraussagen können. Sein Dienstherr verstand es meisterlich, Leute vor seinen Karren zu spannen. Noch ein Zug und der König war geschlagen: Schachmatt!

»Wenn ich noch etwas bemerken dürfte, Majestät. Ihr habt dem Pfälzer in Konstanz viel Macht übertragen. Wisst

Ihr, ob er sie nicht für seine Zwecke ausnützt? Er ist Reichsvikar, Reichsrichter, Konzilsprotektor. Ein bisschen viele Ämter in einer Hand, meine ich.«

Hennes hatte sich getäuscht. Erst jetzt kam der letzte Zug.

»Majestät, ich habe, wenn ich das in aller Demut sagen darf, gehört, dass Ludwig III. hinter Eurem Rücken mit den anderen Kurfürsten konspiriert, vornehmlich mit den rheinischen. Es soll schon geheime Treffen gegeben haben.«

»Gegen wen konspirieren sie denn?«

»Da muss ich mich vorsichtig ausdrücken. Der Name Eurer Majestät wurde zwar niemals genannt, aber das Bestreben ist, sich unabhängiger vom Reichsoberhaupt zu machen. Die Fürsten wollen in ihren Ländern alles selbst entscheiden, sich keine Vorschriften machen lassen, von wem auch immer. So ist zu hören.«

»Aber bei den rheinischen Kurfürsten ist doch Euer Mainzer Dienstherr auch dabei, oder nicht?«

»Nicht wirklich. Er tut nur so. Im Grund möchte er erfahren, was seine Kollegen gegen Majestät vorhaben. Der Erzbischof ist Euch treu ergeben, war es immer, Ihr habt es nur nicht bemerkt oder Euch wurden Märchen erzählt.«

Ein Letztes: »Majestät sollte solche geheimen Treffen im Keim ersticken, bevor sie zu wuchern beginnen, und ein Auge auf den Pfälzer haben.«

Eine Glocke ertönte. Die Audienzzeit war zu Ende. Abgesandte, nicht weniger wichtige, standen vor der Tür. König Sigismund reichte dem Domherrn die Hand. »Habt Dank, ich werde über Eure Worte nachdenken. Zumindest beginne ich manches aus einer anderen Warte zu sehen. Grüßt bitte Seine Eminenz, den Erzbischof, recht herzlich von mir.«

Auf dem Gang rieb sich der Domherr die Hände und klopfte Hennes auf die Schulter. »Nun, war ich nicht großartig? Ich muss mir selbst gratulieren. Ich gehe jede Wette ein, dass die Freundschaft zwischen dem König und dem Pfälzer nicht mehr lange anhält.«

Raban von der Sodern schaute sich um, steuerte eine Nische an. »Höre Er mir jetzt gut zu. Was Er gerade erlebt hat, ist der erste Teil meines Plans, den zweiten lege ich in Seine Hände und erwarte, dass Er ihn treulich ausführt. Geht alles gut, wird Er reichlich belohnt werden.«

Hennes hörte zu, doch mit ganz anderen Ohren. Mit Ohren, die auch nach innen hörten – auf die Stimme des Gewissens. Bisher hatte er sich nicht gefragt, ob er von seinem Dienstherrn nur benutzt, nur hingehalten wurde. Sollte das ein Spiel ohne Ende sein? In Zukunft würde er wachsamer sein.

»Höre Er weiter«, fuhr der Domherr fort. »Der Kurfürst wird über seine von mir eingefädelte Degradierung durch den König empört sein und sich zur Wehr setzen. Seine Entrüstung muss aber in ein loderndes Feuer münden, daher müssen wir noch mehr Öl in die Flammen gießen, damit sie sich überwerfen.«

Mit listigen Augen fixierte er Hennes. Wollte er sich vergewissern, ob er seinem Adjutanten trauen konnte? »Nun zu Seinem Auftrag. Kurfürst Ludwig hält Cossa im Schloss zu Heidelberg in Gewahrsam. Er«, Raban von der Sodern stieß seinen Zeigefinger auf Hennes' Brust, »Er soll den abgesetzten Papst aus seiner Arrestzelle befreien, doch muss es so aussehen, als ob die Gefängnistür auf Anweisung des Kurfürsten geöffnet wurde. Das wird den endgültigen Bruch zwischen den Freunden zur Folge haben. Verstanden?«

Hennes nickte zwar, doch wohl war ihm dabei nicht. Er und auch der Domherr wussten, dass der Skriptor mit Almut, Giovanni und dem englischen Wanderprediger John nach Heidelberg gereist waren. Es war nicht nur die Sehnsucht nach der alten Heimat, sondern auch die Nähe zum abgesetzten Papst. Wahrscheinlich würde er sie dort treffen. Sollte er ihr ein zweites Mal Schaden zufügen?

Hennes, Hennes, sagte er sich, kannst du noch mehr Schuld auf dich laden? Wirst du nicht eines Tages davon erdrückt werden?

Was tun? Weglaufen, den Dienst aufkündigen? Das wäre unklug. Der Domherr hatte auch ihn in der Hand. Er musste also eine Situation abpassen, wo er das Blatt wenden oder zumindest dazu beitragen konnte. Also stimmte er der Order zu.

Eines wollte er jedoch noch wissen: Wie sollte er sich verhalten, falls bei der Ausführung des Plans ihm Almut über den Weg liefe? Die Antwort war ein höhnisches Lachen. »Er scheint für dieses Weibsstück immer noch Gefühle zu haben – oder täusche ich mich?«

Als Hennes nichts erwiderte, drückte sich von der Sodern so aus: »Es gab früher das Gerücht, dass die Jungfer im Rhein ertrunken sei. Lassen wir es dabei. Einer ertrunkenen Nichte eines Juden weint keiner eine Träne nach. Aber mache Er es diesmal gründlich.«

29.

In Linharts nicht allzu großem Haus in der Haspelgasse musste man enger zusammenrücken – drei Bewohner mehr.

»Giovanni, du kannst mich nicht begleiten, du musst bei Abraham bleiben. Er braucht jetzt immer jemanden um sich herum. Allein kann er nicht mehr aus dem Bett krabbeln und gefüttert muss er auch werden.«

Golda seufzte zum Gotterbarmen. »Er spricht schon seit Tagen von seinem Tod. Seine Eltern liegen auf dem Judenfriedhof in Worms. Dort möchte auch er begraben werden.«

»Warum kümmert sich Bruder John nicht um den Skriptor? Es ist doch Aufgabe der Geistlichen, den Sterbenden beizustehen.«

»Ich widerspreche dir nicht, aber es ist auch seine Aufgabe, die Hus'schen Gedanken am Leben zu erhalten. Zurzeit ist er mit Steineklopfen und dem Errichten von Mauern beschäftigt. Eine Kirche entsteht nicht von allein. Außerdem ist Abraham Jude. Wir müssen den Wormser Rabbi bitten zu kommen.«

»Immer hast du eine Ausrede, wenn es um Bruder John geht. Wo gehst du eigentlich hin?«

»Aufs Schloss.«

»Aha, Cossa besuchen. Warte doch, bis Konrad hier ist. Außerdem werden die Wächter dich nicht ins Schloss reinlassen.«

Mehr als ein »Hm« war nicht zu hören. Golda war sich sicher, wenn sie das Schreiben des Oberhofkämmerers vorzeigte, würden die Torwächter ihr sogar einen roten Teppich ausbreiten. Eine andere Frage beschäftigte sie viel mehr. Wenn die Wachen sie nach ihrem Namen fragten, welchen sollte sie nennen?

Ganz einfach – Cossa kannte sie nur als Golda. Und, um das gleich vorweg zu sagen, für sie war Baldassare Cossa immer noch ein hoher geistlicher Würdenträger. Ob die anderen ihn als Papst ansprachen oder nicht, das spielte für sie keine Rolle. Sie hatte miterlebt, wie die Mehrzahl der Kardinäle ihn zum Papst wählte. Mutig stapfte sie den Schlossberg hoch und pochte energisch gegen das Tor.

»Wer da?«

»Eine Beauftragte des Rates Dörzbach. Ich möchte den hier in Gewahrsam genommenen Papst Johannes XXIII. besuchen. Ich soll mich überzeugen, ob er seines Standes entsprechend untergebracht ist und dass es ihm an nichts mangelt.«

Eine kleine Klappe am großen Tor ging auf und ein Auge linste hindurch.

»Möchtet Ihr das Schreiben sehen?«

»Nicht nötig, ich kenne Rat Dörzbach, er hat einen guten Ruf und ich selbst stehe in seiner Schuld. Mein Vater war Steinhauer und wurde von einem herabstürzenden Felsen erschlagen. Meine Mutter hatte Mühe, die Mägen der acht Kinder zu füllen. Da hat Herr Dörzbach meinem Bruder die Stelle eines hochherrschaftlichen Kutschers verschafft. Der Herr Rat hat ein Herz für unsereins. Warte Sie einen Augenblick, ich hole den Schlosskommandanten.«

Es dauerte und dauerte. Der Herr Kommandant ließ sich Zeit. Wahrscheinlich nahm er das Begehren der Besucherin nicht sonderlich ernst. Sein erstes Auftreten war auch dementsprechend schroff und ablehnend, doch mit der Zeit schien er sich eines Besseren zu besinnen. Sogar ein hintergründiges Schmunzeln huschte über dessen Gesicht, als ob ihm plötzlich ein Gedanke gekommen wäre.

»Folge Sie mir. Darf ich der Dame ein wenig die Örtlichkeiten erklären?«

Sie überquerten den inneren Burghof. »Im nordöstlichen Verteidigungsturm ist der Gefangene untergebracht.«

Golda glaubte, sich verhört zu haben. »In dem kalten Gemäuer? Warum nicht im Ruprechtsbau? Papst Johannes XXIII. hat eine andere Unterbringung verdient. Er ist kein Verbrecher.«

»Warte Sie doch ab.«

Weiter ging es durch das Erdgeschoss des späteren Saalbaus, dann treppauf in den Rundturm, durch enge, schmale Gänge, vorbei an Türen aus dicken, ungehobelten Eichenbohlen. Golda fröstelte. Kein Tageslicht, hier und da eine Fackel an der Wand. Zum Fürchten war es.

Der Schlosshauptmann stieg eine steile Treppe hoch. »So, jetzt sind wir im besseren Teil der Anlage. Jede Kammer hat ausreichend Licht und wird von einem Kohlenbecken beheizt. Die nobelste bewohnt Ihr Mandant, wenn ich den Herrn so bezeichnen darf.«

»Woher kommt denn diese noble Geste?«

»Weil Durchlaucht angeordnet hat, dass der Herr aus Italien für sein Logis selbst aufkommen muss. Je mehr Luxus, je höher die Rechnung. Bezahlt wird am Ende der Haft. Der Herr ist nicht arm, hat dicke Konten in Florenz. Von den Annehmlichkeiten wird Sie sich gleich überzeugen können.«

Bevor der Kommandant den Riegel der Tür am Ende des Ganges zurückschob, schaute sich Golda um. »Wohin führt denn diese Treppe?«

Obwohl der Gefragte doch sonst so redselig war und sogar auf Kleinigkeiten hingewiesen hatte, druckste er herum und wollte mit der Sprache nicht heraus. Allerdings hatte Golda den Eindruck, dass das gespielt war, denn trotz des

Dämmerlichts war dessen hinterhältiges Feixen nicht zu übersehen. Schließlich gestand er, dass dies ein Geheimgang sei, von dem nur Eingeweihte wüssten. Die Treppe führe, ohne andere Kammern zu streifen, ins Friesental. Als Fluchtweg in Notzeiten gedacht. Er legte den Finger über die Lippen und bat Golda, niemand auch nur ein Wort von diesem Geheimnis zu sagen. Dann stemmte er sich gegen die schwere Tür und öffnete diese mit einer einladenden Geste. »In einer Stunde komme ich wieder und hole Sie ab.«

Ein Freudenruf. Cossa traute seinen Augen nicht. Behände sprang er von seinem Bettgestell auf. Vor anderthalb Jahren war er ein gut genährter Herr mit einem runden Bäuchlein und feisten Wangen gewesen, heute sah er anders aus. Nicht bis auf die Rippen abgemagert, nicht mit hohlen Augen und eingefallenen Wangen, aber merklich dünner. Die Ereignisse waren an ihm nicht spurlos vorübergegangen.

»Golda, meine liebe Golda«, er sprach Italienisch, »Euch schickt der Himmel. Ihr seid der erste Lichtstrahl seit langer Zeit.« Er deutete auf den abziehenden Kommandanten. »Alles Tölpel und Stumpfnasen. Kann mich mit ihnen nicht unterhalten, verstehen kein Wort Italienisch und Latein schon gar nicht. Wenn ich etwas möchte, zucken sie nur mit den Schultern. Das ist kein Leben mehr. Kann Sie mich hier herausholen?«

Auf diese Frage, die nicht ernst gemeint sein konnte, gab sie keine Antwort und schaute sich in der Kammer um. Ein behagliches Zuhause sah anders aus. Steinwände rundum, an der talseitigen Wand eine Öffnung mit einem Gitter davor. Wenn eisiger Wind pfiff, konnte ein sackleinenes Tuch vorgezogen werden. In einer Ecke stand ein Bettgestellchen mit einem gefüllten Laubsack, zwei Wolldecken und eine Art Kopfunterlage. An der rechten Wand ein Regal mit zwei Büchern – eine Bibel und eine Pflanzenkunde, auf dem Sims eine Holzschüssel, daneben ein Steingutbecher, über der Tür hing ein Kruzifix. In der Mitte der Kammer standen ein Tisch und ein grob gezimmerter Stuhl. Nicht zu vergessen das Kohlenbecken, wahrscheinlich war das der vermeintliche Luxus, von dem der Kommandant gesprochen hatte. Golda hatte noch nie eine Mönchszelle gesehen, doch so stellte sie sich diese vor.

»Schaue sich die hübsche junge Dame nur genau um!« Cossa verzog sein Gesicht, als ob er das als Kompliment Gemeinte zurücknehmen wollte, doch dann fuhr er fort: »Es ist einfach eine Sünde, dass so eine gescheite und dazu noch ansehnliche Frau wie Sie sich nichts aus Männern macht. Ich habe schon oft daran gedacht, aus meinem Umkreis Ihr einen passenden Gespons auszusuchen, doch befürchte ich, dass ich auf taube Ohren stoßen würde. Warum ist das so?«

Er winkte ab. »Sage Sie nichts. Es ist Ihr Leben. Sie muss wissen, was gut für Sie ist.«

Dann deutete Cossa auf die Schlafstelle. »Das Gestell ist für Kinder gedacht. Ich kann nur mit angezogenen Beinen schlafen. Jede Nacht eine Tortur. Und dafür soll ich auch noch bezahlen. Die Pfälzer sind Halsabschneider.«

»Und das Essen, ist das wenigstens genießbar?«

»Ja, das schon, wenn man davon absieht, dass es jeden Tag Kohlsuppe gibt.« Er lachte auf. »Halt, ich muss mich verbessern. Vorgestern gab es Grünkohlsuppe, gestern Rotkohlsuppe und morgen, am Sonntag, wird es wohl ausnahmsweise Rübensuppe mit Fleischeinlage geben.« Sein Lachen ging in ein höhnisches Gejaule über. »Die Fleischeinlagen, das sind die Würmer. Fettaugen habe ich noch keine gesehen.«

Er wandte sich einem anderen Thema zu. »Golda, hat Sie Neuigkeiten aus Konstanz? Mein Martyrium endet ja erst, wenn ein neuer Papst gewählt ist. So hat zumindest der König gesagt. Aber ...,« er hielt inne, »ich müsste ja am besten wissen, dass auf diesen Herrn nicht zu bauen ist. Auch Hus hat er freies Geleit zugesagt. Und hat er sein Versprechen gehalten?«

Er schlug sich mit der flachen Hand an die Stirn. »Wie konnte ich nur so dumm sein und mich auf Konstanz einlassen? Ich hätte mir denken können, dass den Barbaren nicht zu trauen ist. Aber, liebe Golda, bald werde ich diese Wände von außen sehen. Und dann nichts wie weg in mein geliebtes Italien. Sonne, die wärmende Sonne fehlt mir so sehr. Oh, wenn ich wieder zurück in Neapel bin, werde ich mir jeden Tag gefüllten Kapaun, Meeresfrüchte und Pasteten ohne Zahl servieren lassen. Nicht zu vergessen den funkelnden Wein in geschliffenen Kristallgläsern. Oh, wie ich mich danach sehne.«

Trotzig stampfte er mit dem Fuß auf. »So behandelt man einen Cossa nicht. Ich werde ihnen alles zurückzahlen mit Zins und Zinseszins. Es gibt noch Leute, die zu mir halten.«

Au, au! Golda wurde es mulmig. Entweder machte er sich etwas vor oder es steckte wirklich etwas dahinter. Sie kannte ihn zu gut. Er besaß einen Überschwang an Gefühlen, zeigte sich großzügig, hatte einen scharfen Verstand, aber auch die nötige Skrupellosigkeit, wenn es um seine Person ging. Sie fragte nicht nach. Vielleicht tat sie ihm unrecht.

Warum war sie eigentlich gekommen, fragte sie sich. Als es ihr schlecht ging, war er gut zu ihr gewesen. Das hatte sie nicht vergessen. Sie stellte den Korb mit dem Weißbrot, den frisch geräucherten Würsten, dem Käse und der guten Butter auf den Tisch. Sogar das grüne Fläschchen mit dem schmerzlindernden Sud war dabei. Sofort biss Cossa in eine der Würste, dass es knackte und ihm der Speichel übers Kinn lief.

»Golda, wenn ich in Neapel bin, dann muss Sie mich besuchen, dann gehen wir zum Hafen und ich werde Sie mit Scampi, Garnelen, Langusten und Muscheln verwöhnen. Verspricht Sie mir das?«

Die Stunde war vorüber und der Kommandant stand in der Tür. »Hat Sie sich überzeugen können, dass der in Gewahrsam genommene Herr aus Italien den Umständen entsprechend gut untergebracht ist?«

»Nicht so ganz.« Sie deutete auf das kleine Bettgestell. »Auch die Verpflegung lässt zu wünschen übrig. Ich werde Meldung machen.« Sie nickte Baldassare Cossa zu und verabschiedete sich.

Nachdenklich ging Golda den Schlossberg hinunter. Der Hinweis, dass er bald wieder in Italien sein würde, machte ihr zu schaffen. War der Wunsch der Vater des Gedankens oder steckte da etwas anderes dahinter? Hoffentlich würden Linhart und Konrad bald eintreffen.

Schon von Weitem hörte sie in der Haspelgasse bekannte Stimmen. Hei, wie flogen sie sich in die Arme und das Drücken und Herzen wollte kein Ende nehmen. Allerdings, und das gab ihr einen Stich in die Brust, an ihrem Vormund konnte man die Rippen spüren und seine Hände zitterten. Behutsam strich sie ihm über den Rücken und drängte ihn auf eine Bank. »Du musst dich ausruhen, von Konstanz nach Heidelberg ist es kein Pappenstiel.«

Sie kniete nieder, zog ihm die Stiefel aus und stellte seine Beine auf ein Schemelchen. »Ich werde dir die Suppe aufwärmen. Konrad, du kennst dich hier in der Haspelgasse besser aus, was gibt denn der Keller her?«

Linhart wehrte ab. »Ein heißer Tee wäre mir lieber als ein kühler Schoppen.«

Derweil Golda am Ofen herumhantierte, wollte sie wissen, was es aus Konstanz zu berichten gab. »Wurde schon ein neuer Papst gewählt?«

»Das kann noch dauern, doch anderes hat sich zugetragen.«

»Was denn?«

»Unser Kurfürst und der König haben sich zerstritten. Aus den ehemals guten Freunden wurden Gegner. König Sigismund hat Ludwig III. vor aller Augen degradiert. Das ist die schlechte Nachricht, die gute ist, dass unser Kurfürst sich wieder vermählen möchte. Und zwar mit der fünfundzwanzigjährigen Mechthild von Savoyen.«

»Aha! Ist das alles?«

»Dein Halbbruder ist auch wieder in Heidelberg. Er soll während der Abwesenheit des Landesherrn für Ordnung sorgen. Eine hohe Ehre – oder nicht?«

Golda reagierte nicht auf diese Andeutung. Im Gegenteil, sie wirkte gedankenverloren.

»Mit dir stimmt doch etwas nicht. Was bedrückt dich?«

Noch zögerte sie. Allerdings wollte sie ihre Vermutungen über Cossa auch nicht für sich behalten und berichtete kurz das Gehörte.

»Da könnte schon etwas Wahres dran sein, zumal der Mainzer Erzbischof auch wieder in Konstanz aufgetaucht ist und wie ein Hund um den König herumschwänzelte.«

Er dachte lange nach. »Wenn Cossa fliehen könnte, würde der König unseren Landesherrn als unzuverlässigen, unehrlichen Gefolgsmann hinstellen, und es könnte sogar die Vermutung aufkommen, dass der Kurfürst infolge seiner Herabstufung seine Finger mit im Spiel hat.«

Konrad, der vom Keller hochgekommen war und mitgehört hatte, mischte sich sogleich ein. »Das könnte auch erklären, warum der Schlosskommandant nach anfänglichem Zögern schließlich so auskunftsfreudig war und Geheimnisse preisgab. Wenn die Flucht gelänge, könnte er sagen, dass eine junge Frau sich über die Örtlichkeiten genauestens informiert habe, um mögliche Fluchtwege auszuspionieren. Dazu passt, dass die Frau im Haus eines Mitglieds des Oberrats wohnt. All das wären Hinweise, dass der Kurfürst Cossa zur Flucht verholfen hat. Ganz schön raffiniert, diese Bande.«

Giovanni, sonst der Lauteste und Wildeste, war nun der Nachdenklichste. »Konrad hat recht. Cossa kennt sich im Schloss nicht aus. Allein würde er nie fliehen können, außerdem spricht er kein Wort Deutsch und Geld hat er auch nicht auf der Hand. Er muss also einflussreiche Helfershelfer haben. Ich denke dabei an den Mainzer Erzbischof.«

»So ist es!«, pflichtete Konrad ihm augenblicklich bei und spann den Gedanken weiter. »Lasst uns überlegen. Wer ist denn der Handlanger des Erzbischofs? Der Domherr! Und wer führt bis jetzt dessen Befehle aus?« Diese letzte Schlussfolgerung wollte er nicht aussprechen, obwohl jeder wusste, wer gemeint war.

»Du kannst es ruhig sagen«, ermutigte ihn Golda. »Es ist dein Bruder. Dir ist auch bewusst, dass du einmal mit ihm reden musst.«

Betretenheit machte sich in der Kammer breit, obwohl jeder wusste, dass die Zeit dafür gekommen war. Giovanni überbrückte das verlegene Schweigen. »Und Ritter Egolf? Er könnte doch auch angegangen werden – oder nicht?«

Das, was über Hennes und Konrad gesagt wurde, galt in gleicher Weise auch für Golda und ihren Halbbruder. Dieses wohl wissend, wandte sie sich an ihren Vormund. »Hattest du nicht vor, Egolf wieder auf den rechten Weg zu führen, weil er nach deiner Meinung verführt worden ist?«

*

Linhart hatte bei Goldas Frage sehr wohl den Stich in sich gespürt. Mochte sein, dass er bisher zu abwartend gewesen war, vielleicht auch gehofft hatte, dass der Edle von Husen den ersten Schritt auf ihn zu machen würde, denn Dinge mussten reifen. Der Moment schien nun gekommen zu sein, Goldas Versteckspiel zu beenden. Er suchte nach der Hand seines Mündels. »Golda, du bist die Hauptperson. Ohne dich geht nichts. Hegst du noch Groll gegen deinen Halbbruder?«

»Nein!«

»Dann sei es!« Mit erhobenem Zeigefinger sprach er weiter. »Der Domherr ist für seine Intrigen bekannt. Bisher haben wir ihm nichts entgegengesetzt, doch nun drehen wir den Spieß um und wenden seine Spielregeln an. Mag sein, dass wir dabei Federn lassen müssen, doch es muss sein.«

»Und, was tun wir?«, wollten alle wissen.

»Hört meinen Plan!«

30.

Konrad wusste, in welcher Wirtschaft sich die Mainzer abends zum Kartenspiel trafen. Schon von Weitem konnte man im *Schnookeloch* an der Neckarbrücke das Gegröle der Zechenden hören. Die Mainzer hatten immer Geld im Sack.

Zudem war es bis zum Hurenhaus am Ende der Grabengasse nicht weit.

Linhart hatte Giovanni und Konrad einen ganz speziellen Auftrag erteilt. Einen, der Selbstüberwindung und Fingerspitzengefühl kosten würde. Heute Abend war es so weit. Das *Schnookeloch* war gut besucht. Am Stammtisch gleich neben der Tür bekam Giovanni noch einen Platz. »Was können die Herren mir empfehlen? Ich komme aus dem Süden und kenne die Pfälzer Weine nicht.«

»Da fängst du am besten mit einem *Dachsbuckel* an und hörst mit der *Sonnenhalde* auf. Beide laufen durch die Kehle wie Honig.«

Während Giovanni die neugierigen Fragen seiner Tischgenossen so gut es ging beantwortete, ließ er keinen Blick von der Tür, die zu einem Nebenraum führte. Die Schankmaid trug fleißig Krug um Krug hinein. Horchen konnte er nicht, doch merkte er sich die Gesichter, die herauskamen, um den Abtritt aufzusuchen. Der mit den gescheitelten, strohblonden, schulterlangen Haaren und einer Narbe quer über die Stirn hatte anscheinend eine kleine Blase. Es gab keinen Zweifel, er war der Gesuchte. Giovanni kannte ihn von Konstanz her. Glücklich sah er nicht aus, davon zeugten traurige Augen und tiefe Falten um die Mundwinkel. Selbst für die dralle Schankmaid, die von jedem angegrapscht wurde, hatte er keinen Blick übrig. Im Gegenteil, er wich ihr aus. Und warum schaute er sich stets suchend, lauernd um? Fühlte er sich beobachtet, verfolgt? Ein armer Wicht war er in Giovannis Augen. Doch zu viel Mitleid wollte er mit dem in Mainzer Diensten Stehenden nicht haben. Gewiss würde er bei der Entführung Cossas eine entscheidende Rolle spielen.

Nach Linharts Plan sollte Giovanni die Mainzer Bagage ausspionieren – versuchen herauszubekommen, was sie vorhatten. Doch beim Anblick dieses traurigen, schuldbeladenen Gesichts änderte er den Plan. Es konnte doch nicht sein, dass sich Brüder ein Leben lang feindlich gegenüberstanden. Jeder ließ den Kopf hängen. Was wäre, wenn ...?

Schnell erhob er sich und sagte seinen Tischnachbarn, dass er die drei Schoppen schon spüre und für eine Weile an die frische Luft müsse. »Gell, die Sonnenhalde hat's in sich. Leer dich aus, dann geht wieder ein Schoppen hinein.«

Giovanni musste nicht lange suchen. Steine werfend saß Konrad am Ufer des Neckars. Er tippte ihm auf die Schulter. »Ich glaube, ich habe deinen Bruder gefunden. Es wird nicht viele geben, die solch eine auffallende Narbe quer über die Stirn haben. Er ist bei den Mainzern im *Schnookeloch*.«

Schon wollte Konrad nach seinem Dolch greifen, doch Giovanni hielt ihm die Hand fest. »Nein, du redest jetzt mit ihm. Hilf ihm, aus den Verstrickungen herauszukommen. Das bist du eurem Vater schuldig!«

»Soll ich etwa in die Wirtschaft gehen und ihm um den Hals fallen?«

»Werd nicht ironisch. Ich schicke ihn heraus, dann bist du dran.«

Giovanni hatte den Mund zu voll genommen. Einfach in die Nebenstube gehen, Hennes am Ärmel zupfen und ihn bitten, nach draußen zu kommen, würde nicht gehen. Doch ein glücklicher Umstand kam ihm zu Hilfe. Das Fässchen mit der Sonnenhalde war leer. Der Wirt musste in den Keller gehen, um ein neues anzustechen, derweil sollte die Maid hinter dem Tresen bleiben. Doch wer bediente die durstigen Gäste? Giovanni übernahm mit Freuden dieses Amt. Die Schankmaid gab ihm Anweisungen. »Bring die zwei Humpen an den Tisch in der Ecke und diese Flasche stellst du den Kerlen mit den roten Mützen hin.« Beschwerden aus dem Nebenzimmer waren zu hören. »Wo bleiben die Schoppen? Heute klappt hier gar nichts.«

»Werte Herren, ich fliege. Wer kriegt was?« Mit einem Spaß auf den Lippen stellte Giovanni jedem der Schreihälse einen Schoppen direkt vor die Nase. Der letzte war für Hennes. Bei dem Geschrei fiel es nicht auf, dass er sich niederbeugte und ihm ins Ohr flüsterte. »Ich kenne Ihn aus Konstanz, Er war in der Wagenburg, ich bin der allerbeste Freund Almuts, quasi ihr Bruder.«

Zuerst sahen ihn große, fragende Augen an, dann verfinsterte sich Hennes' Gesicht und er nahm eine drohende Haltung an. Giovanni legte besänftigend seine Hand auf dessen Unterarm. »Alles Böse, das Ihm zum Nachteil gereichen könnte, ist mir fern. Ich komme in bester Absicht. Von Almut kenne ich die Vorgeschichte. Gewiss kann Er nicht alles wiedergutmachen, aber manches doch. Draußen wartet Konrad auf Ihn. Schließe Er Frieden mit sich und seinem Bruder.«

Jemand zwickte Giovanni in den Hintern. »He, Spaghetti, steh da nicht rum, bring mir einen Roten. Frag die Maid, die kennt meine Sorte. Beeil dich!«

Nichts kam ihm in diesem Moment gelegener als dieser Auftrag. Eine kurze auffordernde Geste zu Hennes und schon war er wieder als Schankbursche unterwegs. Nach einigen zögerlichen Versuchen erhob sich Hennes und verließ die Nebenstube.

*

»Hallo, Hennes, hier bin ich. Hinter dem Holzstoß!« Konrad winkte dem Bruder und zog sich sogleich wieder zurück. Vorsicht war geboten. Wer garantierte ihm denn, dass nicht der Domherr von irgendwoher auftauchen würde? Wenn er ihn mit Hennes sähe, wüsste er sofort, was im Busch war. Sein Bruder musste den gleichen Gedanken gehabt haben. Bevor er auf den Holzstoß zuging, schaute er mehrmals nach rechts und links. Endlich standen sich die Brüder gegenüber. Keiner traute sich, als Erster etwas zu sagen. Zu viel stand zwischen ihnen.

Da gab sich Konrad einen Ruck. »Hennes, lass uns nicht aufeinander losgehen, nicht gegenseitig Schimpfworte an den Kopf werfen, das hätte unser Vater nicht gewollt. Er liegt in seinem Grab auf dem kleinen Kirchhof in Mannheim. Lass uns Frieden schließen!«

Er streckte seinem Bruder die Hand entgegen. Ihm schien, dass Hennes nichts lieber tat, als diese zu ergreifen, um sie nicht mehr loszulassen. Da zog Konrad Hennes an sich und beide hielten sich fest umschlungen. Keiner brauchte etwas zu sagen. Die Brüder hatten sich wieder gefunden.

Doch ewig konnten sie nicht so stehen bleiben. »Hennes, wir müssen alles tun, damit unsere Almut – ich sage *unsere* Almut – wieder ein normales Leben führen kann. Versprich mir das!« Dann informierte er seinen Bruder über ihre Vermutung, dass Cossa durch Helfershelfer befreit werden sollte.

»Das stimmt alles. Die Flucht soll in zwei Tagen erfolgen.«

Konrad pfiff durch die Zähne. »Also doch!«

Kurzes Nachdenken. »Bist du mein Bruder?«

»Ja. Das haben wir doch geklärt – oder?«

»Vertraust du mir?«

Hennes schien über diesen Rest von Misstrauen des Bruders verärgert zu sein, endlich nickte er.

»Gut, dann geh in die Wirtschaft zurück und trinke mit deinen Kumpanen auf das Gelingen eures Vorhabens. Lass dir um Gottes willen deine Gesinnungsänderung nicht anmerken.«

Schon wollte Hennes sich entfernen, da hielt ihn Konrad noch einmal zurück. »Ist dir bewusst, dass du nach der misslungenen Flucht Cossas in den Augen deines Dienstherrn ein Verräter bist und dann dessen Rache fürchten musst?«

Brüderlich klopfte Hennes Konrad auf die Schulter: »Wenn du mir hilfst, stehen wir das gemeinsam durch – oder?«

Gleich nach dem ersten Hahnenschrei schickte Linhart Konrad aufs Schloss zu Ritter Egolf, um ihn zu bitten, bei Dunkelheit in die Haspelgasse zu kommen. Es solle aber vorsichtig sein, denn der Domherr habe seine Augen überall. »Am besten ist, du vertreibst dir die Zeit auf dem Schloss und begleitest später Egolf.«

Das kam Konrad sehr zupass, denn so konnte er sich mit den Örtlichkeiten vertraut machen. Nachdem der Mond sich hinter die Wolken zurückgezogen hatte, gingen Ritter Egolf und Konrad den steilen Schlossberg in die Stadt hinunter. Auf halbem Weg kamen ihnen zwei Männer entgegen. Als sie an ihnen vorbeigegangen waren, blieben diese stehen und schauten ihnen nach. Konrad war beunruhigt, doch der Ritter lachte nur. »Sei Er nicht so ängstlich. Wir haben die Kapuzen so tief ins Gesicht gezogen, dass uns nicht einmal die eigene Mutter erkennen würde.«

»Das Gesicht nicht, aber die Schuhe des Ritters sind mehr als auffällig. Wer trägt denn solche hellen Wildlederstiefel mit eingebranntem Wappen außer der Edle von Husen?«

»Verdammt, daran habe ich nicht gedacht. Sei's drum. Sie haben uns nicht erkannt.«

In der Haspelgasse redete Dörzbach Egolf ins Gewissen. »Ich habe deinem Vater versprochen, auf seinen Sohn und seine Tochter achtzugeben. Ein Wort ist ein Wort. Ich weiß, was du getan hast, und du weißt es noch besser.«

Mit hängendem Kopf stand der Ritter da. Demutsvoll erwartete er, dass nun der Stab über ihn gebrochen werde.

»Steh nicht so da, für Gefühlsdinge haben wir jetzt keine Zeit. Höre, Cossa soll entführt werden. Wir kennen den Plan. Du bist ein Pfälzer Dienstmann und stehst im Wort des Landesherrn, du kannst gar nicht anders, als die Flucht des Römers zu verhindern.«

Egolfs Haltung straffte sich, gewiss war in den wenigen Sekunden eine schwere Last von ihm abgefallen. Linhart hatte ihm zu Recht drastisch seine Verpflichtungen ins Bewusstsein gerufen. »Nichts tue ich freudiger als das. Doch zuvor noch eine Frage. Wo ist Almut?«

»Später erfährst du alles«, sagte Linhart schnell, denn das Zweite, nicht minder Wichtige musste Egolf nicht nur wissen, sondern auch versprechen. »Wir sollten nicht nur die Flucht Cossas verhindern, sondern auch der Hintermänner habhaft werden.«

»Natürlich müssen wir das. Von allein öffnet sich eine Zellentür nicht.«

»Gut gesprochen, doch ist dir bewusst, dass höchstwahrscheinlich dein Freund, der Domherr, dahintersteckt?«

»Gewiss! Mit Raban habe ich noch mehr als ein Hühnchen zu rupfen.«

Wenn es nicht den Standesunterschied gegeben hätte, wäre Konrad dem Ritter vor Freude und Erleichterung um den Hals gefallen. Wie hatte sich in der kurzen Zeit das Blatt total gewendet! Jetzt musste sich der Herr aus Mainz warm, sehr warm anziehen. Allerdings wusste der Ritter noch nicht, dass auch Hennes sich auf ihre Seite geschlagen und eine Rolle beim Fluchtversuch zu übernehmen hatte. In diesen Plan musste auch Egolf eingeweiht werden.

*

Es war sternenklarer Himmel, unten in der Stadt schlug die Glocke die zwölfte Stunde. Cossa war zu aufgeregt, um sich hinzulegen. Von einer Ecke zur anderen laufend, wartete er auf die Schritte im Gang. Endlich! Jemand rüttelte an der Tür, schob die Holzscheibe vom Guckloch zur Seite und fragte nach seinem Befinden. »Ritter von Husen hier, ich mache meine Abendtour. Ihr seid noch nicht zu Bett? Sonst schnarcht Ihr doch um diese Zeit. Wenn es Euch zu langweilig ist, schaut Euch den Sternenhimmel an. Heute ist Vollmond. Ich bin müde, werde mich hinlegen. Eine geruhsame Nacht wünsche ich.«

»Habt Dank!«

Die Schritte entfernten sich. Wieder warten. Dann ein leichtes Klopfen an der Tür. »Es ist so weit!«

Cossa schnürte den Gürtel noch enger, mitzunehmen hatte er nichts. Die vermummte Gestalt, die ihm die Tür geöffnet hatte, drückte ihm eine Fackel in die Hand und schob ihn im Gang die steile Treppe hinunter. »Wenn Er unten ist, gehe Er immer weiter, bis ihm frische Luft entgegenschlägt. Der Ausstieg ist von außen getarnt, daher muss Er sich durch das Geäst zwängen. Wenn Er im Freien ist, rufe Er dreimal wie ein Käuzchen. Danach ist es ein Kinderspiel – über die Neckarbrücke, durch das Dorf Neuenheim und schon steht Er auf Mainzer Territorium. Die gesamte Bergstraße gehört dem Erzbischof.«

Bevor der Vermummte sich wieder entfernte, gab er Cossa noch eine Verhaltensregel. »Gewiss werdet Ihr gefragt werden, wie Euch die Flucht gelungen ist, dann erzählt, dass der Edle von Husen Euch die Tür aufgeschlossen und den Fluchtweg gezeigt hat. Wenn jemand wissen möchte, warum er das tat, dann sagt einfach, dass er den Auftrag von ganz oben erhalten hat, wohl weil der Kurfürst dem Reichsoberhaupt eins auswischen wollte. Jetzt geht!«

Keuchend und schwitzend und tausend Flüche ausstoßend zwängte sich Cossa an den glitschigen, kalten Durchbrüchen entlang. Wie eine halbe Ewigkeit kam ihm das Abtasten der scharfen Kanten und spitzen Felsvorsprünge vor. Einen eisernen Helm hätte er aufsetzen sollen, andauernd schlug er seinen Kopf an ein Gestein, Blut lief ihm über das Gesicht. Er blieb stehen, lauschte – kein Knacken, kein Wispern, kein Quietschen, nichts. Ein Gefühl der Angst überkam ihn. Wenn es gar keinen Ausgang gab? Wenn er hier liegen bliebe, würde kein Mensch ihn finden. Steckten dahinter wirklich seine Freunde? Der Mainzer Erzbischof hatte immer zu ihm gehalten, natürlich nicht umsonst, zuerst wollte er auf die Bischofswahlen im Reich Einfluss haben, dann wollte er der päpstliche Nuntius in allen deutschsprachigen Ländern sein. Er hatte ihm ja auch zur Flucht aus Konstanz geraten, vielmehr ihn dazu gedrängt. Das war reichlich schiefgegangen. Konnte er ihm trauen oder trieb er mit ihm ein falsches Spiel? Zweifel kamen auf, nagten und fraßen. Allein und hilflos war er hier zwischen Felsbrocken eingezwängt. Nur der Mut der Verzweiflung trieb ihn vorwärts, Schritt um Schritt. Endlich spürte er den Hauch eines frischen Luftzugs. Schneller drängte er sich durch den Gang. Gleich würde sein Martyrium zu Ende sein und er sich in die weichen Polster der Kalesche, die draußen auf ihn warten würde, sinken lassen können.

Oh, wie hatte er sich getäuscht. Als er sich durch das Gestrüpp hindurchgekämpft und wie ein Käuzchen gerufen hatte, tauchten drei Reiter mit einem gesattelten Pferd im Schlepptau auf.

»Baldassare Cossa?«

»Hier, hier bin ich. Wo ist die Kutsche?«

Keine Antwort. Im Gegenteil, der Angesprochene drückte seine Kapuze noch tiefer ins Gesicht. »Mache Er keine Umstände, steige Er aufs Pferd. Wir können uns hier nicht lange aufhalten.«

»Raban«, rief Cossa, ungehalten über das Versteckspiel, »ich erkenne dich doch an der Stimme. Was soll das Theater? Du weißt doch, dass ich wegen meiner Geschwüre am Hintern nicht reiten kann.«

Sich um die Beschwerde des Freundes nicht kümmernd, gab der Kapuzenmann Befehl: »Hennes, steig ab und hilf dem Herrn in den Sattel. Mach schnell, ich glaube, Pferdewiehern gehört zu haben. Ich schaue nach.«

Bevor der Anführer der Reitergruppe seinem Pferd die Sporen gab, drehte er sich noch einmal zu seinen Begleitern um. »Hennes und Schorsch, schaut, dass ihr mit dem Herrn so schnell wie möglich auf kurmainzisches Territorium kommt.«

Als ob tausend Nadeln in seinem Allerwertesten steckten, so fuhr Cossa der Schmerz durch den Körper, als die zwei Waffenknechte ihn in den Sattel wuchteten. Jede noch so kleine Bewegung steigerte seine Höllenqualen. Wahrscheinlich würde ihm das Blut in Strömen die Beine hinunterlaufen. Er vermisste seinen Leibmedicus, den König Sigismund zusammen mit dem Koch und dem Beichtvater schon in Konstanz von ihm getrennt hatte. Vielleicht mussten auch sie irgendwo in einem Loch darben. Oh, wie oft hatte er schon sein Schicksal verflucht! Wie konnte der Allmächtige ihm das nur antun? Er war doch sein Stellvertreter. Gewiss hatte er manches getan, was nicht Gottes Gefallen gefunden hatte, aber diese Tortur hier hatte er nicht verdient. Er gelobte, wenn er hier heil herauskäme, in Sack und Asche zu gehen und keiner Fliege mehr ein Leid zuzufügen. Nur die Schmerzen müssten aufhören.

Wie aus dem Boden gestampft tauchte plötzlich eine pfälzische Reiterschar auf. Zwanzig an der Zahl, bewaffnet bis zu den Zehenspitzen. Schorsch war der Erste, der die neue Lage richtig einschätzte. Weg von hier, war sein Gedanke. Er stieß dem Pferd die Sporen in die Weichteile, dass es sich aufbäumte und einen Satz nach vorn machte. Doch weiter kam es nicht, denn jemand griff mit starker Hand in die Zügel und rief. »Halt! Beim zweiten Fluchtversuch steckt eine Kugel zwischen Euren Rippen.«

Der Pfälzer Oberstleutnant versperrte den beiden Fluchthelfern den Weg und riss ihnen die Kapuzen vom Kopf. »Oh, da schau an! Der ältere Sohn des Aumanns. Wer hätte das gedacht?«, tat Egolf überrascht. Er deutete auf den zweiten. »Und wer ist Er?«

»Georg Melzer, Wachmann in Mainzer Diensten.«

»Seid Ihr allein? Ich meine, ich hätte vorhin drei Personen nach oben reiten sehen.«

Melzer schaute sich suchend um. »Ja, schon, vor fünf Minuten waren wir noch zu dritt. Unser ...«, seine Aussprache wurde verwaschen, »hat Pferdewiehern gehört und wollte der Sache auf den Grund gehen. Er kann nicht weit sein.«

»Er hat zwischendurch undeutlich gesprochen. Wer war der Dritte?«

Schorsch drehte sich hilfesuchend um. »Hennes, sag doch auch etwas. Du bist doch sein Adjutant.«

»Hm, äh, äh ...« Dieses Zögern kam Cossa, der ächzend und bibbernd im Sattel hing, sehr gespielt vor. Hatte der Adjutant des Domherrn womöglich die Seiten gewechselt? War seine Flucht verraten worden?

Ritter Egolf kam dem verlegen spielenden Hennes zu Hilfe. »Seid still, sagt nichts, sonst werdet Ihr zum Verräter am Eurem Dienstherrn und der ist sehr nachtragend.«

Der Melzer Schorsch machte Anstalten, sich still und leise zu entfernen. »Halt«, brüllte ihn der Oberstleutnant an, »hiergeblieben! Ihr seid festgenommen. Ihr habt auf Pfälzer Boden eine Straftat begangen. Leider ist uns Euer Anführer entwischt, aber den kriegen wir auch noch. Ab mit Euch in den Kerker.« Dabei blinzelte der Ritter dem Adjutanten zu.

Cossa hatte diese Geste sehr wohl bemerkt. Sprachlos war er. Wer war denn nun auf wessen Seite? Waren die, die sich bisher als seine Freunde ausgaben, nun seine Feinde geworden?

*

Ritter von Husen war trotz der Dunkelheit nicht entgangen, dass Hennes, der seine Rolle gut gespielt hatte, ein arg mürrisches Gesicht zog und sich grämte. Er wollte wissen, warum und gab ihm zu verstehen, dass er mit ihm allein sprechen wollte. »Jetzt beruhige Er sich wieder. Ihn trifft keine Schuld, dass der Domherr entwischt ist. Ich hätte es wissen müssen, dass Raban immer noch einen Trumpf im Ärmel hat. Es kann nicht das Wiehern gewesen sein, das ihn gewarnt hat, denn unsere Pferde waren mucksmäuschenstill. Er hat aus irgendwelchen Gründen den Braten gerochen.«

»Nein, nein, ich habe es vermasselt. Ich hätte dem Domherrn ein lahmes Pferd unterschieben müssen.«

»Ach was, das hätte Raban sofort bemerkt.«

Egolf schlug sich an die Stirn und fluchte. »Verdammt! Es waren meine auffälligen Stiefel, die mich verraten haben. Die beiden Fremden am Burgweg müssen es Raban gesteckt haben. Sein Bruder Konrad hat mich noch darauf hingewiesen. Ich war wieder einmal zu leichtsinnig. Cossas Flucht haben wir zwar verhindert, aber der Drahtzieher ist uns durch die Lappen gegangen. Verdammt noch mal!«

Fluchen, Schimpfen, Schuldeingeständnis, alles zu spät. Oder doch nicht? Der Oberstleutnant gab Order: »Schwadron ausschwärmen! Eine Gruppe durchkämmt das Neckarufer, die andere setzt über und schaut sich in Handschuhsheim um. Aber vorsichtig, das ist schon Mainzer Gebiet.«

Dann wandte er sich Cossa zu. »Tut mir leid, Monsignore, aber Eure Freunde scheinen doch nicht die Treuesten und Zuverlässigsten zu sein. Aus diesem Grund wäre es für Euch hilfreich, wenn Ihr uns sagtet, wer alles an dem Fluchtversuch beteiligt war. Es wird nur eine Frage der Zeit sein, bis wir es herausfinden. Helft Ihr uns, dann helfen wir Euch!«

Baldassare Cossa hatte nichts zu verlieren und wurde sehr redselig. »Einmal habe ich gesehen, wie einer mit Mainzer Wappen am Ärmel dem Schlosskommandanten einen Beutel zugesteckt und auf mich gedeutet hat. Danach hat mir der Kommandant zugezwinkert und gesagt, dass ich bald mein geliebtes Italien wiedersehen würde.«

»Danke, das genügt uns. Wir werden den Kommandanten zur Rechenschaft ziehen. Euch werden wir jedoch an einen sicheren Ort verbringen müssen. Das seht Ihr doch ein, oder?«

»Das ist eine komische Frage, da ich ja keine Wahl habe. Doch möchte ich darum bitten, in meinem neuen Domizil mehr Annehmlichkeiten zu erhalten. Ich muss mein Logis ja sowieso bezahlen.«

»Monsignore, ich werde Euren Wunsch an geeigneter Stelle vortragen. Bin jedoch gewiss, dass er Gehör findet. Die Kurpfälzer sind für ihre Gastfreundschaft bekannt.«

31.

Aufruhr in der Haspelgasse. Der Kurfürst war wieder im Land. In Konstanz hatte er sich mit dem König zerstritten. Er brauchte Abstand. Zudem würde er nicht lange in der Residenz bleiben können, denn weit im Süden wartete jemand auf ihn. Sein erster Weg führte den Landesherrn den Neckar hinunter.

Die Brunners Marie rieb sich dreimal die Augen aus, bevor sie dem Mohre Werner überrascht und erstaunt Meldung machte. »Das gab es noch nie – unser Ludewig in der Haschpelgass'! Was hat unser Förscht denn mit dem Wormser Juden, dem Levi Abraham, zu tun? Schausteller soll er sein, auf den Märkten den Leuten Briefe schreiben. Aber ich sage dir, Werner, der macht es nicht mehr lange. Ich spür das in meinen Knochen. Immer wenn die sich melden, stirbt einer in der Gass'.«

»Ja, ja, Marie, so ist es. Beim Dörzbach habe ich das gleiche Gefühl. Der gibt auch bald den Löffel ab.«

Bevor er seiner Nachbarin noch mehr anvertraute, schaute er vorsichtshalber die Haspelgasse hinauf und hinunter. Der Werner war einer von den Vorsichtigen. »Es geht mir nicht aus dem Kopf, was sich beim Herrn Rat so alles herumtreibt. Die Dunkelhaarige mit der Warze im Gesicht und der Jude tun so, als ob sie Verwandte wären. Selbst der Dörzbach spielt sich wie der Vater von der exotischen Schönheit auf. Sie sagen Golda zu ihr, ich habe aber auch schon gehört, wie sie Almut gerufen wurde. Alles so sonderbar in dem Haus.«

»Stimmt, Werner. Neuerdings finden dort heimliche Treffen statt. Und jetzt kommt auch noch unser Ludewig zu denen. Sonderbar!«

Rat Dörzbach hatte Mühe, sich zu erheben. »Durchlaucht, verzeiht, wenn ich Euch nicht wie gewohnt begrüßen kann, aber mein Herz ist müde und schwach geworden.«

Der Kurfürst drückte seinen Rat sanft in die Kissen zurück. »Ist schon gut, Dörzbach. Weil ich das weiß, habe ich mich ja auf den Weg zu Euch gemacht. Ich werde auch nicht lange bleiben.«

Er zog einen Brief aus dem Ärmel. »Ich habe die Abschrift eines anonymen Briefs erhalten. Der Schreiber legt Cossa böse Worte wegen seiner Behandlung im Schloss in den Mund: Bett zu klein, keine Ansprache, schlechtes Essen. Da …«, er hielt das Schreiben hoch. »Der Anonymus zitiert sogar die Bibel: Matthäus 27, 34 … *da sie an die Stätte kamen, gaben sie ihm Essig zu trinken mit Galle vermischt, und da er's schmeckte, wollte er nicht trinken* … Dörzbach, sage Er mir, dass das eine maßlose Frechheit ist von dem ehemaligen Papst. Er vergleicht sich mit dem Gekreuzigten und stellt uns, die Kurpfalz, wie den Vorhof der Hölle hin. Ich habe diesem Halunken nie getraut.«

»Durchlaucht, die Absicht des Briefschreibers ist doch sehr durchsichtig. Der scheinbar Unbekannte wollte Cossa zur Flucht verhelfen, es ging schief, nun braucht er eine

Rechtfertigung für den Fluchtversuch. Alle Welt soll glauben, dass Ihr ein Unmensch seid und dem Gefangenen gar nichts anderes übrig blieb, als eine Flucht zu wagen.«

»Gut gesprochen, Dörzbach, aber wie soll ich darauf reagieren?«

»Ihr verlegt Cossa in die ausbruchsichere Zollburg nach Mannheim, richtet ihm eine bequeme Kammer ein und sorgt dafür, dass er wieder über seinen Leibarzt, Koch und Beichtvater verfügen kann. Mit Eurer Großzügigkeit solltet Ihr nicht hinter dem Berg halten. Ladet bei Gelegenheit eine hochrangige Persönlichkeit ein, macht mit ihm einen Jagdausflug in die Rheinauen und kommt zufällig an der Zollburg vorbei. Der Betreffende kann sich vom guten Leben Cossas überzeugen und es jedem sagen, der es hören möchte.«

»Das kostet mich ein Vermögen. Es war sowieso ein Fehler, dass ich Cossa in Gewahrsam genommen habe.«

Warum lächelte der Oberhofkämmerer auf einmal so sanft? »Durchlaucht, wenn Ihr es nicht getan hättet, wer weiß, was geschehen wäre? Der ehemalige Papst hätte vielleicht neue Verbündete gefunden, hätte vielleicht ein Gegenkonzil einberufen. Gerade weil Ihr ihn in Gewahrsam nahmt, trugt Ihr zur Beendigung des Schismas bei. Das ist Euer und der Kurpfalz Verdienst.«

»Er versteht es, die Dinge in ein schönes Licht zu rücken. Aber meine von Ihm so hoch gepriesene Edelmütigkeit kostet mich ein Vermögen.«

»Durchlaucht, es war doch Euer Gedanke, dass Cossa seinen Aufenthalt in der Kurpfalz selbst bezahlt. Er ist reich, hat bei den Medici in Florenz hohe Guthaben. Lasst ihn erst frei, wenn er seine Logisrechnung bezahlt hat.«

»Er ist doch ein schlauer Kopf. Ich überlasse es Ihm, das zu regeln; wie er es anstellt, ist mir egal. Ich reise derweil nach Savoyen.«

Bei der letzten Bemerkung hatte der Landesherr Dörzbach vielsagend zugezwinkert. »Er weiß ja, warum ich nach Savoyen reise, denn Er hat meine Vermählung diskret eingefädelt. Ich möchte zu gern meine neue Gemahlin in die Arme schließen. Daher soll Er mich während meiner Abwesenheit im Oberrat würdig vertreten.«

Am nächsten Tag fand eine geheime Sitzung in der Ratsstube im Ruprechtsbau statt. Oberhofkämmerer Dörzbach ließ sich in einer Sänfte den steilen Schlossberg hochtragen. Sein Kopf war noch klar, aber das Herz wollte nicht mehr so recht. Egal, eine Sache musste er noch erledigen, koste es, was es wolle. Erst dann würde er mit seinem Leben zufrieden sein.

In der Versammlung ging es sofort hoch her. Wiprecht von Helmstadt konnte eines nicht verstehen. »Dörzbach, Ihr sagt – nein, Ihr posaunt lautstark in alle Welt hinaus –, dass Ritter von Husen nach Florenz geschickt werden soll, um die Kostgelder für Cossas Aufenthalt einzufordern. Das ist doch unvernünftig. Geldangelegenheiten werden diskret erledigt. Es gibt genug Tagediebe, die hinter einer Hecke lauern, um Geldboten auszurauben.«

»Ritter Wiprecht, Ihr habt mir früher vertraut, vertraut mir auch diesmal. Da ist noch eine Rechung offen.«

32.

Mitten im Hof der Zollfeste standen sie – Konrad und Almut. Sie wollte wieder so genannt werden.

»Schau!«, sagte sie und zeigte auf eine bestimmte Stelle. »Hinter diesem Fenster im ersten Stock lag unser Schulzimmer, ein Stück weiter rechts die Kapelle. Erinnerst du dich? Latein musste ich büffeln und Astronomie war mir ein Gräuel. Du hingegen warst ein Musterschüler.«

»Übertreibe nicht! Wir hatten doch auch unseren Spaß, oder nicht?« Konrad lachte. »Als Hennes das lateinische Wort für Kaninchen nicht einfiel, hast du ihm *cuniculus* zugeflüstert. Darüber ist der junge Kaplan, Hollmut hieß er, so wütend geworden, dass ihr volle zwei Stunden in der Kapelle auf dem Steinboden knien musstet. Doch ihr habt es ihm heimgezahlt. Am nächsten Tag hat Hennes vor dem Unterricht das Bein seines Stuhls angesägt und als Hollmut nach seinem stundenlangen dozierenden Hin-und-her-Laufen müde geworden war und sich setzen wollte, landete er rücklings auf dem Boden. Zu lachen haben wir uns nicht getraut, aber diebisch gefreut.«

»Ja, das stimmt alles. Wir hatten eine wunderschöne Kindheit, aber als ich später hier in der Arrestzelle saß, habe ich nicht mehr gelacht. Fünfzehn Jahre sind seitdem vergangen. In dem Gemäuer habe ich kummervolle Nächte verbracht. Leute, die mich von Kindheit an kannten, haben mich beschuldigt, einem Neugeborenen einen Wasserkopf angehext zu haben. Andere haben mir Zauberei unterstellt. Auch Schultheiß Wernz hat eine dubiose Rolle dabei gespielt. Soll das alles vergessen sein? Andererseits«, sie zeichnete mit dem Fuß ein Herz in den Sandboden, »wenn mir das nicht widerfahren wäre, hätte ich einen für mich ausgesuchten Junker geheiratet, acht oder neun Kinder geboren und mich mit Stickarbeiten beschäftigt. In stillen Stunden habe ich mich oft gefragt, ob ich so ein Leben gewollt hätte. Niemals wäre ich Bruder John begegnet, hätte nicht hinter die Kulissen des Weltgeschehens schauen können.«

Das Gespräch mit dem ernsten Inhalt wurde unterbrochen. Giovanni kam angehüpft. Natürlich war er kein Jüngelchen mehr, aber sein frisches, frohes, kindliches Gemüt hatte er nicht verloren. Wahrscheinlich war es das, was Almut so an ihm mochte. Sie konnte sich ein Leben ohne ihn nicht mehr vorstellen.

Die mittlere Tür der Feste ging auf. Der Zollschreiber und eine Schar Männer und Frauen traten ins Freie. Ein Aufschrei! »Mein Gott, sie sind wirklich gekommen!« Beim Anblick des gebeugten, sich auf einen Stock stützenden Pfarrers Endres und seiner Begleiter konnte Almut nur mit Mühe ihre Freudentränen zurückhalten. Die Namen der braven Fischer, Flößer und Schiffer und ihrer Frauen kannte sie nicht mehr, aber ihre Gesichter waren ihr vertraut. Alt waren sie geworden: krumme Rücken, gichtige Hände, haarlose Schädel und silbergraue Löckchen.

Was redete sie da! Die Jüngste war sie auch nicht mehr. Trotzdem war es herrlich. Die Freude darüber, wieder daheim zu sein, durchrieselte sie. Erinnerungen über die Sommer im Herrenhaus, die Kirchweihfeste im Dorf, die erste heimliche Weinprobe stiegen hoch. Wie war ihr damals schlecht gewesen! Hennes hatte sie auf dem Rücken nach Hause tragen müssen. Waren Schultheiß Wernz und seine Verwandten auch gekommen? Nein! Nicht jeder hat die Größe, Fehler einzugestehen.

Pfarrer Endres trat einen Schritt vor. »Almut, meine treuesten Kirchenmitglieder haben mich begleitet, um dich zu begrüßen und in deiner alten Heimat willkommen zu heißen.«

Artig verbeugten sich die Männer und Frauen und blickten mit frohen, aber auch ehrerbietigen Augen die Heimgekehrte an. Schon wollte sie den Gruß erwidern, doch Pfarrer Endres kam ihr zuvor. »Mit Verlaub, Almut! Unser Erscheinen hier hat noch einen anderen Grund und dieser kommt einer Bitte gleich.«

»So, was ist es denn?«

»Um es frei herauszusagen: Wir haben von dem anonymen Beschwerdebrief über die Unterkunft des Papstes im Heidelberger Schloss gehört und möchten zeigen, dass die Kurpfalz auch anders kann.«

Almut lachte amüsiert. »Hochwürden, Ihr wisst schon, dass Ihr gerade die Heidelberger beleidigt habt?«

»So direkt war das nicht gemeint, aber es stimmt, dass wir auf die Städter nicht so gut zu sprechen sind. Ein wenig hochnäsig und eingebildet sind sie schon – nur weil dort der Landesherr seinen Sitz hat oder weil sie eine Universität haben. Abwarten! Noch ist nicht aller Tage Abend. Mannheims Zeit kommt noch.«

»Ihr hattet noch eine Bitte, nicht wahr? Bisher habt Ihr nur über die Städter hergezogen.«

»So ist es, edles Fräulein. Kurz gesagt: Die Bürger des Dorfes Mannheim möchten die Verköstigung von Papst Johannes XXIII. übernehmen.«

»Das ehrt Euch, doch bin ich nicht für diese Frage zuständig. Allerdings glaube ich, dass der kurpfälzische Oberrat gewiss nichts einzuwenden hat. Eines muss ich allerdings klarstellen: Monsignore Baldassare Cossa ist nicht mehr der Heilige Vater. Er hat seiner Absetzung zugestimmt.«

»Mag sein«, gab Pfarrer Endres zur Antwort, »aber einen anderen gibt es derzeit nicht. Wir haben eine papstlose Zeit. Der in Rom ist freiwillig zurückgetreten und der in Avignon hat sich in Spanien auf einer Halbinsel verbarrikadiert. Es soll nicht heißen, die Mannheimer hätten den Stellvertreter des Herrn darben lassen. In der Pfalz gibt es genug frisches Gemüse, Fische, Geflügel und Wild. Eben alles, was das Herz begehrt. Setz dich bitte für unseren Wunsch ein!«

Almut fand im ersten Moment nicht die richtigen Worte, so gerührt war sie. Da hatte sich der alte, gebrechliche Dorfpfarrer hergeschleppt, umgeben von treuen Bürgerinnen und Bürgern, um helfen zu dürfen. Das ging ans Herz.

In dieser freudigen Erregung hätte sie fast übersehen, dass noch jemand aus der Eingangspforte getreten war. Den Schlapphut hatte er so tief ins Gesicht gezogen, dass die Augen nicht zu sehen waren, der Kopf hing wie bei einem Büßer auf der Brust und die Arme baumelten wie dürre Stecken an ihm. Eine Jammergestalt. Sollte da jemand hingerichtet werden? Bei dem schönen Wetter?

Plötzlich war ihr nicht mehr zum Scherzen zumute. Ein Schreck durchfuhr sie, der ihr Innerstes zum Zittern brachte. Sie wusste, dass es einmal kommen musste, nun war es Wirklichkeit geworden. Ohne Vorbereitung, einfach so! Sie tastete nach Giovannis Hand, brauchte Halt. – Hennes stand da!

In der sonst so fröhlichen Pfalz, wo die Vögel zwitscherten, die Bienen summten und die Sonne lachte, war für Sekunden Stille eingetreten. Jeder konnte die Spannung spüren, jeder den nun kommenden Ausbruch erahnen und jeder wusste, dass dies nicht mehr als berechtigt wäre.

Was geschah? Früher hätte Almut anders reagiert, aber mittlerweile hatte sie erlebt, wie ein Todgeweihter seinen Peinigern vergab, wie selbstlose Wahrheitssucher ihrem Tod entgegensahen, wie das Verlangen nach Erlösung Berge versetzte. Durfte sie da die Rächerin sein?

Sie ging auf Hennes zu, reichte ihm die Hand und drückte ihn an sich. Ihre nassen Wangen berührten sich. Worte waren überflüssig.

Die Vögel zwitscherten und die Bienen summten wieder. Ein Jubelschrei erscholl. Der Zollschreiber, der alte Pfarrer und die Mannheimer warfen ihre Hüte in die Höhe und Giovanni griff nach der Hand einer der umherstehenden Jungfern und hüpfte mit ihr ausgelassen im Kreis. Versöhnung ist eine himmlische Gabe.

Schöne Dinge dauern immer nur Augenblicke an. Ketten ratterten. Die Zugbrücke wurde heruntergelassen. Eine Kutsche mit geschlossenen Vorhängen fuhr über die knarrende Holzbrücke und hielt im Innenhof an.

Giovanni – früher ein Gassenjunge, doch nachdem er bei Golda in die Lehre gegangen war, ein Gentleman vom Scheitel bis zur Sohle, der dazu noch kochendes italienisches Blut in den Adern hatte – sprang sofort herbei, öffnete den Schlag und half einer Gestalt im grauen Mönchsgewand beim Aussteigen. Diese blickte misstrauisch um sich. Giovannis tastender Blick blieb an den dicken, hohen Mauern hängen. Ja, es stimmte. Die Zollburg, wie ein im Wasser schwimmender Klotz, würde das neue Zuhause für diese Mönchsgestalt sein. Ob der Herr unter der Kutte auch so dachte? Seinem Gesicht war anzusehen, dass beim Anblick der Feste viele Hoffnungen schwanden.

»Monsignore Cossa!«, begann Almut, »erlaubt mir, dass ich Euch so anspreche. Das soll nicht respekt- und würdelos sein, sondern darauf hinweisen, dass unser beider Leben sich geändert hat. Ihr seid nicht mehr der Heilige Vater und ich nicht mehr Golda. Doch, darum bitte ich Euch sehr, lasst unsere gegenseitige Offenheit und unser Vertrautsein nicht darunter leiden. Seht Euren Aufenthalt hier als eine Möglichkeit, mit Euch und der Welt ins Reine zu kommen. Wenn

Ihr erlaubt, mache ich Euch mit Bruder John bekannt, einem glühenden Verehrer des böhmischen ...«

Cossa unterbrach sie. »Almut, so nenne ich Euch nun auch, ich kenne Euren John. Heute weiß ich, dass Hus' und seine Gedanken nicht so unwahr sind. Hinter diesen Mauern habe ich genug Zeit, um darüber nachzudenken.«

Vielleicht hätte er Almut noch mehr erzählt, doch er wurde von einer freudigen Überraschung abgelenkt. Drei weitere Personen standen wie hergezaubert einfach da. Cossas Leibkoch, sein Beichtkaplan und sein Leibarzt. Der Landesherr hatte Wort gehalten.

Der kurfürstliche Zollschreiber bat nun den Gast, ihm zu folgen. Die gesamte Schar setzte sich in Bewegung, stieg im Innern die Treppen bis ins erste Stockwerk hoch, ging einen breiten Gang entlang und machte vor einer Kammer halt. Ein geräumiges Zimmer mit Holzkohlepfannen, einem gitterlosen Fenster mit Blick auf den Rhein, zwei Bücherregalen, einem Bett, fast fünf Fuß lang, sowie mit Kopfkissen und einer Zudecke aus weichen Daunen.

»Monsignore, Euer neues Domizil!«

Der Hausherr deutete auf den Gang hinaus. »Keine zehn Schritte von hier befindet sich die Burgkapelle, Tag und Nacht für Euch geöffnet. Ihr könnt empfangen, wen Ihr wollt, nur verlassen dürft Ihr die Anlage nicht. Eure Bediensteten logieren in den Kammern nebenan.«

Er deutete auf Pfarrer Endres und die Schar Mannheimer. »Die braven Leute werden jeden Tag dafür sorgen, dass Euch die gebratenen Hühner in den Mund fliegen, und das Fässchen im Keller wird stets bis oben gefüllt sein. Selbst Euer geliebter Chianti ist vorrätig. Hat der Herr noch Wünsche?«

Cossa bedankte sich sehr und bat um Verständnis, dass er sich nach der hinter ihm liegenden turbulenten Zeit etwas ausruhen wollte.

Mit ihren männlichen Begleitern wollte Almut zurück nach Heidelberg fahren, doch diese taten auf einmal sehr geheimnisvoll und hatten es eilig.

Auch gut! Sie hob den Rocksaum und schlug den schmalen Pfad ein, der zum Moorloch führte. Fuß vor Fuß setzte sie, der Untergrund war tückisch und hatte schon so manchen verschlungen. Furcht empfand sie nicht. Sie hatte hier ihre Kindheit verbracht. Die Waldung lichtete sich. Dort drüben stand es – das grob gezimmerte Kapellchen, in dem John dem HERRN diente. Allein war er nicht mehr. So manche gläubige Seele hatte sich schon seiner Mission angeschlossen. Sie beteten nicht nur oder sangen fromme Hymnen, sie gruben Gräben aus, legten feste Pfade an und schleppten grob behauene Steine herbei. Ihr Gotteshaus sollte wie eine fest gefügte Burg sein.

»Hallo, John, ich sehe, ihr kommt gut voran.«

»Dank deiner und deines Vormunds Hilfe, der den Pfälzer Oberrat überzeugt hat, mich und die Meinen hier zu dulden.«

Sein offenes, gewinnendes Lächeln war unwiderstehlich, zumindest für Almut. »Bist du nur gekommen, um mich zu sehen, du meine Schwester im Geist?«

»John, nenn mich nicht so. Das klingt so von den Dingen losgelöst. Du weißt genau, was ich für dich empfinde.«

Sie rückte näher an John heran. »Cossa ist in der Zollburg. Er braucht Beistand. Diesen wirst du ihm doch nicht verweigern, oder?«

Bruder John drückte ihr einen Kuss auf die Stirn und strich zärtlich über ihr Haar, das nicht mehr ganz so pechschwarz war. Rötlichblonde Strähnchen lugten schon hie und da hervor.

»Wenn dein Patient es wünscht, besuche ich ihn sogar dreimal täglich.«

Ein Strahlen überzog sein Gesicht. Es war, als ob der Heilige Geist über ihn gekommen wäre. »Was wäre, wenn der ehemalige Papst den Kirchenbann von Hus löste? Ob die amtliche Kirche es dann auch täte? Vielleicht spräche sie Hus sogar selig!«

Almut legte ihre Arme um Johns Taille. »Mein Freund, ein Träumer warst du schon immer.«

33.

Der Mainzer Erzbischof Johann II., der jahrzehntelange Widersacher König Ruprechts I. und seiner Nachfolger, war gestorben. Die Mainzer trauerten, doch am meisten ließ der Domherr den Kopf hängen. Die schützende Hand gab es nicht mehr. Wer half ihm nun, die Schuldscheine einzulösen, die immer noch in seiner Brusttasche steckten?

Die Sonne neigte sich nach Westen. Noch eine Stunde, dann würde die Dämmerung hereinbrechen. Vier Reiter und ein mit einer Truhe beladenes Packpferd bewegten sich im leichten Trab auf der Straße, die von Speyer kommend nach Heidelberg führte. Einer stach heraus. Er trug ein Kettenhemd und einen glänzenden Harnisch. Die Arme und Beine waren in Eisen verwahrt, in der Scheide steckte ein scharfes Langschwert und das Visier war hochgeklappt. Die Begleiter hielten blankgeputzte Hellebarden und todbringende Spieße in den Händen. Zu allem waren sie entschlossen. In ihrem Innern brodelte es. Heute sollte der Domherr bezahlen! Da waren sich alle einig.

»Hennes«, versicherte sich Ritter Egolf nochmals, »kann man sich auf die Nachricht Seines Mittelsmannes verlassen? Ist es sicher, dass sich der Domherr an der Abbiegung nach Schwetzingen postiert hat?«

»Ich verbürge mich für meinen ehemaligen Waffenkameraden.«

»Und Er, Giovanni, hat Er sich erkundigt, ob die Wormser Juden den Kreditbrief von den Medici erhalten haben?«

»Ja, Ritter Egolf, dreißigtausend Gulden liegen in Worms bei den jüdischen Geldwechslern bereit. Bargeldlosen Verkehr haben sie es genannt. In der Truhe des Packpferdes befinden sich nur alte Lumpen.«

»Und Er, Konrad, hat Er gehört, wie Dörzbach laut und deutlich im Oberrat verkündet hat, dass ich allein unterwegs bin?«

»Gewiss, das gehört doch zum Plan des Vormunds Eurer Halbschwester.«

»Gut, dann schwenkt aus. Zwei schlagen sich rechts in die Büsche, einer links. Ich muss allein weiterreiten.«

In Sichtweite stand eine verfallene Scheune. Egolf war, als ob sich dort etwas bewegt hätte. Es ging also los. Seine rechte Hand fest am Schwertknauf, in der linken den Zügel des Packpferdes, so ritt er eine Melodie pfeifend in Richtung Norden. Würde der Domherr allein auftauchen oder eine ganze Armee bei sich haben? Wie er ihn einschätzte, würde er keine Zeugen haben wollen. Das war bei ihm immer so.

In Höhe der Scheune trat ihm eine große, hagere Gestalt mit einem weiten Umhang in den Weg. »Da schau an, mein Freund Egolf ist froh gestimmt. Er hat einen weiten Weg hinter sich, nicht wahr?«

Erstaunt die Augen weit aufreißend, es nicht glauben wollend – gut gespielt! »Raban, du hier?« Egolf hätte sich wegen seiner Schauspielkunst selbst auf die Schulter klopfen können. »Ich komme aus Florenz und habe im Auftrag Cossas das zu zahlende Kostgeld für den Kurfürsten abgeholt, damit der Neapolitaner endlich in seine Heimat zurückkehren kann.« Er deutete auf das Packpferd. »Lange wird der Gaul die schwere Truhe nicht mehr tragen können. Im nächsten Dorf muss ich ihn eintauschen gegen einen frischen.«

Keine Sekunde ließ Egolf den Domherrn aus den Augen. Dieser durfte um Gottes willen keinen Verdacht schöpfen. Also plapperte Egolf einfach so drauf los. »Raban, hast du auch gehört, dass inzwischen ein neuer Papst gewählt worden ist?«

»Gewiss, und König Sigismund hat daraufhin deinen Kurfürsten angemahnt, Cossa aus der Haft zu entlassen. Doch der sture Pfälzer trotzt seinem ehemaligen königlichen Freund und behält ihn schon anderthalb Jahre länger in Gewahrsam. Das ist unklug, denn das Reichsoberhaupt sitzt am längeren Hebel.«

»Mag sein. Zurzeit ist der Kurfürst auf Brautfahrt in Savoyen. Aber sag, was machst du hier allein, nachts, auf einer einsamen Straße?«

»Auf dich warten.«

»So, und warum?«

»Weil ich endlich mein Geld von dir zurückhaben möchte. In den Truhen ist mehr, als mir zusteht, aber wenn ich die Zinsen und die Zinseszinsen dazuzähle und einen Ausgleich für meine sonstigen Auslagen, wird der Betrag wohl hinkommen. Also reich mir die Zügel des Packpferdes und wir sind quitt!«

»Das hätte ich mir denken können, dass du auf das Geld scharf bist. Doch du täuschst dich, ich werde nicht noch einmal Gelder, die mir nicht gehören, ausgeben bzw. hergeben. Zumindest nicht freiwillig.«

Raban pfiff und sogleich lösten sich aus dem Schatten der Scheune zwei Reiter mit gezogenem Schwert, umzingelten Ritter Egolf und wollten ihm die Zügel des Packpferdes aus der Hand reißen. Wollten! Auf diesen Moment hatten Egolfs Begleiter, die ihm gefolgt waren, gewartet. Im gestreckten Galopp kamen sie brüllend und schreiend angeritten, als ob sie eine ganze Armee von Heiden besiegen müssten, rissen den Erstaunten die Schwerter aus den Händen und richteten ihre Hellebarden auf deren Brust.

»Ergebt euch! Wenn nicht ...«

Der Anführer deutete in nördliche Richtung. »Hinter dem Wäldchen steht eine Pfälzer Reiterabteilung und wartet nur, euch niederzumachen.«

Hennes freute sich diebisch ob seiner Lüge und blickte seinem ehemaligen Dienstherrn furchtlos ins Gesicht. »Hochlöblicher Domherr, Aspirant des Speyerer Bischofstuhls und Geheimwaffe des gewesenen Erzbischofs von Mainz, wenn Ihr nun die Güte hättet, Eurem werten Freund, Ritter von Husen, die Schuldscheine in dankbarer Erinnerung an gemeinsame Zeiten auszuhändigen.«

Der Domherr zögerte, doch der Spieß, den Giovanni ihm unter das Kinn hielt, ritzte schon die Haut. Ein Tropfen Blut floss. Raban von der Sodern tat, wie ihm geheißen. An seinem hasserfüllten Blick störte sich niemand mehr.

Ritter Egolf von Husen, Oberstleutnant der Pfälzer Reiterei, zerriss die Papiere in tausend Stücke, warf sie in die Luft und gab Order: »Nehmt den Domherrn und seine Begleiter fest. Sie werden beschuldigt, auf Kurpfälzer Boden einen Geldboten überfallen zu haben, um sich Staatsgelder widerrechtlich anzueignen.«

34.

Schweißgebadet wachte Durchlaucht neben seiner jungen Gemahlin auf. Da war er wieder, der Traum. Schon viele Male war er von ihm heimgesucht worden. Es war immer die gleiche Gestalt: ein hageres, durchgeistigtes Männchen mit dem Zepter des Rektors der Prager Universität in der rechten Hand und in der linken die Heilige Schrift. Er setzte sich ihm auf die Brust und stellte Fragen, die er nicht beantworten konnte: »Zeige Er mir in der Bibel die Stelle, wo das Wort Papst vorkommt! Wo steht, dass ein Mann Gottes keine Frau haben darf? Wie viel kostet eine gerettete Seele?« Ihn zu verjagen nützte nichts, die nächste Nacht war er wieder da und stellte Fragen, die einer Anklage, einem Befehl gleichkamen: »Pfalzgraf, du hast mich verbrannt. Einen Mann, der sich Sorgen um die Zukunft der Kirche machte, der Missstände abschaffen wollte. Du bist doch ein frommer Christ, warum hast du mir nicht geholfen? Es wäre deine Pflicht gewesen. Es wird hundert Jahre dauern, bis wieder einer wie ich kommt. Tue nun, was du tun kannst, damit meine Gedanken lebendig bleiben.«

Kurfürst Ludwig stöhnte und wälzte sich im Bett. Liebevoll strich ihm seine junge Gemahlin über die Wange, tupfte ihm den Schweiß von der Stirn und drückte ihm einen zarten Kuss auf die selbstanklagend dreinblickenden Augen. »Mein Gemahl, Ihr solltet Euch nicht so viele Gedanken darüber machen, was war.«

Sie griff nach seiner Hand und führte sie auf ihren Leib. »Spürt mein Gemahl, wie ein junges Leben heranwächst?«

Kurfürst Ludwig rückte näher an seine Gemahlin und drückte sie sanft an sich. Mechthild von Savoyen, die neue Landesherrin, war eine kluge, einfühlsame Frau. Der Morgentrunk wurde gereicht und hernach musste sich das Paar für die Trauerfeier ankleiden.

So viele hochgestellte Personen hatte der kleine Kirchhof hinter dem Sankt-Sebastians-Kirchlein im Dorf Mannheim noch nicht gesehen. Dicht gedrängt im Sonntagsgewand standen die Menschen. Zwei kräftige junge Männer, der eine Hennes, der andere Konrad, stützten Pfarrer Endres. Er hatte es sich nicht nehmen lassen, dem Oberhofkämmerer, dem Freund des in der Gegend so geschätzten Edlen Hunold von Husen, ehemals Zollschreiber und Vogt der kurfürstlichen Domäne Rheinhausen, das letzte Geleit zu geben. Neben dem Grab Hunolds war frische Erde ausgehoben. Das Totenglöcklein läutete, die Trauergemeinde sang: *Der Herr ist meine Zuversicht, der Herr regiert die Welt.*

Endres sprach den letzten Segen und gab den Totengräbern Zeichen, den Leib des Verstorbenen mit der heimatlichen Erde zu bedecken, als sich eine breite Gasse auftat. Kurfürst Ludwig III. schritt am Arm seiner Gemahlin in würdiger Haltung, ganz in schwarz, auf das Grab zu. Nach einem kurzen Gebet und einer von Ehrfurcht getragenen Verbeugung vor seinem Berater und Vertrauten, entrollte er eine Fahne in den Farben der Kurpfalz und mit dem schreitenden Pfälzer Löwen, glättete die Falten und breitete sie über Linharts Sarg aus. »Treuer und aufrichtiger Diener meines Vaters, König Ruprechts I., und meiner Wenigkeit, nehme Er diese kleine Geste als Ausdruck des Dankes und der Achtung der Dienste, die Er seiner geliebten Kurpfalz geleistet hat. Seines ehrlichen Sinnes wegen hat Er Leid auf sich genommen und es demutsvoll ertragen. So mancher muss Ihn um Verzeihung bitten, weil er ihm gegenüber Schuld auf sich geladen hat. Mir bleibt, seinen letzten Wunsch zu erfüllen, und das tue ich von ganzem Herzen.«

Er winkte Egolf von Husen und dessen Halbschwester Almut Thalheim zu sich. »Was geschehen ist, brauche ich nicht aufzuzählen. Vergangenes kann ich nicht ändern, aber Zukünftiges beeinflussen. Reicht einander die Hände und gelobt vor großer Zeugenschaft, Euch künftig wie Bruder und Schwester zu begegnen und zu betragen.«

Es gab kein Zögern. Fast schien es, als ob Egolf diesen Augenblick sehnlichst herbeigewünscht hätte. Wer feine Ohren hatte, konnte sogar einen Felsbrocken plumpsen hören. Freudestrahlend ging er auf seine Halbschwester zu, nahm sie in die Arme, drückte sie an sich und ließ sie nicht mehr los. Was er Almut ins Ohr flüsterte, würde für immer ein Geheimnis bleiben. Almut jedenfalls nickte und lehnte ihre Wange an die Egolfs. Das Herz konnte zerspringen, wenn man daran dachte, was ihr Vater und der treue Linhart bei diesem Anblick empfunden haben würden.

Der Landesherr wartete geduldig, bis die zwei Körper sich wieder voneinander lösten, dann gebot er Egolf niederzuknien. »Edler von Husen, ab heute soll Er als Marschall der Pfälzer Reiterei vorstehen. Nehme Er dieses Schwert, das schon so manchen Sieg für die Kurpfalz erfochten hat.«

Dann wandte er sich an die Halbschwester. »Knie Sie ebenfalls nieder. Nicht vor mir als Person, sondern als Ausdruck dessen, was Sie der Obrigkeit schuldig ist. Almut Thalheim, Tochter des Edlen Hunold von Husen, Sie ist in alle Rechte und Ehren derer von Husen eingesetzt, auch soll Sie diesen Namen tragen. Die gegen Sie geführte Klage ist null und nichtig.«

Er nahm ihre Hand und zog sie hoch. »Edle von Husen, Sie kann tun und lassen, was Sie will, Sie kann hingehen, wohin immer Sie will, doch würde ich es begrüßen, wenn Sie in der Kurpfalz bliebe. Wir haben solche Menschen nötig.«

Zuerst flossen bei der Trauergemeinde viele Tränen, dann waren Hoch- und Freudenrufe zu hören. Solche Ehren hatte der kleine Kirchhof zwischen Rhein und Neckar noch nicht erlebt, aber die Feier war noch nicht zu Ende. Der Landesherr hatte sich noch dreier Aufgaben zu entledigen. Er bat die beiden Söhne des verstorbenen Bürklin Wolgast vorzutreten. Er drehte sich zu den Anwesenden, denn das Folgende ging sie an. »Konrad Wolgast soll fürderhin die Geschäfte seines Vaters als Aumann weiterführen. Zeigt ihm den nötigen Respekt. Er steht in den Diensten des Landes.«

Ludwig III. legte seine Hand auf Hennes' Schulter. »Zuerst verbeuge Er sich vor dem Sarg Linhart Dörzbachs, dann vor dem Grab Seines Vaters und verspreche Er, beiden in Zukunft Ehre zu machen. Sodann ernenne ich Ihn zum Oberstallmeister am fürstlichen Hof. Mit Pferden kann Er umgehen, davon habe ich mich überzeugt.«

Schließlich blickte sich der Landesherr auf dem Kirchhof um. Der, den er suchte, war nicht da. Doch! In der letzten Reihe leuchtete ein Rotschopf, und wenn der Wind darüber fuhr, glich er einem Feuerwerk. »Bruder John, Er muss nicht so weit hinten stehen. Trete Er vor, denn was ich Ihm zu sagen habe, sollen alle hören.« Als der englische Bruder zögerte, nahm ihn Almut bei der Hand und zog ihn nach vorn.

»Ich weiß sehr wohl«, begann der Landesherr, »dass die Nachwelt mit den Fingern auf mich deuten wird, weil ich die Hand vor dem Scheiterhaufen, auf dem Jan Hus verbrannt wurde, erhoben habe. Sein Körper ist zu Asche geworden, aber sein Geist lebt weiter. Ich kann es nicht verhindern und ich will es nicht verhindern. Obwohl ich nicht seines Sinnes bin, so möchte ich doch, dass Er, Bruder John, das Wort des HERRN so verkündet, wie es Hus gewollt hat.«

Erleichterter, glücklicher sah der Landesherr aus, nickte den Anwesenden noch einmal huldvoll zu, umschlang seine Gemahlin und schritt die sich ihm öffnende Gasse wieder zurück.

Bisher hatten auch die Vögel dem feierlichen Geschehen artig zugehört, doch nun stießen sie ihren Gesang weit in die Welt hinaus.

»Fröhlich Pfalz, Gott erhalt's!«

Zeittafel

1156 Kaiser Barbarossa verleiht seinem Halbbruder Konrad (1134–1195) anlässlich des Reichstags in Regensburg die Pfalzgrafenwürde, damit erhält er auch die Vogtei des Zisterzienserklosters Schönau bei Heidelberg, die Wormser Hochstiftvogtei und den Familienbesitz der Staufer im Speyergau und Wormsgau. Sein Erbe fällt an seine Tochter Agnes und ihren Mann, Heinrich von Braunschweig. Konrad gilt als der Gründer der Stadt Heidelberg.

1214 Kaiser Friedrich II., aus dem Adelsgeschlecht der Staufer, 1198 König von Sizilien, 1212 römisch-deutscher König, 1220–1250 Kaiser des römisch-deutschen Reiches. Er belehnt seinen Gefolgsmann Herzog Ludwig I. von Bayern mit der Pfalzgrafschaft bei Rhein. Von nun an darf dieser den Pfälzer Löwen im Wappen führen.

Ludwig I. (1173–1231), Herzog von Bayern und Pfalzgraf bei Rhein, der Kelheimer – den Beinamen erhält er, nachdem er in Kelheim einem Attentat zum Opfer fällt. Ludwig I. agiert am Rhein nur als Vormund seines Sohnes Otto.

Herzog Otto II. (1206–1253), heiratet im Mai 1222 die Prinzessin Agnes (1201–1267), eine Tochter des Welfen Heinrich von Braunschweig und seiner Gattin Pfalzgräfin Agnes bei Rhein. Die Söhne Ludwig II. und Heinrich XIII. teilen sich die Herrschaft.

Ludwig II. der Strenge (* 13. April 1229 in Heidelberg; † 2. Februar 1294 in Heidelberg), von 1253 bis 1294 Herzog von Bayern und Pfalzgraf bei Rhein, seit der Landesteilung von 1255 regiert er das Herzogtum Oberbayern. Sein Beiname der Strenge rührt daher, dass er seine erste Ehefrau Maria von Brabant 1256 hinrichten lässt, weil er sie fälschlicherweise des Ehebruchs verdächtigt.

Heinrich XIII. (1235–1290). ab 1253 Herzog von Bayern und der Pfalz, ab 1255 Herzog von Niederbayern, Begründer der Hauslinie Wittelsbach-Niederbayern

Die Söhne Ludwig II.: Rudolf I. (1274–1319) und Ludwig IV. (1282–1347) teilen sich die Regierung, wobei Rudolf sich schon früh im Streit mit seinem Bruder befindet, 1317 tritt Rudolf I. sämtliche Herrschaftsansprüche an seinen Bruder ab, der 1328 zum römisch-deutschen Kaiser gekrönt wird. Im Hausvertrag von Pavia 1329 teilt Ludwig IV. den wittelbachischen Besitz in eine rudolfinische (pfälzische) und eine ludovicische (bayerische) Linie.

Rudolf I. hat drei Söhne: Adolf (1300–1327), Rudolf II. (1306–1353), Ruprecht I. (1309–1390).

1309–1376 Papsttum in Avignon. Unruhen in der Stadt Rom veranlassen Papst Clemens V. (1305–1314), sich 1309 in Avignon niederzulassen. Dort residieren bis 1377 folgende Päpste: Johannes XXII. (1314–1334), Benedikt XII. (1334–1342), Clemens VI. (1342–1352), Innozenz VI. (1352–1362), Urban V. (1362–1370) und schließlich Gregor XI. (1370–1378).
Alle genanten Päpste sind französischer Abstammung und stehen in Abhängigkeit von den französischen Königen. Das Papsttum ist geprägt durch eine stark zentralistische Politik, die darauf zielt, den Einfluss der Päpste auf die Ortskirchen und die Pfründevergabe zu erhöhen sowie die Einnahmen zu steigern.
Ruprecht I. der Rote (1309–1390, Pfalzgraf und Kurfürst von der Pfalz, Sohn Rudolf I., 1386 Gründung der Universität Heidelberg.
Karl IV. (1316–1378), aus dem Haus Luxemburg, ab 1346 römisch-deutscher König, ab 1347 König von Böhmen, ab 1355 römisch-deutscher Kaiser, Residenz in Prag, 1356 Goldene Bulle.

1377–1417 **Das Große Schisma,** 1377 kehrt Papst Gregor XI. nach Rom zurück, sein Nachfolger, Urban VI. (1378–1389), ernennt verstärkt italienische Prälaten zu Kardinälen, daher wählt 1378 eine Gruppe unzufriedener französischer Kardinäle einen neuen zweiten Papst, Clemens VII. (1378–1394), der nach Avignon zurückkehrt.
Nach dem Tod Urbans VI. und Clemens VII. wählen deren Anhänger jeweils einen Nachfolger. Die Fronten zwischen den beiden Einflusssphären verhärten sich. Die weltlichen Herrscher nutzen die Konkurrenzsituation, um sich ihre Parteinahme für einen von beiden Kandidaten teuer bezahlen zu lassen.
Die Situation gestaltet sich unbefriedigend und schadet dem Ansehen des Papsttums, sodass durch das Schisma auch »ketzerische« Strömungen, die den moralischen Verfall der Kirche beklagen (Wyclif in England, Hus in Böhmen), Auftrieb bekommen..

Ruprecht II. der Harte, Sohn Adolfs (1325–1398), Pfalzgraf und Kurfürst von der Pfalz, 1391 vertreibt er die Juden aus der Pfalz, beschlagnahmt den gesamten Besitz und vermacht ihn der Universität Heidelberg.

1330–1384 John Wiclif, englischer Theologe und Kirchenreformer, seine Anhänger werden später Lollarden genannt.

Wenzel von Luxemburg (1361–1419), König von Böhmen, 1363 Krönung im Kindesalter zum König von Böhmen, 1376 Krönung zum römisch-deutschen König, 1400 Absetzung Wenzels durch rheinische Kurfürsten.

Ruprecht III., Sohn Ruprechts II. (1352–1410), 1400 Wahl zum römisch-deutschen König, nachdem er und die rheinischen Erzbischöfe, die zugleich auch Kurfürsten sind, König Wenzel abgesetzt haben, von 1400 bis 1410 römisch-deutscher König Ruprecht I., 1410 Teilung der Kurpfalz unter vier Söhnen: Ludwig III. Haupterbe mit Kurwürde und Kurpräzipuum, Johann erhält Pfalz-Neumarkt, Otto die Herrschaft Pfalz-Mosbach und Stefan übernimmt Pfalz-Simmern.

1369–1415 Jan Hus, Theologe, Prediger, zeitweise Rektor der Karls-Universität Prag, Philosoph, während des Konzils in Konstanz auf dem Scheiterhaufen verbrannt.

1409 Konzil zu Pisa (wird nicht als Konzil gezählt, sondern als Synode), einberufen von einer großen Zahl von Kardinälen und hohen kirchlichen Würdenträgern, es soll das große (abendländische) Schisma aufheben. Geistliche wagen, ihre obersten Hirten abzusetzen, sodass es sich um einen geradezu revolutionären Schritt innerhalb der hierarchisch organisierten Kirche handelt und somit der Idee des Konziliarimus Vorschub leistet. Die Konzilsväter können die beiden amtierenden, sich unversöhnlich gegenüberstehenden Päpste nicht zum Rücktritt bewegen und wählen einen dritten Papst, Alexander V.

Johannes XXIII. (um 1370–1419), Baldassare Cossa, Sohn des Grafen von Troia, zunächst Offizier, wird als Laie Kardinal, später erhält er die geistlichen Weihen und amtiert von 1410 bis 1415 als Gegenpapst.

1414–1418 Konzil von Konstanz (5. November 1414 bis 22. April 1418) ist eine Versammlung der Kirchenführung in Konstanz, die auf Betreiben des römisch-deutschen Königs Sigismund von Gegenpapst Johannes XXIII. einberufen wird. In Konstanz soll das seit 1378 andauernde Große Abendländische Schisma beendet und die Einheit der Kirche wiederherstellt werden (causa unionis). Ein weiterer Verhandlungspunkt, die causa reformationis (Kirchenreform), bezieht sich auf notwendige Reformen innerkirchlicher Zustände. Schließlich sollen in der causa fidei (Glaubensfrage) Fragen der kirchlichen Verkündigung und Sakramentslehre geklärt und damit die Ketzerei (Häresie) wirksam bekämpft werden.

Am 11. November (Martinstag) 1417 wird Oddo di Colonna (1368–1431) von 23 Kardinälen und 30 Delegierten des Konzilrates nach den Absetzungen Johannes' XXIII.; Gregors XII. und Benedikts XIII. zum Papst gewählt.

Ludwig III., Sohn Ruprecht III. (1378–1436), 1402 Vermählung mit Prinzessin Blanca von England (1392–1409), Tochter des König Heinrich IV., deren Sohn Ruprecht der Engländer (1406–1426), 1410 nach Tod König Ruprechts I. wird Ludwig III. dessen Nachfolger als Kurfürst.

1411 Wahl Sigismunds zum römisch-deutschen König mit Unterstützung Ludwigs, Sigismund setzt Ludwig III. als Reichsvikar ein, desgleichen ernennt er ihn in Konstanz zum Reichsrichter, dem die Vollstreckung der Reichsurteile obliegt, sowie zum stellvertretenden Konzilsprotektor, der für Sicherheit und Frieden beim Konzil Sorge tragen muss.

1413 Vollendung der von seinem Vater begonnenen Umwandlung der Heiliggeistkirche in ein Kollegiatsstift.

20. März 1415 heimliche Flucht Papst Johannes' XXIII. aus Konstanz, Beauftragung Ludwigs, den wieder eingefangenen Papst bis zur Wahl eines neuen Papstes in Gewahrsam auf dem Heidelberger Schloss zu nehmen.

31. Mai 1415 stimmt Papst Johannes XXIII. in Heidelberg seiner vom Konzil ausgesprochenen Absetzung zu und verzichtet formell auf sein Papstamt, fortan wird er mit Familiennamen angesprochen, Baldassare Cossa.

6. Juli 1415 Vollzug des vom Konzil verhängten und als Reichsgesetz geltenden Urteils gegen Johannes Hus, der unter Aufsicht Ludwigs III. öffentlich verbrannt wird.

Im Frühjahr 1416 Aufdeckung eines Befreiungskomplotts, weshalb Cossa in die sicherere Zollfeste – später Burg Eichelsheim, die sich auf dem heutigen Mannheimer Stadtgebiet befindet – verlegt wird.

1417 heiratet Ludwig III. in zweiter Ehe Prinzessin Mechthild (Matilde) von Savoyen (1390–1438). Kinder: Mechthild (1419–1482); Ludwig IV. (1424–1449) Kurfürst; Friedrich I. der Siegreiche (1425–1476), Kurfürst; Ruprecht (1427–1480), Erzbischof von Köln.

Am 11. November 1417 erfolgt in Konstanz die Wahl von Papst Martin V. und das Schisma gilt als beendet, deshalb hebt König Sigismund die Haft Johannes' XXIII. auf.
Erst im Frühjahr 1419 erlangt Cossa seine Freiheit, da Kurfürst Ludwig III. ihn für die durch seine Flucht vom Konzil entstandenen Kosten haftbar macht und nur nach deren Begleichung ziehen lässt.

1421 vermacht Ludwig III. der Hochschule seine eigenen Bücher zum freien Gebrauch der Studenten, sie bilden den Grundstock zur später berühmten Bibliotheca Palatina.

1419 Johann von Nassau-Wiesbaden-Idstein (1360–1419), Kurfürst und Erzbischof von Mainz, gestorben.

1422/23 unternimmt Ludwig III. eine Preußenfahrt. Es handelt sich um eine Fahrt von Bewaffneten zur Unterstützung des Deutschen Ordens in dessen Auseinandersetzung mit den Prußen [!] und Litauern als Kampf gegen »Ungläubige«.

1424: In der Reichspolitik gehört Ludwig III. zur Opposition der Kurfürsten, die sich gegen König Sigismund im Binger Kurverein zusammenschließen.

Am 5. Mai 1426 stirbt Sohn Ruprecht (Sohn aus der Ehe mit englischer Prinzessin Blanche).

1427: Ludwig III. ist über den Tod seines Sohnes so erschüttert, dass er sich zu einer Pilgerfahrt ins Heilige Land entschließt, von der er schwer krank zurückkehrt. Seine Frömmigkeit und sein religiöses Engagement haben noch zugenommen, sodass man ihm Beinamen wie »der Gottesfromme« oder »der Pfaffentrost« gibt.

1430 erblindet er nahezu, 1435 entmachten ihn die eigene Frau und ihre Räte, 1436 stirbt er in Heidelberg und wird in der Heiliggeistkirche beigesetzt.

Die Flucht nach Heidelberg

von Wolfgang Vater

320 Seiten, Euro 13,90

Heidelberg 1683 – Nur der Magd und der kleinen Tochter der Hugenottenfamilie Lamadé ist die Flucht aus dem besetzten Sedan nach Heidelberg gelungen. Auf dem Heidelberger Schloss finden sie Unterschlupf.
Die Intrigen am Hof, den Tod des letzten reformierten Kurfürsten, die Rekatholisierung der neuen Heimat und die Verwüstung der Kurpfalz durch den berüchtigten Mélac erleben sie hautnah. Als ihre Verfolger in Heidelberg auftauchen, überstürzen sich die Ereignisse.

Wolfgang Vater schildert in seinem packenden Roman das Schicksal und die Erlebnisse zweier Frauen, die sich in dramatischen Zeiten mit Mut ihrem vermeintlichen Schicksal entgegenstellen.

www.wellhoefer-verlag.de

Der Untergang der Kurpfalz

von Wolfgang Vater

320 Seiten, Euro 13,90

1799 – Die Kurpfalz steuert auf dramatische Ereignisse zu. Die linksrheinische Pfalz ist besetzt. Die französischen Revolutionsheere stehen vor den Toren Mannheims und Heidelbergs. Der Kampf tobt. Niemand weiß, wie sich das Blatt wenden wird und wem man in diesen Zeiten noch vertrauen kann.

August Hosé und der taube Künstler Peter de Walpergen versuchen mit der Macht der Aufklärung den über sie hereinbrechenden Kriegswirren zu begegnen. Aber auch sie scheint der unerbittliche Strudel der Zeit mitzureißen, zumal sie von ihrer nicht unbelasteten Vergangenheit eingeholt werden.

In bester Tradition gelingt es Wolfgang Vater (bekannt durch seinen Roman „Die Flucht nach Heidelberg“) die Zeitumstände und die entscheidenden Ereignisse, die zum Ende der Kurpfalz führten, anhand der Schicksale von Menschen und ihrem Handeln erlebbar zu machen.

www.wellhoefer-verlag.de

Der Fluch der Königskrone

von Wolfgang Vater

380 Seiten, Euro 13,90

Liebe für die Ewigkeit haben sich die Sechzehnjährigen geschworen. Am 17. Juni 1613 zieht das Traumpaar des Jahrhunderts, Kurfürst Friedrich V. und die englische Königstochter Elisabeth Stuart, durch die mit Girlanden und Triumphbögen geschmückten Straßen Heidelbergs zum Schloss.
Die Kurpfalz sieht herrlichen Zeiten entgegen. Doch dann nimmt der junge Kurfürst die böhmische Königskrone an.
Der Traum wird zum Albtraum, der „Winterkönig" zum Spielball der Mächtigen, der Dreißigjährige Krieg beginnt.

Weh dir Pfalz!

www.wellhoefer-verlag.de

Scheidung auf Kurpfälzisch

von Wolfgang Vater

380 Seiten, Euro 13,90

Es geht drunter und drüber am Hofe: Der liebestolle Kurfürst Karl Ludwig liegt flehend vor der verschlossenen Tür der Gemahlin. Worüber bisher nur gemunkelt wurde, bestätigt der Eklat: Der Kurfürst unterhält ein pikantes Liebesverhältnis zur Hofdame Luise von Degenfeld.

Aber auch sonst stehen die Zeichen auf Sturm. Die Vertrauten der Kurfürstin scheuen vor keiner Intrige zurück, um in den Besitz einer Kriegskasse zu gelangen. Es bleibt nicht aus, dass Unbeteiligte in den Strudel undurchsichtiger Machenschaften hineingezogen werden.
So steht bald mehr auf dem Spiel als das private Glück des Kurfürstenpaares. Es geht nicht nur um die Zukunft der Kurpfalz, sondern auch um das Einhalten eines Versprechens bei der Suche nach einer unbekannten Braut.

www.wellhoefer-verlag.de

www.wellhoefer-verlag.de